栄花物語・大鏡の研究

山中　裕　著

思文閣出版

栄花物語・大鏡の研究※目次

栄花物語・大鏡の研究

序章　『栄花物語』概観

『栄花物語』についての私の考察を展開するに先立ち、概観しておこうと思う。

歴史物語のうち国史大系には、『栄花物語』と四鏡（『大鏡』『今鏡』『水鏡』『増鏡』）が収められている。そのうち『栄花物語』は、旧輯国史大系に古活字本を、新訂増補国史大系に三条西家本を底本として収めてある。

『栄花物語』は、全四十巻。そのうち三十巻までは道長を中心として藤原氏の栄華を叙述し、当時の宮廷・後宮の有り様、公家の風俗等をよく描写している。後の十巻は道長薨去以後の事実を編年的に記したもので、作者は三十巻までを赤染衛門、後の十巻は、はじめの七巻が出羽弁、後の三巻は、名は明らかではないが女房の作といわれている。はじめの三十巻は、長元六年（一〇三三）頃に、後の十巻は、堀河天皇の頃に作られたということになっており、六国史・新国史以後、いわゆる官撰国史が絶えたのち、それに続くものとして村上天皇（宇多天皇から簡単には記されているが）より堀河天皇まで約二百年におよぶ宮廷史を編年風に記した仮名文の歴史書である。

諸　本　諸本の系統は、①古本系、②流布本系、③異本系と大きく分類でき、①は三条西家本（現在、九州国立博物館所蔵）をはじめとして、この系統には九条家旧蔵本・陽明文庫本等があり、②は古活字本、その他、明暦刊本およびその転写本は大変多い、③は富岡益太郎氏旧蔵本を代表的なものとして、富岡本と称する。

古本の三条西家本は、鎌倉時代中期を下らぬ写本で、原本の体裁を割合に良くのこしていると考えられる。大小二種の十七帖で、大本は巻一より巻二十まで十帖、各帖二巻を収め、小本は巻二十一より巻四十まで、巻二十七を一帖に収めるほかは、毎帖二巻ないし四巻を収めて七帖、桝形本である。大本は楮紙、胡蝶装の冊子で、表紙に「栄花物語」の外題と帖の順序・巻名等が書かれており、各巻のはじめに内題として、やはり同じように書かれている。小本は斐紙、胡蝶装で、表紙に別筆で「世継」と外題し、扉見返しには「栄花物語」と題している。さらに所収の巻の題とその順序を併記しているが、巻二十七を収めた第三帖は表紙の紙質も異なり「栄花物語二十七」と書かれている。また巻三十一以下は、はじめに標目なく、各巻毎に内容の主な事項を標出している（和田英松氏『栄花物語詳解』十七冊／松村博司氏『栄花物語の研究』――なお本書第一章で詳細に述べる）。

題　名

次に、『栄花物語』という題名は、続篇の根合の巻に「栄花の上の巻には、殿の御子おはしまさずと申したるに」とあるによって、もともと附けられていた本書の名称とみるべきであろう。しかし、『讃岐典侍日記』『明月記』等をはじめ、多くの書に、これを『世継物語』とよんでおり、三条西本小本の表紙にも「世継物語」と書かれていること、富岡乙本（吉田幸一氏所蔵）にも外題に「世継物語」とあることなどからして、一名、『世継物語』とよばれていたことは確実である。ただ、『栄花物語』『世継物語』のいずれが、もともとからの名称であったかというと、やはり、下巻根合の巻にすでに「栄花の上の巻」とあることによって、『栄花物語』を先とみるべきであろう。だがのちに文献にあらわれるところは、時期が上るほど『世継物語』（『明月記』『讃岐典侍日記』等）が多く、『栄花物語』とみえるものは、一条兼良の『花鳥余情』および『年中行事抄』等以外は殆んど発見できない。

従って、元来が『栄花物語』であったにしても、『世継物語』という名もかなり早くから流布していたことは明らかである。『世継物語』という名は『大鏡』とともにこの書が歴史書であることを意味し、これが史書であることがすでに平安末・鎌倉初期に認識されていたことが知られる。しからば、次にこの当時の情勢から仮名で書かれた歴史の書というようなものが生れる所以について考えてみよう。

仮名の史書に現われる歴史情勢

いわゆる官撰史である六国史の編纂が絶えたのち、その後もなお政府は編纂事業を続けようと努力し、冷泉天皇の時代までは撰国史所という役所が置かれて編纂が続けられていたことは確実である。ここで編纂したものを新国史と称し、その内容は、宇多・醍醐・朱雀の三代にわたるもので、一名「続三代実録」などとも称せられているが、勿論、現存はせず、『拾芥抄』『本朝書籍目録』等によって、その存在を知るのみである。しかし、新国史の編纂も遂に実現不可能となってしまった時に臨んで、なんらかのかたちでその意図を続けようというもくろみが起こってくることは、これまた当然なことであろう。少なくとも安和二年（九六九）までには撰国史所が置かれていたことは確実である（これらの詳細は、伴信友『新国史考』・坂本太郎氏『日本の修史と史学』・拙著『歴史物語成立序説』参照）。そして、その後、冷泉天皇以後は、その計画も跡を絶ってしまったらしいが、それより約六十年後の寛弘七年（一〇一〇）八月十三日条の『権記』の記事は注目せねばならない。

参内、左大臣(道長)於レ陣被レ定二臨時御読経事一、匠作執筆、頭中将仰二大臣一、修二国史一久絶、可二作続一之事可二定申一、諸卿申、令二外記一勘二申先例一、可レ被二定行一、奏二聞此旨一、依二定申一云々、即被レ仰二大外記敦頼朝臣一、

とあって、これは国史の編纂は久しく絶えていたが、ここにおいて再び編纂を続けるべき機運が一部の公卿の間に生まれつつあったことを証するものである。これは、六国史・新国史に続くような国史がこの頃新たに計画されていたと考えるべきで、これを直ちに『栄花物語』の編纂を意味すると考えることは困難であろうが、これに

よってもこの頃、『栄花物語』のような世継と称する仮名で書かれた歴史書が書かれなければならなかった理由も、一応うなずけるところである。そこで、文学史の上から、その当時の情勢をみると、かなの発達が世間を賑わしていたことはいうまでもない。かなによる和歌集が盛んに作られ、またかなによる日記・物語がこの当時、続々と生まれており、紫式部によるすぐれた『源氏物語』がまとめられたのもこの頃である。この『源氏物語』が、『栄花物語』の成立の上に大きな影響をおよぼしたことは、また当然である。国史を書こうとする機運は、なお残存していても、撰国史所もなくなったその当時、いままでのような漢文でこれを書き得ないとすると、かなによって、これを書こうという計画が生れてくるのも当然であり、そこに、源氏物語の影響も強くかかって、『栄花物語』の執筆が始められたのである。即ち、『栄花物語』が物語風史書であるといわれる所以は、ここに存するのである。

では、なぜ『源氏物語』が『栄花物語』を生む大きな原動力になったか。それについて『源氏物語』の中に含まれるその要素について検討してみよう。

『源氏物語』の影響

まず『源氏物語』以前の物語は、たわいのない作り話が多い。しかし、『源氏物語』は、創作ではあるが、世にあり得べき事実、人間の真実を書こうとするところに本質がある、という蛍の巻の物語論をとりあげてみなければならない。

即ち、「神代より世にあることを記し置きけるななり。日本紀などは、ただかたそばぞかし。これらにこそみちみちしくくはしきことはあらめ」と源氏が玉鬘に向っていう言葉である。つづいて源氏の言葉として、「よきさまにいふとては、よきことの限えり出、人に従はむとては、またあしきさまのめづらしきことを取り集めたる。皆方々につけたる、この世のほかの事ならずかし」とあるが、これは、先の言葉とともに、まさしく作者紫式部自身の考えをそのまま述べているものである。これは、物語の讃美を意味しているようにも考えられるが、それのみではなく、物語というものは、そらごとでない事実の裏付けをもった、この世の外のことでない真実を書くものであるということを意味している。

しかし、物語は日本紀、即ち国史のように事実の羅列のみでは書くことのできない具体的な人間の姿をありのままに書こうとしたものである、といっているのである。従って、その内容は、架空のことではあるが、あくまで、この世にあり得べき事実、人間の真実を書こうとしたところに、『源氏物語』は、それ以前の物語より遙かに進歩したと評する由緒があったといえよう。

そこで、『栄花物語』の著者は、この物語の主旨に引かれ、『源氏物語』のいう人間の真実を、『源氏物語』のような架空の事柄を材料にして書くのではなしに、実際の歴史的事実を材料として書き、物語としての成果もあげると同時に、物語のかたちで新国史に続く歴史を書こうとしたのである。従って、『栄花物語』の本質は、詩的な歴史であり、情を主題とするものであったことはいうまでもない。それ故に、『栄花物語』は、歴史とはいっても藤原氏中心のものとなっており、地方のこと、戦乱についてのことなどは記していない。また、藤原氏の描写も巻十五疑より巻三十鶴の林にいたる各巻は、道長個人の栄華を特に美しく文学的価値高く書いている。この部分は、宗教人道長の人間性を本当によく描いている。従って歴史とはいうものの、記事がごく限られた範囲にしかわたっていないのは致し方のないところであろう。いわゆる私的な歴史である。それでは、次に、この書の史書としての特質は、どの程度発見できるか。その点を具体的にみていこう。

『栄花物語』の史書としての特徴

まず第一にこの書の内容が村上天皇の時代から書かれていることは、意識的に新国史に続くものであることを明瞭に示しているところである。また宇多・醍醐の両帝の時代についても、ごく簡単ではあるが触れているのも、やはり六国史『新国史』をおのずと意識したと考えられる。

第二に、全体にわたって編年体の形式をとっていること、この傾向は特にはじめの方の巻に多い。即ち、各巻に、年が変るごとに「かくて……年になりぬ」と明瞭に切っている。そしてこのかたちは、巻十四あさみどりの巻までに特にいちじるしい。しかし、後の巻になるとそのかたちも次第に少なくなり、巻十六・二十四・三十にはそれぞれ一つずつ見えるのみとなるところもある。従って、はじめの方の巻に特に著者または編者の歴史意識が強くあらわれているということになる。

第三に叙述の内容が正しく、人物の官位等も比較的誤りが少ない。それは、『日本紀略』『扶桑略記』『公卿補任』をはじめ、『御堂関白記』『小右記』『権記』『左経記』等と、その事実を併せみることによって知り得るところである。このことは、先に拙著『歴史物語成立序説』にその対照表をあげて示したため、詳しいことは省略する。また、同じ内容を書いている事件が『栄花物語』の内容と多少の前後および誤りが他の文献との間に見えるとしても、だいたい月日を追って書いている（詳しくは後述）。これもまた本書が歴史書であることを意味する一例であろう（その事実も『歴史物語成立序説』を参照されたい）。

第四に、材料として用いた史料に適当に取捨選択を行っている。その一例は『紫式部日記』を主材料として書いている初花の巻の一部の箇所、即ち寛弘五年の後一条天皇（母は道長の女彰子）誕生の記事である。『栄花物語』は女房の日記をそのまま用いて書いているところが多いと古くからいわれているが、この初花の巻はその一例であって、『紫式部日記』を殆んどそのまま用いているのである。しかし、その際、公に関係のない部分は、全部採用していない。また逆に、『紫式部日記』の誤っている箇所は、その部分を訂正して採用し、ところどころ、その間に新しい言葉を加えている。もとの材料の公の部分のみを採用し、誤った箇所を訂正し、しかもその間に『紫式部日記』にはない新しい部分がある。かように、新加入の部分も存するということになれば、これは明らかに歴史書を編纂しようとする態度と言い得る。

しかも、その新加入の部分には、『栄花物語』の本旨があらわれている。すなわち、後一条天皇（敦成親王。一条天皇の第二皇子）の誕生に際して、作者は敦康親王（一条天皇と皇后定子との間に生まれた第一皇子）と比較して次のようにいう。

一の御子の生れ給へりし折、とみにも見ず聞かざりしはや、なほずちなし。かゝるすぢにはただ頼しう思ふ人のあらんこそ、かひぐ〵しうあるべかめれ、いみじき国王の位なりとも、後見もてはやす人なからんはわりなかるべきわざかなと思さるるよりも、行末までの御有様どもの思し続けられて、まづ人知れずあはれに思し召されけり。

とあって、後見がよくなければ、皇太子にも天皇にもなることができないということをほのめかしている。敦康親王誕生のとき、藤原道隆はすでに故人であった。即ち、後一条天皇は母が道長の女である彰子、これに比して敦康親王は母が今は没落した中関白家道隆の女定子、結局、後見として道長と道隆の相違はいうまでもないところであり、その結果、敦康親王に対して、敦成親王の東宮により早く立つべき所以を明瞭に書いている。この後見の重大さということは、『栄花物語』全巻にみられるところであって、これは、『栄花物語』の藤原氏の皇室と結びついて発展する歴史を正確に書いていこうという作者の意図の中におのずとにじみ出た史観ともいうべきものであろう。

従って、編纂を主にする史書とはいえ、藤原氏の歴史をごく私的に編纂しようという意図の下に企てられたものであることが分かると同時に、道長の讃美に重点があることはいうまでもなく、引いては、九条家の発展を初めから目的としていたということになろう。道長の発展は、外戚の成功にあるというところが作者として最も言いたかったところであった。また、それと同時に、九条家の人々を特に詳しく書き、道長にいたっては、政治家として、すぐれていることはいうまでもなく、宗教人としてもまた申し分のない人であったというところにも、作者のいわんとする目的がみられ、この意味で善意の歴史が書かれ、広い意味で道徳史観によって貫かれているともいえよう。

しかし、この書に史観というようなものを求めるのはもともと困難であって、強いていえば、先程の後見・外戚ということに、それは見られるが、『愚管抄』の道理による運命史観や、『神皇正統記』の皇国史観のように明瞭な史観は見られない。ただ、本書は、歴史の事実を正確に編纂しようとする意識が先述の四つの理由によって見られるということが、史書としての本書の存在を裏付けるものとなろう。

以上は、本書の史書としての価値について述べたのであるが、その結果、一応、本書には、歴史を書こうとする意図が、その内容に認められるということが明らかになった。

物語としての特徴

しからば、『源氏物語』の影響を受けて出発した『栄花物語』は、物語風史書として成功したものであったと言い得ようか。本書は、史書としての価値のほかに、やはり物語としての価値も、ある程度あげようと考えたことは、先述した如く当然であろう。従って、その方面を具体的に少し見てみることにする。

その面については、やはり本書にも人間の心情にふれた悲喜全般にわたった感情の描写が、『源氏物語』ほどではないが、たくみに描かれている。そこにいわゆる「道々しきくはしきこと」が語られているのであった。その傾向は、全般にわたってみられるのではあるが、特に道長の出家後の生活を書いた巻々に多くみられる。即ち、法成寺供養に関する部分である。

巻十五疑において道長は出家（寛仁三年三月二十一日）。これにより宗教人としての生活に入っているのであるが、信仰と仏教的事業に専念した道長の描写は、他の巻々とは異なる一貫した特色がある。即ち、この部分の描写は、一つの事件をとりあげて、例えば、金堂の建立なら、それのみに描写の中心点を集め、いかにも文学的に目の前に極楽浄土を思い浮びあがらせるような叙述をしているのである。ここには作者の極楽浄土讃仰の精神が満ちあふれているとともに、この世の浄土である法成寺に絶大なる讃美のまなざしをあて、それを建立した道長の人間性および宗教心に多大なる讃美を捧げているのである。

こうして巻十五疑は出家した道長の法成寺造営準備のこと、法華三十講のこと、道長の仏事事業、および道長の仏教年中行事一般に関する記事で満たし、その巻の終りは、

ただこの殿の御前の御栄花のみこそ、開けそめにし後、千年の春の霞、秋の霧にも立ち隠されず、風も動きなくして、枝を鳴らさねば、かをりまさり、よにありがたくめでたきこと、うどんげの如く、水に生ひたる花は、青き蓮よにすぐれて香匂ひたる花は並びなきが如し。

と結んでいる。巻十五疑の巻は、道長出家について、とくに改まって宗教人道長の生活を、まとめて書こうとする態度が見られる。編年は一応今まで通りに見られ、寛仁三年（浄妙寺供養は寛弘二年の誤り）と前後の巻と明確に続いているのだが、道長の信仰生活を総括的にまとめて描いた特異な一巻である。

次に巻十七音楽は、法成寺金堂供養の当日の模様を描き、その描写は、全く浄土の景観がさながらにうつし出されたものである。その描き方は堂内の荘厳さの描写より始まり、その堂内は名香の匂と美しき読経誦経の声に

よってみたされ、芸術的効果は一層強化されたものである。続いて堂から一歩外に出て庭園、池の描写をみれば、これまた浄土そのものの有り様であったという。この巻の筆は、その日の儀式の進行のままに運ばれており、即ち、

大門入らせ給ふ程の左右の船楽、龍頭鷁首舞ひ出でたり。曲を合せて響無量なり。管を吹き絃をひき、鼓を打ち、功を歌ひ、徳を舞ふ。御覧ずる御心地、このよの事ともおぼされず。

とまず船楽の美しいしらべに迎えられ、庭に出てみると、

庭のすなごは水精のやうにきらめきて、池の水清く澄みて、色々の蓮の花なみ生ひたり。その上に皆仏顕れ給へり。

と池の景観に続き、また扉を開き堂の中に入ると、

やう〳〵仏を見奉らせ給へば、中堂の台高くいかめしくまし〳〵て、大日如来おはします。光のなかの化仏無数億にして、無量しやうごん具足し、宝鐸・宝鈴・諸々の瓔珞、上下四方種々光明照し耀けり。(中略)極楽世界これにつけてもいとゞいかにとゆかしく思ひやり奉る。

とあって、堂内の荘厳さは、恰も極楽浄土そのもののような感を受け、

舞台の上にて、さま〴〵の菩薩の舞ども数を尽し、又童べの蝶鳥の舞ども、ただ極楽もかくこそはと、思ひやりよそへられて見る程ぞいと思ひやられて、そのゆゑいとどめでたき。

と供養の儀式の始まる前のその雰囲気から尊さに作者は酔い、いよいよ供養が始まると、

講師山の座主、御願文うち読み、宮達の御誦経など、一々に誓ひ申し給ふ。随喜の説法を聞くままに歓喜の涙いやまさりなり。よろづにいみじくめでたく悲し。殿の御前いみじく様様の涙こぼれさせ給ふ。

と、道長の感激のさまを作者は目のあたりにながめ、この供養の有り様の尊さは、この美しい文学的表現によってなお一層尊さが偲ばれ得るところである。

続いて、巻十八玉の台も、かような描写に満たされている。

御堂あまたにならせ給ふまゝに、浄土はかくこそはとみえたり。

とあって、阿弥陀堂・金堂・五大堂とそろった法成寺諸堂は、いずれも生ける極楽浄土そのもののあらわれであったという。

弥陀如来雲に乗りて、光を放ちて行者の許におはします。観音、勢至、蓮台を捧げて共に来り給ふ。この御堂の御前の池の方には、勾欄高くして、そのもとに薔薇、ぼうたん・からなでしこ・紅蓮花の花を植ゑさせ給へり。御念仏の折に参りあひたれば、極楽にまゐりたらん心地す。暗くなりぬれば、承仕《しょうじ》みあかし持てまゐりて御前の燈籠に奉り渡す。仏の御光いとど耀きまさりて、見奉る心地もまばゆし。（中略）この尼達、「あはれ、この世のものとは見えぬものかな」と、「人の心の中に浄土も極楽もあるといふはまことにこそはあめれ。殿の御前の御心のうちにここらの仏の現れさせ給へるにこそあめれ」などぞ。

とあって、いずれも作者は法成寺の諸堂供養に感激して、極楽浄土そのものがここにあると、尼に作者の気持を仮託して書いているのであろう。これらの巻々が尼の見聞記、あるいは尼の日記によって書かれているであろうことは松村博司氏をはじめ、多くの人々によって説かれているところであるが、主なる材料が尼の日記であるとしても、ここには作者の主観が、かなり入っていると考えねばならぬのである。従って、あるいは誇張した言い方をすれば、作者の気持を尼に仮託して言わせているのと見ても差支えないのではないかとも考え得る。

同じく巻二十二鳥の舞は、法成寺薬師堂供養の記、まず、

仏の渡らせ給ふその日になりて、春の霞も立ちけり。紫の雲すぢを絶たずたなびきたり。日うららかに照りたる曇りなき辰の時ばかりに渡し奉らせ給ふ。丈六の七仏薬師皆金色におはします。日光月光、皆立ち給へる御姿どもなり。

とみえ、薬師堂に仏像の遷座があり、六月二十六日薬師堂の供養は、

御堂供養の有様、さきぐ〵に異らず。この仏の御うしろ、ひむがしの方にまことに戸を立てたり。仏の御うしろには、御格子を短やかにしわたして紫の裾濃の御帳にてでいして絵かきて、村濃の紐したり。いみじうなまめかしう見えたり。

とあるが、「御堂供養の有様、さきぐ〵に異らず」とさすがに一応、詳細な描写ははぶくようになってきている。

以上の法成寺に関するそれぞれの描写は、水戸彰考館所蔵の『諸寺供養類記』中の『堂供養記』(群書類従所収の「法成寺金堂供養記」とは、この『堂供養記』中の「不知記」の抄出であって、「法成寺金堂供養記」という題名は、抄出者が加えたもの——家永三郎氏の『上代仏教思想史研究』三一二頁に詳しい)によっても大体明らかになるところであり、その他、『左経記』等にも部分的に明らかになるところも多いが、先ほどあげてきた『栄花物語』の箇所などの描写によって、浄土荘厳の感覚的描写そのものの筆法を用い、ここにおいて初めて生きた文学的叙述が行われているといえよう。そして、この部分には、その中に宗教人としての道長の人柄もありありと浮び出ており、物語としての特徴を最も高くあらわしているところで、その文学的価値を大いに認めねばならぬところである。

巻三十鶴の林では、道長の臨終の描写に、ひとしお胸の打たれるものがある。

すべて臨終念仏おぼしつづけさせ給ふ。仏の相好にあらずより外の色を見むとおぼし召さず。仏法の声にあ

らずよりほかのよの声を聞かんとおぼし召さず。後生の事よりほかの事をおぼし召さず。御目には弥陀如来の相好を見奉つらせ給ひ、御耳にはかう尊き念仏をきこし召し、御心には極楽をおぼし召しやりて、御手には弥陀如来の御手の絲をひかへさせ給ひて、北枕に西向に臥させ給へり。

とあって、本書にのみ明らかになる道長の臨終の様子は、実に宗教人としての道長の人間味をしみじみと味わせてくれるものといえよう。

以上の宗教人道長の有り様、とくに法成寺グループの巻々の他に、その間に入っている巻十九御裳着や巻二十御賀等は、やはり物語的価値の高い巻と言い得るのである。

しかし、法成寺グループを中心とする巻十五以下の数巻は、文学的価値は高い一方、歴史的意識はだいぶ稀薄になってきているようにも見える。勿論、はじめの方の数巻の歴史的意識の深い巻々といえども、文学的な描写の強い箇所は部分的には存した。例えば、巻五浦々の別、巻六かゞやく藤壺、巻八初花などは、それぞれ物語性の強い巻である。しかし、初花の巻などのその物語性の強い部分は、先述した如く『紫式部日記』を材料としており、その他の巻々も、おそらく女房の日記あるいは日記類その他のかなものを材料としているであろうことが考えられるのである。また、巻五浦々の別などは、『源氏物語』の須磨・明石の巻の影響を強く受けて、河北騰氏のいわれるように、「かなしうあわれな物語」としての効果は充分に挙げている（拙著『歴史物語成立序説』第二章第五節「栄花物語に於ける源氏物語の影響」）。

しかし、それらはじめの方の巻々は一応、物語風な要素に強く影響されたとはいえ、編纂書および年代記の中にがっちりとはめ込まれていることは言うまでもない事実である。従って『源氏物語』の後を受けて出発した『栄花物語』は、一応、新国史につぐ史書として、またかなで書かれた物語風史書（歴史物語）として成功したとは言い得よう。

そこで物語としての価値は如何かというに、法成寺グループの巻は、文学的な表現もよくあらわれており、一応物語として成功しているとはいえ、その他の巻は史実にあまりこだわり過ぎたため、また編纂書・年代記の意義を重要視し過ぎたため、要するに歴史意識に考慮をはらい過ぎたために物語としての価値はあまり高いとはいえないように思われる（これについては後述する）。

従って、やはり、西岡虎之助氏の「物語風史学の展開」（『本邦史学史論叢』所収）や坂本太郎氏の『日本の脩史と史学』のように、物語風の史書というのが最もよいと思う。結局、『栄花物語』は実証的な方法で事実を編年的に叙述し、藤原氏九条家の発展を述べ、道長の生涯の人物像をたどり、その中に登場する多くの人物の心理や性格を明らかにしていくことが歴史であり、文学であるとし、この書を仕上げたのであると思う。

以上で明らかな如く、『栄花物語』は、複雑な本質を有するものである。即ち、六国史・新国史・『源氏物語』等の後に生まれたものとして、これらの影響を多分に受けていると同時に、その本質も非常に多くの要素を含んでいる。従って、従来のように、ただ『大鏡』とともに歴史物語という分野に入れるだけではすまされぬものであり、私は今、一応これを物語風史書と名付けたが、今後、『栄花物語』は、史学史・文学史の両面から、その位置を再び基礎づけると同時に、その本質についても、今後の研究の発展に期待するところが多い。

なお『栄花物語』の諸本の研究、正篇・続篇の成立の問題、作者・成立年代等については、松村博司氏の『栄花物語の研究』に詳しく説かれており、それ以前の研究書としては、芳賀矢一氏の『歴史物語』、和田英松氏の『栄花物語詳解』等は必読のものである。なお『栄花物語』の成立に関して、拙著『歴史物語成立序説』で、巻一から十四までを一グループに、巻十五より三十までを一グループとし、さらに後の十巻を一グループと分け、それらが初めから順々に執筆されたものと解した。しかし、ここにいたって、私は、第二グループである巻十五から三十までの中も法成寺グループとさらにその他の巻とのグループに分けねばならぬであろうという結論に達している。また、巻一から十四までの一グループも、斎藤熈子氏が「栄花物語についての試論」（東京女子大学『日本文学』十二号）で示しているように、なおいくつかのグループに分けられるのではないかと考えている。

第一章 「世継」および「世継物語」

一

『栄花物語』には「世継」「世継物語」という呼称がある。『栄花物語』「世継」ともに、『栄花物語』の本質をよく言いあらわしたものである。和田英松博士は『栄華物語評解』の解題で、

栄華とは藤原道長の栄華のさまをかきとりしよしの称にて、

といわれ、

世継とは世代継承の意にて、即、帝王の御代々の事を書けるが故なり。

といわれているが、最も重要な見方とおもわれる。ただ、続いて和田博士は、

その名称「世継」は、本書（栄花物語）の中には見当らねど、古書に引けるものには世継としたるが多く、

といわれ、これに反し、「栄花」の名称は、つぼみ花の巻の禎子内親王（三条天皇皇女、母は道長女の妍子）誕生のところに、

殿の御前の御初うまごにて栄花の初花と聞えたるに、

とあるのをはじめとして巻十五疑の巻にもあり、また、根合の巻には「栄花の上の巻」とある、といわれる。

このように、「栄花」の名は、すでに『栄花物語』の続編で「栄花の上の巻」といっているように、本文のなかに見えているのである。それに比べると、「世継」は本文のなかには見えない。従って、「世継」よりは『栄花物語』の方が先に呼ばれていた名称かと思われる。しかし、本文に見えぬからといって「世継」の方が後であるということもできないのではないだろうか。それでは「世継」という名称は、いつ頃からどのような書物にあらわれるのか見ていこう。

「世継」または「世継物語」は、先にも述べたように、『讃岐典侍日記』『袋草子』『河海抄』などに見えている。また『大鏡』には、『栄花物語』のことを「世継」と呼び、また『大鏡』そのものも、「世継」といわれていることはいうまでもないところである。「世継」という呼び方は、「栄花の上の巻」というように『栄花物語』の成立とともにあったという文献上の証明はないが、やはり、『栄花物語』といわれていたのと同時に存在したのではないかと思われるのである。和田英松氏は、本文の中に、すでに「栄花」とみえることによって「栄華物語と云ひしこと明らけし。巻中御堂殿の御栄華を書る物語なればなり。又世継といふも、帝王の御世々次第に委細なれば、世継とも異名を云ひしならん」（『栄華物語詳解解題』）といわれ、「世継」という名称も最初から存したようにもいわれている。

『栄花物語』が『世継』といわれている例を少しあげてみよう。まず、『讃岐典侍日記』には鳥羽天皇の即位の儀式を詳細に述べているところに、

南(大極殿の南庭)の方を見れば、例の八咫烏、見も知らぬものども、大がしらなど立てわたしたる、見るも夢のここちぞする。かやうの事は、世継など見るにも、そのこと書かれたるところは、いかにぞやおぼえて、ひきこそかへされしか。うつつに、けざけざと見るここち、ただおしはかるべし。

とある。この日記の作者は、この日、「とばりあげ」の役をやっており、この場面は、天皇の行幸の少し前の場面であり、ときめく作者の心情が、しみじみ分かるところである。この役に当っている作者は、『栄花物語』によって、儀式の先例をよく検討したことであったろう。

次に、『簾中抄』第三には、

うつろはで庭おもしろきはつ霜におなじ色なる玉のむらぎく

と『栄花物語』の玉の村菊の巻の歌をあげ、

顕昭云、此歌は大嘗会主基方、玉村と云所を、義忠朝臣詠めるなり。されば玉村と云所の菊を、たまのむら菊とよめるなり。うちまかせては、玉村の菊とぞよむべき、此大嘗会の歌ども書きたる世継の第十二巻を玉のむらぎくの巻と名付けたり。

とあり、『栄花物語』を「世継」と呼んでいる。

次に、『十訓抄』には、

隆家大納言は母が故、儀同三位(伊周)のかたらひによりて、花山法皇をゐたてまつるあひだ、兄弟ともに流罪せらる。此道によりてしのびえざる事、めにしもかぎらざり。是らくはしくは、よつぎにみゆ。

とあり、また『愚管抄』第三醍醐に、

コノ貞信公御子ニ小野宮・九条殿トテオハスメリ。此事ドモハ、ヨツギノ鏡ノ巻ニコマゴマトカキタレバ申ニヲヨバネドモ、

とあり、これは『栄花物語』とも『大鏡』とも考え得るが、和田英松氏は『栄花物語』とされている。

次いで、『袋草子』にも多く見えている。

そもそもある人の云はく世継物語の如きは、「万葉集は高野の御時、諸兄《もろえ》大臣これを奉じてこれを撰ず」と。とあって、これは、明らかに『栄花物語』である。師輔が元三（三ヶ日のこと）に用いるべき魚袋を作っていなかったのに対して、父忠平が自身の魚袋を貸し与えた。後日、師輔が返上のとき、松の枝にそえた紀貫之の和歌、

春風に氷とけたる池の魚の千代まつかげにすまんとぞおもふ、

とともにお返ししたという。これは『大鏡』である。続いて『袋草子』の文には、

世継物語には、かの家に行き向ひて仰せられたりとぞ侍る。

とあり、これも明らかに『大鏡』である。かように「よつぎ」には、『栄花物語』と『大鏡』の両方があることを注意せねばならない。

その他『河海抄』にも二、三、「よつぎ」は見えるが、これも『栄花物語』と『大鏡』の両方である。その他、『原中最秘抄』『花鳥余情』『源語秘訣』『実隆公記』等々に「よつぎ」と見えるのは、『栄花物語』である。

二

さて、次に富岡家旧蔵本、いわゆる富岡本（古典文庫・東大史料編纂所に写真あり）の外題をみると、甲本は『栄花物語』、乙本のそれは『世継物語』となっている。いずれも内題はない。松村博司氏は、

私見によれば異本系栄花物語の題名は世継物語と称するのが本来のものであらうと思ふ。（『栄花物語の研究』）

といわれ、甲本の題簽の「栄花物語」は、甲本書写の年代より下るものであるから、乙本の表紙に「世継物語」とあるのが異本系統本（富岡本）本来の題名であろうといわれている。

さらにさかのぼって三条西家本は、大本と小本に分かれ全十七冊本であるが、十冊は大本、残りの七冊は小本

である。大本は表紙があり、表紙に題簽はないが、「栄花物語」巻名と外題がある〔新訂増補国史大系、日本古典全書〔朝日新聞社〕、日本古典文学大系〔岩波書店〕、日本古典文学全集〔小学館〕その他〕。小本は題簽もなく、単に「世継巻数」と外題が書かれている。大本は巻一から巻二十まで、以下巻二十一から巻四十までが小本である。勿論これが原本ではないから、この写本によってもとの名称を探究することは困難ではあるが、小本に「世継」という名称が存することは注目すべきである。「世継」という呼び名が果たして原本に存したものか否かは、これのみでは何ともいうことはできないが、「世継」および「世継物語」という書名が最初から存していたのかも知れないということは一応、考えておかねばならない。

和田英松氏は、「「世継物語」といへるが原名なり」といわれる一方、「本書根合の巻には、已に栄華の上の巻と記したれば、世継を本名と定めん事妥当ならず」ともいわれた。原名も「栄花」「世継」と二通りあったとみておくより仕方なかろう。

そこで近世の例を少しみてみよう。

まず『紫女七論』には、

栄華物語を、いにしへは世継と云て、男の作なるよし、別にしるし侍り。

とあり、伊勢貞丈の『世継物語考』にも、

世継といふ物語は、すなはち栄華物語の事にてぞある。いにしへは世継物語とも栄華物語ともいひしなり。栄華物語の第一月の宴の巻のはじめに、世はじまりて後、此国の帝、六十余代にならせ給ひにけれど、この次第書きつくべきにあらず。こちよりての事をぞしるすべきといへり。此詞によりて、世継物語とはいふなるべし。たゞ此詞のみにあらず。宇多天皇より堀河院に至るまで、君臣の世つぎの事を記したれば、世継の物語といへるもうべなり。

とあり、木下幸文の『亮々草紙』には、

栄華物語とは、かの第三十鶴林巻までをいへる名ならんか。さるは此三十巻はやくの御代よりは書きはじめたれど、畢竟、御堂殿の栄華を主とかけるものにて、かのまづ、五年薨逝（万寿四年死）の時までをかきて筆を終へたるなり。さて第三十一巻殿上花見の巻より以下、終り第四十紫野の巻までは一人の筆にまれ、二人にまれ、上につぎて御代〳〵の事をかきたれば、これをぞ世継物語とは言ひけんを上にあはせて、一部の書のごとくなしたるからに、やがて上三十巻をもひとつに世継物語とも、はやくよりいひ習はして（中略）古書どもにもやがて世継物語といひたるにはあらじか。又さまではあらで彼の三十巻以上も上につぎて書きたれば、もとは同じく栄華物語といひたれど、御代のつぎ〳〵見ゆめる書なれば、かたはら世継ともいひならへるものと、おいらかにみてもありぬべきか。

とある。

さて、伴信友の『此古婆衣』には、

かくてその世継といふを、此書（栄花物語）の名とせるは、そのかみ、六国史・新国史をおきてはいまだ世継を記せる書のともしかりけんから、おほらかに、然は名づけたるなるべし。さて此書の名を、ふるきものに世継といへるは、上に挙たる如く、大鏡に世継名とて三十段までの巻の目録をのせたるは上篇なり、愚管抄に世継のかみの巻といへるは、初段月宴の巻に出たる事をいへり。（中略）袖中抄に世継の第十二巻を玉のむら菊の巻と名づくと云へる、巻次全く合へり。

また『安斎随筆』には、

本名世継物語なり。（中略）世継は栄華の事なりと知らぬ人多し。一説に栄花は赤染衛門が作と云ふは非なり。赤染が在世より百年ばかり後の事あるにて、赤染が作にあらぬ事を知るべし。

とあり、明確に安斎は世継という。作者は赤染ではなく、「藤原為業撰とあり」というが、作者の問題はさておき（私は赤染説をとり、作者でなく編者とする）、続いて、

世継物語と云ふは始より終まで栄華の事の文書きたるには非ず。いまくしく哀しき事も多し。されば栄花物語と云ふ名は能くかなひしときこえず。（中略）古本には栄華の名なし。（中略）古書に引きたるは皆世継とあり。その世継とて引きたるは皆栄花の文也。

とある。『本朝書籍目録』に「世継四十巻、自宇多天皇至堀河院御宇、載君臣事、藤原為業撰」とあるのによっているのであるが、注目すべきである。さらに、「印本の書籍目録に世継物語四十巻とあるに並べて栄華物語四十巻赤染衛門とあるは後人の加筆なり。荷田在満が校本に栄華物語とある傍にイニナシと記したるは古本になきことをいへる也」とある。

三

さて、「世継」とは、今までの説で明らかなように世々の歴史、代々の歴史を続けて書いていくことをいうのは、いうまでもない。結局「世継」「世継物語」という名称も成立とともに存したと見て良いのではないかと思われる。土肥経平の『春湊浪話』に「村上天皇の御代に筆を起して帝王の世紀をつぎてかゝれけるを以て世継と其名をも称せしなるべし」というように、村上天皇から始まっているということが重要である。即ち、『春湊浪話』には新国史の説明をして、

新国史の後は、村上・冷泉・円融・花山の帝三四代の史を修せらるべき時、一条院の御代に当れるに、其事の御沙汰もなかりしが、其御代の頃には、官女に才子多く有りし時にて、此国史を修せられぬを、官女のかたにてなげきいきどほる事あり、さて世継を赤染衛門のかきしなるべし。右に新国史の次の帝、村上天皇の御代に筆を起して、帝王の世紀をつぎてかゝれけるを以て、世継と其名を称せしなるべし。げにも此世継の出来ければこそ、つゞきて続世継・増鏡等の撰ありて、仮名ながらも国史連続したり。是赤染衛門の大なるいさほしといふべし。

とあるところは重要である。即ち、六国史が神代より光孝天皇まで、さらに新国史がそのあとの時代を継いで宇多・醍醐・朱雀の三代の歴史を編纂しようとしていたということが重要である。六国史、即ち『日本書紀』より『三代実録』（清和・陽成・光孝）までは、いうまでもなく現存しているが、それに続く新国史は残念ながら断片であり、従って六国史のようにもとのかたちは分からないのである。しかし、断片ではあるが多くのものが残っており、朱雀天皇まで編纂が続けられたことは確実である。そして、村上天皇からは国史の編纂が行われなくなったことは、これまた確実で、村上天皇以降は国史の逸文も断片も見当らないのである。

ここで『栄花物語』が宇多天皇から始まっていることに注目したい。新国史が宇多・醍醐・朱雀の三代の編纂を行っていたが、先の『春湊浪話』にあるように、新国史に収められている帝の次の帝「村上天皇の御代に筆を起して」というところが大きな問題である。もっとも『栄花物語』は実際は宇多天皇から始まっており、従って六国史を継ぐ意図も濃厚であるが、宇多・醍醐・朱雀の三代はごく簡単に叙述している。これは明らかに新国史を意識しているのであって、宇多・醍醐・朱雀の三代は、ごく簡単に極端にいえば序文のような書き方をしている。そして村上天皇を「今の上」と呼んでいるのであって、『栄花物語』は明らかに村上天皇から始まっているということができるのである。ただ六国史・新国史は和風漢文で書かれており、『栄花物語』は「かな」文であるということに一つの問題があろう。これに関しては、先述の『春湊浪話』が大変よい説を出しているが、それは要するに作者・編者の問題に関係してくるのである。六国史・新国史が漢文であるから為業説が出たのであろう。しかし為業は根拠が見当らない。だが、男性の名が出ているということはやはり、意味が深い。一応、赤染衛門が作者といわれていることを前提として論は進められているのであるが、赤染衛門の夫は、大江匡衡である。『紫式部日記』では、「まさひら衛門」と呼んでいるように、この二人は大変仲の良い学者夫婦であった。そのことから推すに、背後に匡衡の援助があったと思われるのである。新国史の史料蒐集や編纂のために多くの力をそそいだ大江家の人間である匡衡が妻の計画に賛成・協力したと考えられるのである。新国史編纂が行われなくなり、それを不満とおもった人は非常に多かったにちがいない。そこで赤染衛門は夫匡衡の助けを得ながら、思い立って「かな」文によって、公的なものとはちがう、藤原氏の発展を中心とした私的な歴史書を書いていこうと考えたのである。しかし、その編纂のかたちは、いかにも六国史をまねていると思われるところが多く、その実態をまず検討してみる必要があろう。一方、『権記』寛弘七年（一〇一〇）八月十三日条によると「頭中将（藤原公信）仰㆓大臣㆒修㆓国史㆒久絶、可㆓作続㆒之事可㆓定申㆒、諸卿申、令㆓外記㆒勘㆓申先例㆒、可㆑被㆓定行㆒」などとあって、国史編纂を続けようとする計画がその後もみられていた。だがそれは実現されることはなかった。

四

次に『栄花物語』の形式である。まず編年体であるということ。即ち、「かくて年号かはりて、永祚元年といひて」というように、かならず、毎年、年がかわるごとに明確に、年替わりを示して進んでいくこと。即ち、時間

を追って叙述が進められているのである。坂本太郎氏は、

六国史が某年某月某日と書き出しているのを、仮名文にやわらげたにすぎないような編年意識の健在を見る。（『日本の脩史と史学』）

といわれている。それ以前に、すでに西岡虎之助氏は、

栄華物語は、かゝる編年的形態のものを物語化させ、以つて物語系統の史学に新たに編年的性格をもたらしたのである。これは年代に至つては、ほぼ六国史の後をついでゐるのであるから、六国史の後を継ぐといふ建前からきた必然の表れである。（『本邦史学史論叢』／『日本文学における生活史の研究』）

といわれている。

そして村上天皇を「今の上」「今の御門」と呼ぶように、史実を作者が見聞したかのように、わが身を時間軸の上を動かしていく。要するに実録性が強い。松村博司氏は、

栄花物語そのものは外面的にせよ、三代実録についだものであり、内容的には物語と結びつくことによって新境地を開いたのであるが、常に実録性といふものは濃厚に意識しているのである。（前掲『栄花物語の研究』）

といわれ、それは『栄花物語』の叙述は、小さな誤りはあるが、事件の年時がほとんど誤りなく史実に忠実であって、登場する人物の官位等が比較的正確である、ということなどによって明らかである（拙著『平安期文学の史的研究』）。さらに、原史料として女房の日記をはじめ、確実な記録によっている。例えば、『紫式部日記』寛弘五年秋の後一条天皇（敦成親王、一条天皇と道長娘中宮彰子の間に誕生）の誕生の記述などは、『紫式部日記』をそのまま用いている。『栄花物語』巻八初花の皇子の誕生の記述は、七月から十二月まで克明に書いているのだが、ここは『紫式部日記』を文章もそのまま採り入れている。しかも、その間の『紫式部日記』の記事の公に関する部

分のみを採用し、私的な部分はかなり省略している。このことは、官撰国史に準ずるかな文の国史を書こうという建て前のもとに日記を材料として用いたということを示すものである。また、それぞれの巻の史実が、大体、その他の史料の史実（『日本記略』『扶桑略記』『公卿補任』等をはじめ『御堂関白記』『小右記』『権記』など）と一致する。勿論、その中にも史実の誤りや年月日が前後して書かれているところもある。また、年月日を書かずに編年の中に入れてある史実も多い。しかし、それらの史実を年月を誤って挿入しているところがあるにしても、全体的にみれば比較的正確である。要するに、事件の年月日をできるだけ正しく書こうとしている意図がうかがわれる。

このように見てくると、『五代帝王物語』に「神代より世々の君のめでたき御事共は、国史世継家々の記に委しく見えて」とあるように、国史や家々の記とならぶ世継という一つのジャンルができて、その最初のものが『栄花物語』であるという理由がよく分かるのである。和田氏が「世継とは世代継承の意にて、即ち、帝王の御代のことを書けるが故也」（『栄花物語詳解』解題）といわれるところが最も妥当である。また、『日本古典全集』の解説（正宗敦夫・与謝野晶子）に「世継とは世々の事蹟を継々に記るしたる書、即ち、歴史の義である」とあるのは、大変すぐれた説と思える。また松村氏が、

歴史物語とは比較的新しく設定せられた文学史上のジャンルの名称であるが、その中の主要な一群の作品は、別名を世継の物語とよんで差支へないであらう。（中略）世継といふ名称は、平安時代においては皇室の継嗣の意に用ゐられ、従つて世々の事蹟を継々に仮名文で書いた歴史書――歴史物語――をも、世継又は世継物語と呼んだものと考へられる。栄花物語を世継又は世継物語とよんだのは、元来の名称でも、続篇のみの名称でもなく、総括的に呼んだ一種の別名と見られる。（前掲『栄花物語の研究』）

といわれている。こうして歴史の表現は漢文の歴史からかなの歴史へと書き替えられていき、物語風な性格のも

のとなっていく。そして先述したようにかたちの上では六国史をまねて、編年体の叙述をとっているが、『栄花物語』独特の時間構造に支えられたかなの歴史が生まれてくるのである。杉本一樹氏の「栄花物語の編年体」（『歴史物語講座・第二巻　栄花物語の研究』）は、これらの問題をまことに詳細に検討している好論文である。『栄花物語』は、まことに上手に六国史・『新国史』のかたちにならいながら、『源氏物語』の影響もつよく受けてかなの歴史をつくりあげていったのである。次に、『源氏物語』の影響について述べよう。

五

『源氏物語』の影響を見つつ作者・編者の問題の検討に入ろう。赤染衛門は、『源氏物語』を読んでこれに感動し、『源氏物語』のようなかたちで史実をもとにした歴史物語を完成しようと考えたのである。しかし、『源氏物語』は、何といっても架空の創作である。いわゆる「そらごと」の架空の創作物語である。赤染衛門は『源氏物語』に影響を受けて史実をもととする「まこと」の歴史を書いていこうと試みたのである。そのような意図のもとに編纂が始められたのが『栄花物語』である。であるから、これは『源氏物語』のような創作物語でないことはいうまでもなく、また、現在の歴史小説のように虚構を多くないまぜにしたものでもない。秋山謙蔵氏は『栄花物語』を七番目の国史といわれている（『歴史物語の環境』所収「栄花物語の研究」）。『栄花物語』の「栄花」は、もちろん、藤原道長の栄花を指したものであって、光源氏の生涯を綴る『源氏物語』のように、道長の栄華を語ったものであることはいうまでもないが、『源氏物語』のように光源氏を中心として道長の栄華のみが中心になるというのではないことに注意を要する。『栄花物語』とは、藤原氏の発展の歴史を天皇は宇多天皇から藤原氏の摂関は基経の子である忠平から始めて、道長にいたるまでを藤原氏に関係の深い史実を外戚の発展を主題として詳しく述べ、その藤原氏の繁栄の頂点に位置する道長の栄華の有り様をも編年体のかたちで書きあげていったものである。『源氏物語』蛍の巻に、光源氏と玉鬘の会話に、

日本紀などは、たゞかたそばぞかし。これらにこそ道々しきくはしきことはあらめ。

というところがある。ここには、いゆわる六国史は、史実にはまことに忠実ではあるが、やはり一面のみを強調している。即ち、史実の正確さを第一としている。しかし、これら物語にこそ「道々しきくはしきこと」、即ち、人間の真実の面、人間の心が書かれているという。玉鬘と源氏の会話にみえる物語論は、いうまでもなく紫式部自身の考えである。大げさにいえば紫式部の思想である。赤染衛門は、これに注目し、まことの心の充実した心の物語を史実の編年の中に叙述していこうと考えたのである。結局、『栄花物語』の作者・編纂者は、紫式部がいっている以上に、物語と歴史をあわせて紫式部の理想とするものよりも一層深い、歴史と物語の結合を目指したのである。しかし、結果は、いかがであったろうか。少し欲張りすぎて、かなの歴史としてはかなり成功したものの、物語としては、それほどすぐれたものとはならなかったのではなかろうか。物語としては、内部論理の進展、即ち主題というようなものが必要である。その点、史実の正確さというものにあまりにこだわり過ぎたためか、いわゆる物語としての躍動的な進展がそれほど見られず、各巻の叙述に文学性があり、それぞれある程度の主題性というようなものは部分的には見られはするが、長編小説物語全体としての主題というようなものは、やや不足のようにも思われるのである。しかし、『栄花物語』の欠点をあげつらえば、このようにも言い得るところであるが、歴史物語・物語風史書としての新しい分野がここに確立したことは大変喜ばしいことであった。今後、なお史学史としての見方を発展させるべきと思う。

ここに歴史の表現は漢文の歴史からかなの歴史へと書き替えられていき、物語風な性格を特徴とするものに

なっていく。そして、かたちの上では六国史と同じ編年体ではあるが、明らかに異なる時間構造をもつかなの歴史が生まれてくるのである。『栄花物語』はまことに上手に六国史・新国史のかたちに倣らいながら、『源氏物語』の影響をつよく受けてかなの歴史というかたちをつくりあげていった。繰り返しになるが、『栄花物語』は、六国史・新国史と『源氏物語』の影響を受けて誕生したのである。

ここで、『源氏物語』の影響をもう少し述べておきたい。

『源氏物語』はかたちの上で前編と後編とに分かれている。光源氏の死と（死の場面は書かれていない）、その後の宇治十帖というかたちをまねて、『栄花物語』は、巻三十鶴の林（道長の死の描写が詳しい）までと道長の死後の十巻に分けている。道長全盛期と死後とを分けるこのかたちは明らかに『源氏物語』にヒントを得ているのである。「月宴・見はてぬ夢・浦々の別」などというように、これらの巻名も『源氏物語』の美しい巻名「桐壺・夕顔・須磨・明石」などに影響を受けているということがわかる。

さらに、先述の蛍の巻の、

日本紀などは、たゞかたそばぞかし。これらにこそ道々しきくはしきことはあらめ。

というように、六国史の物足りない部分を、『源氏物語』の文学的価値によって充分に補い、あるいは、史実の正確さに物語としての本質をつけ加えて、物語風史書の最初のものを完成したのである。即ち物語のかたちで今までの歴史とは異なったものを作ろうとしたのである。紫式部は、国史、即ち六国史についても極めて関心が深く、物語というものは、まず正確な史実のもとに書くものであり、『源氏物語』は、それ以前のようなまったく架空な世界を叙述したものではなく、かなり史実を材料にしっかりした歴史的背景をもとにして作成されたものであるが、何といっても架空の物語である。それに比べ、『栄花物語』は史実そのものを正確に書きあらわすという基盤にたって始めたものであり、その上、『源氏物語』からヒントを得た人間の心・真実を描くことを目標にして叙述していったのである。「そらごと」ではない、史実による史実そのものと「まこと」を尊重し、その見解に立って叙述していったのが『栄花物語』なのである。

六

『栄花物語』は紫式部の『源氏物語』によって刺激を受け、紫式部の『源氏物語』よりも、さらに、もう一層理想的な、物語風に歴史を叙述するという新境地を開いた。ここにおいて物語風史書は本格化し、編年体の『栄花物語』に続いて『大鏡』以下『今鏡』『水鏡』『増鏡』等の紀伝体の史書が出現するのである。

『大鏡』は、序文が非常に面白い。いうまでもなく、それは四人の会話によって始まっていく。しかも百九十（百五十）歳の大宅世継と百八十（百四十）歳の夏山繁樹、繁樹の妻、青侍と四人が参加する対話の形式、戯曲的構成が面白い。このように物語が対話的構成で進んでいくのは新しい歴史叙述である。しかも、その二人の老人が大宅世継と夏山繁樹というその名前が興味深い。大宅世継という大宅は公、即ち朝廷の出来事を世々に語るという意味である。もう一人は、夏の山の木が繁っていく、即ち藤原氏の繁栄を歴史的に語っていくということを意味する。大宅世継が天皇の伝記と藤原氏の繁栄の歴史を語り、夏山繁樹が相づちを打つ。

さて、『大鏡』が、この大宅世継という人物を設定したのは何故か。これは明らかに『栄花物語』の影響である。『大鏡』の作者は、すでにかなの物語風史書というものが『栄花物語』によって完成していることをよく承知しており、「世継」とは歴史を語ることであるということをよく認識していた。そこで、早速、いま執筆中の『大鏡』なる書物に大宅世継という人物を登場させたのである。『栄花物語』が編年体的歴史の叙述のかたちで歴史を語るのに対し、これは紀伝体で書き綴っていく。ここに「世継」という名のもとに編年体と紀伝体のかなの史書が完成していったのである。『大鏡』については、のちに詳述する。

『栄花物語』は『栄花物語』という名称と「世継」「世継物語」と二つの名称をもっているように、『大鏡』も「大鏡」「世継」と二つの名称をもっている。「世継」という場合は、『栄花物語』のほかに『大鏡』を指している場合もある（『河海抄』その他）。

『大鏡』は、本文中に世継の翁という人物を登場させていることが面白い。百九十（百五十）歳というこの老人は、まったく架空の人物であることは、今更いうまでもないところであるが、その老人が大宅の世継という名であることと、百九十（百五十）歳ということから、その老人を藤原氏が天皇家と外戚関係を結んで発展していく摂関政治発展の歴史を語るという意図のもとに登場させていることは明瞭である。従って、『大鏡』は『栄花物語』よりもなお一層、歴史を語るという意図が表面にあらわれているということができるのである。また、『大鏡』の「大臣序説」において、繁樹が詠んだ和歌に、

あきらけき鏡にあへば過ぎにしも今ゆく末のことも見えけり

とあり、これに対し、

世継いたく感じて、あまたたび誦じて、うめきて返し

すべらきのあともつぎつぎかくれなくあらたに見ゆるふる鏡かも

と詠み、続いて、

今様の葵八花がたの鏡、螺鈿の箱に入れたるにむかひたる心地したまふや。いでや、それは、さきらめけど、曇りやすくぞあるや。いかにいにしへの古代の鏡は、かね白くて、人手ふれねど、かくぞあかきなど、した

り顔に笑ふかほつき、絵にかかまほしく見ゆ。

とあり、さらに、世継の言葉として、

今日の講師の説法は、菩提のためとおぼし、また翁らが説く事をば、日本紀を聞くと思うばかりぞかし。

と書く。日本紀、即ち六国史のようなものだという。

西岡虎之助氏は、

まづ大鏡における作物語的性格は、数人の対話による戯曲的性格を通じて、最もよく表れている、といえよう。すなわち雲林院の菩提講に百五十余歳（異本百九十歳）の大宅世継と百四十歳（異本、百八十歳）の夏山繁樹とが行き会い、これに繁樹の妻・若侍及び著者が加はり、世継が主として歴史を話し、他の四人が或は合槌をうち或は意見をのべるという趣向であつて、之は表面的には少なくとも一人が話（表現）するのを建前とした従来の趣向に比較して大飛躍といふべきであつて史学の上に大きな意義をもつものである。

（前掲『本邦史学史論叢』所収「物語風史学の展開」）

さらに続けて、

蓋し世継とは広く継嗣または子孫といふ意味に解すべくであらうし、随つてこれについて話す仮託の人物をも、勢ひ世継の翁と名付けたわけであらう。

と世継の歴史的意義、さらに『大鏡』の世継の意味がよく説かれている。

こうして編年体や紀伝体で、和風漢文で叙述されてきた歴史を物語風なかたちで作りあげていくという物語風史書が完成し、これらのものが、系譜的、伝記的、編年体、紀伝体、評論風なものと種々の性格をもつ歴史物語という一つのジャンルを形成したのである。『栄花物語』の編年的なかたちは、その後、『愚管抄』『神皇正統記』

へと発展し、『大鏡』は続いて『今鏡』『水鏡』『増鏡』を生んでいくのである。『水鏡』の巻末に、『大鏡』は「仏教の大円鏡智の鏡」と書かれているように、鏡という意味は、いろいろ深い。しかし、また一名、『栄花物語』と同じく「世継」とも呼ばれていたことは明らかであって、蓬左文庫本の『大鏡』の題簽にも「世継物語」とある。そして、大宅世継なる人物が『大鏡』では主役の人物であり、この人物が藤原氏発展の歴史を語っていくという趣向は、『栄花物語』の呼称の一つに「世継」という名称が存したからであると見ることができるのである。そして、ここに「世継」とは歴史であるとの概念が定着したことを意味するのである。

以上のように、『栄花物語』『大鏡』がともに「世継」と呼ばれたということは、編年体・紀伝体の史書が、ここに完成したということを意味する。これらのかなの史書は、摂関政治の社会というものが生ましめたのである。「世継」「世継物語」という呼び名が『栄花物語』が作られたときから存在したかどうかは、史料的・考証学的にやや不明なところが残るが、「世継」という意味の発生は『栄花物語』の成立と同時であったということを、ここに強調したいのである（『大鏡』については本書第五章参照）。

第二章　『栄花物語』の編纂

一　歴史物語の成立

『栄花物語』巻一月の宴のはじめは、

世始りて後、この国のみかど六十余代にならせ給にけれど、この次第書きつくすべきにあらず。こちよりての事をぞ記すべき。世の中に、宇多のみかどと申みかどおはしましけり。

とある。『栄花物語』は宇多天皇から書き始めるが、本当の詳細な書き始めは村上天皇からであることは、いままで述べてきたところで明らかである。実際は、六十余代の国史をずっと書き続けたいのだが、それは不可能なことであるから、近いところから執筆・編纂を始めようという。そして、宇多・醍醐・朱雀の三代は、ごく簡単に書き、村上天皇より本格的な編纂を始めているのである。

かくて今のうへ（村上天皇）の御心ばへあらまほしく、あるべき限おはしましけり。

と書き、その女御たちの中から、安子が中宮となり、憲平親王（冷泉院）の誕生と藤原師輔の外戚関係の確立していく過程が執筆されていく。

それは、すでに、『源氏物語』の注釈書である『明星抄』に、凡、日本の国史は三代実録光孝天皇仁和三年までのことを記して、その後の国史なし。此物語（源氏物語）を記すに醍醐の帝よりしるす心は、上の日本紀にしるしつがんの心也。

とあって、これによれば、『源氏物語』にはすでに六国史を継ぐ意図があった。物語を事実に徹底的に還元して読む。これは、中世の源氏読みの風習ではあるが、このような読みを促す歴史性が『源氏物語』に内在していることが明らかになるところである。六国史は正史、勅撰国史であり、『源氏物語』はあくまで物語・文学である。この二つの文献・作品をかように意味づけてつなげるということには、すでに多くの問題が存しよう。それについて、この意見などを尊重しつつ『栄花物語』の成立に関しては六国史と『源氏物語』を、それ以前の重要な文献として考える意義があることを注意したい。さらに、『源氏物語』の注釈書『岷江入楚』によれば、先述の『明星抄』の記事を引用したのち、

赤染右エ門が栄花物語には、宇多の末より是を記す。是国史の闕を以て補《オギナウ》の理《ことわりあり》、今明らかなり。（中略）今此物語を世継と同時なりといへども、史記の部立によって是をあみつらぬ。此深意、殊に味ひあるものか。

と『源氏物語』をふまえて、『栄花物語』にいたる物語風史書の成立する過程を認めんとしているのである。

その結果、『源氏物語』は、背後に実際の歴史を充分に踏まえていることを指摘する。即ち、『源氏物語』は、つくり物語を実際にあったことらしく見せようとして、平安貴族社会の実体をそのままあらわし、叙述が進められていることが明瞭であり、そのために多くの史料を取捨選択して編纂する史家の方針に類似した叙述で創作物語を完成しているということになるのである。こうして歴史ならざる歴史の創作物語である『源氏物語』が作られていった（拙著『平安朝文学の史的研究』）。

そして、『源氏物語』のその内容における準拠は、延喜・天暦の聖代や、道長を中心とする摂関政治の一条天皇

時代の人物や出来事にもとめることができるのである。

そこで、まず最初の準拠として『源氏物語』は、このような物語の主人公にふさわしい一世源氏の人物、学者で政治家である醍醐天皇の皇子、源高明を物語の主人公、光源氏にもとめたのである。これが、いわゆる王権物語である。しかし、最初に高明を大きなモデルとしながら、その人物、高明を愛し、物語に事実らしさを求めるだけでなく、高明の実像を認識すればするほど事実とは離れていくということもあるだろうが、物語としての本質を明らかに叙述していくのが『源氏物語』の特徴であった。と同時に源融の人物像も多く採り入れていることは、いうまでもない。さらに後述するが、藤原道長もモデルになっていることも、いうまでもない。

このような世相の中にあるとき、『源氏物語』完成後に物語と歴史を一致させる文献、物語風史書（歴史物語）が生まれてくるのは当然のなりゆきであった。

そこで、歴史物語の最初の作品『栄花物語』は、内容のかたちは六国史の編年体を模し、内容的には歴史の史実を基礎に置いて、『源氏物語』の影響による物語風な歴史を叙述する形態をとった。そして、この方法で藤原氏の発展を主にし、天皇との外戚関係の確立過程の流れを道長にいたるまで歴史事実に沿って明らかにしていく（正編巻三十鶴の林まで）。即ち、原史料に歴史上の人物の伝記・系図等、また女流日記などをもとにして叙述し、全体の構造に『源氏物語』の叙述の方法を採り、『源氏物語』のような架空の物語でなく、平安貴族社会の実態をありのままに書き、編纂していく。

『栄花物語』の作者・編者は、六国史と『源氏物語』の二つの文献の性格に導かれながら、また、原史料を（例えば『紫式部日記』）をそのまま用いるなどして『栄花物語』を作りあげていったのである。このような作品の成立は、史学史・文学史上のこの時代の新しい試みである。『栄花物語』は、この当時の物語風史書の最初の作品であるということになる。作者・編者はかなを以て編年体のかたちでヒューマニティーな情緒あふれる物語風な新しいかたちの史書を作りあげていったのである。

二　歴史物語の名称

さて、歴史物語という呼び方は、芳賀矢一氏がいわれたのが始まりであるといえよう（『歴史物語』）。氏は、六国史は正史であって、他は雑史であるといわれ、雑史の中で重視すべきものは『栄花物語』であって、文学としてもよいといわれる。したがって、『栄花物語』は、歴史物語と呼ばれる以前は雑史といわれていたのであるといわれる。

また和田英松氏は、

此書は、道長の栄花を主として書けるものなれども、また、世継ともいへるが如く、歴史の事をも、かねて記したるものなれば、所謂、編年体なる国文の歴史ともいふべし（『栄花物語詳解』解題）

といわれ、また松村博司氏は、

元来、栄花物語そのものは、外面的にせよ、三代実録についだものであり、内容的には物語と結びつくことによって新境地を開いたのであるが、常に実録性というものは濃厚に意識しているのである。（『栄花物語の研究』）

といわれていることは前章でふれた通りである。

そこで、もう一度、歴史物語の『栄花物語』について、その本質をまとめて述べておきたい。

先述の諸氏先輩の御説のように、いわゆる、歴史物語とは、歴史を舞台とした物語である。ただ、ここで注意すべきは、歴史を主題とした物語とはいえ、『栄花物語』の場合は、舞台場面を平安朝の歴史にとって虚構の多い物語というものを叙述したものではない。ここが現在（昭和・平成）の歴史小説と大いに異なるところである。歴史物語、とくに『栄花物語』は史実を正確に書き、編年体の中に史実のながれを情緒深く書こうとしたものであることは、すでに述べてきたところである。したがって現在のいわゆるＮＨＫの「大河ドラマ」などとは本質的に異なるものである。史実を編年体でできるだけ正確に書こうとした態度が見えるということは、たびたび述べたように官撰史書、即ち勅撰史書として国家政府で編纂を続けた六国史のかたちに影響をうけているのである。勿論、六国史は勅撰国史であり、即ち公的なものであり、幅広い史実をとりあげ、朝廷を中心に史実を大きくとりあげ編纂したもので漢文体の史書であるから、それに続いてできたものであるなどとは簡単にいってはならない。その辺りの問題を、詳しく説明していきたいのである。ただ、年代的に『栄花物語』の始まりを考えると、これは、六国史、また、それに続いて未完成で終ったといわれている新国史の年代に続くものであるということは確実である。

六国史の六番目の国史、『日本三代実録』は清和・陽成・光孝の三代で終り、それに続く新国史（『続三代実録』）は宇多・醍醐・朱雀の三代の編纂が行われていたことは明らかである。『栄花物語』は先にも述べたように、村上天皇より始まっており、しかも、その前に宇多・醍醐・朱雀の三代の時代が簡単に書かれているということにも意義が深い（新国史は現存せず）。

これらのことを綜合すると『栄花物語』は公的な編纂ができなくなったのちの時代の歴史をなんらかのかたちで編纂していこうという心のある人が、とりかかったということになるのである。

三　世継・世継物語――全盛期の栄花――

さて本書は、はじめ『世継物語』と呼ばれていたことは周知の事実である。即ち先述のように『栄花物語』と『世継物語』の呼び名は、殆んど同時に行われており、『栄花物語』は本書の続巻に「栄花の上の巻」とあることによっても知られる。また、『世継物語』の呼び名はすでに古写本（三条西本）の表紙に「世継」と書かれている。結局、執筆の当初から『栄花物語』の呼び名とともに「世継」『世継物語』も存したのである。「世継」とは、即ち「代々の世を継ぐ」の意で歴史を意味している。そのようなところからして、本書が史書であることは早くから認められていたのだが、同時に、藤原氏の発展を描くうちに、その絶頂期ともいうことのできる藤原道長の時代に達する。内覧・摂政・大政大臣としての道長の偉大さと宗教人道長の法成寺建立と、その中の生活の華やかさを賞讃する場面などから道長の全盛期の栄花を叙述したところを大きくとりあげて、『栄花物語』の名称も同時に用いられていたのである。この名称からも成立当初より、歴史と文学の二面から見られていたことが明確であり、前章で詳しく述べたところである。

以上、種々の面から『栄花物語』の研究の意義は、単に文学物語という立場からのみでは解決できかねるところが多いことは周知の事実である。また、物語風史書という立場からのみ進んでも、また、困難な問題にぶつかる。要するに編纂ものであること。また、一人の作者が完成したものではなく、統轄者（これは赤染衛門であろう）が、数人で史料を蒐集し、編纂したものをまとめたものであるということになるのである（これについては後述する）。

四　国史編纂の停止の状況

次に国史編纂の停止の状況、事情などについて述べよう。

国史編纂は、六国史ののち、『続三代実録』、即ち、新国史として編纂が続けられたのだが、現在の我々はこれを、六国史のように完成したものとして見ることができない。それは断片・逸文として『小右記』等々の多くの文献に、「新国史云……」というようなかたちで引用してあるものに過ぎない。六国史の六つの国史は、まとまって現存し、我々も今日、直ちに眼にすることができるのであるが、それに反し新国史が、かようなかたちでしか現存しないということは、もともと新国史は未完成なもので、天皇に奏上するというところまでいかなかったものであったという。平安時代、とくに摂関時代の中期に入ると、なぜ国史の編纂ができなくなってくるのであろう。これは簡単にいえば、公的な力というものが弱くなってきたからである。坂本太郎氏は、

国家政府は、決して六国史で歴史編修をやめるつもりはなかった。政府は、そのあとも、つづいて歴史編修を行っていた。それが、編修が中絶するということは、編者の力が足らなくて定稿を得ることが出来なかったこと、あるいは大江朝綱、維時・藤原実頼等の編修者の相ついでの死去、村上天皇崩御後、冷泉・円融と相つぐ病弱または幼少の天皇の即位、安和の変などの朝廷の変事のために、国史編修を督励完成させて、奏上の手続きをとる気力と熱意が政府要人の間に消滅したことなどが、直接の原因として考えられるであろう。

といわれている（『日本の修史と史学』）。要するに、勅を出すような偉大さもなかったのが、国史の編纂を停止させる理由であったということになろう。

だが、国史の編纂が突如としてとまったというのではない、現在、新国史としてたどることができるのは宇

多・醍醐・朱雀であって、村上天皇以降は、新国史も全く現存しないのだが、ただ『権記』の寛弘七年（一〇一〇）八月十三日条の記述に、一条天皇のとき陣定を行い、「頭中将仰㆓大臣㆒、修㆓国史㆒久絶、可㆓作続㆒之事可㆓定申㆒」とあるように、国史の編纂について、先例を勘申した様子が見られる。さらに「令㆓外記㆒勘㆓申先例㆒可㆑被㆓定行㆒、奏㆓聞此旨㆒、依㆓定申㆒云々」とあって、一条天皇のときに再び編纂を続けようとする意図が一部の人々の間に存在したことを知ることができるのである。『権記』のこの記述は、やはり国史編纂の意識がまだこの頃強かったことを示す根拠となるものであって、なお編纂を続けようとする意志の存したことを意味すると同時に新国史という公の国史の編纂をするという意図があれば、かなで私的に類似する物語風史書というものを編纂しようという意図が出てくるのは当然のことであった。

五　新国史以後

こうして国史編纂は行われなくなっても、人々の国史編纂に対する欲求は、先述の『権記』のように根強かったのであろう。その後も、六国史と同じような、六国史のかたちを簡略にしたような歴史書は作られていくのであった。その一つが『日本紀略』である。この書は二部にわかれ、第一部は神代より光孝天皇までの六国史時代で、六国史の文を省略して叙述したものである。また第二部は、宇多天皇より後一条天皇までの史実を、外記日記・内記日記などの政府の記録、また、ある部分は個人の日記を蒐集し、それらの原史料を取捨選択しつつ編年体に漢文で記述したものである。編纂の人も成立年代も分からないが、官撰に准ずるような史書といえよう。後一条天皇までの叙述であり、特に第二部は六国史のないのちの史料として高い価値を有するものである。

次いで『扶桑略記』。これは、比叡山の僧皇円の編したもので、神武天皇から堀河天皇にいたる編年体の史書である。『日本紀略』が、官撰に近いような性格を持っているに反し、これは純然たる私撰のものであり、宗教的な面の、かなり強いものである。引用史料が巻末に記されているのも興味深い。

また『本朝世紀』。これは、信西法師藤原通憲が鳥羽法皇の命をうけて久安六年（一一五〇）冬から編纂を始めたものである。『日本紀略』と同様、原史料は外記日記を主としているが、個人の記録も用いたのであろう。内容は宮廷の儀式、太政官の政務等であるが、やはり六国史に比して見れば簡略である。これは宇多天皇から堀河天皇までの歴史を編纂することに目標を置いていたのだが、完成したのは宇多天皇一代である。しかし、この宇多天皇の部分は現在は少なく、朱雀天皇の承平五年（九三五）から近衛天皇の仁平三年（一一五三）まで継続して伝わっている。いずれも、六国史なき後の国史編修を続けようとする強い意志の人々が編纂したものである。

これらの結果から見て、偉大なる六国史をつぐ国史編修の意図は、私的に多数の人々の心のなかに存したことが分かる。

さて、このような環境にあるとき、また、別のかたちでかなで編年体の史書が次にあらわれてくるのは当然であった。『栄花物語』のような書物が生まれてくるのは、時代の雰囲気がそうさせるものであった。

六　『栄花物語』の史書としての特徴——『源氏物語』との関係——

まず第一に先述したように、この書の内容が村上天皇の時代から書かれていることは、意識的に新国史に続くものであることを示している。また宇多・醍醐・朱雀の三帝の時代についても、ごく簡単ではあるが、執筆していることは、やはり六国史・新国史を、おのずと意識したと考えられる。ついで、編年体に沿って執筆が進んでいることなどは前述したところであるが、さらに重視すべきは、編年体のかたちをとりつつ、史実が正確に書かれている面が多いこと。史実の配列の順序が一年ごとに一月から十二月までよく整理されて並べてあること。内容に書かれているその年月日が、他の文献の史実と、あまり誤りのないこと等々をあげることができる。そして、その編年の中で①内容に年月日が明確に書かれているところには、まず誤りがない（二、三の例外として、多少の誤りはみられる。例えば、巻五浦々別の「長徳二年四月廿四日なりけり」という部分など）。次いで、②月日のみが書かれている部分は、年月日の部分よりは、やや誤りが多くなるが、大部分正確であり、さらに、もう一つの特徴として、③年月日が書かれてなく、ただ、史実が、その年とおもわれるもの、即ち年と年との間に入って配列されているという箇所は比較的誤りが多い。これは、作者（編者）が、その史実の内容を充分に検討して、その史実が何年のことであるかを調べあげ、この史実が、例えば〇〇元年のことであると分かれば、それを、元年と二年の間に配列するという方法をとったのであろう。それはよほど、慎重に調べあげた結果なのだろうが、ここに月日を記述してないということは、作者（編者）に月日を記すだけの自信がなかった。結果のみからいえば、原史料には月日がなく、原史料が不足のため検索がなお不充分であったため、仕方なくここであると思われる場所へ入れたが、結果としては誤りを生じたということになるのである。

このようにみていくと、『栄花物語』は編纂しようという意図の下に筆を進めていたことが明瞭になるのである。

さらに人物の官位等の昇進も、比較的誤りが少ない、それは、『御堂関白記』『小右記』『権記』『日本紀略』『扶桑略記』などと、その史実を併せ見ることによって明らかになるところである。それは、拙著『歴史物語成立序説』と『平安朝文学の史的研究』に、その対照表をあげて示したので詳細は省略する。

さて、次は原史料の用い方である。

巻八初花の皇子（一条天皇と道長の長女、中宮彰子との間の皇子）敦成親王（後一条天皇）誕生の部分である。『栄花物語』は、女房の日記を、そのまま原史料として用いているということは、古くからいわれている。この初花の巻はその一例であって、『紫式部日記』全体をよく取捨選択し、後一条天皇誕生の儀式に関する記述の中から、誕生・産養、新誕生の皇子（敦成）と天皇の対面のための行幸の儀、五十日の儀等々の皇子誕生に関する公の儀ともいうべきところに、原史料である『紫式部日記』を用いて、しかも、『紫式部日記』の原文をそのまま用いている。さらに、『紫式部日記』の原文で、史実に誤っているところなどは、『栄花物語』がこれを訂正している。このあたりは『歴史物語成立序説』『平安朝文学の史的研究』に述べたため、ここでは省略しよう。

またさらに、『紫式部日記』の私的な場面ともいうべきところを、『栄花物語』は採用していない。これは注目すべきことであって、例えば、一例をあげてみると、土御門第の朝まだき、道長は、すでに起きて庭を散策しているところの場面などは、

渡殿の戸口の局に見いだせば、ほのうち霧りたる朝の露もまだ落ちぬに、殿ありかせ給ひて、御随身召して遣水はらはせ給ふ。橋の南なる女郎花のいみじうさかりなるを、一枝折らせ給ひて、几帳の上よりさしのぞかせ給へり。御さまのいとはづかしげなるに、わが朝がほの思ひ知らるれば、「これ、おそくてはわろからむ」とのたまはするにことつけて、硯のもとによりぬ。

　女郎花さかりの色を見るからに露のわきける身こそ知られる

「あな疾」と、ほほゑみて、硯召しいづ。

　白露はわきてもおかじ女郎花心からにや色のそむらん

とある道長と紫式部の初秋の朝のロマンチックな場面などは『紫式部日記』としては大事な部分であるが、『栄花

物語』には採り入れられていない。また、そのすぐ次の場面の紫式部と宰相の君の二人が、くつろいでいるところへ入ってきた道長の長男頼通（十七歳）の大人びた様子などの場面も、もちろん採り入れていない。

以上のように、『紫式部日記』のうち紫式部の私事に関する叙述のいかにも女流日記らしい大事な部分などは、まったく『栄花物語』は採り入れていない。これは明らかに意図的なものであって、『栄花物語』は、『紫式部日記』を材料にしていながらも、その態度がはっきりしているのである。即ち、皇子誕生の儀式に関しては、以上のように文章までそっくり採り入れながらも、その皇子誕生の儀式に関係のないような私的な記述は、すべて採り入れていないということである。これは、原史料の採り入れ方について公的なもののみを入れようとするその態度が、明確にあらわれているのである。

先の二つの場面をはじめとして、

朝露の女郎花と道長との和歌
殿の子息三位の君（頼通）をはじめとして、碁盤のさま――七月下旬
宿直の人々の様子――八月二十日過ぎ
宰相の君の昼寝姿――八月二十六日
重陽の宴の菊のきせ綿
水鳥に思いをよせて
時雨の空
御冊子づくり
里居の物憂い心

年末独詠
大晦日の夜の引きはぎ

等々、いま便宜上、『紫式部日記』（小学館版日本古典文学全集）の小見出しから、『栄花物語』が採り入れていない部分を配列してみたが、この内容を熟読すると、いかにも、この部分は紫式部の私的な箇所であり、『紫式部日記』の日記文学としてはなはだ重要な部分だが採り入れていない。採り入れているところは公の儀の部分であることが分かる（即ち主なものは皇子誕生の儀式に関する記載のみ）。この取捨選択は、『栄花物語』の編纂の態度が（明確に）明らかになるところであり、やはり史実を正しく配列していく史書を書こうとしている態度が『紫式部日記』の採り入れ方の中に大きく見られる。

さて、次に『源氏物語』の『栄花物語』への影響をもう少し見ておこう。

要するに、『栄花物語』を誕生させたのは『源氏物語』である。『紫式部日記』に一条天皇が女房に『源氏物語』を読ませ、「この人は日本紀をこそ読みたまふべけれ。まことに才あるべし」と語っている場面がある。紫式部は、日本紀、即ち六国史を読んでいる人であるということを天皇に認められ、「日本紀の局」とまであだ名されているほどであったという。一条天皇が、そのようなことをいわれるということは、天皇自身も、『源氏物語』を読んでいたのであろう。道長が背後にいて、『源氏物語』の執筆を促進していたり、藤原公任も「このわたりに若紫やさぶらふ」と紫式部に向って発言していることなどから、この頃、『源氏物語』に天皇をはじめこれら公卿・女房たちが心を引かれていたのは明瞭である。

このように、多くの讃美をうけ、『源氏物語』は『日本紀』を連想させるほどの特異な作品であるという一条天皇の考えに、紫式部はこの上もない光栄を感じたのであろう。

このように、世間からも大いに賞美された『源氏物語』であればこそ蛍の巻に、

日本紀などはただかたそばぞかし。

と源氏と玉鬘の会話に見えているのも、紫式部に、それだけの自信があればこそ出た言葉と思われる。

さて、その言葉は、この巻の光源氏と玉鬘の会話の中で語られる。五月雨の頃、長雨であきあきとしているとき、玉鬘は自分の複雑な身の上を嘆く一方、自らを物語の世界の女性とひき比べて、物語に読み耽る毎日が続いた。

玉鬘にとっては、物語が何よりもの慰めであった。この日も、源氏が玉鬘の部屋を訪れると、部屋いっぱいに物語が散らばっている。源氏は、やや、からかい気味に「物語は、ほとんどあり得ぬことばかり書いてある。それを真実と思って懸命に読み取っているのは、なんと浅はかなことよ」というと、玉鬘は負けていない。「私は物語にこそ本当の人間の生きる道の真実が書いてあるのだと信じている」と答えるので、光源氏も玉鬘に負けたといわんばかりに、物語は、

神代より世にある事を記しおきけるななり。日本紀などはただかたそばぞかし。これらにこそ道々しく詳しきことはあらめ。

と言い出したのである。即ち、物語は、世にあることを記し置いたもので、虚構や架空なことばかり書いているものではないとする。だからその方面から見れば、六国史は史実を正確に書いていることは、この上もないのだが、「かたそば」である。即ち、事実は正確に書いているが、真実、ヒューマニティーな面が欠けている。それに比すると、物語、とくに『源氏物語』は、根底には史実を正確によく理解し、採り入れ、それをもとに架空の物語を創作し、しかも、人々の心を明確にあらわすように書いている。したがって、

その人の上とて、ありのままに言ひ出づることこそなけれ、よきもあしきも、世に経る人のありさまの、見るにも飽かず、聞くにもあまることを、後の世にも言ひ伝へさせまほしき節ぶしを、心に籠《こ》めがたくて言ひおきはじめたるなり。よきさまに言ふとては、よき事のかぎり選り出でて、人に従はむとては、またあしきさまのめづらしき事をとり集めたる、みなかたがたにつけたるこの世の外の事ならずかし。

と語り進めたのである。

だが、紫式部にとっては、史実を忠実に書いていくというのが、最終の目的ではなかったことはいうまでもない。史実は物語の虚構を、より美しく組立てるための材料、よりどころであったのである。また逆に『日本紀』が「かたそば」であるというのも、史実の正確さのみにこだわっているためである。六国史についての反省である。物語における「内部論理の発展」ともいうべき、物語の道理の筋や主題、物語の本質のなりゆきが明らかにされ、ただ見聞きするだけではすまされぬ、どうしても伝え残しておかずにはいられない感動があり、そのため善悪ともに多くの事件が叙述されていくのであるが、いずれもこの世の外のことではないという。多大な史実を基礎に置きながら、虚構の現実を造成することの重要性が、『源氏物語』の作者の創作体験のあらわれであった。

さて、偉大な『源氏物語』の誕生によって、物語・日記などの世界は大きな刺激を受け、『源氏物語』を非常に憧れる『更級日記』がその五十年後に出ている。これによれば、成立して百年も経たぬうちに、文学少女の憧れのような、こんなにも『源氏物語』を読みたいという気持が多く見られる書物が出てくるというのは、いかに『源氏物語』が大作で世に流布していたかを物語るものである。そして、『源氏物語』ののちに『狭衣物語』『浜松中納言物語』『夜の寝覚』『堤中納言物語』等々の作品が生まれてきたが、『源氏物語』に比すると、いずれも小規模なものであった。一方『源氏物語』の影響を受けながらも、これらの物語とまた内容の大きく変ったものとして、虚構の物語ではない歴史物語・物語風史書の『栄花物語』が独自の世界を開いていくのである。

要するに、こうして、『栄花物語』の作者は『日本紀』（六国史）と『源氏物語』との融合を、即ち、『源氏物語』の作品が創作物語であるがために統一できなかったところを、見事に新しい物語風史書というかたちで完成させたのである。『栄花物語』の作者、編纂者ともいうべき人々は、藤原氏の九条家の発展の歴史を編年体の叙述の中に外戚の拡充とともに書き記していく。そして、藤原道長が最高の座につき、出家して法成寺の中で暮らす宗教人としての偉大な姿を豪華絢爛の寺院の描写とともに叙述していく。摂関政治のはじめ、基経から叙述をはじめ藤原氏の皇族との関係、外戚関係と当時の公卿の人々の動きを、年中行事・儀式などとともに詳しく述べていく。その最高の地位に達した道長の生涯の栄華の状況が美しく描き語られていく。その間に生きる人々の喜びや悲しみが、時のながれの中にあらわれ、『源氏物語』の光源氏像に、この上もなく輝かしい人生が見られていくように、『栄花物語』の藤原道長の人物像が編年体の多くの史実のながれの中に美しく叙述されていく。『源氏物語』の虚構の世界が、多くの史実、とくに道長の権勢発展の事実を光源氏に託して語っているところを、『栄花物語』は物語風な筆を用いて、物語的人生を事実のもとに引きもどし、新しく歴史と物語を併合したような作品を完成していく。

執筆に際しては、原史料の蒐集を大きく開始したに違いないが、その史料蒐集過程については、残念ながら明らかにすることはできない。ただ、巻八初花の巻の後一条天皇誕生のところに、『紫式部日記』を原史料としていることが明らかになるのみであった。のちに『往生要集』も原史料として利用しているのが明らかになる。従って、編年体のかなで書かれた史書であるとはいえ、私的なものであったことはいうまでもなく、史実を正確に叙述しようとしている努力は充分に見えるのであるが、その内容の史実に誤りが少なくないのも、原史料を採用する編者の態度が、六国史や新国史の編纂の場合ほど、きびしいものではなかった結果かともおもわれる。したがって史書としての客観性という面から見ると、藤原氏と後宮の世界に限られたものであり、狭い範囲に属するものともいえるかも知れないが、その内容からせまってくるような、喜び、悲しみ、あわれ等々の面は六国史には見られない『栄花物語』のみが伝える感動的な世界であるということができるのである。それは、やはり、『源氏物語』蛍の巻の、

見るにも飽かず、聞くにもあまることを、後々世に言ひ伝へさせまほしき節ふし

が『栄花物語』に叙述し続けられるのであり、そこに『栄花物語』の魅力が存するのである。

次に、『源氏物語』の蛍の巻の物語論および「日本紀などはかたそばぞかし」という歴史（六国史・新国史）に対する認識は、大きな反映を『栄花物語』にもたらしているが、内容を検討すると、各々の巻の上に大きな影響をおよぼしている場合もある。そして『栄花物語』が『源氏物語』のどの部分にヒントを得て執筆されているかが明らかになる部分が少なくない。例えば、巻五浦々の別である。

浦々の別の巻は、長徳二年（九九六）の長徳の変（伊周・隆家兄弟の配流事件）が主なる史実となっているが、『栄花物語』の作者・編者は、部分的に『源氏物語』の須磨・明石の巻の一部も内容に採り入れているところがある。まず、長徳の変の史実は、伊周がある恋愛事件の思い違いから、花山法皇に弓を向けるという結果になってしまった事件である。即ち、伊周は為光の三女に恋しており、また花山法皇もその妹の四女に恋していたところ、伊周は何か間違えて、法皇と自分の恋人が同一人物とみて、花山院が我が大切な恋人を横取りしようとしていると信じ込み、腹を立てて元気な弟隆家とともに、弓の上手な従者をして法皇に弓を向けたのである。これは『栄花物語』（巻四みはてぬ夢）ではただそれだけなのであるが、『小右記』（長徳二年正月十六日条、大日本古記録本による）

ではこの事件はもっと烈しく、伊周の従者たちが花山法皇の邸宅へ出かけて行き、そこで乱闘事件が起こり、遂に伊周側の者が法皇に仕える童児を殺し、その首を持ち去ったとある。ここまで判明すると本当に大きな失脚に相当する事件であり不敬罪である。さらに、東三条院詮子（一条天皇の母后、道長の姉）を呪咀したこと、また、臣下が行ってはならぬといわれている大元《だいげん》の法を秘かにやっていた等々の理由が加わって配流の宣命が出て伊周は大宰権帥に、隆家は出雲権守となって、長徳二年四月二十四日にそれぞれ現地へ流されて行くのである。

さて、巻五のこのところで、『栄花物語』では、少し前に日がさかのぼる四月二十二日の夜、伊周は木幡へ行く。

夜中ばかりにいみじう寝入たれば、御をぢの明順ばかりを御供にて人二三人ばかりしてぬすまれ出でさせ給ふ。御心の中に多くの大願を立てさせ給ふしるしにや、事なく出でさせ給ひぬ、それより木幡に参らせ給へるに月あかけれど、此所はいみじうこ暗ければ、

とある。現地へ出発する前に京から秘かに出たことは事実であったらしい。『栄花物語』と『小右記』を比較すると、場所も月日も少し異なっていて（拙著『歴史物語成立序説』参照）、『栄花物語』は木幡から北野へ、『小右記』は愛太子山へ行ったという。『小右記』の愛太子山も人の伝言であるから、果たして事実かどうか。また、木幡は明らかに『源氏物語』の影響といえよう。即ち、『源氏物語』須磨の巻に、

御山にまうでたまひて、おはしましし御ありさま、ただ目の前のやうにおぼし出でらる。限りなきにても、世に亡くなりぬる人ぞ、言はむかたなくくちをしきわざなりける。よろづのことを泣く泣く申したまひても、そのことわりをあらはにえうけたまはりたまはねば、さばかりおぼしのたまはせしさまざまの御遺言は、何方《いづち》か消え失せにけむと、いふかひなし。御墓は、道の草茂くなりて分け入りたまふほど、いと露けきに、月も雲隠れて森の木立、木深く心すごし。帰り出でむかたもなきここちして、拝みたまふに、ありし面影さ

やかに見え給へる、そぞろの寒きほどなり。

亡きかげやいかが見るらむよそへつつながむる月も雲隠れぬる

とある場面は、桐壺院の墓に詣る部分である。夜中ばかりに御傍《おそば》の人五、六人とこの墓に詣でるところは、『栄花物語』の木幡詣の部分と表現も類似している。そして、いずれも父親をはじめ先祖の墓に詣でる部分である。

また、木幡浄妙寺には、藤原氏代々の墓があり、道長も若い頃、父兼家とともに詣でている（『栄花物語』巻十五疑）。父親兼家と詣でたその時はその場所が荒れていたが、道長は自分がしかるべき地位についたら、ここに供養塔を建てようと念願を立てている。そこで、のちにいたって三昧堂を建て供養し（寛弘二年十月十九日）、立派に道長は祖先の供養をしている。『栄花物語』の伊周が木幡へ夜中に密かに詣でたということは、他の史料には見えないが、真実であるとともに、ここには『源氏物語』の影響も存したであろうことは疑いない。やがて、木幡へ行った伊周が帰ってくる場面がある。検非違使どもが、

なぞの車の只今かゝる所に来るは、

と不思議に思っていると、「殿の木幡に参らせ給しが、今帰らせ給ぬ」とあり、検非違使どもが皆並んで内大臣殿伊周に敬意をあらわすのであった。

見奉れば御年廿二三ばかりにて、御かたちとゝのほり、ふとり清げに、色合まことに白くめでたし。かの光源氏もかくや有けむと見奉る。

とあって、この表現などは、いかにも『源氏物語』の影響の強いと思われるところである。要するに浦々の別の巻は、基本的には、この当時の史実をじっくりと根本に置いていながら、『源氏物語』を真似て事実を創作しているところも多少はあろうと思われる。このあたりのことは、松村博司氏が『栄花物語の研究』で明確に述べてお

られる。しかし同書において、松村氏が、

栄花物語は三代実録につぃだ歴史物語であり、決して単なる藤原道長の物語なのではないのであるから、光源氏を主人公として構成せられた小説物語である源氏物語とは全く性質が異なるということを念頭に置いて考えなければならない。

といわれている通りであって、『源氏物語』に引かれて書いているところはあっても、『栄花物語』は史実にあり得ぬことを執筆するということは行っていないはずである。

次いで、『栄花物語』の人物像についてみてみよう。主人公藤原道長に光源氏の人物像が入っているか考えると、それは案外少ない。といっても、光源氏の全盛期の六条院の状況は、その中で行われている儀式をはじめとして、寛弘五年（一〇〇八）を中心とする『紫式部日記』の内容と一致する部分も少なくない。土御門第の描写には、六条院の有り様が意識的か無意識かはさだかではないが、投影されているのだろう。道長の全盛期の人物像には、光源氏の全盛期の姿が採り入れられているであろうことはいうまでもない。但し、大きく相違することは、政治家光源氏の姿も大きくとりあげられているとはいえ、光源氏の人物像は恋愛物語の主人公であり、『栄花物語』の道長のそれは、あくまで政治家道長の姿であって、外戚を築いて九条家の基礎を築いていく堂々たる英雄道長の人物像であるといっても過言ではなかろう。いわゆる『栄花物語』独特の人物像が浮びあがっているのである。と同時に、やさしい思いやりのある気持、すべての人々に寛容であるというような道長の人物表現の場面は、『源氏物語』の光源氏の心と生き方があらわれているというようなこともいえるであろう。

結局、『栄花物語』の全体構成が物語風の史書を編纂するという姿勢が大きく、人間の心の美しさ、やさしさ、あるいは悲しさ、嬉しさをあらわしながら歴史の流れを書いていくということ。例えば、道長をはじめ一人一人の登場人物の描き方が、その伝記を、そのまま紹介するというのではなく、人物の性格を悉くあらわし、六国史の書き方を基礎に置きつつ、歴史事実を編年体に、できるだけ正確に並べ、さらに、その中に動く人々を、史実とからめて、その人物の伝記並びに人柄・性質などを明確に外戚の発展の中に叙述していく。これこそ、六国史と『源氏物語』の両面からヒントを得た歴史物語、あるいは物語風史書の本質であったと思われる。従って史実にはあくまで忠実であり、勿論ところどころ史実との誤り、あるいは史実との一～二年の年代のずれなども見出し得るが、これは史実の意図的な改変などというものではなく、ケアレスミステイクであるということを、はっきりと見ていかねばならないのである。これがもし、意図的な改変であるとするならば、その結果、現代（昭和・平成）の歴史小説のように、いかにも文学的な興味を引く場面があらわれなければならないのである。ところが、その史実と誤っている部分を検討してみても、それが何か文学として興味を引くような効果をあらわしているかというと、内容的な吟味をしても、そのように考えられるところは、まず少ない。むしろ史実を誤ってしまったために、前後の叙述がおかしくなっているものが多く目立つのみである。この部分が現在の歴史小説と、大いに異なるところである。

『栄花物語』における文学性は、一貫した内部論理の展開とか、第一主題、第二主題という点にみられるのではなく、史実を意図的に改変して虚構の世界をつくりあげるということもなくということになってくると、その文学性は、どこに求めることができるのであろうか。それは、以上いろいろと述べてきたように、部分的に一つ一つの史実の中に、よろこびや悲しみを上手に表現しているところ、結局部分に求むべきものであろう。『栄花物語』は「かなしうあわれな物語」であるというように、やはり、史実の文章表現の中に、そのような部分を発見し、そこに文学性を求める、という方法により獲得できる程度のものである。やはり、その部分々々に文学性を求めていき、『栄花物語』が文学であるというところは、そこから発生しよう。しかしだが、これは、『栄花物語』の作者・編者の本当の独自の心、考え方から出たものかどうかは疑わしい。そこには、原史料の問題が存するからである。

例えば、『栄花物語』巻八初花の敦成親王（のちの後一条天皇）の誕生の部分の記述を例にあげてみよう。この皇子誕生の部分の文章を熟読すると、『栄花物語』のその部分の表現が美しいみやびな文学的な叙述で進められているところもある。『栄花物語』の地の文が、いかにも美しい文章で創作されているような感をうけるのである。しかし、これは、いうまでもなく『紫式部日記』が原史料である。この部分はいかにも明るいめでたい物語というふうに見られるのだが、原史料の『紫式部日記』による文学的な面の表現を、もとの文章をそっくりそのまま採り入れているとすれば、これが、『栄花物語』の独自の文学性であるといってよいであろうかと、考慮せざるを得ないのである。

七　後見の重要性

敦康親王・敦明親王の後見の重要性という問題について述べよう。敦康は一条天皇の第一皇子、母后は定子（道隆の娘）である。しかし、最初から敦康は不幸の星の下に生れた親王であった。敦康の母后定子は、二十五歳の若さで敦康の妹媄子を生み、長保二年（一〇〇〇）に崩御し、また敦康の祖父道隆も、それより以前、長徳元年（九九五）に亡くなっている。このようなわけで敦康には後見がない。道隆の息子伊周に道隆の政権が移ってさえいれば、中関白家にとってよかったのだろう。しかし、前述のように伊周は失脚してしまったので、とても敦康の後見になるということは不可能であり、そのため敦康は、道長の長女、のちの中宮彰子が引きとって育てているという状況である。

『栄花物語』巻六かがやく藤壺には、

皇后宮には、あさましきまで物のみ覚え給ければ、御おとゝの四の御方（御匣殿）をぞ、いま宮（敦康）の御後見よく仕うまつらせ給べき様に、うち啼てぞの給はせける。

とある。即ち、定子の生前より一条天皇の御匣殿となった道隆の四女が敦康の後見となっているという。また、巻八初花の巻にも、

故関白殿の四の御方は、御匣殿とこそは聞ゆるを、この一宮の御事を故宮（定子）よろづに聞えつけさせ給しかば、たゞこの宮の御母代によろづうしろみきこえさせ給とて、

とあり、御匣殿が、はじめ後見であったことは明らかである。しかし、この御匣殿も、『権記』の長保四年六月三日条に、

故関白殿四君亡給、

とあり、長保四年に亡くなっている。そこで、その後は、道長の長女一条天皇の中宮となった彰子が、道長とともに敦康親王の面倒をみて育てている。道長も彰子の皇子、敦成親王（のちの後一条天皇）が生まれる以前は、この敦康親王に期待し、さかのぼって敦康誕生の儀式などは、道長がすべて喜んで行っているのである。

御湯殿の鳴弦や読書の博士など、皆大殿（道長）にぞ掟て参らせ給へる。大殿「同じき物を、いときらかにもせさせ給へるかな。筋は絶ゆまじきことにこそ有けれとのみぞ。九条どのの御族《ぞう》よりほかの事はありなむやと思物から、其中にも猶此一筋は心こと也かし」などぞの給はせける。（巻五浦々の別）

とあって、九条家から皇子が誕生したことを大変心から喜んでいる。

だが初花の巻で、彰子の皇子、敦成親王が誕生すると、道長はこの皇子敦成を早くしかるべき地位につけたくなり、敦康親王は、あわれな結果にいたるのである。

巻八初花の巻には、敦康親王の元服が描かれている（『御堂関白記』寛弘七年七月十七日条にもあり）。

内の一宮御元服せさせ給て式部卿にとおぼせど、それは東宮の一宮《敦明》さておはします。中務にても二宮《敦儀》おはすれば、だゞいまあきたるまゝに、今上の一宮《敦康》を帥宮とぞきこえける。（中略）一品にぞなし奉らせ給ける。よろづを次第のまゝにおぼしめしながら、はか〴〵しき御後見もなければ、その方にもむげにおぼし絶えはてぬるにつけても、返〳〵「口惜しき御宿世にもありけるかな」とのみ悲しうおぼしめしける。（傍点は筆者）

とあって、まず、先輩の二親王（敦明は三条天皇の皇子）がそれぞれ式部卿・中務卿になっているために、ここでは敦康は帥宮となる。そのことは、別に問題ないのだが、続けて、

はか〴〵しき御後見もなければ、その方にもむげにおぼし絶えはてぬるにつけても……

とあるところが、大変重要である。後見役のない親王はしかるべき地位につくことができないというのが、『栄花物語』の一貫した思想である。これは全編をつらぬいてあらわれる大きな主題である。

さらに『紫式部日記』を原史料として書いているところで、同日記にはない新しい追加文の中にも敦成と敦康を比較する次の記述がある。

かゝるすぢにはたゞたのもしう思人のあらんこそ、かひ〴〵しうあるべかめれ。いみじき国王の御位なりとも、後見もてはやす人なからんは、わりなかるべきわざかな。（巻八初花）

と、敦康は、後見がないため弱いということを一条天皇の言葉としていわれているのであって、敦康の不遇の理由を明確に語っている。この部分は原史料の『紫式部日記』には存在せず、『栄花物語』独特の部分である。勿論、

原史料は不明であり、『栄花物語』独自の文である（本書序論参照）。

のちに、敦康親王は、一条天皇の譲位があり、三条天皇が即位すると、

春宮にはわかみや《敦成》をなんものすべうはべる。道理のまゝならば、帥の宮《敦康》をこそはと思ひ侍れど、はか〴〵しき後見なども侍らねばなん（巻九いはかげ）

とあって、このさいも後見のないことが理由で敦康は東宮になれず、敦成が東宮となる。

次に、三条天皇が譲位。敦成親王が後一条天皇となって即位するが、今回もまた敦明親王（三条天皇の第一皇子）が東宮となり、敦康は式部卿宮となるにとどまった。

式部卿の宮は、かく東宮にたゝせ給べしといふ事ありければ、（中略）「もしこの度もや」などおぼしけん事音なくてやませ給ひぬ。東宮《敦明》も理《ことわり》に世の人は申思たれど、この宮《敦康》には「あさましう殊の外にもありける身かな」と、うち返し〴〵我御身一つを怨みさせ給へどかひなかりけり（巻十二玉の村菊）。

とあり、ここには後見という語は見えないが、『栄花物語』の敦康がいつも機会を逸する理由が、その背後にありありと見えているのである。

さて、最後は後一条天皇即位とともに、東宮となった敦明親王が、自分自身から東宮を辞退した時のことである。これについては、拙著『平安人物志』所収「敦明親王――小一条院――」で詳しく述べたところだが、道長が早く我が外孫の敦良親王を東宮につけたがったために、敦明は、東宮の地位を自分から降りるというふうな意志表示をせざるを得なくなったのであるという説もある。それについて、今ここに詳述する余裕はないが（拙著『藤原道長』参照）、敦明の東宮退位が決定すると、道長は大宮彰子のところへ行き、三宮（敦良）の立坊について承諾を得ようとした。すると彰子は、

それはさる事に侍れど、式部卿宮などのさておはせんこそよく侍らめ、それこそみかどにも据え奉らまほしかりしか、故院（一条院）のせさせ給ひし事なれば、さて、やみにき。この度はこの宮のゐ給はん、故院の御心の中におぼしなん本意もあり。宮の御為もよくなむあるべき。若宮は御宿世に任せてもあらばやとなん思ひ侍る（巻十三ゆふしで）。

と、これを諌めて、敦康親王は東宮になるべきはずの方で、一条天皇が、そうしようとされていたのに思う通りにならなかったと強くいう。

このたびこそ東宮に立てることが一条天皇の主旨にも沿うことになるし、敦康親王のためにもよいと説得する（巻九いはかげの巻）。すると道長は、

げにいとありがたくあはれにおぼさるゝことなれど、故院も、この事ならず、たゞ御後見なきによりおぼし絶えにし事なり。かしこうおはすれど、かやうの御有様は、たゞ御うしろみがらなり。そちの中納言（隆家）だに京になきこそなど、なをあるまじきことに思し定めつ。

とあって、ここでも、後見が弱いということで結着がつけられる。

かように、敦康は、三条天皇・後一条天皇即位のとき、また東宮敦明が退位したとき、と三度のチャンスを持ちながら、結局、東宮に立つことができなかった。以上述べたところで明瞭なように、その理由は明らかに後見の弱さである。

ここに、『栄花物語』は華やかな摂関政治の裏面に存在する悲劇の人、敦康をよくとらえている。三条天皇と皇后娍子の間に生まれた敦明親王も、やはり後見が弱いために同じような運命をたどっているのである。この後見が弱い親王はしかるべき地位につくことができないという史観は、摂関政治の本質を、まことによくとらえてい

るということができるのである。敦康親王には、しっかりした後見役がなかった。道隆および定子が早く死去し、道隆が後継と考えていた伊周は、後を継ぐことができずに終わった。これにひきかえ、道長一家は、とんとん拍子に敦成（後一条天皇）・敦良（後朱雀天皇）と二人の親王が天皇・東宮となり、外戚として立派に進んでいったのである。

即ち、道隆・定子の死によって外戚がしっかり確立しなかった中関白家が、道隆死後、悲劇の連続であったため、このような不幸な結末に終ったのである。外戚として完全にととのった家が後見役になるのは、これまた当然であった。このように後見が強いか、そうでないかは、これほど対照的であることに注目すべきである。この考え方が、『栄花物語』に史観として一貫していることは、まことに摂関政治の本質をよくとらえているといっても過言ではないのである。

八　作者・成立

次に、作者と成立年代についてみよう。全四十巻は、正編三十巻と後編十巻に分けられる。これは、『源氏物語』が正編と宇治十帖とに分けられているのと同じかたちとなっており、おそらく『源氏物語』によって、この構想を考えついたのであろう。巻三十鶴の林に道長の死が詳しく書かれており、巻三十一殿上の花見のはじめに、

入道殿うせさせ給にしかども、関白殿・内大臣殿・女院・中宮・あまたの殿原おはしませば、いとめでたし。

とあるのは、巻三十一より新しく書き継いだものであることを示す。

さて、この正編三十巻と続編十巻を、一人の作者（あるいは編者）とする説と正続別人とみる説があるが、後者の説に賛成したい。

即ち、巻一～三十までは赤染衛門説である。この説の最古のものは、金沢文庫称名寺二代長老明忍房釼阿の書写といわれている『日本紀私抄』（中世の古文書の紙背に書かれたもの）に「栄火（花）大隈守時持女赤染右衛門作」とあるもので、これは『大鏡』等々とともに平安朝の歴史物語の作者を語る重要な文献である。この説が、江戸時代になると普遍化され、明暦二年（一六五六）刊の『栄花物語整版本』や『絵入九巻抄出本』などに「赤染衛門の述作」と明記され、近松門左衛門の浄瑠璃にも「赤染衛門栄花物語」などと見えている。

しかし、赤染衛門説を採用するとしても、それは、単に作者というのではなく、編纂者という立場から考えなければならない。

松村博司氏が『栄花物語の研究』でいわれているように、「正篇は一筆で一人の統轄者によってまとめられたものである」。即ち、ここには数人の史料蒐集者と、編纂に従事する人々がいて、その総括者が赤染衛門であったと私も見るのである。この大きな物語風史書である『栄花物語』を、赤染衛門がただ一人で執筆して仕上げたということは困難なようにおもわれ、赤染衛門は、その編纂の総責任者のような立場にあったと見るのが妥当であろうことは、いままでにも述べてきたところである。

赤染衛門は、はじめ赤染時用の娘であったため赤染姓をもって呼ばれた（『中古歌仙三十六人伝』）。赤染衛門は長じて大江匡衡の妻となり、挙周・江侍従を生み、その後、藤原道長の妻、源倫子に仕えていた。夫匡衡は大江氏であり、大江氏は代々六国史に続いて進められていた新国史の編纂に力を注いでいた。朝綱は天暦八年撰国史所別当に任ぜられ、朝綱の死後は匡衡の祖父の維時が別当となって、編纂を続けていたようである。

しかし、国史編纂事業も冷泉天皇以後はすっかり跡を絶ってしまった。冷泉天皇のときまでは先にも述べたように撰国史所と称する役所が置かれて国史の編纂が続けられ、新国史は現存はしないが、宇多・醍醐・朱雀の三代にわたる国史が作られていたことは、『拾芥抄』『本朝書籍目録』などによって明らかになるところである。匡衡は維時の孫にあたるが、匡衡自身は文章博士となり、父祖の偉業を懐かしんでいた。そこで、匡衡の手許には国史編纂事業、修史事業のための多くの史料が蒐集されていたであろうし、国史を編纂しようとする意欲も強かったと思われる。従って赤染衛門を『栄花物語』の作者または統轄者・編纂者とするならば、大江匡衡の妻であったことの意義も考えてみる必要がある。

坂本太郎氏は、赤染衛門説の根拠の裏づけとして新国史と匡衡の関係を述べ、

赤染衛門は匡衡の妻として、夫の志を察し、新国史のあとをつぐ歴史を新しい物語の形式で叙述することを思いたったのではなかろうか。（『日本の脩史と史学』）

とされ、大江氏の立場に立っての名誉回復、自己主張の意味をもったものとして、これを考えられている。それ故、赤染衛門が『栄花物語』の執筆または編纂にあたって、匡衡が祖父・父たちとともに残した国史編纂事業のための多くの史料を利用したことは当然考えられよう、それ故、はじめの巻一月宴より巻四見はてぬ夢のあたりまでは、いかにも編纂性が強く、六国史・新国史をかなで編纂したというような感をうけるのである。その匡衡も長和元年（一〇一二）七月十六日に没した。『栄花物語』の巻でいうと、巻十ひかげのかづらである。しかしその中に匡衡の死は書かれていない。これはなぜであろうか。この巻は、四月に三条天皇皇后娍子立后の記述があり、次は十一月の大嘗会までの史実は書かれていない。夫匡衡の死を、編纂書の中に挿入しなかったのか、原史料にない自分の経験によるような史実は、あまり入れたくなかったのか、あるいは、その他の理由が存したのか、今後の問題にすべきところである。一方、巻十五疑に、宇治木幡浄妙寺供養の詳細な記述がある（寛仁三年とあるが、これは寛弘二年の誤りである）。その供養の願文は、

その日の御願文、式部大輔大江匡衡朝臣仕うまつれり。多く書き続けたれど、けしきばかりを記す。はじめの有様も聞かまほしう、よく願文のことばども仮名の心得ぬ事ども交りてあれば、これにてえ写しとらず。

とあって、ここでは夫の願文を、この場所に書き留めなかったことを説明している。

これらのことから、匡衡生前中は、背後に匡衡のいることが心強く、赤染衛門は夫の意見をも参照しつつ編纂書として物語風史書のかたちに作りあげるのに懸命になったが、夫亡き後は、自分の一人の意志で（勿論、他に手伝う人はいたであろうが）、相変らず史料を蒐集しつつ、編纂を続けていったのである。従って夫の死後は勿論、匡衡の意図をついで編纂のかたちを採ってはいたが、巻十五以降はしだいに文学的な描写に重きが置かれるようになり、道長家に関する儀式が巻ごとに詳述される傾向が多くなる。また、一巻々の扱う年月が短くなり、ごくせまい一つの史実に集中し、それを採りあげて詳細に文学的な叙述になっていくのが特徴であった。勿論、原史料に依拠して執筆を進めていたのであろうが、それ以前の巻々が一巻に長年の史実にわたる著述を進めているのに反し、のちの巻へ行くほど視野が狭くなってきた特徴を感じるのである。巻十五以降は、それ以前の巻と同じように編纂の協力者はあったのであろうが、やはり赤染衛門自身の意図が、かなり強く反映していると考え得る。

こうして巻三十までは、まず赤染衛門として間違いなかろう。否定説も江戸時代以後、昭和年代まで、いくつか出ているが、それほど否定の根拠は強くなく、私はやはり和田英松氏以来の鎌倉時代の『日本紀私抄』の説を採る。

成立年代については、まだ今後の問題である。従来、多くの説が出ているが、安易に結論を出してはよくない。やはり従来の説の中では、和田英松氏の説、即ち、巻十五疑の記事にもとづき、万寿三年（一〇二六）より長元六年（一〇三三）までの九年間の間といわれるところが、一応、妥当であろうとする。その説を採るとすると、巻三十鶴の林に、万寿五年までの記述があるので、つまり、長元二年より同六年までの五年間に書いたということになる（『栄華物語』十七冊本の解説）。松村博司氏は、多くの説をあげながらも、この説をよしとされている（『栄花物語の研究』）。私も、やはり、この説を最も妥当と考える。しかし、この説といえども、木幡浄妙寺の三昧堂の火が、「寛弘二年十月十九日供養の日は一度に出でて、この廿余年今に消えず」というところからきているのである。するると、寛弘二年から二十余年は万寿三年より長元六年までの九年間にあたる。そのために巻十五の成立はその九年間のうちであるとするのだが、巻十五以降巻三十までは明らかでない。その後の十五巻は万寿五年までが巻三十に書かれているから、一応、六年間に短縮して考えることはできよう。だが、本文に出た「この廿余年今に消えず」というところのみから全体三十巻の執筆であると決定するのは、もう少し慎重にしなければならないと思う。これは今後の研究である。

さて、続編は堀河天皇の寛治六年（一〇九二）二月までであり、二月以降遠からずして成立したとみる和田氏の『栄花物語詳解』の説に従うより他に史料がないという松村博司氏の指摘に同意する。また、作者は、最初の七巻が出羽弁、あとの三巻は女房（逸名）といわれるが、ヒントになるものもなく、仕方のない状態である。今後の研究を俟つことにしたい。

第三章　『栄花物語』の歴史と文学

第一節　『栄花物語』の説話性

『栄花物語』には、多くの説話めいたものが材料に使われていることはいうまでもない。それには、どんな種類の説話が多いか。それらについては、河北騰氏が「栄花物語の説話について」（『栄花物語研究』所収）に詳しく「をこ話」「仏教説話」「かなしい話」「出家譚」等々にわけて述べている。かようにその説話を内容的に分類すると、いくつかの種類にわけることができよう。『栄花物語』の作者または編者は、これらの原史料としての説話を、どのように利用して『栄花物語』を編纂していったか。古くは秋山謙蔵氏もこれを編纂ものと認め[1]、数人から十数人の編修者が材料の蒐集と選択を行い、最後の仕上げが赤染衛門であったかもしれぬといわれている。したがって『栄花物語』は、その叙述・編纂のため、多くの原史料が使われているであろうことはいうまでもない。それら原史料とおもわれるものを、いま種類別にみてみると、年代記・系図類・日記（主として女房の日記）・説話・和歌説話その他である。このうち、女房日記を材料としていることは、巻八初花の皇子（敦成親王、のちの後一条天皇）誕生の場面をみれば、『紫式部日記』をそのまま材料にしていることが明らかである。かように、多くの原史料によっているということをまず考えねばならない。松村博司氏は、『栄花物語の研究』において、正篇三十巻の典拠として明瞭になるものを次のようにあげておられる。(2) それは『紫式部日記』をはじめとして、『往生要集』『六時讃』『三宝絵詞』『法華経』等々、また引歌として『古今和歌集』『後撰和歌集』『拾遺集』その他。

そこで説話との関係に入っていこう。

巻一月宴からみていくことにしよう。特に巻一から巻四までは、編纂的傾向の強い巻であるが、巻一にも説話をもととしていると思われる部分はかなりある。

まず巻一は宇多・醍醐天皇から始まり、太政大臣基経と基経の四人の子供たちのこと。続いて朱雀天皇、昌子内親王、村上天皇、忠平・師輔等。安子の懐妊、憲平親王（冷泉天皇）の誕生と、はじめは系図類・年代記のようなものを主材料として筆が進められていく。その中に、九条殿師輔の一族が、小野宮実頼と対照的に書かれつつ、九条家の発展していく過程が自然に描かれていく。ここは明らかに村上天皇のもとに師輔・安子をからませて九条家の発展に主題が置かれていることは確実である。ここにまず説話と思われるものが書かれている。

式部卿の宮の北の方は、内わたりのさるべき折ふしのおかしき事見には、宮仕ならず参り給けるを、上はつかに御覧じて、人しれず「いかで〱」とおぼしめして、きさきに切にきこえさせ給ひければ、心ぐるしうて、知らぬ顔にして二三度は対面せさせ奉らせ給けるを、上はつかに飽かずのみおぼしめして、常になを〱、と聞えさせ給ければ、わざと迎へ奉り給けれど、あまりはえ物せさせ給はざりける程に、みかどさるべき女房を通はせさせ給て、忍びてまぎれ給つゝ参り給。又造物所にさるべき御調度どもまで心ざしせさせ給ける事を、おのづから度々になりて、后の宮も聞かせ給ひて、いとものしき御けしきになりにければ、上もつつましうおぼしめして、かの北のかたもいと恐しうおぼしめされて、そのこと、まりにけり。かの宮の北の方は、御かたちも心もおかしう今めかしうおはしける。色めかしうさへおはしければ、かかる事はあるなるべし。みかど人知れず物思ひにおぼしみだる。

とあり、この登子は、中宮安子崩御後、登花殿に局が用意され、尚侍となって入る。この部分は長い記事であって、『大鏡』にも詳細にある。明らかにもとの説話をそのまま採用した部分と思われる。(3)

こうして『栄花物語』には、「月日もすぎて康保四年になりぬ」「今年は年号かはりて安和元年といふ」と編年で明確に区切っていく中に、ところどころ大きく原史料としての説話が採り入れられているのが特徴である。

これらの説話が、どのようなところにどう利用されているか。それは主として天皇と後宮関係のところに多い。例えば、先にあげた登子の部分などは明らかに原史料があるとみねばならぬ。登子の入内に続いて按察御息所女、保子内親王の琴の評判を聞き、村上天皇が、それを喜び参内させるという場面も、明らかに原史料の説話を、そのまま導入したに違いないところである。それは、説話らしい原史料を掲げたあとに、

その折にあさましうおぼされたりける御けしきの世語になりたるなるべし、かやうなる事もさしまじりけり。

とあって、作者の草子地のごときものがみえ、原史料の草子地をそのまま用いたらしい根拠がみられる。また、続いて少将高光の出家の場面にも、「これは物語に作りて、世にあるやうにぞ聞ゆめる」と長い説話めいた話しの終りに書かれているのも興味深い。

巻一では、為平親王の子の日の宴の部分なども説話風であり、説話の原史料をそのまま採用したと思われる部分は他にも存するが、何といっても巻一の最後の箇所にみえる永平親王のをこ話は、明らかに説話である。この部分は、とくに詳しく、愚かな八宮が年賀のあいさつに冷泉の后昌子内親王のところへ行く記述が長々と書かれる。だが、『大鏡』では、永平親王に関しては、済時を批判しているのに対し、『栄花物語』には親王の無智をかばうような書き方は全くなく、親王の愚かさをさらけ出すように書いている。これは、長々とこの説話を採り入

れたことに作者の何か意味があったとみることができる。即ち、それは安和の変による源高明の左遷。高明と親しくしかも深い婚姻関係にある藤原師輔、ひいては村上天皇の中宮安子（師輔の娘）に対する作者の同情からきたものではなかろうかと思われる。

高明を追放した張本人は藤原師尹。師尹は兄弟でありながら、師輔に対して常に嫉妬心を持っていた。師輔は高明と組んで着々と教養を高め、公家の有識方面の学問を修めつつ（『九条年中行事』や日記『九暦』に見られるところ）、しかも中宮安子と師輔を中心とする世界が彼らによって築かれつつあることに、師尹はあせりと苦悩を感じていた。その心が遂に師輔・安子亡き後、師尹の力によって高明の左遷、安和の変という事件を引き起こしてしまったのである。その追放の目的は、左大臣高明の席を空けて自分（師尹）が右大臣から左大臣に上りたいという根性によるものであった。思った通り師尹は高明のあとの左大臣になっている。

この安和の変を記するにあたって、『栄花物語』は師尹の行動と陰謀を全く扱っていない。ただ、

> はかなく月日も過ぎて事限あるにや、みかどおりさせ給とてののしる。安和二年八月十三日なり。みかどおりさせ給ぬれば、東宮位につかせ給ぬ。（中略）おりゐのみかどは冷泉院にぞおはします。されば冷泉院ときこえさす。（中略）太政おとど摂政の宣旨かうぶり給ひぬ。師尹のおとどは左大臣にておはす。

とあって、そして、

> かかる程に、小一条の左大臣《（師尹）》日ごろ悩み給ける。十月十五日御年五十にてうぜさせ給ひぬとのゝしる。宣耀殿女御《（芳子）》、男君達よりはじめて、よろづにおぼしまどふ。

とあるのみである。そこで永平親王のをこ話に意味が生じてくる。永平親王は、村上天皇と宣耀殿女御芳子（師尹の女）の間に生まれた皇子である。村上天皇と中宮安子をめぐる九条家一族と、女御芳子をめぐる小一条一族

は、常に仲が悪い。小一条家の嫉妬心からである。だが『栄花物語』は、芳子・師尹のそのような面については何もふれてない。これは『栄花物語』の一つの方法、主張とでもいおうか。人の悪の行動とか陰謀とかについては、あまりはっきりと記さないのが主義なのである。それが善人の歴史などともいわれる所以かもしれない。従ってこの安和の変について、作者は師尹の陰謀を書かず、そのかわりに師尹の女芳子の御腹の御子永平親王のをこ話を長々と挿入した。陰謀をはかった師尹一家の子孫に心に病いをかかえた永平親王が生まれたことを世に伝えて、そのをこ話によって小一条家師尹とその娘、芳子の不幸を明らかにする。これではやはり、聡明な人々の一家である九条家に対し、小一条家が没落していくのは当然であるということを読者に分からせるためのものであったと思われる。師尹の陰謀は直接書かずとも、このような説話を挿入することによって一層師尹の人柄と、その一族の不幸の因縁のようなものを強くあらわしているのである。

　さて、私は今まで巻一よりいくつか説話らしきものをあげてきたが、巻二も説話を原史料としていると思われる箇所がいくつかみえる。その一つに冷泉院女御超子の頓死の場面がある。天元五年（九八二）の正月庚申の夜の出来事である。この夜は、道隆・道兼・道長等が集まって碁・双六などで遊び、もう夜が明けたというころ、超子は脇息によりかかって眠りはじめる。おかしいと思っている間に、そのまま亡くなってしまう。この超子の死の場面は明らかに原史料の説話の文をそのまま採り入れた箇所である。それは、この内容からも説話的な部分が明らかであるが、年時の構成の上からも明らかになる。まず女御超子頓死の事件の前に「かかる程に天元四年になりぬ。（中略）賀茂・平野などに二月に行幸あり」という記事があり、その後は年月は書かれておらず、次に「はかなく年もかへりぬ。正月の庚申出《い》で来れば東三条殿の院の女御（超子）の御方にも、梅壺の女御（詮子）の御方にも、若き人〳〵『年のはじめの庚申なり。せさせ給へ』と申せば、さばとて御方〳〵皆せさせ給」とあって、これは天元五年の庚申である。このことは、『小右記』天元五年正月二十八日条によって明らかである。しかし、超子の庚申の記事のすぐ後に「かかる程に今年は天元五年になりぬ。三月十一日中宮たち給はんとて（下略）」とあって、超子の庚申死が入ることによって、天元五年が二度出て重複することになる。これは明らかに超子の死に関する説話めいた話が存した原史料を、そのまま挿入したことによって生じた現象である（傍点筆者）。

さて、次に巻二の終りの部分、花山天皇出家についてみてみよう。それは寛和二年（九八六）六月二十二日夜から二十三日未明にかけての出来事であるが、そこにいたる経緯が詳細に綴られている。『栄花物語』では、忯子（藤原為光の娘）の入内の記事が非常に詳しく、帝は忯子に大変な愛情を感じ、その結果、忯子は懐妊。そのまま亡くなるという不幸な最期をとげた。これについて『栄花物語』の記事では花山天皇のせつないほどの愛の記述が書き続けられ、里邸へ退出した忯子は病いも進みどうすることもできず、父大納言為光も一日・二日と参内して帝の気持を慰めるなどしたが、帝の異常なまでの愛の状態にはどうにもならず、遂に死にいたったという。この部分は天皇と忯子に関しての愛の表現をあるがままに書いた原史料の説話のようなものがあり、それをここに採り入れたに相違ない。続く記述は、一条殿、即ち為光の邸のあわれなさま、野辺送りの状態、花山帝の悲嘆にくれる有り様等が書き綴られ、

かくあはれ〳〵などありし程に、はかなく寛和二年にもなりぬ。世の中正月より心のどかならず、あやしうもののさとしなど繁うて、内にも御物忌がちにておはします。

とある。そして帝がひそかに宮中を出る記事へと続いていく。説経を花山の厳久阿闍梨を召して行われ、惟成と義懐中納言も宿直がちにお仕えしていたが、突如、「寛和二年六月廿二日の夜、にはかに失せさせ給ぬとののしる」とある。さて、その夜の状態について、『栄花物語』の記述は独特のものがある。太政大臣頼忠をはじめとし

て諸卿・殿上人たちが残らず集まって壺までも見たが、いずこにも天皇は見当らない。関々を固め、義懐は、「守宮神、賢所の御前にて伏しまろび給て『我宝の君はいづくにあからめせさせ給へるぞや』と、伏しまろび泣き給」とあり、そして、

夏の夜もはかなく明けて、中納言や惟成の弁など花山に尋ね参りにけり。そこに目もつづらかなる小法師にてつゐさせたまへるものか。あな悲しや、いみじやとそこに伏しまろびて、中納言も法師になり給ぬ。惟成の弁もなり給ぬ、あさましうゆゆしうあはれに悲しとは、これよりほかの事あべきにあらず。

などとあって、花山寺（元慶寺）へと帝が出向いたあとの宮中の状態に重点を置く執筆が進められており、太政大臣頼忠をはじめ、特に義懐・惟成の悲しみの状態が主として書かれている。こうした宮中の有り様もおそらく事実であって、そのときの宮中の状態を、そのまま記した史料が存したのであろう。さらに続く記事は、

かくて廿三日に東宮位につかせ給ぬ。東宮には冷泉院の二宮ゐさせ給ぬ。（中略）東宮もこの東三条の大臣の御孫にこそはおはしませ。いみじうめでたきこと限なし。これ皆あべい事なり。

と兼家の娘詮子より生まれた懐仁親王が即位して一条天皇となり、同じく詮子の姉超子（このときは故人）の腹に生まれた居貞親王が東宮、のちの三条天皇となる。東宮も兼家の孫であり、「いみじうめでたきこと限なし」と『栄花物語』で書いているのは注目すべきである。しかもみかどは七つ（一条天皇）。東宮は十一と、わざわざ年齢まで書いており、この部分は作者の最重視したところ、最も書きたいところであったのだろう。「かくて廿三日……」と先述した部分は原史料そのままではなく、作者が手許に蒐集した資料をもとにして書いた作者の地の文であると思われる。さらに続いて、

さても花山院は三界の火宅をいでさせ給て、四衢道のなかの露地におはしまし歩ませ給ひつらん御足の裏に

は千輻輪の文おはしまして、御足の跡にはいろいろの蓮開け、御位上品上生にのぼらせ給はむは知らず……とふたたび仏教的な原史料をあげ、巻二は、「あさましき事どもつぎつぎの巻にあるべし」と終る。これもまた、明らかに作者の草子地である。

このようにみると、この部分は原史料らしきものと作者の地の文が入り交って書かれていることが分かり、兼家の一家の発展を「いみじうめでたきことかぎりなし」とみるところこそ、作者のもっとも言いたかったところであろう。『栄花物語』は編纂ものの仮名の史書であるとはいえ、編年風に忠実に書いていく中で作者の主観を入れることができたところは、このような部分であったのだろう。

『栄花物語』の作者の手許に蒐集した原史料を重んじて叙述していくと、このような結果になってしまったのだろうと思われる。しかも、その原史料と思われるものは、説話風のものとみられる。

さて、そこで花山院出家にいたるまでの経過を女御入内の問題とともに史実と対照しつつ、もう一度考えてみよう。

『栄花物語』には、ここの部分、史実とのちがいがある。史実では先述のように、花山院の女御の入内の順は、忯子（為光女、永観二年十月十八日）、姫子（朝光女、同年十二月五日）、諟子（頼忠女、同年十二月十五日）、婉子（為平親王女、寛和元年十二月五日）であることが『日本紀略』『小右記』等によって明らかである。ところが『栄花物語』では、これが諟子・婉子・姫子・忯子となっており、しかも忯子の死を悼んで天皇が出家したということになっている。忯子の死の月日は、『栄花物語』では明確でないが、史実では寛和元年七月十八日である。さらに『栄花物語』では、翌二年六月、帝は忯子の死を悼み出家したことになっている。これは、不思議に思われる。(4)もし、そのような事実が存したとしても、さらに問題視せねばならぬことは、実は、花山帝の出家の原因は、忯子の死を悼むのみではなく、『大鏡』によれば、兼家一門の陰謀のことが大きく書きあらわされている。兼家と道兼の計画、とくに道兼が天皇を内裏よりつれ出し、元慶寺まで供奉した等々の『大鏡』にみえる悪行為は、『日本紀略』『本朝世紀』などによって史実通りであったことが明らかである。『栄花物語』は、このことを何故、書いていないのか。その前に女御入内の順序が史実と変っていることは何故かを考えねばならない。頼忠の娘諟子の入内を一番初めにもってきたのは、頼忠が前代に引き続いて関白太政大臣であったため、関白の権威を通させようとの作者の意図が働いたためであるという説もある。(5)こうした場合は、作者の改変ということを考えられるかもしれないが、頼忠の行動が、他の文献にはまったく叙述されてない。『栄花物語』が唯一の頼忠に関する原史料を見つけていたと考えることも可能である。『栄花物語』のこの部分は頼忠に重点を置いて、頼忠の立場から作者が書き進めたということにもなろう。それは花山院のいなくなった後の描写を、もっぱら宮廷女房の目で見たようなところからとらえ、そして頼忠の困っている様子が明確に詳しく述べられているのは『栄花物語』のみである。貴重な部分である。

さらに女御入内の叙述も女房説話とも称する女房社会に伝えられていたものを採り入れたのだろう。

兼家・道兼の陰謀を書いていないということも、作者のもっていた原史料である説話に、内容からみて、そこまで書かれていたものではなく、それはもともと、花山天皇が元慶寺へ向ってのちの宮中の状態を書き記した女房説話のようなものであって、その原史料を作者はそのまま用いたから『大鏡』の場合と大きく異なるという結果になったのである。『栄花物語』は史実の裏面にまでおよばない態度があると松村博司氏はいわれているが、(6)その通りであって、裏面にまでおよばないというのは、『栄花物語』の作者の一貫した態度と同時に、作者が用いた史料をさらに深く検討し直してみるというところが、やや足りなかったのかとも思われる。

要するに巻二の花山院女御の入内と出家を叙述するにおいて、作者は諟子・婉子・姫子・忯子と四人に関する説話をそのまま用い、特に忯子については一しお詳しい記述があったものをあまり史料批判も加えず、そのまま編纂の年時の中に並べてしまったのであろう。河北騰氏は、この花山院出家について、「Ⓐ大鏡が暴露したような真相は、語ることができなかったのであろうか。Ⓑあるいは作者が真の原因を知らなくなっていて、専ら愛情関係のみで考えて源氏物語的に脚色したものであるとも見なされよう」（前掲「栄花物語の説話について」）といわれているが、『源氏物語』の影響により原史料を潤色していることはあるかもしれない。と同時に、私は、河北氏のこのような分け方によれば、後者Ⓑの立場であって、やはり作者は、『大鏡』やその他『日本紀略』などに書かれている事実を知らず、原史料の説話を第一とし、編年の中に配列したものと考える。なお『愚管抄』には花山院が内裏を出た後、道隆・道綱は璽剣を東宮に渡すときにいたって右大臣兼家は道長を頼忠のもとへつかわして、「カカル大事イデキヌト」と告げたと記されている。この『愚管抄』によれば、『大鏡』は花山院が宮中を出るまでの真相を書き、『栄花物語』はそれ以後の宮廷の様子を書き記したことが明らかで、『大鏡』『栄花物語』はともに別々の二つあるいは、もう少し別の原説話を使用したものであろうことが分かる。

この事件を、その後の説話類は、いかに書いているか。『江談抄』『古事談』『十訓抄』等が、この事件を伝えているが、いずれも『大鏡』に近い。ただ『栄花物語』に、

かの御事ぐさの「妻子珍宝及王位」も、かくおぼしとりたるなりけりと見えさせ給。

とある「妻子珍宝及王位」は、『古事談』『十訓抄』にもみえる。ただ『栄花物語』では「事ぐさ」とあるところが、『古事談』等では具体的に道兼が、この「妻子珍宝……」と書いた文を帝に見せ、それにより出家の心が起こったという風に書かれている。

要するに、『栄花物語』と『大鏡』はこの事件に関して別々の説話から原史料を採っていると思われ、さらに『古事談』等は、『栄花物語』のみを原史料としているのではなく、そのもとになった原史料を直接に、あるいは別の説話から採っているということもあろう。しかし、『古事談』等は、この部分の執筆のさい、『栄花物語』『大鏡』等を参考にみていることは充分に考えられ、あるいは、もう一つの考え方として、『古事談』も、『栄花物語』『大鏡』と原史料は同じものであったかも知れないという推定も成り立つだろう。いずれにしても花山帝出家の事件は、多くの説話類をもとにしていることは明らかであり、それからして、説話の原流というものは、どの時代のどういう社会の人々から生まれているのか。生まれたもとは、かなり古いことは明らかだが、そのあたりの地盤を今後いろいろと知りたい。すでに『栄花物語』が書かれた頃に、のちの中世の説話類のもとのかたちのようなものが原史料として存在していたということを、ここでは特に述べておきたいのである。

それら『栄花物語』の原史料の説話は、平安朝の女房社会でどのように構成されていったものであろうか。それは道長を中心とする女房社会で口伝で伝えられていったということかも知れない。河北氏が「人から人へと伝えられる間に、話その物が徐々に洗練されて行き、説話としての纏まりを持ち、著しく抒情的な効果を発揮するやうな物となつてきた」といわれるように、(7)『栄花物語』の説話らしい部分は、このようにして女房社会でつくられていくと同時に、頼忠が当時の最高の地位者として、責任上困っている様子がとりあげられているのは、(8)『栄花物語』のみであることは注目すべきである。それは原史料によって、編纂物である『栄花物語』のかな史書の中に挿入されていったと考えることができよう。これらの説話のような部分の挿入の意図から、全三十巻（後の十巻もふくめ四十巻でもよい）に、一貫した内部論理のようなものが見出すことができれば、すぐれた歴史物語といえる。『大鏡』の場合は、各々の適当なところにいくつかの説話を配置することによって英雄道長の人間像が明確に浮びあがる効果をもたらしている。しかし、『栄花物語』の場合は、説話を置くことによってかような効果があがっているところは割合に少ない。

要するに『栄花物語』は、藤原氏の外戚が築かれていく過程を書いていき、後宮史と九条家の発展を主題とし、その最高にいたったところに道長中心の描写を置いたものである。その後宮史の叙述の中で、天皇と中宮・女御の行動と有り様を描くために、説話もかなり多くかつ有効に利用されてはいたが、なお『大鏡』のように全体の主題を盛りあげるためのものとして充分には利用されておらず、その場面々々で大変興味深い説話の特質をあらわしているところに『栄花物語』の特徴があるのである。

要するに説話というものの本質は体系的に整理することのできない断片的な知識や教訓、あるいはさまざまな興味深い話、また遊戯的なものとして口伝でひろがったもの、あるいは書かれたものであって、それらをなんらかのかたちで集め、書としたものが中世の説話集であるとすれば、その原流となる『栄花物語』や『大鏡』にある説話めいた話は、どのようなものであったか。『栄花物語』のごく少しの例をあげてみたのみであったが、『栄花物語』の説話の本質というものの説明に少しでもお役に立てば幸甚である。こうした雑多な断片の説話が、中世では一つの説話集というものにまとまっていることに意味があり、『栄花物語』『大鏡』では、まだ、その一つ以前の段階にあるということを注目して終りたい。

［付記］　本節は、二松学舎大学説話文学会において行った講演の一部分を基本にし、そこに少しばかり新たに加え、まとめたものである。

（1）　秋山謙蔵「栄華物語の歴史性」（『文学』昭和十年十二月号）。
（2）　松村博司『栄花物語の研究』（刀江書院、昭和三十一年）。
（3）　この詳しい記事は、『栄花物語』のみ。『大鏡』と『尊卑分脈』にもあるが、それには「登花殿」でなく「貞観殿」とある。また、村上天皇崩御後のことであり、記事そのものは史実と誤りがある。

（4）今井源衛氏の『花山院の生涯』（桜楓社、昭和四十三年）に詳しい。

（5）杉崎重遠「婉子女王」（『国文学研究』四十二号、昭和三十五年十月）。

（6）『栄花物語全注釈』一、三〇六頁（角川書店、昭和四十四年）。

（7）「栄花物語の説話・再論」（『栄花物語研究』一〇七頁、桜楓社、昭和四十三年）。

（8）ただ『栄花物語』執筆の段階で、その説話らしきものがつくられたのか、『栄花物語』編纂のとき、すでにある程度完成していた女房説話を、そのまま採り入れたかの問題が残るが、私は後者を採りたい。

第二節　『栄花物語』の本質――巻六かゞやく藤壺を主として――

彰子は、平安時代後宮を飾る重要人物である。道長は、この彰子を一条天皇の中宮としたがために、その基礎を築くことができ、八年後に誕生した敦成親王（後一条天皇）によって外戚となり、これが道長の生涯の発展の基盤となったことはいうまでもない。

彰子がいなければ道長の栄華も、あるいはなかったかもしれないといっても過言ではなかろう。

だが、この彰子の入内と立后については複雑である。即ち、すでに道長の兄、道隆の女定子が一条天皇の中宮となって、先に後宮に入内していたが、その定子が出家したため、道長は彰子を立后させることができたのである。定子は一旦出家したものの、のちに皇后となったため、道長の彰子が中宮、道隆の定子が皇后となり、二后並立という異常な事態が生じた。このことは、道長が将来の摂関としての地位を完全なものにする第一歩であった。

『栄花物語』は、この彰子をとりあげて、どのように叙述し、何をいわんとしているか。巻六は「かゞやく藤壺」の題名のごとく、その彰子立后の記事が中心に書かれている。そこで巻六の叙述を他の文献史料と比較検討しつつ、その中に書かれている内容の史実を検討していこう。

まず巻六は巻頭に彰子の裳着から始まる。

大殿の姫君十二にならせ給へば、年のうちに御裳着有て、やがて内に参らせ給はむと急がせ給。

と、この裳着は入内のためであることが説明される。続いて入内のための屏風歌の献上の記述となる。この和歌は、道長・花山法皇・公任などが献上し、公任と花山法皇の和歌をあげた後に「多かれど片端をとて、かゝず成ぬ」とある。中でも、

又四条の公任宰相など読給へる、

藤のさきたる所に、

紫の雲とぞ見ゆる藤の花いかなる宿のしるしなるらむ

又、人の家に小き鶴共おほく書たる所に、花山院、

ひな鶴をやしなひたてゝ、松が枝の影に住ませむことをしぞ思とぞ有。多かれど片端をとて、かゝず成ぬ。

とあって、公任と花山法皇の和歌を特にあげてある。これは二人の和歌が、すぐれたものであったためであることは勿論だが、彰子の入内、将来の発展の祝事の和歌は、これが最もふさわしいものであったからであろう。『小右記』では実資が、花山法皇・公任をはじめとして多くの上達部たちが道長の命によって和歌を献じていることに不快の気色を示しており、花山法皇までが和歌を献上していることに「往古不聞事也」と記述し、公任の道長への追従について、

近来気色猶似㆓追従㆒、一家々風豈如㆑此乎、嗟乎痛哉（長保元年十月二十八日）（返り点は筆者、以下同）

などと憤慨をしているが、華やかな彰子の入内に喜びあふれている道長側にとっては、実資の憤慨も気にせず、ことを進めていったのであろう。彰子入内に懸命になっている道長の権勢は、この頃、もう偉大なものであったことは事実である。また『権記』によれば、行成は何かと立后について蔵人としての立場からことを運んでいき、道長の相談役となり協力をしていることが分かり、四方八方にいろいろと配慮はしているものの、道長の着々と進めようとする態度に実資は小野宮家の立場から、やはり不満を大いに感じていたのである。

『栄花物語』の作者は、おそらく花山法皇・公任が彰子入内のために、和歌を詠んでくれたことをともに喜んだ道長と彰子の気持を大きくあらわした女房の日記（巻八初花の『紫式部日記』のようなもの）を材料として書いたのであろう。『栄花物語』の各巻の中には、巻頭が和歌ではじまるところが多い。これは、文学的な表現をより強くするための効果をあげんとするものであることのほか、作者・編纂者の一つの基本的な方針であったということもでき、この問題については、別の機会にゆずることにしよう。

続いて彰子の入内の華やかな描写。

かくて参らせ給事、長保元年十一月一日のことなり、

と明確に年月日を示し、「女房四十人・童六人・下仕六人也」と記述し、宮仕え女房の実態との選ばれた人々の描写、女院詮子よりも女房を出し、その宮仕童女たちは院人・内人・宮人・殿人などとよばれていたという。そして彰子の容姿の美しさ、このあたりの描写も前に続く女房の日記から得たものであろう。

彰子の入内に関連して次は一条天皇と後宮の実態の記述となる。一条天皇の人柄のすぐれていること、彰子との間柄のよきことを述べ、今の中宮定子の入内の時は、天皇もまだ若かったなどと記述したのち、

故関白殿（道隆）の御有様は、いと物はなやかにいまめかしうあい行づきてけぢかうぞ有しかば、中宮（定子）の御方は、殿上人も細殿つねに床しうあらまほしげにぞ思ひたりし。弘徽殿（義子）、承香殿（元子）、くらべや（尊子）など参りこませ給へり。

と一条天皇の後宮の有り様がとりあげられ、中関白家の定子が、その中でも他の女御たちに比べて御子たちも生まれてしあわせであることを述べている。

されどさるべき御子達もいでおはしまさで、中宮のみこそは、かくて御子たちあまたおはしますめれ。

と、この段階では、巻五浦々の別の内容の時期（長徳二年）以後、中関白家は没落の一路をたどっているとはいえ、まだ、定子は一条天皇の後宮の中で最高の地位を占めていたことは事実で、すでに皇女脩子内親王が生まれており、『栄花物語』のこの箇所の描写は、その様子をよくあらわしているといえよう。他の女御たちは比べものにならず、定子の幸福がしみじみと語られているところである。彰子が立后以前の後宮の実態と、定子の他の女御たちに負けない、最高の地位にある姿が書かれている（しかし「御子たちあまた」というが、それは脩子内親王と敦康親王である。だが史実では、この段階では脩子は生誕しているが、敦康親王は年月の上からみてまだ生まれていない。『栄花物語』の叙述の中では、巻五浦々の別で誕生とあるから生まれていることになるが、それは明らかに史実と違っている。実際の誕生は長保元年〈九九九〉十一月七日であるにもかかわらず、『栄花物語』では、実際より一年早い長徳四年の事実としたことによる誤りである。そのことについては後述する）。

続いて彰子が藤壺に入る美しいめでたいさまを、そのまま書き続ける。彰子の装束の美しさは、いうまでもなく、女房の大海の摺裳や御屏風の襲《おそい》まですべて蒔絵、螺鈿であり、織物の唐衣なども立派なもので、

女御のはかなく奉りたる御衣の色かほりなどぞ、世に目出度ためしにしつべき御こと也。御とのゐしきり也。

とある。

此御方に召し使はせ給はぬ人をば　世にかたじけなくかしこまりをなし、よにすぞろはしく云思へり。たまく〱召つかはせ給をば、世に目出度うらやましく思ひて、幸人とぞつけたる。

との表現からして、女房日記を材料としたような様子が、ここでもみられる。そして同様な表現が続く。

只今内渡はなく〱と目出度いみじきに、三条大后宮は此一日の日うせさせ給にしかば、それを彼宮には哀に悲しき物に思べし。世の定なさのみぞ、万に思ひ知られける。

と、同じく後宮の冷泉天皇の后昌子内親王の薨去が書かれており、これは『日本紀略』にも、

十二月一日、庚戌、巳時太皇太后宮昌子内親王崩、於権大進橘道貞三条宅、

とあって(1)、華やかな女御彰子に対して、昌子内親王の薨去を、「世の定なさのみぞ、万に思ひ知られける」と世の無常を表現している。

こうして彰子と一条天皇との美しき仲らいの間に太皇太后昌子内親王の崩御のことなどが書かれているのも、編年史書たる所以と考えてよい。ここには後宮の状態を、先述した女御義子などとともに編年史の中に採り入れて叙述しようとする目的が感ぜられる。

さて、藤壺に入った彰子は、

上、藤壺に渡らせ給へれば、御しつらひ有様はさもこそあらめ、女御の御有様もてなし、哀に目出度覚し見奉らせ給。

とあり、彰子は入内して藤壺に入り（十一月一日）、天皇は、六日後の十一月七日に初めて彰子の直廬に渡った。「上、藤壺に渡らせ給へれば」とあるのは、十一月七日のことである。『小右記』同日条に、

左府使輔公朝臣被二示送一云、今日女御宣旨下、（中略）伝聞、主上今日初渡二給女御直廬一、

とあって、女御直廬とは藤壺の女御直廬のように考えられるが、この場合は、里内裏一条院の女御直廬である。『栄花物語』では、女御宣下は書かれていないが、天皇が女御彰子の直廬に渡ったのは女御宣旨が下った日であることが明らかである。

「姫宮を加様に覚し奉らばや」と覚しめさるべし。他御方〳〵皆ねびとゝのをらせ給、およずけさせ給へれば、只今此御方をば、我御姫宮をかしづきすゑ奉らせ給へらむやうにぞ御覧ぜられける。

と、他の女御たちと比較しての定子所生の脩子内親王がすばらしいことをほめ讃える。一方で作者は、この間にも「『姫宮《（脩子内親王）》を加様に覚し奉らばや』と覚しめさるべし」と天皇が定子所生の長女脩子内親王のことを想う心などにも常に気をくばっており、中関白家側に関しての記述も詳しい。

こうして定子・脩子内親王と中関白家の史実も叙述して、彰子と一条天皇との美しき仲らいの叙述が続き、次に、

はかなく年もかへりぬれ《（長保二年）》ば、「今年は后に立せ給べし」と云事世に申せば、此御前の御事なるべし。中宮《（定子）》は、宮の御事《（脩子内親王・敦康親王）》を覚しあつかひなどして、参らせ給べきこと只今見えさせ給はず。内には、今宮《（敦康）》をいまゝでみ奉らせ給はぬ事を、やすからぬ御歎に思食たり。

と彰子の立后を前にして、不幸な定子のさまを描き、敦康親王との対面のいまだないことを歎く天皇の姿が書かれる（拙著『平安人物志』所収「敦康親王考」）。

まもなく彰子は立后のため里第土御門第[2]へ退出する。

かゝる程に、内渡つれ〴〵に覚されて、「此ひまにいかで一宮見奉らむ」と思食ど、万つゝましうて、えの給はせぬに、殿《（道長）》、「此比こそ一御子見奉らせ給はめ」と奏せさせ給へば、いと〳〵嬉しく覚しめされて（中略）

（傍線は筆者）

> 二月つごもり(3)に参らせ給。

とあり、道長の温情によって、敦康親王との対面が行われる。続いての叙述も、

> 御こしなどもこと〲しければ、一宮《敦康》参らせ給御迎にとて、大殿《道長》の唐の御車をぞ率て参れる。それに宮も姫宮《脩子》も聽奉れる。さるべき人〳〵皆御迎にかぞへたて、参らせ給。殿の御心様あさましきまで有難くおはしますを、世に目出度事に申べし。

と、道長の中関白家にかける思いやり、特に一宮（敦康）と姫宮への道長の心づくしが書かれる。

> 帥殿《伊周》も、我御心のいかなればにか、「いと思はず成ける殿の御心かな。女御参り給て後は、よもとこそ思ひ聞えつるに、一宮の御迎の有様などぞ、誠に有難かりける御心也けり。我らはしもえかくはあらじかし」とぞ、内々には聞え給ける。

と伊周の喜びが書かれ、さらに続いて、

> さて参らせ給へれば、ひめ宮うつくしき程にならせ給にけり。又今宮《敦康》のえもいはずきららかにおはしますに、御門御目のごはせ給べし。女一宮も四五斗にをはしませば、物などいとよくの給はす。女院《詮子》もよき夜とて、今宮見奉らせ給に、上の御児生にぞ、いとよく似《に》奉らせ給へる。哀にうつくしう見奉らせ給。猶有難うやむごとなく捨て難き物に思聞えさせ給へるも、理に見えさせ給。

と、いよいよ対面の場面。敦康・脩子の可愛いらしいさまが書かれ、作者の感慨として、

> 猶有難うやむごとなく捨て難き物に思聞えさせ給へるも、理に見えさせ給。

と天皇が、敦康親王を格別に思うのは、ことわりにみえるという。この「ことわり」こそ、作者が、この巻を書く、一つの姿勢であるといえよう。ここには敦康が結構なのは道理だという作者の思想がみられ、そして一条天

皇と敦康親王の対面の場面が美しく和《なご》やかに書かれていく。

敦康親王の誕生は、中関白家にとって重大なことである。敦康親王誕生は長保元年（九九九）十一月七日である。編年順にしたがえば、巻六のこの時期のこの辺りに書かれているべきである。だが、『栄花物語』では巻五にこれを書いてしまい、そのため、一年の年代のちがいができてしまった。書くべき巻六では、先述したように、「かくて御子たちあまたおはしますめれ」と簡単に記しているのみである。

『栄花物語』では、巻五に「長徳四年になりぬ」とあるのに続いて、以下のように敦康誕生を書く。

『栄花物語』の叙述では、まず親王の誕生を長徳四年（九九八）としている。それによる伊周・隆家の召還の宣旨（これは長徳三年の史実）、隆家入京（同上）、高二位成忠赤瘡を病む、承香殿女御水を産む（『栄花物語』では長徳四年六月に入る）、成忠薨去（長徳四年七月二十五日の史実）、伊周入京（長徳三年十二月の史実）と続くが、巻五の長徳四年の記事は、以上のごとく大変混乱しており、この間、長保元年の敦康誕生に続いて、長徳三年の隆家入京、同四年のもがさ流行、再び長徳三年の伊周入京にもどり、結局三年間にわたる史実がまじっている。これは敦康親王の誕生を史実の長保元年から一年早めて長徳四年とし、しかも、さらに一年前の長徳三年の史実の伊周・隆家の召還の原因を、この敦康誕生の結果であるとすることで大きな矛盾が生じた。これは作者が『源氏物語』須磨・明石の叙述に魅かれ、光源氏召還の理由にあわせて、事実をまげてまでも敦康誕生を先にもってきてしまった結果であるということを前に私は述べたが（『歴史物語成立序説』）、それはそれとして、史実を中心に考えれば、この二年も後の史実を前にもってきてしまったということは何故であろうか。

そこで、伊周・隆家召還の本当の原因は何であったか。『百練抄』長徳三年四月五日条に、

前帥、出雲権守等可二召返一之由宣下、去月廿五日、依二東三条院御悩一、非常赦、可レ潤二恩詔一哉否、令二諸卿定

申一遂有二恩免一也、

とあるのをはじめ、『小右記』の四月五日条に詳しい記事がある。それによれば、思詔による非常赦の決定が詳しくあり、隆家は四月二十二日に入京とあって、『百練抄』の記述は正確とみなければならない。では何故、その史実をそのまま書かなかったか。『源氏物語』に影響され引きずられて史実をまげたのかもしれないとはいえ、言い換えれば、文学的な効果をあげようとしたとしても、その史実を書かなかったことには何か他に理由がありそうである。このことは松村博司氏もいわれており、史実を改変した理由として、一に話を物語的に虚構するというだけでなく、作者にとって都合の悪い史実はできるだけ避けるために読者の目を他に向けさせようとしたものといわれている（『栄花物語全注釈二』一四七頁）。言い換えれば、作者にとって何か史実通りに書きたくないことがあったのかもしれない。即ち、史実は東三条院詮子の御悩（『扶桑略記』長徳二年三月二十五日条／『百練抄』同年四月五日条）により伊周・隆家召還であることから、史実通りに書けば、道長にとっては具合いの悪い、いわば道長が中関白家に敗北したような結果になる。道長の精神的な弱さを示すことになろう（拙著『平安朝文学の史的研究』三一〇頁）。しかし東三条院詮子の御悩も史実である。この間、『権記』には高階成忠の霊が祟って道長が病気になるという史実なども記されているのだが、そのことも書かれていない。道長にとって都合の悪いことは書かず改変したということはある程度妥当であろう。

そこで敦康親王の誕生に対する道長の態度を見てみよう、まず巻五に、

此度は内より御産養あべけれど、猶覚しはゞかりてすぐさせ給に、内の御心をくませ給へるにや、大殿《（道長）》、七日夜の御事仕うまつらせ給。内にも院にもうれしきことに覚しめしたり、女院より絹、綾、大方さらぬ事共、いとこまかに聞えさせ給へり。

と、道長も詮子もこの誕生を喜び、道長は、七夜の産養の儀を一条天皇の心を察して行っているとある（このことは『権記』により史実であると分かる）。

御湯殿の鳴弦や読書の博士など、皆大殿にぞ掟て参らせ給へる。大殿「同じき物を、いときらかにもせさせ給へるかな。筋は絶ゆまじきことにこそ有けれとのみぞ。九条殿の御族よりほかの事はありなむやと思物から、其中にも猶此一筋は心こと也かし」などぞの給はせける。

と敦康誕生について、道長が、「師輔の子孫以外はない。特に『其中にも猶此一筋』、即ち兼家の一統は格別なものであるよ」といって敦康の誕生を大変に喜んでいるところなどは、巻六にみられる道長の敦成親王に対する心温まる態度と共通の観点に立って書かれている。即ち、先述のごとく、巻六において敦康親王は道長に温く見守られ、彰子が長保二年二月、立后のため、一時、里邸へ退出すると、入れ替って定子が内裏に入り、道長の行き届いた配慮によって一条天皇と敦康親王の対面となる。

一宮参らせ給御迎にとて、大殿の唐の御車をぞ率て参れる。（中略）殿の御心様あさましきまで有難くおはしますを、世に目出度事に申べし。

とあり、以下、道長は「今宮を見奉らせ給て、抱きもちうつしみ奉らせ給」とあるなど和気あいあいの中に一条天皇と敦康親王を中心に中宮定子、その御子脩子内親王や女院詮子等との対面が行われる。

以上のごとく道長は、大らかな行き届いた気持から、巻五の九条流の「筋」である師輔・兼家・道隆の系統から敦康親王を厚遇するという一貫した心がけがみられる。こうして巻五・巻六は道長の敦康に対する態度と気持が一致しており、こうなってくると敦康の誕生を史実よりも早く（巻六にあるべき事実を巻五に入れたこと）、時期を早めて書いたということは、それなりの理由が作者にあったことが分かるように思う。作者は敦康に対する道長

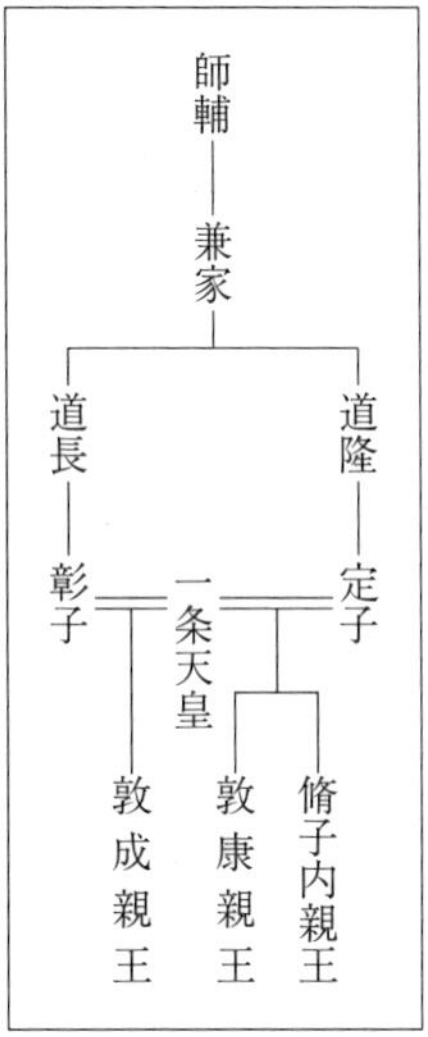

の温かい心、および道長の師輔・兼家・道隆と続く九条流の発展を喜ぶ気持を、いま、この段階で九条流の道長の兄の道隆の初孫である敦康の誕生と結びつけたかった（道隆流は道隆死後に没落する）。敦康誕生は広く九条流という見地からみれば、道長が喜ぶのは当然であり、その喜びのまま道長は敦康を世話し、敦康と道長の関係は和気あいあいの中に行われていたのが特徴であるという一貫した作者の見方がある。つまり「九条流の子孫は栄える」と道長がいって敦康親王の誕生を喜んだというこの言葉は、巻六の敦康に対する道長の態度と矛盾しない一貫した考え方でとらえている。

　即ち、道長としては実際に、敦成親王（彰子の皇子）誕生以前のこの段階においては定子所生の一条天皇の皇子敦康親王が、やはり九条流にとって第一の重要な親王であり、心からこの誕生は嬉しかったのである。『栄花物語』巻五・巻六を通して、敦康親王に対する道長の愛情は九条流という考え方を中心に貫かれており、また作者も九条流の発展を願う気持を巻三十まで一貫して書いていることはいうまでもなく、そこで敦康親王が誕生して道長が喜んだという気持を作者としては、率直に、且つ『栄花物語』の基本的姿勢、思想として述べたと考えられる。その精神が、巻五・六を通しての敦康親王に対する道長の愛情となって表現され、これが『栄花物語』の史観となってあらわれているのである。

　新たに発展する彰子を中心とする道長家。対照的に没落する中関白家。そこに明暗の対照が著しい設定としてみられることは、先述のごとくであるが、その没落のあわれの中に、道長の中関白家と敦康親王を特に思う心が明確にあらわれているのは、『栄花物語』独特の叙述であり、この道長の敦康親王および中関白家に対する博愛主義が、のちの道長の発展の基礎となったのである。『栄花物語』の作者は、道長の博愛主義と九条流を思う心を（この段階では敦康親王のこと）よく心得ており、その一貫した精神で巻五・巻六を叙述していったのであり、これは、道長と敦康親王と九条流という一つの歴史の流れを作者が統一的に把握したものであることをあらわすとともに、歴史の真実をつく『栄花物語』の史観と言い得る。

敦康誕生による伊周・隆家召還の史実は、『百練抄』『小右記』などにより東三条院御悩によるものであることは当然の史実（『小右記』四月五日条参照）だが、作者は道長の敦康誕生と中関白家に対する温情の気持とを結びつけて、敦康誕生を召還の原因にしたということも事件をみる作者の一つの目であり、『栄花物語』独特の史観といってもよいのではなかろうか。『栄花物語』の作者は、伊周・隆家召還の原因には東三条院御悩があることを主題とし、作者にとっては、道長の九条流を思う心と敦康親王誕生が最も大事なことで、すべてそれに結びつけてしまったのである。召還の原因を東三条院御悩とみるのも、また敦康親王誕生とみるのも、それぞれの作者の史観に変りはない。これは結果からみれば史実の誤り・改変あるいは虚構ともみられないこともないが、先述の「同じき物を、いときらかにもせさせ給へるかな」とあるのは、『栄花物語』が、いかに九条家流の発展ということを主題にして叙述しているかが明確になるところである。実際は史的事実の選択の違いと考えたい。作者は史実を意識的にまげてまで、そう書き改めたいという意識が、どれほどあったかどうか、作者にとっては伊周等召還の原因は、東三条院御悩よりも敦康誕生と、それを喜ぶ道長の気持の方が歴史の真実と映ったのである。作者としては、詮子の御悩よりも敦康誕生に対する道長の態度と気持を書く方が重要とみたのであろう。おそらく手許に蒐集した史料の中で、敦康と道長に関することを重視し、それを中心に中関白家に関して描こうとする作者の意図が、史料を利用し、かような叙述を書かしめるにいたったのであろう。もし彰子から敦成親王（後一条天皇）が生まれなかったなら、道長は喜んで敦康を東宮から次の天皇にしたにちがいないのである（倉田実『王朝摂関期の養女たち』、翰林書房、平成十六年、二四一頁の補注参照）。

　さて、いよいよ彰子立后。

　三月に、藤壺后に立せ給べき宣旨下ぬ。中宮と聞えさす。此候はせ給をば皇后宮と聞えさす。

とあり、いうまでもなく、『日本紀略』その他の文献にも詳しく、

　廿五日、癸酉、以㆓女御従三位藤原朝臣彰子㆒為㆓皇后㆒号之中宮即任㆓宮司㆒、以㆓元中宮職㆒為㆓皇后宮職㆒（『日本紀略』）

とある。彰子は立后して中宮に、定子は皇后となった。まもなく定子が懐妊、里第へ退出する。（4）

　皇后宮今日明日出させ給南とするを、せちに「猶〱」と聞えさせ給。（中略）三月卅日に出させ給も、哀に悲しき事おほくきこえさせ給て、御袖も一ならずあまたぬれさせ給。

と、淋しい定子の描写があり、まもなく賀茂祭に移る。

　中宮（彰子）は四月卅日にぞ入《い》らせ給。其御有様をしはかるべし。

と、美しき限りをつくし「いみじう目出度」と書く。この叙述こそ、いかにも明暗のきわだった対照である。

　はかなく五月五日に成ぬれば、人〱菖蒲楝などの唐衣・表着なども、をかしう折知りたるやうに見ゆるに、菖蒲の三重の御木丁共薄物にて立て渡されたるに、上を見れば、御簾のへりもいと青やかなるに、軒のあやめも隙なく葺かれて、心ことに目出度をかしきに、御薬玉、菖蒲の御輿などもて参りたるもめづらしうて、若人〱見興ず。

と、五月五日、端午節会の華やかな様子を、女房らしい筆つきで書いていく。これもこの時の節会に関する史料

が手許にあり、それをそのまま、ここに編入したのであろう。さて注意すべきは、この、五月五日の様子が、彰子後宮の五月節の状態の叙述のようにみえるが、「御薬玉、菖蒲の御輿《こし》などもて参りたるもめづらしうて、若人〳〵見興ず」とあって、菖蒲輿は、宮殿に葺く菖蒲を、五月三日か四日に小屋形の四脚のついた輿に乗せて六衛府から献上するものであり、同じく薬玉は糸所から奉り、宮中のそこここにつるして邪気を避けるものであることは、いうまでもない。宮中に献上するそれらの節会のためのものを、若き女房たちが喜んで見つめているさまを書いたもので、ここは彰子の後宮のことのみでなく、後宮一般の五月五日節会のさまを書いたものとみるべきである。『枕草子』（二二三九段）に、

三条の宮におはしますころ、五日の菖蒲の輿などもて参り、薬玉参らせなどす。わかき人々、御匣殿など薬玉して姫宮（脩子）・若宮（敦康）につけたてまつらせ給ふ。

と書かれている部分と同じ時期（長保二年五月五日と推定）のものであり、彰子をはじめ定子後宮、その他の華やかな五月五日のさまを、そのまま表現しているとみる。このあたり『栄花物語』の叙述が特に年中行事を重視していることは注意すべきであって、前に賀茂祭、あとに七月七日・七夕・相撲と続いている。その間に承香殿女御元子を恋しく思われる天皇の様子もみられ、また敦康親王の後見のことも書かれる。とくに敦康親王については、

皇后宮には、あさましきまで物のみ覚え給ければ、御おとゝの四の御方をぞ、いま宮（敦康）の御後見よく仕まつらせ給べき様に、うち啼てその給はせける。御匣殿も「ゆゝしき事《こと》を」と聞えて、うち泣《な》きつゝ、ぞすぐさせ給ひける。

とあって、これは巻五に、

四の御方は、今宮の御後見にとりわき聞えさせ給へれば、扱ひ聞えさせ給ふ。

とあったのと関係深く、巻五・巻六ともに敦康親王が一つの主題となっていることが明らかである。敦康は、定子亡きあとは御匣殿が後見となり、御匣殿亡き後は、道長と彰子が面倒をみる。とくに彰子は、我が子のように養育する。敦康親王についての前の巻からの続き、さらに後々の巻への関係が、巻五・六の叙述によって明確に知られる。(5)

　月日もはかなく過もていきて、内には、いとゞ皇后宮の御有様をゆかしく思ひ聞えさせ給つゝ、おぼつかなからぬ御消息つねにあり、宮達のうつくしうおはしますさまかぎりなし。

と、一条天皇と定子の懇ろな仲と、脩子内親王・敦康親王に寄せる作者の関心も、また、するどいことが知られる。

　さて、この巻の最後を飾る記事は、七夕と相撲の二つの年中行事である（拙著『平安朝の年中行事』参照）。

　かくて七月相撲《すまゐ》の節にも成ぬれば、わりなき暑さをばさゝる物にて、「今年の相撲は東宮（三条院）も御覧ぜよ」と覚しをきてさせ給て、その御用意心《こゝろ》ことなるべし。七月七日に、中宮より院（女院、詮子）に聞えさせ給、

　暮をまつ雲井の程もおぼつかな踏みゝまほしきかさゝぎの橋《はし》　院より御返、

　かさゝぎの橋の絶間は雲居にて
　　ゆきあひの空は猶ぞうらやむ

と、(6)「相撲の節には、東宮（居貞親王、三条天皇）も御覧になるのがよい」と一条天皇がいわれ、その準備も特別なものであるように書かれ、まもなく七夕に入る。

　七夕は、中宮彰子と東三条院詮子の和歌の贈答によって代表され、特に儀式そのものの叙述などはないが、後宮の節日を、そのまま描写したというふうに考えられよう。

七月七日の程になりぬれば、所〳〵の相撲ども参りあつまりて、左右の大将（公季・道綱）などの御許には只是さはぎのことをせさせ給。東宮御覧ずべき年なれば、「何事もいかでか」など覚しさはぐもをかしく南。……

とあり、「左右の大将などの云々」とあるように、左右大将は近衛府で相撲のことを行う職であるから、両大将のもとでは、他のことはともかく、この頃は、ただ相撲のことを行うことのみに大さわぎをしているという状態で、このときの相撲の儀は内取（二十五日）、召合（二十七日）、抜出（二十八日）と行われており、相撲の儀式作法は常のごとくであった（『日本紀略』『権記』）。一方、『権記』（二十七日条）によれば、「右大将不参」とあり、右大将道綱は、同年七月二日、道綱室の卒していることから、『権記』のいう通り参列しなかった。

左右の大将などの御許にはただこれさわぎのことをせさせ給ふ。

とあるのも、この儀に道綱が参列したか否かについて、作者はあまり知らず、相撲の儀を慣習的に書いた結果であろう。ここでは、むしろいつも行われる相撲の儀の実態を、そのまま叙述したということである。手許に蒐集した相撲の儀に関する史料を、そのままこの箇所に用いたのであろう。

以上、巻六かがやく藤壺は、道長の栄華の基礎となっている彰子の入内、立后の華やかな実態が、没落する定子のあわれと対照的に、あざやかに明暗を描きつつ、生き生きと書かれていく。三条西公正氏が、「栄華物語は栄華と凋落とを叙述の対象にしてゐる、而かも栄華と凋落、それは実に道長時代の大きな社会現象である」(7)といわれ、松村博司氏も、この面から「この物語を写実的文学といい得る」（『栄花物語の研究』）といわれている通りだが、資料の選択と採用の方法についての作者の卓越をここに認めるべきであろう。松村博司氏が『栄花物語の研究』において、

作者の意図としては、栄花生活を中心とする道長物語のみを描かうとしたものではなく、編年体式一般史と

特に道長の栄花生活を共に眼前見るが如く描かうとしたものに相違なく、栄花と死・敗者の悲劇も、そのやうな二元性に由来するものであり、却つてこの物語の性格をよく理解することができる。

といわれているように、全巻にわたって作者の編纂意図が強いこと、そして巻六は、中関白家の没落と道長家の発展の実態が見事に叙述されていく。巻六のみをとりあげても、年月日に作者が大変大きな関心をもっていることが注目される。

大殿の姫君十二にならせ給へば、年の内に御裳着有て

と裳着の記述に続いて、

かくて参らせ給事、長保元年十一月一日のことなり

とあり、次には「はかなく年もかへりぬれば、『今年は后に立せ給べし』と云事世に申せば」と、同二年への年変りが示されている。そして「かくて二月に成ぬれば、一日比に出させ給」（史実は二月十日）と彰子の退出に続いて定子が「二月つごもりに参らせ給」（史実は十二日）とあり、そして「三月に、藤壺后に立たせ給べき宣旨下ぬ」とあり、ここに二后並立となり、再び、対照的に定子が「三月卅日に出させ給も、哀に悲しき事」（史実は二十七日）とある。そして中宮彰子は、「四月卅日にぞ入らせ給」（史実は長保二年四月七日）とあり、そのあと、「はかなく五月五日に成ぬれば」と五月五日の後宮の端午節会の様子、七月相撲の節、七月七日と年中行事が記され、時の推移を軸として、この巻の叙述が進展していく。

このような年月日は原史料の中に存する月日もあろうが、それらの資料を駆使しつつ、作者は編纂しようとする意識のもとにこの巻も書いていった。巻六は「彰子立后」を主題にして、それを華やかに記すことが最大の目的であったというような見方もあり、それは一応、大まかについて妥当であるといえよう。

しかし対照的にかならずといってもよいほど、こうして定子側について、単に定子のみでなく中関白家側の立場も詳しく書かれており、特に敦康親王について詳しく書かれていることは先述したごとく注目せねばならない。この巻は、ただ彰子立后を華やかに書く、または道長物語を書くための前提である彰子を主題にして書くとは言い切れない歴史の流れの大きなものを含んでいる。

巻五まで編年により藤原氏発展の歴史を叙述してきた作者または統轄者（編纂の総主任のようなもの。本書を編纂書とみるため、単に作者のみとせず統轄者とみる——松村博司『栄花物語の研究』および拙著『平安朝文学の史的研究』などを参照）は、巻五において定子を中心に伊周・隆家の政界における失敗事件を大きくとりあげた。ここにおいて前巻に続いて彰子立后を主題にするように表面は見せかけながらも（長保元年二月から同二年七月までの史実）、一方、定子、特に敦康親王に重点を置いていることから、定子側も副主題となっていると考えられよう。ここには長保元年二月から同二年七月までの史実を、藤原氏の歴史的推移を彰子・定子を主題として叙述していったとみなければならない。こうして後宮の実態を中心に藤原氏の歴史的推移を叙述したのち、年中行事と節会をとりあげる。この節会の叙述は、特に相撲の儀などは後宮との関係もうすく、彰子立后の叙述に必要なものではない。ここに年中行事をことさらに採り入れているのは、明らかに編纂書としての価値を高めんがためのものであった。

また彰子・定子を中心に叙述している間にも、弘徽殿女御・承香殿女御のこと、三条大后宮、女院詮子の動きなども描かれるのは、むしろ彰子物語としては、そこでもりあがった感動が切断されるような感を受ける。ここにも編纂書の特徴がみられ、巻五・六は連続性の強い、当時の社会のあり方を歴史の真実のもとに作者の史観を際立たせて書いたものであるということが明らかになる。

要するに、その叙述の中に史実の多少の誤りもあろう。だがその中にも歴史意識が見られる場合もあり、史実の誤りの記述の箇所にもたんなる時間的な誤りで歴史の事実が書かれている場合も多い。くり返しいうが、巻六には定子・敦康親王を中心として中関白家に対する作者の史観がある。敦康親王を唯一の頼りとする中関白家、その親王に愛の手を差しだす道長。そして、その中には九条家の基礎の固まったことを喜ぶ道長、即ち一条天皇の第一皇子の誕生を喜ぶ姿が、はっきりと書かれていく。敦成親王誕生前は、敦康の誕生を九条家のあとつぎと喜ぶ道長。ここには道長の気持の真実が書かれている。親王誕生を喜び、こうして九条家は発展していく。これが作者の道長に対する考え方であり、要するに藤原氏発展の歴史の中に道長の躍動がみられ、藤原氏九条家の発展の叙述から、しだいに道長が大きく浮びあがってくるその過程における藤原氏の歴史の実態が的確にとらえられている。これが、巻六の特徴であるという結論である。

以上、巻六を代表としてとりあげてみたが、『栄花物語』は巻一から六・七あたりまでは、道長[8]を主として書いたというものではなく、いわゆる藤原氏、九条家の発展の歴史を中心に物語風に述べたものである。かたちの上では編年をとり、あわれに、また美しくめでたい人間像を描いて、平安朝貴族社会の中に生きる人々の真実と人間性をゆたかに描いた物語風の史書である。その中に次第に位置を据えていく道長が書かれていく。

以上は『栄花物語』全巻に通じる考え方であるが、巻六は九条家の中の兼家以後、道隆・道長の二つの家系の動向が、その中の道隆派の敗北、道長派の勝利となっていく過渡期の成行《なりゆき》を述べ、敦康親王と定子・彰子を代表させて、その当時の史実の流れを編年の叙述の中に要領よくまとめていったものといえよう。

最後に「栄花物語は、一に世継または世継物語といひ、全四十巻宇多天皇より堀河天皇に至る国文にて書きたる編年体の歴史の始め」と「解題」（新訂増補国史大系『栄花物語』）で黒板勝美氏のいわれるところを始めとして、和田英松氏の「編年体なる国文の歴史」（『栄華物語詳解』解題）、芳賀矢一氏の「六国史は正史で他は雑史である。雑史の中で歴史物語として参考になるのは栄花物語等である」（『歴史物語』）、坂本太郎氏の「官撰史書のかわりとして現われた歴史書に官撰史書の批判のいみをもち物語の手法を歴史叙述の中に入れたもの」（『日本の修史と史学』）[9]、松村博司氏の「官撰国史の廃絶と、これに替って物語的歴史の出現」、「六国史が三代実録を以て絶えたことを継ごうとする歴史叙述の興味」（『栄花物語の研究』）等々、これをかなの史書とみる説も多いが、松村氏が、

　栄花物語の画期的なゆえんは、個々の事実の年代記的な集積として、一定のテーマを持つことのなかった「六國史」に対して一定のテーマを与えたことであった。そのテーマは、近代を主とした宮廷貴族生活の種々相において、藤原道長とその一族の栄華のさまを如実に描こうとすることで、構成的には二元的になっている（『鑑賞日本古典文学11　栄花物語』総説）。

といわれているところが最も妥当であり、続いて松村氏が坂本太郎氏の説を受けつぎ「形式的には、『三代実録』を受けつぐものと見られるのであって、『栄花物語』は、史書としての六国史の延長線上に位置すると同時に、『源氏物語』によって頂点をきわめた小説的物語から派生したものであるところに、文学史上の誕生をみることができる」（同前書）といわれるように、形式の上では、六国史・新国史に続くかな風の史書であるといえる（拙稿「栄花物語の歴史的特徴」、同前書所収）。この歴史風叙述が巻一から始まって、巻十四までは濃厚である。中でも巻一から四までは、特に九条流の発展という主題のもとに書かれていることが特徴であるが、巻六の性格も巻五とともに、いままで述べてきたようにその傾向が強く、さらに、その中に人間味の深い歴史の真実が、『源氏物語』の影響などによる文学性[10]を大きく含みながらあらわされていることは再び述べるまでもないところである。

（1）　後述する。

（2）土御門第でなく二条第（『御堂関白記』その他による）。
（3）『御堂関白記』は二月十一日、『日本紀略』は十二日。
（4）『日本紀略』は三月二十七日。
（5）拙著『平安人物志』（東京大学出版会）所収「敦康親王」参照。
（6）長保二年の相撲の儀は、『権記』（七月二十五～二十八日条）に非常に詳しい記事がある。
また、東宮（居貞親王、のちの三条天皇）が、この年、御覧ずべき年と『栄花物語』にみえているが、東宮が相撲の儀に臨んだことは、詳しい『権記』の記述の中にもない。であるから、誤りであるとか虚構であるとかは即座にいうこともできない。他の文献にみえぬからといっても『栄花物語』のみが事実を残している場合があるからである。
（7）岩波講座日本文学『栄華物語』（昭和六年）。
（8）加納重文氏が「栄花物語の性格」（『国語国文』四十五巻九号、一九七六年）において、正編三十巻が道長物語というには、不審な面が多いことを説かれている。栄花物語正篇が、完全な道長物語でないこと、特に初めの方の巻は藤原氏の歴史の発展を述べているので、道長物語というには困難であることなどについては、先輩諸氏によって述べられているところも少なくないが、氏が、はじめて統計的に、これを述べた研究は大変重視すべきものである。
（9）この他、古くから西岡虎之助氏の「物語風史学の展開」（『本邦史学史論叢』所収）は、これに準ずる見解であるが、時技誠記氏の「栄花物語を読む」（時技誠記博士論文集第二冊『文法・文章論』、岩波書店、昭和五十年）は、その『栄花物語』の編纂意図と記録的意義と同時に文学性について詳述したものである。
（10）文学性については河北騰氏の『栄花物語研究』『栄花物語論攷』に詳しく説かれている。

第三節　平安時代の結婚制度――『栄花物語』を中心として――

平安時代は、一般的に通い婚といわれている。しかし、通い婚といえども、ただ通うというのみでなく、そこには夫婦生活が営まれており、二人で住むということが行われている。通うところは、『蜻蛉日記』にも具体的に数か所書かれているように、やはり現在でいう正妻は一人いて、他の女性のところは通うのであるが、この場合、いわゆる正妻は住むということになり、夫は妻の家に住むということが当然のようである。藤原道長の場合を例にあげれば、彼は、源雅信の娘、倫子の土御門第に初めは通っていたが、そこに住むこととなる。道長の父、兼家の場合も同様に、妻時姫の家に住んでいる。

道長の結婚については、のちに述べることとして、まず制度としての結婚式についてみてみよう。

『江家次第』第二十に「執聟事」とみえる（返り点は筆者、以下同）。

　当日初有二消息一

　以下親二本家一之者上為レ使、或無二返事一無レ縁、

とあって、まず、女性の家から使を出す。

　聟公来（中略）、迫二門車突一、下レ車、

聟君は、相手の家の門の車止めのところで車を下り、ついで、

　前駆取二松明一行、脂燭差二人、進二出中門一衣冠、以二御前火一付二於脂燭一前行、

とあるように、男性の前駆の者が松明を取って行く。女性の側からも脂燭を持った者が二人、中門に出てきて、両家の人たちで脂燭の火を付けて前に行き、室の「御前火」を付ける。聟公は中門より入り、

　登レ自二寝殿腋階一但登レ階随二所便一、水取人下レ階執レ沓、

とあり寝殿の階を登り、階の下で水取人が沓《くつ》を執る。

　件沓舅姑相共懐二臥之一、

そのくつを娘の両親が、一夜懐いて床の中で寝るのである。これを「沓懐き《くついだき》」の儀という。即ち幾久しく夫の来

ることがとだえぬように祈る。

脂燭一人留二戸外一、一人親二本家一之人、取二合両脂燭一、到二帳前一、火移二付燈楼一三日不レ消

とあって、これを「火合《ひあわせ》」の儀という。

聟公入二帳内一、姫公出、（中略）聟公解二装束一掩レ衾、

ついで二人で御帳の内に入り、聟公は装束を解き、二人の横になっている上に衾を掩う。これを「衾掩《ふすまおおい》」の儀という。この衾を覆うのは、「物吉之女上臈覆」とあり、上臈のよく宮仕えに慣れた女房が行うとあるが、普通は娘の母がするのである。

次供レ餅銀盤三枚、有二尻居一各、盛二小餅一加二銀箸台、銀箸一双・木箸一双一、件箸台多作二鶴形一、已上居二紫壇(檀)地螺鈿筥蓋

とあって、この餅を三日夜餅と称する。即ち、結婚式の日取が決定すると、その三日前から聟は、その嫁になる娘の家に通い続ける。そして一日目・二日目は夜が開けると早速、聟君は我が家へ帰り、後朝使《きぬぎぬのつかい》を送る。この使が遅いと、あまり気がないということになるが、無事三日間通い続けると、三日目の夜に先述の各種の行事の後、餅を食する儀式がある。

件筥燕螺鈿云々、多令下二夫婦年久子孫繁昌者一作上レ之、又令レ儲二件餅一、聟公食二餅三枚一不二食切一云々、

この餅は、夫婦年久しく子孫繁栄を祈るものであった。また、食べるとき食べ切ってはいけないといわれていた。

次奉二烏帽子狩衣一妻家儲レ之聟公着レ之、出二帳前一、次供レ膳、陪膳本家親昵之四位若五位、近代用二台三本一、

とあり、「供レ飯」ともある。

こうしてすべて妻の家で整える。

ついで「露顕《ところあらわし》」の儀が行われる。『江家次第』では「近代露顕一夜也、仍無二後朝使一」とあって、露顕は一夜で「択二吉日一聟公出仕」とあることから、吉日を選んで一日で行うということであったらしい。大体、三日夜餅が終った後に行われるものであって、いわゆる披露宴である。後述するが、冷泉天皇の皇子の小一条院と道長の末娘の寛子の結婚式は、『栄花物語』十三ゆふしでに「四五日ありてぞ御ところあらわしありける」と詳しい記述があって、大体、三日夜餅の終った翌日、一般の人々を招待して婚儀の成立したことをいうのである。『貞丈雑記一祝儀』によると、

婚礼の三日めを露顕と云事有、露顕と書はあらわる、とよむ也。婚礼の当日より二日目まで其家人親類ばかり知りて、他人へは知らせず。三日目より広く婚礼の由を他人へ知らしむるを露顕と云也。婚礼をあらわす心也。

となる。三日目は三日夜餅の夜であるから、これは無理であろう。しかし、『貞丈雑記』には三日夜餅がない。三日夜餅が行われなければ、このようなこともあったかもしれない。

以上述べた儀式を基礎に置きながら、『栄花物語』を中心に古記録と併せてみていきたい。まず、『栄花物語』の中から結婚についての詳しい記述をとりあげてみよう。

小一条院（敦明親王）と御匣殿寛子との結婚から始めよう。周知のように、小一条院は冷泉天皇の孫、三条天皇の皇子である。敦明親王は、三条天皇の思召により、後一条天皇即位とともに東宮になったが、一年後、東宮を辞してしまうのである。母后娍子は、これを戒めて、そんなことをしたら冷泉天皇系が絶えてしまうのではないかと反対をしたが、敦明親王の意志は強く、また敦明親王は道長にもその息子能信を通して東宮を辞したい旨伝えてもらい、道長も初めは反対したものの、敦明の意志はあまりにも強く、これを許してもらえないのなら出家

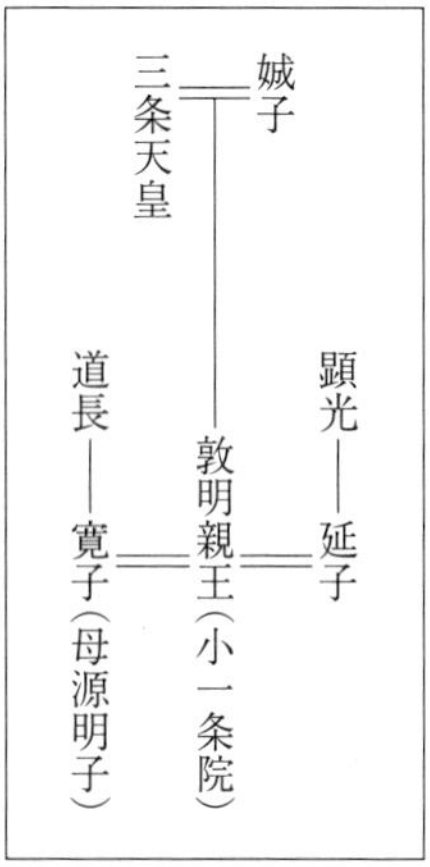

してしまうなどと主張したために、遂に敦明の意志を尊重し、上皇に準ずる準太上天皇との待遇で東宮辞退を認めたのである。勿論、道長としては敦明が東宮を降りれば、次に一条天皇の第三皇子である敦良親王（母は道長女彰子）を東宮にできることは、何よりも明らかなことであり、この上もない喜びであった。従って敦明は自分から東宮を降りたいとはいったものの、実際は敦明の立場は将来性もなく、このままでは次の天皇に安泰になることができるなどということは不可能と考え、東宮を降りるとはっきりと申し出たのである。道長もよほど嬉しかったのは事実であろう。『小右記』では、このときの道長の態度を烈しく非難している（詳細は、拙著『平安人物志』所収「小一条院」参照）。それらの政治的な複雑な事情はさておき、敦明は準太上天皇小一条院となると、道長は末娘の寛子（母源明子）を小一条院の妻としたのである。そこで、この結婚の模様を詳しく述べよう。

さて院の御事今日明日とののしるは、まことにやあらん。堀河の女御《藤原延子》、このことによりて胸ふたがりておぼし嘆くべし（巻十三ゆふしで）

とあるように、敦明親王はすでに顕光の女延子を東宮妃としていた。

さて十二月にぞ婿取りたてまつりたまふべき。（中略）この御前をば、月ごろ御匣殿《寛子》とぞ聞えさせける。（同右）

と、すでに道長の末娘寛子との結婚が近いということを耳にした延子の気持は、どうにもならぬものであったろう。

その夜になりて院渡らせたまふ。御前などさるべう心ばせある殿上人を選らせたまへり。（同右）

とあるのは、『御堂関白記』寛仁元年（一〇一七）十一月二十二日条に、

此夜小一条院御二近衛御門(源明子)一、東対東面倚二御車一、左大将(教通)・左衛門督(頼宗)採二指燭一、入レ従二寝殿東妻戸一、時戌、
中宮大夫(藤原道綱)・修理大夫(藤原通任)等候、

とあり、小一条院が近衛御門（高松殿）、即ち源明子第へ行く。

「御前などさるべう心ばせある殿上人」とあるのは、これらの人々、即ち教通・頼宗等である。

さて、おはしましたれば、この御腹の左衛門督、二位中将など紙燭さして入れたてまつりたまふ。（巻十三ゆふしで）

と火合せの儀が始まる。

入らせ給へれば、御殿油あるかなきかにほのめきわたれど、にほひ有様、夜目にも著し。（中略）東宮におはしまししをり参らせたまひたりとも、例の作法にこそはあらましか、これは今めかしう気近うをかしきものから、またいとやむごとなし。（同右）

小一条院が寛子の寝所の中に入ると、御殿油の光がかすかにともっており、つややかに美しい有り様は夜目にもはっきりとしている。そして『御堂関白記』二十二日条に「従二母々許一装束并衾等送給」とあり、「衾覆」の儀が行われている。やがて、夜明けとなって敦明は我が家へ帰り、近衛御門へ後朝使《きぬぎぬのつかい》が来る。「院よりはやがておはしましけるままにやとおぼゆるほどに、御使あり」（同右）。

四五日ありてぞ御露顕ありける。院、皇后宮に参りたまひて、「よさりいかに恥づかしうはべらんずらん。かしこにまかれば、二位中将、三位中将など待ち迎ふるが、いとすずろはしきに、今宵は餅の夜とか聞きはべる。大臣(道長)もものせらるべきさまにこそ聞きはべりしか」と聞えさせたまへば（下略）（同右）

と、三日夜餅があって、つづいて露顕である。三日夜餅の供については、『御堂関白記』二十四日条に、

此夜供レ餅、左衛門督調レ之、左衛門督供二御帳中一、後供二御膳一、女方陪膳、着給後、我献二御酒盞一、御供人給レ禄、

とあり、三日夜餅の後に御膳が供せられ、道長が御酒を献じたとあるが、これは三日夜餅の後に御膳を供すというのではなく、御祝いのための御膳であって、これを「所(露)顕《ところあらわし》」とみるのは難しい。道長夫妻が参上しているだけで、他の客の顔ぶれが見えないからである。『小右記』にも婚礼の儀式のことは詳しいが、所顕については何も触れていない。所顕は三日目にあるという説が当然のようだが（『貞丈雑記』）、やはり『栄花物語』の「四五日ありて」という説が正しいと思われる。他の例を少しあげてみよう。『中右記』永久六年（元永元年＝一一一八）十月二十六日条によれば、

今夜内大臣(藤原忠通)殿始渡二民部卿姫君許一。

とあり、ついで十一月二日条に、

今夕内府御露顕也、

とあり、露顕はかなり後に行われている。また、『長秋記』長承二年（一一三三）六月十九日条も、

巳刻許、付二右近将曹近方一、薫物一裹送二右衛門督(藤原実能)一、今夜中納言中将(頼長)可レ嫁二使長女一之訪也

とあって、その後、二十七日条に、

右金吾露顕云々、

と露顕は結婚式の三日後のみではなく、かなり遅くなってから行われている例は多い。『貞丈雑記』のように三日目に行われたというのが定例であったとしても、やはり、『栄花物語』のいう「四五日ありてぞ御露顕ありける」をはじめとして、

かくて日ごろありて御ところあらはしなれば（巻八初花）

とか、巻十ひかげのかづらにある「さて日ごろありて御ところあらわしなど」等々が普通なのであると思われる。三日目に行われたこともあったのであろうが、三日夜餅の後で「ところあらわし」はない。だいたい四日目以降であり、『栄花物語』のいうところが正しいと思われる。

こうして「ゆふしで」の巻をたどっていくと、この巻の結婚式の儀式の内容が、『江家次第』の儀式などと大変よく符合しており、『栄花物語』の作者（編者）は、儀式の内容と本質とをよくとらえて叙述していることに気づくのである。

一方、先述の延子は、これより先、寛弘七年（一〇一〇）のところに敦明親王との結婚が書かれている。

かくて東宮の一の宮《（敦明親王）》をば式部卿宮とぞ聞えさするを、広幡の中納言《（藤原顕光）》は今は右大臣ぞかし。承香殿女御《（元子）》の御弟の中姫君《（延子）》に、この宮婿取りたてまつりたまへり（巻八初花）

と結婚の月日は明らかでない。

式部卿宮、さばかりにやと思ひきこえたまひかしども、いと思ひのほかに女君もきよげにようおはし、御心ざまなどもあらまほしう、何ごとも目やすくおはしましければ、御仲らひの心ざしいとかひあるさまなれば、（同右）

と二人の愛は、まあまあというところであったようである。ところが小一条院と寛子の結婚の後は、当然のことながらまったく延子はあわれな状況であった。

かくてかの堀河の女御そのままに胸ふたがりて、つゆ御湯をだに参らで臥したまへり。（巻十三ゆふしで）

という状況で、延子とその父左大臣顕光の苦悩は、想像にあまりあるところであったろう。

次には、巻八初花の巻の具平親王女隆姫と道長の長男頼通の結婚式をみてみよう。この場合、儀式については、前の小一条院のときよりは簡単だが、内容は大変詳細である（寛弘六年〈一〇〇九〉と推定）。

まずこの結婚については、

その宮《具平親王》、この左衛門督殿《頼通》を心ざしきこえさせ給へば、大殿《道長》聞しめして「いとかたじけなき事なり」と、畏まりきこえさせたまひて「男は妻がらなり。いとやむごとなきあたりに参りぬべきなめり。」と聞え給ふ程に、内々に思し設けたりければ、今日明日になりぬ。（巻八初花）（傍点筆者、以下同）

とあって、村上天皇の皇子の具平親王が、娘隆姫を頼通の婿にと思っていることを頼通の父道長が聞かれて、「まことにおそれ多いことである」と恐縮申しあげ、頼通に「男子の価値は妻次第で定まるものだ。高貴の家に婿取られていくべきなのだろう」と申して、内々に支度を進めて今日明日に迫ったとあり、親王の娘から結婚話があったことを道長は光栄に思い、息子頼通に高貴の家に婿取られるのは結構なことだという。この当時、親王家から申し込みがあったというのは、道長家にとってまことに光栄であったのだろう。「男は妻がらなり」という興味深い言葉も出て、しかし親王家では、

さるは内などにおぼし心ざし給へる御事なれど、御宿世にや、おぼし立ちて婿取り奉らせ給ふ。（巻八初花）

とあって、御宿世というものであろうか、決心して左衛門督を婿に迎えたとあり、親王家としては頼通のような臣下ではなく天皇のもとに后として娘を嫁がせたかったという。かようにみていくと、親王家は理想が高く、道長の息子を婿にするということなどは喜ばなかったことが分かる。一方、道長は大喜びであったというのである。

儀式次第はとくに叙述していないが、

御有様いと今めかし。女房廿人、童・下仕四人づゝ、よろづいといみじう奥深く心にくき御有様なり（中略）

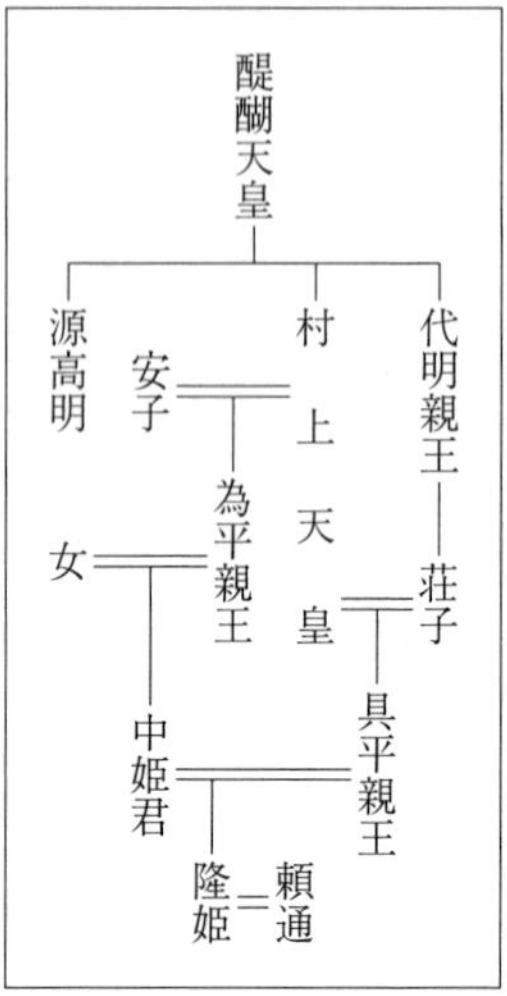

姫宮の御年十五六ばかりの程にて、御髪など督のとの（藤原妍子）、御有様にいとよう似させ給へる心地せさせ給に、めでたき御かたちと推し量りきこえさせ給べし、中務の宮、いみじう御けしきおろかならずあはれに見えさせたまふ。（巻八初花）

と隆姫の美しさと具平親王の喜びが、しみじみとあらわれている。ついで御所顕《ところあらわし》。

かくて日頃ありて御ところあらわしなれば、御供に参るべき人〳〵。皆との、御前選り定めさせ給へり。（巻八初花）

所顕も、まず先駆の人々を道長が選ぶ。儀式そのものは、この場面にはあらわれない。儀式の叙述の書かれないかわりに、両家の結婚の喜びと親密の深さが、しみじみとみられるところである（年月不詳）。

ついで、頼宗（道長の子・母は源明子）と伊周女大姫君の結婚。この場合をみてみよう。

かの帥殿（伊周）の大姫君にはただ今の大殿（道長）の高松殿（明子）腹の三位中将（頼宗）通ひきこえたまふとぞいふと、世に聞えたり。（巻八初花）

ここでは頼宗が伊周の大姫君に通うという。「中将いみじう色めかしうて、よろづの人ただに過ぐしたまはずなどして」と、中将は好色なお方であったが、この結婚後は心底からこの姫君を愛して至れり尽くせりにお世話申しあげるというのであった。これについては、ただ、これだけのことであったが、頼宗が通って幸福を求めた

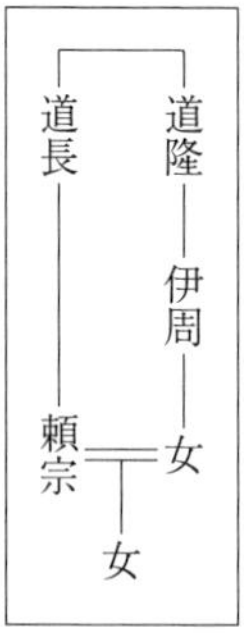

結婚である。

かくいふほどに、故帥殿《伊周》の姫君には、高松殿の二位中将《頼宗》住みたまひければ、このころぞ御子生みたてまつりたまへれば、いみじううつくしき女君におはすれば、殿は后がねと抱き持ちてうつくしみたてまつりたまふ。（巻九いはかげ）

と、二人の間には女君が生まれ、道長はこれを将来のお后となるべき大切なお方として抱きかかえて可愛いがる。この部分は結婚式についての儀式の詳細はないが、頼宗が伊周女と結婚し、二人の間に女子が生まれたことについて道長は「后がね」と喜ぶ。複雑な関係にある伊周家と道長家に関して、また道長の喜びは一しおであったのであろう。儀式叙述の詳細でないところに、かえって道長家と伊周家の複雑な場面があらわれているのも面白い。と同時に伊周家も道長家とこのようにして適当に縁をつないでいるのである。

続いて教通と公任女の結婚式に移ろう。

頼通・頼宗に続く道長の倫子腹の息子の教通の結婚である。公任は天皇・東宮につぐ結婚相手として道長の息子教通を選んだ。公任には娘が二人おり、中姫君は生まれたときから四条宮（太皇太后遵子）が引きとって育てており、大君の方は大納言公任が大切に養育していた。そこで公任は、この左衛門督（教通）を婿に迎えたいと考え、即ち、

この左衛門督の君をと思ひきこえさせたまひて、ほのめかしきこえたまひけるに、心よげなる御気色なれば、思しだちていそがせたまふ。（巻十ひかげのかづら）

と、内意をうかがったところ、教通は気持よく受けて結婚は成立した。

四条の宮の西対にて婿取りたてまつらせたまふ。（中略）宮もろともにしたてたてまつらせたまひて、婿取り

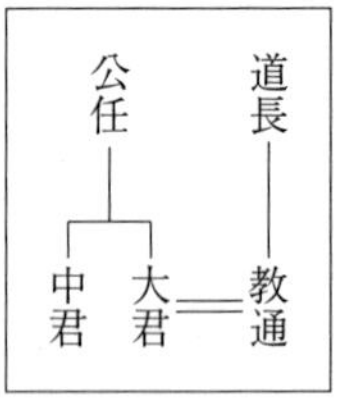

たてまつりたまふ。（巻十ひかげのかづら）

と、公任も道長家との縁組を大変に喜んだのである。

さて日ごろありて、御ところあらはしなど、心もとながらずせさせたまへり。宮《（遵子）》もとよりいみじうものきよらかにおはしますに、このごろの有様、することどもを聞し召し合せて、殿も宮も聞え合せたまひつつせさせたまへることども。いとなべてにあらず。（同右）

とあって、公任と太皇太后遵子らとがよく相談してとり行い、

大殿も「いと目やすきわざなめり。かの大納言は、いと恥づかしうものしたまふ人なり。思ひのままにふるまひては、いとほしからん」など、つねに諫めきこえさせたまふべし。（同上）

と、道長も公任を大いにほめたたえている。「御所顕《ところあらわし》」とみえるが、その儀式の叙述などは詳しくない。

『小右記』長和元年（一〇一二）四月二十八日条に、

今朝依二四条大納言《（公任）》消息一、資平詣二向太皇太后宮《（遵子）》一、於二件宮西対一、去夜行二婚礼一、

とあり、五月三日条にも、

今日大納言始羞二聟饌一、亦行二彼共一、上下人禄之日也、

とあり、ここに所（露）顕の模様が書かれている。

また、だいぶ時代は下るが、次に道長の明子腹の娘尊子と源師房の結婚式が行われる。それについて述べよう。

かくて、高松殿の姫君は、六条の故中務の宮《（具平親王）》の御子のます宮《（師房）》と申しし、関白殿の上《（隆姫）》の御弟におはしませば、やがて殿の御子にし奉らせ給……（巻二十一後悔の大将）

と、まず相手として具平親王の御子の源師房が選ばれた。師房は頼通の妻隆姫の弟であったため、頼通の養子に

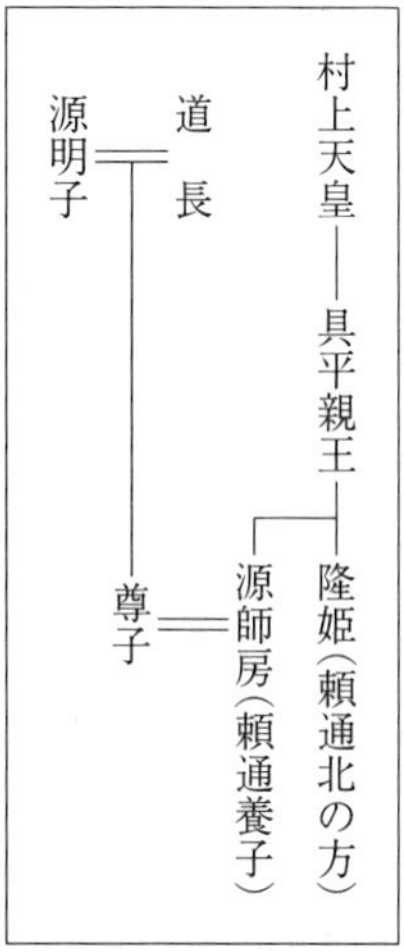

していた。その師房と尊子が結婚するのである。

今の大弐惟憲が家、土御門なるにて婿どりたてまつらせ給ふ。その程の御有様推し量るべし。女君こころよからぬ御気色なれど、男君それをも知らず顔にてゆけし思いたるさまもをかし。二月つごもりなりけり。されど三月にぞ、御露顕ありける。（巻二十一後悔の大将）

とあり、『小右記』万寿元年（一〇二四）三月二十七日条に、

今夜右中将師房、通二禅室高松《源明子》腹二娘一、於二大弐惟憲家一

とあり、『栄花物語』とは一か月のずれがある。

そして所（露）顕となるが、詳細はない。

道長の結婚については後述するとして、頼通関係についてもう少し述べよう。

頼通は前述のように隆姫と結婚したものの、子供が生まれなかった。このとき、三条天皇よりその皇女、女二宮（禔子内親王）との結婚話が出てくる。

この大殿の大将殿《頼通》などにや預けてまし。

と三条天皇は考える。そして頼通の父道長にその旨を天皇から話すと、道長も大喜びで早速、頼通に話をする。

そして、儀式の日取りまで決めようとする。それについて、

大将殿、ともかうもとのたまひて、ただ、御目に涙ぞ浮びにたるは、上《隆姫》をいみじう思ひきこえたまへるに、このことはた逃るべきことにもあらぬが、いみじう思さるるなるべし、（巻十二玉の村菊）

と頼通は北方隆姫をたいそう大切に思っているのに、この降嫁の件もまた逃れることもできないのが嘆わしいと悩んでいると、さらに道長が、

「男は妻は一人のみやは持たる。痴のさまや。いままで子もなかめれば、とてもかうてもただ子をまうけんとこそ思はめ。このわたりはさやうにはおはしましなん」とのたまはすれば（同右）

とあって、道長は頼通に、子を授かりたいために、この結婚を勧める。子もさることながら、道長は天皇の思召しであると同時に、頼通が内親王と結婚できることを心から喜んでいたのである。また、三条天皇は、頼通と内親王との結婚を成立させ、道長との不和を多少でも和らげようとも思ったのである。しかし、頼通の隆姫への愛情が強く、その結果、頼通は病気になり、多くの物怪（故具平親王など）が出没するなどして、この縁談はとりやめとなった。『小右記』長和四年（一〇一五）十一月十五日条に、

資平云、今日相府密語云、（中略）左大将《頼通》可レ被レ合二女二宮一之事、更不レ可レ知、雖レ有二仰事一不レ申二左右一、

とあり、かなり道長・頼通にとっては大変なことであったらしいが、頼通が隆姫を思う心の強さで、この結婚は沙汰やみとなるのである。しかし、続いて『栄花物語』には、

また大宮に、山井の四の君といふ人参りたりしを、この大将《頼通》ものなど時々のたまはせける。ただならぬさまになりにければ、いかにもいかにもさだにもあらば、いかにうれしくなど思されけるに、今はそのほどになりて、出でゐていみじく祈りなどし、殿《道長》も物など遣はして、いとよきことに思し掟てさせたまふに、その気色ありて、よろづ騒ぎける程に、「児は生れたまひて、母はうせぬ」とののしる。あはれなることかなと思しのたまはせけるほどに、君は男におはしければ、うれしくもなど思しけるほどに、三日ばかりありて、それもうせにけり（巻十二玉の村菊）

とみえ、藤原永頼四女と関係して頼通は男子を儲けている。『小右記』長和四年十一月十七日条に、

故山井三位《藤原永頼女》四娘、産間今暁死去、児全存、左大将子云々、黄昏藤宰相《頼定》談㆓左将軍㆒事云々、女事誠有実者、太可㆑奇也。

とあって、これは頼通の病気以前のこと。頼通の隆姫への愛情はさることながら、一方では、永頼女との間にこのような事実が進行しているということは、『小右記』の実資が「太可㆑奇也」というように、誰しも「奇」としたのであろう。

さて、子に恵まれない頼通も、最後に子が生まれている。その相手は為平親王の子、源憲定の女である。憲定には娘が二人いる。

おとと《妹》の君はわざと名もつけさせたまはで、ただ住みたまふままに、対の君とぞ召しける。この君に殿おのづから睦まじくならせたまひにけり（巻二十四わかばえ）

そのうちに、二人の間は、ますます深まるばかりで、

昼などもかき紛れおはしますほどに、ただにもあらずなりたまひにけるを、世の人いとめでたき幸ひ人にいひ思ひけり、このころぞ子生むべかりければ、関白殿《頼通》さるべきことなど思し掟てさせたまひけるほどに、「君生れたまひぬべし」と言ひののしれば、殿《頼通》はかたはらいたくて、御みづからはえおはしまさねど、おぼつかなさの御使しきりなりけり。（同右）

とあって、頼通は正妻の隆姫に対してきまりがわるい思いがしてみずからは出かけなかった。そして生まれた子が通房である（『大鏡』に詳しい）。

いと平らかに大男君ぞ生れたまへりける。殿《頼通》聞し召すに、あさましきまで思されて、御剣など遣す程ぞめで

たきや。大殿《（道長）》もうれしきことに思しめして、七日だに過ぎなば殿《（土御門弟）》のうちに迎へさせたまひて、そこにて養ひたてまつらせたまふべく思しめしける。（同右）

道長の喜びの歌は、

年を経て待ちつる松のわかばえにうれしくあへる春のみどり子（同右）

とあってよほど嬉しかったのであろう。

『左経記』万寿二年（一〇二五）正月十一日条に、

昨日故右兵衛督憲定二女産㆓男子㆒、是候㆓関白殿㆒之子也、而殿下《（頼通）》密々有㆓芳会㆒之間懐妊、及㆓午剋㆒、平産云々、禅門《（道長）》并殿下令㆓喜悦㆒給、無㆑限云々、

とあって、同十六日は七夜・二月二十九日は五十日と明るい行事が見られ、その間の事情が大変よく分かる。待望の子が生まれ、道長・頼通ともに大喜びの様子がみえる。

さて、次に頼通は北の方隆姫を愛するあまり、隆姫の妹の中の宮に敦康親王（一条天皇第一皇子、母定子）を婿とりすることに一生懸命になる。その結婚について述べることとしよう。

式部卿宮も、同じき宮たちと聞えさすれど、御心も御かたちもいみじうきよらに、御才なども深くて、やむごとなうめでたうおはしませば、御宿世のわろくおはしましけるを、世に口惜しきことに申思へり。大殿の大将殿《（頼通）》、この宮の御事をいとふさはしきものに思ひきこえさせたまひて、つねに参り通はせたまふと見しほどに、大将殿の上《（隆姫）》の御おとうとの中の宮に、この宮を婿取りたてまつらんと思し心ざしたりけるなりけり。

（巻十二玉の村菊）

とあるように、頼通は、敦康親王を好ましい方と思い、常々訪ねているうちに、隆姫の妹で中の宮に婿とり申そ

うと考えて、二人の結婚がめでたく実現した。

わが御女のやうに、よろづを思しそそきたたせたまふほど、上一所《(隆姫)》を思ひ聞えさせたまへばにこそと見えさせたまふ。（同右）

頼通は、北方隆姫を愛しく思っていたからこそ、その妹を娘のように世話した、と思われるのであったとあり、頼通と隆姫の愛情の深さが、しみじみ思われるのである。『御堂関白記』長和二年十二月十日条に「帥宮《(敦康親王)》御方、故中務卿宮《(具平親王)》女子参」とある。

さて、次は道長の末息子長家（母明子）である。

かくて殿の三位中将、このごろ十五ばかりにおはするに御かたちなどうつくしう、（中略）ただ今いみじき人の御婿のほどにおはすれば、（中略）侍従中納言《(藤原行成)》の御むかひ腹の姫君十二ばかりなるを、またなう思ひかしづきたまひけるより、心ことに思しわきてありけるを、この中将の君を、さてもあらせたてまつらばやと思しなりて、さべき方より便りして、殿《(道長)》の御気色たまはらせたまへば、「雛遊びのやうにて、をかしからん」などのたまはせて、にくからぬ御気色を伝へ聞きたまひて、にはかにいそぎたちたまふ。（巻十四あさみどり）

とあり、簡単に幼い二人の結婚は決まったのである。『左経記』寛仁二年（一〇一八）三月十三日条に、

今夜侍従中納言《(行成)》殿中将君《(長家)》取㆓因縁㆒、入㆑婿、因聊調㆓盃飯㆒、装束馬二疋・鞍等送㆑之、

とあるが、その挙式の当日が石清水臨時祭の日（三月十三日――『栄花物語』には二十余日とあり）と重なり、長家はこの日の祭使に出る予定になっているので「殿の御前こと人をさしかへさせたまふほどの御心掟を、中納言はおろかならず思し喜びたり」（同右）とあって、『御堂関白記』によれば藤原知光に変更されたという。

よろづのこと調へさせたまひて、昼つ方、中将殿より、

夕ぐれは待遠にのみ思ほえていかで心のまづはゆくらん
かうて暮るるやおそきとおはしたれば、民部大輔《藤原実経》の君・尾張権守《藤原良経》など紙燭さして入れたてまつる。（同右）

と、中将君のお出を、行成の家では息子たちが紙燭を用意して出迎えている。

さてその夜、殿も北の方も何ごとかあらんと気近きほどにいも寝られで明させたまひ、あはれに思しつづけらる。（同右）

とあり、火合せ、衾覆い、三日夜餅等の儀がとどこおりなく終ったかどうかを心もとなく思っているさまが明らかにあらわれている。

さて暁に出でたまひてすなわち、御文あり、
今朝はなどやがて寝暮し起きずして起きては寝たく暮るるまを待つ

とあって、後朝使の記述に入る。

こうして結婚後も二人の愛情は水ももらさぬというところであったが、治安元年（一〇二一）三月十九日、室は病悩となり亡くなる。逝去・葬送等の記述は、巻十六もとのしづくに非常に詳しい。

長家はまだ年若く十八歳。独身でいたが、その年の十一月、早速に次の結婚の話が出てくる。即ち、法住寺の大臣為光の御子の大納言斉信の娘である。斉信は早速に、

この大臣《道長》の三位中将殿《長家》一人おはすれば、それにやと思したちて婿どりきこへたまふ。（巻十六もとのしづく）

とあり、『小右記』十月二十四日条によれば、長家は亡妻の一周忌もまだということで一度は断ろうとしたが、同二十八日には長家から斉信女に消息が遣わされたとある。そして、婚儀の日は、『栄花物語』を始め、他の文献にもみえないが、まもなく行われたとする（『小右記』に十一月九日の予定とあるが、果たして、その日に行われたかどうか

疑問である）。『小右記』十月二十四日条に「宰相云、来月九日中宮大夫斉信女着裳、□行婚礼、右近中将長家云々」とあるのみである。

さて、先に結婚した教通と公任女は睦まじい仲であり、五〜六人の男女が生まれていたが、治安三年（一〇二三）にまた懐妊したのである。そして、

　十二月のつごもりばかりに、いと平らかにて男君生まれたまひぬ（巻二十一後悔大将）

とあって『小右記』十二月二十七日条にも、

　寅辰刻許、内府《（教通）》室産男子、

とあり、男子静覚が生まれた。しかし、七日目の御湯殿の時より物怪が多くあらわれ、正月五日（巻二十一後悔大将）に教通室は亡くなってしまった（『小記目録』は六日）。

最後に道長と兄道隆の結婚について述べねばならない。道隆から述べることとしよう。

　この中納言殿《（道隆）》、才深う人に煩はしとおぼえたる人の国〳〵治めたりけるが、男子女子どもあまたありける、女のあるが中にいみじうかしづき思ひたりけるを、「男あはせん」など思ひけれど、人の心の知り難う危かりければ、（中略）女なれど、真字などいとよく書きければ内侍になさせ給ひて、高内侍とぞ言ひける、この中納言殿、よろづにたはれ給ひける中に、人よりことに心ざしありておぼされければ、これをやがて北の方にておはしける程に、女君達三四人、おとこ君三人出で来給にければ、（巻三さまざまのよろこび）

とあって、道隆の人柄は、あまりよく書かれていない。北方は高内侍（高階貴子）という教養のある女性、そこに定子皇后等女君たち三〜四人、男君三人（伊周・隆家等）が生まれた。ここでは「男あはせん」などと珍しい言葉が出る。

道隆の三の御方は、「帥宮にあはせ奉らせ給つ」（巻四みはてぬ夢）。ここでは「あはせ」という語が出る。

ついで隆家は、

この御腹のあるが中の弟の君は、三位中将になしきこえ給ひつ。六条の右の大いどの、いみじきものにかしづき給ふ姫君に婿とり給ひつ（巻四みはてぬ夢）

とあって、ここで初めて婿どりという言葉が出る。道隆の一族、即ち中関白家一家は五年で簡単に没落したように、いずれも不幸な人たちばかりであった。『栄花物語』では、道隆一家の結婚には重きをおいていない。

道長については、人柄そのものも非常にほめ讃えて、結婚についてもかなり長い記述がある。

まずは道長の正妻源倫子との結婚。

この三位殿《（道長）》（先に三位中将殿とよんでいる、しかし道長はこのとき永延元年〈九八七〉には三位中将ではない。そしてその後も中将にはならない）この姫君（土御門の左大臣源雅信の娘）をいかでと、心深う思ひきこえたまひて、気色だちきこえたまひけり。（巻三さまざまのよろこび）

と、何とかして自分の妻にと心から懸想申されて、先方に申し込んだのである。すると父親の雅信はとんでもないことという。そこで雅信の妻穆子が、

などてか、ただこの君を婿にて見ざらん。時々物見などに出でて見るに、この君ただならず見ゆる君なり。ただわれにまかせたまへれかし。このこと悪しうやはありける。と聞えたまへど、殿すべてあべいことにもあらずと思いたり、（同右）

と倫子の母穆子の力によってこの結婚は成立する。

この母北の方《（穆子）》（中略）ただこの三位殿《（道長）》をいそぎたちたまひて婿どりたまひつ。（同右）

とあり、永延二年（九八八）倫子より彰子が誕生。その後、まもなく（『栄花物語』では永延二年と解することができる）源高明の娘明子と結婚する。ここも記述は詳細であり、この明子は詮子（道長の姉、円融天皇女御、一条天皇母）が自分のもとに迎え育てており、

この左京大夫殿《道長》、その御局の人によく語らひつきたまひて、さべきにやおはしけん、睦まじうなりたまひにければ、宮も「この君はたはやすく人にものなど言はぬ人なればあえなん」とゆるしきこえたまひて、さべきさまにもてなさせたまへば、（巻三さまざまのよろこび）

とある。

このようにみていくと、道長の場合は、結婚の成り立ちを詳しく述べるのが主であって、いわゆる儀式については何も記していない。三日夜餅・所（露）顕などには全然ふれていない。なぜ、儀式を記述しなかったのか。原史料が不足であったのか、その成行を示すのがもっと大事であったからかと思われる（拙著『藤原道長』）。

さらに、道長はこうして妻を二人とも源氏から迎えていることから、やはり、当時の藤原氏が源氏を尊敬する結果であるということが分かる。その源氏を尊ぶのは祖父師輔以来の伝統と思われる。この当時の藤原氏は賜姓源氏を大変に重んじたことは周知であり、今更いうまでもない（拙著『平安時代の古記録と貴族文化』、思文閣出版、昭和五十三年）。

さて、道長は、この二人（倫子・明子）のほかにも、なお二〜三人の女性と関係があった。

その一人は大納言の君と称する女性である。

彼女は中の君といわれ、倫子の兄弟の子であり、いったん源則理（源重光男）と結婚したが離婚し中宮彰子に宮仕えしていた。

このごろ中宮に参りたまへり。かたち有様いとうつくしうまことにをかしげにものしたまへば、殿《（道長）》の御前御目とまりければ、ものなどのたまはせけるほどに、御心ざしありて思されければ、まことしう思しものせさせたまひけるを、殿《（倫子）》の上は、こと人ならねばと思し許してなん、過させたまひける。（巻八初花）

とあり、いつの間にか親しくなっていたのである。また、もう一人は為光の四女である。為光は藤原師輔の息子で、太政大臣にまでなった人である。

花山院かくれさせたまひにしかば、一条殿《（為光）》の四の君は、鷹司殿に渡りたまひにしを、殿《（道長）》の上の御消息たびたびありて、迎へたてまつりて姫君の御具になしきこえたまひにしかば、殿《（道長）》よろづに思し掟てきこえたまうしほどに、（中略）家司などもみな定め、まことしうもてなしきこえたまへば、いとあべいさまに、あるべかしうて過ぎさせたまふめれば、院《（花山）》の御時こそ、御はらからたちも知りきこえたまはざりしか、この度はいとめでたくもてなしきこえたまへりけり。（巻八初花）

とあって、もと花山院の愛人であった。そして花山院の崩御後、道長とねんごろになるのである。
以上、二人のうち、前者は倫子の兄弟の子、後者は為光の子である。これは妻でなく妾とよぶべきものであろう。

以上、道長とその一族の結婚をみてきたが、これによってさまざまなことが分かる。倫子・明子の二人の源氏の娘を妻としていること、これは明らかに将来の藤原氏の安定のためである。続いて長男の頼通。
頼通は具平親王の娘婿となり、次に次男の教通は藤原公任女と結婚。さらに三条天皇の皇女、禔子内親王と結婚している。この禔子は、先に三条天皇の思召しによって道長を通じて頼通に降嫁の話が持ちこまれたことがあるが、これは道長がいくら進めても頼通の隆姫への愛情が強く、頼通は病気になり、そのことは取りやめになったのは前述したところである。

この二人、頼通・教通の結婚をみると、いずれも親王の子、または孫と結ばれている。また、明子腹の長家は、藤原行成・斉信女と結ばれているのをみると、道長が行成・斉信を藤原氏の文化人・優秀な人とみて、親戚の関係を結びたかったのだろうと思われる。

さらに末娘の寛子、これも、一応、天皇になることをみずから放棄し、準太上天皇となっている小一条院（敦明親王）と結婚している。また、もう一人の女性、尊子は源師房と結婚している。さらに、二人の女性（寛子・尊子）を除いて、姉たち三人――彰子（一条中宮）・妍子（三条中宮）・威子（後一条天皇中宮）――は、いずれも中宮となっている。四人目の娘嬉子は、敦良（のちの後朱雀天皇）の東宮時代に亡くなったが、もし、そのまま元気であれば中宮となっていたに違いない。

道長は子供たちを、それぞれ娘は中宮や、しかるべき人の室に、男子たちは、すべてしかるべき高貴な人々と結婚させている。これは意識的か偶然かは明らかでないが、いずれにしても我が家の発展のために、子供たちの結婚を意図的に考えたということもできよう。そして、このような結婚がすべて成功して、道長という人物は、まことにこの上もない幸福な人であったという結論に達するのである。

最後に『栄花物語』の中から、結婚を意味する言葉をあげてみよう。

「むことり」が最も多く、他に「あわせ」「妻まうけ」「通ず」「通う」「預け」「かしづき」等々である。さらに興味深い言葉としては、源高明の娘と村上天皇の皇子為平親王の結婚の後、為平親王の両親である村上天皇と中宮安子が、為平の妻、即ち源高明の女について「帝《(村上)》・后《(安子)》の御よめあつかひの程、いとおかしくなん見えさせ給ける」とあるように、「よめあつかひ」という珍しい言葉もみられる。

『栄花物語』で扱われる結婚は、やはり道長一家が中心で詳細である。『栄花物語』は史実を正確に物語風に叙述したものであって、編年体で史実を叙述していくということは度々述べてきたところであるが、その中に、結婚という問題をとりあげてみても、史実はまことに正確で多少の違いというようなことはあったとしても、正確な史実によって事実を編年体の中に配列していこうという意図がありありとみえるのである。したがってかたちは物語風に書かれてはいるものの、内容はあくまで正確な史実によって書いていこうとする意図がうかがえるのである。

第四章　『栄花物語』と王朝政治

第一節　村上天皇親政と九条家発展の真相

（1）序

村上天皇の時代は醍醐天皇の延喜時代とともに天暦の聖代といわれ、天皇親政の時代として、のちの世から、例えば、『小右記』などには「聖代」「聖帝」としてとりあげられている。

醍醐天皇の時代は、文物の隆盛、文人の中に偉大なる人物が次々と生まれたこと等々、良き政治が行われたことも明らかであるが、さて村上天皇の時代はいかがであろうか。『栄花物語』は、この時代を、どのようにみているだろうか。

藤原氏の外戚を築こうとする姿勢は早くからある。それは摂関政治の本質が幼帝を補佐するところにあるが、また一方、外戚を築くことに成功した家と人が勝利を占めていくということにあったからである。良房は、清和天皇が幼帝であったことから摂政となるが、と同時に妹順子を仁明天皇の女御とし、文徳天皇が生まれている。こうして外戚の基礎は藤原氏摂関政治の始まりの頃から確立している。一方、良房は賜姓源氏との関係を築いていくことを考えていた。嵯峨天皇の皇女源潔姫との結婚である。こうして嵯峨源氏との婚姻関係もつくられており、藤原氏の発展の根拠は、天皇と身内になるという一方、源氏との間柄も重要であった。

村上天皇の即位については、藤原基経の娘穏子（醍醐天皇女御、朱雀・村上の母后）の考えがあり（『大鏡』）、穏子は村上天皇の即位の一日も早いことを望んでいた。村上天皇は即位後、師輔の娘安子の力に相当動かされていたことも、また明らかである。

だがまた一方、村上天皇は天皇親政を望んでいたことも事実で、師輔の父忠平は朱雀天皇時代から摂政・関白を勤め、村上天皇即位後も関白・太政大臣であったが、七十歳で薨じた後、天皇は摂関を置かず、忠平の長男実頼を左大臣に、師輔を右大臣として積極的に親政の理想に燃えていたのである。実頼・師輔の二人もよく天皇を補佐している。

このように村上天皇は親政を掲げながらも結果的にみると師輔と安子の力が強く、安子より憲平（冷泉天皇）・為平・守平（円融天皇）が生まれるにいたって師輔は外戚を築いていったのである。一方、良房が源潔姫と結婚したように、師輔もまた、内親王と源氏の娘を妻とした。このように村上天皇の時代は複雑で天皇は親政を求めながらも藤原氏の外戚の拡充は強く、また藤原氏も源氏の権威を知り、源氏と身内になることを望んでおり、村上天皇も源氏を大事にするということを常に理想としていた。もう少し具体的にいえば、兄源高明を特に重んじていたのである。これは村上天皇と高明という兄弟の情愛によるものが大きいことはいうまでもないところであろうが、やはり当時の賜姓源氏はこのように重要視され、一世源氏の高明を村上天皇は大いに頼りにもしていた。嵯峨天皇の大家父長制ということがよくいわれるが、村上天皇も藤原氏と源氏との間にあって、その長であるような理想を嵯峨天皇と同じように持っていたように思われる。それは天皇の最初からの理想であったのか、あるいは、天皇は親政と源氏を重んじていたが、藤原氏の権力が伸び、結果的にそのようにみられるにいたったのか、このあたりの実態を『栄花物語』から分析していってみよう。

松村博司氏は『栄花物語の研究』で「みかど・春宮・代々の関白摂政と申すも、多くはただこの九条殿の御一筋なり」という語を重視され、巻一月宴の九条殿発展の意義を認められている。(1)

(2) 村上天皇時代

村上天皇は、宇多・醍醐天皇の時代を理想とし、天皇親政を主張しながらも、師輔・安子との関係が次第に深くなっていった。安子は天慶九年(九四六)五月女御となり、天暦四年(九五〇)五月二十四日皇子憲平を誕生、天徳二年(九五八)七月二十七日立后となり、ここに師輔の一家は発展の基礎ができたと言い得る。

実頼の方はいかがであったか。実頼も娘述子を女御としたが、翌天暦元年十月五日、皇子誕生のないまま卒した。実頼は師輔より一層外戚を築こうとする心構えが強かった。もう一人の娘も源高明の室としていたが、いずれも皇子誕生のないまま亡くなっている。

これに反して九条家は、安子をはじめ、その妹たちが大きく皇族と婚姻関係を結んでいる。即ち、登子は、はじめ村上天皇の兄重明親王の室であったが、親王が天暦八年九月十四日薨ずる(『扶桑略記』)と村上天皇の尚侍となり、安子亡き後の村上天皇の寵愛を専らにしていた(『一代要記』は登子を冷泉院の尚侍としている。『日本紀略』では安和二年十月十日に尚侍)。

以上の点からも、皇室・源家との結びつきも小野宮家より九条家の方が強く、これらの事情から、まず実頼が弟の師輔に対して、それほど快い気持ちを持っていなかったことは当然である。師輔の日記『九暦』、実頼の『清慎公記』等をみると、公家の儀式作法について父忠平より受け継いだものを遵守するというような面においても、二人が対立していることが分かる。これらについては別に述べたので詳細は略す（拙著『平安朝文学の史的研究』等参照）。

これらの社会的背景を一応考えながら、『栄花物語』は村上天皇の時代の歴史をどのように叙述しているかをみていこう。巻一のはじまりに、

世はじまりて後、この国のみかど六十余代にならせ給にけれど、この次第書きつくすべきにあらず。こちよりての事をぞ記すべき。

とある箇所の「こちよりての事」＝近い方、即ちこれを、従来は一条天皇の道長時代と解釈していたが、私は村上天皇の時代と解釈する（福長進「栄花物語の叙述の機構」）。そこで、これを村上天皇時代とすると「世の中に宇多のみかどと申みかどおはしましけり」とすぐ続いて、その後にある文に自然に入り易い。そして宇多・醍醐二代の皇室系図の実態を簡単に述べ、基経の子穏子所生の寛明親王の皇太子から朱雀院となる過程が書かれていく。

こうして『栄花物語』は宇多・醍醐・朱雀の三代が書かれるが、この三代はごく簡単な叙述で、続いて、村上天皇から書き始めようとする姿勢が明確にみえる。即ち、村上天皇は「今の上」と呼ばれ、村上天皇の時代を「今」の時点でみていく。「かくて今の上の心ばへあらまほしく、あるべき限おはしましけり」「たゞ今の太政大臣にては基経のおとゞの御子四郎忠平の大臣、帝の御伯父にて世をまつりごちておはす。その大臣の御子五人ぞおはしける」と書き、ただ今の太政大臣基経の子忠平、その忠平の子である左大臣実頼、右大臣師輔、四郎師氏、五郎師尹と叙述する。この「今」という語の使い方に、『栄花物語』の始まりが村上天皇にあることが明確になる。「さればたゞ今は、この太政大臣（忠平）の御子ども」と「九条の師輔の大臣」「小野宮の左大臣殿」と師輔・実頼が登場する。この場合、弟の師輔が長男実頼より先に書かれていることにまず注意したい。

続いて、

かくて、女御たちあまた参り給へる中に九条の師輔の大臣の姫君、あるが中に一女御にて候ひ給。

とあって、ここに師輔およびその女安子の存在と、九条家の発展の姿勢がみられる。そして村上天皇の女御たちを全部羅列する。まもなく安子から女御子（承子内親王）が生まれたが、これは直ちに亡くなる。藤原元方の娘から広平親王が誕生し、元方の喜びはただならぬものであった。ついで忠平の薨去。ここには「天暦三年八月十四日うせさせ給ふ」と年月日がはっきりと書かれ、「世の中のことを実頼の左大臣仕うまつり給」「九条殿二の人にておはすれど、猶九条殿をぞ一くるしき二（即ち、一の兄である実頼が、二の弟師輔に苦しめられる）に、人思ひきこえさせためる」と、師輔を大いに賞め讃える。

かゝる程に年もかへりぬめれば、天暦四年五月廿四日に、九条殿の女御、おとこみこ生み奉り給つ。

と、まず師輔・安子の幸運の第一歩が始まる。同時に元方の悲嘆が対照的に扱われ、「小野宮の大臣も、一の御子よりは、これは嬉しくおぼさるべし」と、実頼の師輔への兄弟意識が書かれる。

はかなう御五十日なども過ぎもていきて、生れ給て三月といふに七月廿三日に東宮にたゝせ給ぬ。九条殿は、太政大臣うせ給にしを返々口惜しくおぼされて、えいみあへずしほたれ給ぬ。

とあって、『日本紀略』『扶桑略記』にも明らかなごとく、生まれて三か月で立太子という珍しい例として、『栄花物語』は特にこの史実を九条家の発展という路線にのせて書いている。続いて各女御たちから皇子誕生の史実を類聚的にまとめてあり、このあたりの叙述はまだ、極立って編年意識はあらわれていない。それよりも村上天皇の治政と藤原氏の発展、師輔の外戚の確立ということを、時代の流れにそって書こうとする態度が明確にみえる。女御たちの中から広幡御息所の才智、また宣耀殿女御芳子が美しいため、天皇が芳子に琴を伝授して芳子の兄済時もともに演奏するという状態であったということなども叙述する。

この殿（忠平）ばらの御心さまども、同じ御はらからなれど、さま〴〵こゝろ〴〵にぞおはしける。

とあって「小野宮の大臣」「九条の大臣」「小一条の師尹の大臣」と三人それぞれ配列し、実頼は歌人として、九条師輔は人間として大らかであり、忠平の生前中にいた人々は皆師輔に集まってくるという。師尹は好き嫌いが烈しく「くせ〴〵しうぞおぼしをきてたりける」とある。さらに、「九条殿の御おぼえいみじうめでたし。又四・五の宮さへおはしますぞめでたきや」と、九条家の他家に対する優越を説明し、その発展の可能性を示唆する姿勢が明らかである。と同時に実頼は歌人として優秀であることを述べるが、師尹のみは、「くせのある男」としてとりあげられている。

かゝる程に天徳二年七月廿七日にぞ、九条殿女御、后にたゝせ給。藤原安子と申て、今は中宮と聞えさす。

と立后の年月日を明確に書く。

こうして『栄花物語』では作者の最も書きたい箇所、言い換えれば作者の重要と思う史実には年月日を入れて書くという一貫した態度が存するが、その特徴がまずここにみえはじめてくる。

中宮大夫には、みかどの御はらからの高明の親王と聞えさせし、今は源氏にて例人になりておはするぞ、なり給ひにける。

として、中宮安子の大夫が源高明であると、九条家師輔と賜姓源氏（醍醐源氏）源高明の深まりいく関係がありありとあらわれる。続いて、

九条殿の御けしき、世にあるかひありてめでたし。小野宮の大臣、女御の御事を口惜しくおぼしたり（天暦元年十月五日卒）。

とあって、まず実頼が九条家にひけをとった第一の要因は女御述子の死であることを述べる。ついで小野宮家の叙述に入り、実頼の長男敦敏の死を述べ、小野宮家の人々の和歌に秀れている事実を書き、「この殿、おほかた哥を好み給ければ、今のみかどこの方に深くおはしまして」と村上天皇の小野宮系の人々と和歌を詠みかわすという小野宮家との美しい一面が書かれている。ここで、『栄花物語』は小野宮実頼一家のことをとりあげる。

　この小野宮の大臣の二郎三郎（中略）、今は二郎頼忠と聞ゆるのみぞおはすめる、まだ、御位いとあさし。

と、三男斉敏が若く上達部になって亡くなっているため、「それにをぢて、すが〳〵しくもなし上げ奉り給はで」とある。斉敏の子実資は、「この祖父《（実頼）》おとどぞ、よろづにはぐくませ給ける」とあって、実資は実頼の養子となったが、頼忠の昇進のおそいこと、「まだ御位いとあさし」（頼忠はこの当時〈天徳二年〉従四位下右近衛中将）と、小野宮家の九条家に対して、実頼の子孫は一段格の低いようなことを『栄花物語』はいう。左大臣実頼・右大臣師輔・大納言高明の時、頼忠はまだ参議にもなっていなかった。頼忠は師輔薨去（天徳四年）の三年後の応和三年（九六三）に参議になっている（ついで実頼薨去の安和三年〈九七〇〉に、中納言より権大納言になっている）。こうして小野宮家は実頼のみ官位は高いが、続く頼忠はまだ公卿になっていないのが事実であり、『栄花物語』から九条家の師輔を中心とする著しい発展に比して、冴えない小野宮家の様子がうかがわれる。

　ついで憲平親王（冷泉天皇）には元方の霊が祟り、不調な有り様を述べた後、元服ののちの昌子内親王（憲平親王の東宮時代の妃、のちに冷泉天皇中宮となる）参入の記述となる。

　以上のところまでの叙述は、村上天皇の即位、忠平の子息たちの実頼・師輔・師尹のうち、特に師輔を中心に安子と村上天皇の外戚が固まっていく過程が年月日の流れの中に書かれるというところに重点が置かれている。

村上天皇の即位が天慶九年（九四六）四月十三日（二十日が正しい）、忠平の死が天暦三年（九四九）八月十四日、憲平親王の誕生が天暦四年五月二十四日、安子の立后が天徳二年（九五八）七月二十七日と、『栄花物語』巻一のはじめの方は重要事項に年月日が明確に記されているのみであって、まだ、ここでは完全な編年体になっていない。ただ重要な史実の事項に年月日が付されていることには注目しなければならない。そして巻一のこの辺りの叙述は村上天皇について詳細に扱われているが、むしろ師輔を中心に書かれている。と同時に村上天皇の後宮が類聚的にまとめ風に述べられているのが特徴といえよう（このようにみれば、巻一月宴前半はやはり村上天皇と九条家が中心である）。

さて、これより後も勿論、九条家師輔に関する事柄が主として書かれていくが、村上天皇の叙述が一段と濃くなってくる。

村上天皇は安子中宮を寵愛しながらも、その妹登子（その当時、重明親王北方）を垣間見する。安子はそれを知って不快になるが、重明親王生前中に村上帝もそれ以上愛を進めることはしなかった。その後、高明娘と為平親王の結婚が書かれる。天皇と安子は為平親王を格別可愛いがり、元服を急ぐ（『日本紀略』によれば元服は康保二年〈九六五〉八月二十七日、結婚は『撰集秘記』によればその翌三年十一月二十五日）。安子の中宮大夫である高明は娘をほのめかしたので村上帝も安子も大いに喜び、用意万端整えて元服の夜、高明娘は親王のもとに参上するとある。しかし、為平親王の元服は康保二年（九六五）、安子の崩御は応和四年（九六四）。この結婚を安子が喜び、「みかど・きさきの御よめ扱いの程、いとおかしくなん見えさせ給ける」とあるのは一年のちがいだが史実を誤っている。これは、不注意な誤りか、あるいは為平親王への両親（村上・安子）の愛情を強調するため、そのような叙述をしたのだろうか。(2) ここのところ『栄花物語』は為平親王の婚儀（康保三年）は史実より少し早い時期に、重明親王の薨去（天暦八年＝九五四）は史実よりかなり遅れて、その場所に置かれていることになる。この辺りは前述のように完全な編年体という意識がまだそれほど強くなく、師輔の死のように明確に年月日を書いている箇所は史実とよく合っているが、作者は年月日の元来入っていない原史料をそのまま採り入れ配列したため、このような誤りが少し生じたのであろう。

さて、重明の薨去を村上天皇は「人知れず嬉しくおもふ」と天皇の登子への愛情の深さをいう。そして師輔の出家・薨去。

天徳四年五月二日出家せさせ給て、四日うせさせ給ぬ。御年五十三。

とあり、『栄花物語』の叙述の順序にしたがうならば為平親王の結婚をすませてから師輔も安子も亡くなったことになる（先述の通り結婚が史実よりはあまりにも早い時期に置かれてしまったのである）。この結婚は師輔・安子二人の死後のことであるから、実際は村上天皇のみの力によって行われたのであるが、『栄花物語』が記すように師輔と安子の生存中ということになれば九条家の力がより偉大であるということになるし、二人が生存中に大いに可愛いがっていたことも事実であるから、村上・安子・師輔三人の協力によって為平の元服・結婚が行われたとみ

元号	西暦	月日	事項
天徳二年	九五八	七月二十七日	安子立后 為平親王元服（康保二年のこと）、源高明女、為平親王に嫁す（康保三年のこと） 重明親王薨去（天暦八年のこと）
天徳四年	九六〇	五月　四　日	藤原師輔薨去
応和四年	九六四	四月二十九日	安子崩御
康保三年	九六六	八月十　五日	月の宴と前栽合

注：この年表は、『栄花物語』の史実の配列順序のまま。（　）内は『栄花物語』に書かれていない正確な史実の年月日を示す。

ることは、特に史実の誤りであるというふうにいわなくともよいかもしれない。師輔・安子が村上天皇とともに為平親王を非常に可愛いがっていたということは事実であるため、二人の亡くなった後、村上天皇がその意志を継いで元服と結婚を行ったとみれば、それほど誤りといわなくてもよかろう。原史料を配列しているうちに知らず知らずに、このようなかたちとなっていったとみればよい。これは要するに村上天皇を中心に師輔・安子と一体になり、為平親王の将来を祈る気持ちを『栄花物語』は強調する方向に進み、このような書き方となったとみてよかろう。そして、ここに年月日が入っていないということが重要であり、作者（編者）は史料の蒐集が不足であったため、年月日を明確にすることができなかったのであろう。

『大鏡』は安子について、

冷泉院・円融院、為平の式部卿の宮と、女宮四人との御母后にて、又ならびなくおはしましき。帝、東宮と申し、代々の関白、摂政と申すも、多くはただこの九条殿の御一すぢなり。男宮たちの御有様は、代々の帝の御事なれば、かへすがへす又はいかが申しはべらむ。この后の御腹には、式部卿の宮こそは、冷泉院の次に、まづ東宮にも立ちたまふべきに、西宮殿の御婿にておはしますによりて、御弟の次の宮にひき越されさせたまへる程などの事ども、いといみじくはべり。そのゆゑは、式部卿の宮、帝にゐさせ給ひなば、西の宮殿の族に世の中うつりて、源氏の御栄えになりぬべければ……

とあって、この叙述は九条殿師輔と安子の偉大さ、その中で為平親王のみが源高明の娘婿になったため不幸になったことの経過が書かれている。

さて、『栄花物語』の叙述はどうであろうか。もう少したどってみよう。

年月もはかなく過ぎもていきて、をかしくめでたき世の有様ども書き続けまほしけれど何かはとてなん。

（中略）九条殿の急ぎたる御有様、返々も口惜しういみじき事をぞ、帝も后もおぼしめしたる。

と、師輔の薨去のあとにこの記述がある。師輔の死を契機として、村上天皇と安子・師輔、あるいは為平親王を加えて、いわゆる九条家の発展の基礎がこの四人にあることを叙述している。それにつけても師輔の死が早かったことを天皇も后も嘆く。[3] 安子を母后とする皇太子憲平親王は村上譲位後、冷泉天皇となる。その即位後は順序通りならば為平親王が皇太子となるのが当然である。しかし師輔・安子死後、そのようにならず為平の弟宮守平親王（円融天皇）が即位した。その辺りの歴史事情を『栄花物語』はどのように叙述しているかみていこう。

（3）師輔・安子死後の村上天皇

師輔の法事が終わると、

九条殿の急ぎたる御有様、返々も口惜しういみじき

とあって、村上天皇も世をはかなみ譲位の意志が強くなってくる。

式部卿の宮も、いまはいとようおとなびさせ給ぬれば、里におはしまさまほしうおぼしめせど、帝も后もふりがたきものにおぼしきこえさせ給ふものから、

と相変わらず村上帝と安子の為平への寵愛ぶりが書かれる。

怪しき事は「みかどなどにはいかゞ」と見奉らせ給ふことぞ出て来にたる。されば五宮をぞ、さやうにおはしますべきにやとぞ。まだそれはいとおさなうおはします。それにつけても「大臣のおはせましかば」とおぼしめす事多かるべし。

とあって、師輔死後の為平親王の不遇は、親王が高明の娘婿であったからという『大鏡』に書かれた明確な理由

を『栄花物語』はまだ、ここでは語っていない。「師輔がいれば、こんなことにならぬのに」と、師輔のいないことと強調しているのを注目せねばならない。しかし五宮守平を積極的に東宮にした過程も触れていないことも注意すべきである。しかし『大鏡』はそれについて、

御をぢたち（為平の母安子の兄弟、伊尹・兼通・兼家）の魂深く非道に御弟をば引き越し申させ奉らせたまへるぞかし。世の中にも宮の内にも殿ばらの思しかまへけるをば、いかでかは知らむ。

とあり、『栄花物語』では、「『みかどなどにはいかゞ』と見奉らせ給ふことぞ出で来にたる」とあるのみで、それ以上のことを語っていないが、これは『大鏡』によれば高明の娘婿ということが、大きく意味のあることになる。『大鏡』は『栄花物語』で扱っていない歴史の真相を追求したのである。これらの史実が、安和の変、即ち安和二年（九六九）に源高明の配流の原因となることは注目すべきである。やがて安子懐妊。物怪《もののけ》が強く、元方大納言の霊も出て安子は苦しんだが、選子内親王が誕生し、安子は崩御する。

かくいふことは応和四年（康保元）四月廿九日、いへばおろかなりや。思やるべし。

と、ここでまた年月日が明確に書かれる。

かくてのみやはおはしまさんとて、二日ありて「とかくし奉らん」とおぼしをきてたるにも、儀式有様あはれに悲しういみじき事かぎりなし。内〳〵に奉りつる絲毛の御車にぞ奉る。

とあり、御葬送の儀が詳細に叙述され、「なをめでたかりける九条殿の御ゆかりかなと見えさせ給」と九条殿師輔を賞讃し、安子に関する部分は特に詳しい。

これより以後は当然のことだが、村上天皇を中心に叙述が進む。「かくて御法事六月十七日」とあって、御法事がすむと村上帝は早速、登子に御消息をやる。「六月つごもりに」とあり、その結果、登子は入内する。村上帝が

登子に消息を遣わした時に、

> 后の宮の御弟の御方〲、男君たち（伊尹・兼通・兼家）、たゞ親とも君とも宮をこそ頼み申つるに、火をうち消ちたるやうなるを、あはれにおぼしまどふ。

とあって兄弟たちの考え方がちらりとみえる。だが、結局は彼ら兄弟たちの薦めにより、登子は尚侍となり、

> 御はらからの君達も、しばしこそ「心づきなし」とおぼしのたまはせしか、御心ざしのまことにめでたければ、たけからぬ御一筋をおぼすべし。

と、兄弟の君たちもこれを批判的にみていたが、一応肯定する。しかし、小野宮家の実頼はこれに対して厳しい。

> 小野宮の大臣などは「あはれ世のためしにし奉りつる君の御心の、世の末によしなきことの出で来て、人のそしられの負ひ給ふ事」と歎かしげにまし給。

と実頼にこれだけの言葉をいわせている作者の姿勢を重視すべきであり、やはり当時の人々、特に九条家ではない人々から村上帝のこの行為は非難されたのである。さすが九条家の人々は和らかにいうが、小野宮家は強くこれを非難したのは事実であり、『栄花物語』は厳しい（登子は『一代要記』に冷泉帝の尚侍とある。村上・冷泉の両尚侍であったのだろうか。これはなお今後考えねばならぬ）。

『大鏡』は、これを村上帝の「いと色なる御心ぐせにて」と言い、安子も我が妹のことゆえ大目にみていたとし、「九条殿の御さいはひとぞ人申しける」と、九条殿の幸運とみている。しかし、ここの場面は『栄花物語』の方が『大鏡』より厳しい。この事実を九条殿の発展とみるか、実頼の言葉のように村上の晩年は、人にそしられ、安子亡き後のあわれとみるか重要である。『栄花物語』の、

> 夜昼臥し起きむつれさせ給ひて、世のまつりごとを知らせ給はぬさまなれば、たゞ今のそしりぐさには、こ

の御事ぞありける。

という場面は明らかに強い批判であるが、聖帝といわれる村上帝を考慮すべき書きぶりである。ここは『源氏物語』の桐壺の巻の影響も強く、愛を貫く村上天皇の王者の色好みの性情のあらわれとみる見方もあろう。ついで按察御息所所生の保子内親王と村上帝の御琴の遊びがあらわれる。これも村上の晩年の色好みである。しかし、ここにいたると最初のころの大きな抱負を持った、そして師輔・安子とともに堂々と政《まつりごと》を行った村上帝の姿は、『栄花物語』ではみられなくなってくる。村上帝の雄々しさはやはり師輔・安子あってのことであったといえよう。そして師輔男の高光の出家。いかにも表現が文学的であり、

これは物語に作りて、世にあるやうにぞ聞ゆめる。あはれなることには、この御事をぞ世にはいふ。

とある。現存の『多武峯少将物語』との関係も追求すべきではあるが、これものちの説話のもとになるような原史料が存したのであろう。

はかなく年月も過ぎて、みかど世しろしめして後、廿年になりぬれば、「下りなばや。しばし心にまかせてもありにしがな。」とおぼし宣はすれど、時の上達部達、さらに許しきこえさせ給はざりけり。

と村上天皇の譲位の気持ちが強くなってくる。そしていよいよ康保三年（九六六）八月十五夜の月の宴の記述となる。左の頭は小一条の師尹の子済時。右の頭は右近少将為光、師輔の九男。結局これは、九条家と小一条家の前栽合である。ここに雅な月宴の前栽合をあげ、美しい表現を示しながら、その奥に潜む九条家と小一条家のいうにいわれぬその当時の実態を美的表現の裏にあらわさんがために、作者はこの行事をここにとりあげたのだろう。華やかな雅宴の後、「御禄さまぐ〵なり」とあるが、すぐ続く次の表現は注意すべきである。

みやのおはしまし〻折に、いみじく事のはえありておかしかりしはやと、上よりはじめ奉りて、上達部達恋

ひきこえ、目拭ひ給ふ。花蝶につけても、今はたゞ下りゐなばやとのみぞおぼされける。

と、この宴の前栽合は、もちろん九条家の勝利であったが、ここにまた、安子の死を再び嘆く記事がくる。

こうして師輔・安子の死後、村上天皇の周囲は極めて淋しくなる。『栄花物語』には、その実態がこまかに書かれている。

村上天皇は天皇親政の自信のある帝として頑張っていたが、それとともに理想として師輔と安子の優秀な二人のコンビによる藤原氏九条家の発展もこうして自然のままに進められていった。これは天皇の安子への寵愛が深く、また師輔・安子が聡明であったため、おのずと天皇の理想の方向へ進んでいくことに安子も協力していたが、あるいは村上帝は天皇親政にあこがれたが、時世は藤原氏の外戚の発展によってそうならざるを得なかったことを承知していたか、天皇は二つの理想、即ち、天皇親政と藤原氏外戚の発展を、うまく統合していこうと考えていたようにも思われる。しかし、後者は師輔・安子の力の発展していくままに天皇の思うところとは別に進んでいってしまった。また同時に、村上帝の心には兄の源高明を想い、源氏と藤原氏の締結を完成しようという一つの理想も存したのである。天皇は高明とともに藤・源合同の政治を理想としていたことは確実である。

このような時勢にある時、師輔・安子の死後は、藤原氏の発展の著しい時勢のもとに、天皇は時の左大臣実頼の意見におのずと従わざるを得なくなってしまった。

「月日も過ぎて康保四年になりぬ」とあって天皇は病気が進むと、心細さも募って、小野宮実頼が天皇のところに出向き、次の東宮について相談する。

御心地いと重ければ、小野宮のおとゞ忍びて奏し給ふ。「もし非常の事もおはしまさば、東宮には誰をか」と御けしき給はり給へば……

とあって、実頼は今にいたっては天皇が気弱になっていることをよく察し、このようにうかがいをたてる。天皇は実頼の気持ちを察してか、また、実頼が天皇にそのようにいわせるようにしていたのかは明らかではないが、ここにいたると天皇の理想実現への強い熱意というものは殆んどない。おそらく時の流れとともに実頼の意志に天皇としても従わざるを得なかったのであろう。安子亡き後、登子を寵愛し尚侍とした村上天皇の人柄を、師尹とともに実頼は見抜き、今なら為平親王を東宮に立てないようにすることもできるだろうと考えていた師尹の意志に従ってしまったのであろう。結局、その本心は師尹にあった。実頼は師尹の気持ちに同意し、実頼としても、そうせざるを得なかったのである。少なくとも『栄花物語』の叙述はそのように読みとれるのである。

また、当時の状勢からみると、実頼と師輔の間柄は師輔生前中にすでにあまり良くなく、特に忠平からの教命による二人の儀式作法についての小野宮流と九条流には相違があり、お互いに批判的であった。特に師輔の日記『九暦』に明確にあらわれるところである。これらについては、別に述べたので省略する（拙著『平安時代の古記録と貴族文化』所収「九暦と九条年中行事」参照）。

その上、前にも述べたように安子からは三人の皇子憲平・為平・守平が生まれているに反し、実頼の娘述子は皇子誕生なきままに亡くなり、外戚に関しても実頼は師輔に劣っている。また、実頼のもう一人の娘、慶子は朱雀院女御であったが、ここにも皇子は生まれず、またその妹は源高明の室であったが、ここにも御子は生まれなかった。それに反し師輔は安子の他に登子（前述）がおり、三女は源高明の室であり、さらに五女も高明室となっている。こうして実頼は外戚という面で師輔に劣っていた。さらにその上、忠平の教命を最もよく伝授しているのは師輔だった。そして醍醐源氏の高明と深い関係にあるのも師輔であり、外戚の面で実頼はいずれも理想通りには進まず、一方で、師輔はすべて成功しているのである。その上、『西宮記』の著者高明、『九条年中行事』の著者師輔はともに有職故実に関心が深く、『西宮記』には『九暦』『九条年中行事』等が少なからず引用してあることからみて、師輔と高明は婚姻関係が深いだけでなく学友であったことを知り得る。これらについても既に述べたので省略する。

そこで、村上帝の病床に実頼が訪れ、冷泉院即位後の東宮に為平親王を立てたくないという気持ちは、以上の経過をみてくるとよく分かるところである。即ち為平親王は源高明の娘婿であるからである。しかも実頼自身源高明とは血縁を築こうと考えて娘を嫁がせたにもかかわらず、御子は生まれず娘は亡くなる。これに反し師輔は二人の娘が高明室になり、しかも師輔・高明は学友であるということになれば、実頼はひけをとりがちであって、弟師輔に対する不快な心が、為平を東宮にすれば源氏の世になるという気持ちと相俟って、すでに今は師輔死後であるが、師輔薨去後に為平を東宮にしないようにすることを考えていた師尹とともに、そのような考え方に同意するのは当然なことであったろう。『栄花物語』はここに秘められた史実をよく語っている。気弱になっている村上天皇としては、実頼の気持ちを察して為平は今となっては無理だろうと考えて、守平親王を東宮に立てるといわざるを得なかったのである。村上帝は実頼の意見に簡単に同意してしまった。冷泉天皇が即位となれば、関白・太政大臣という最高の地位がみこめる実頼にとっては、師尹の意見に同意するのも当然であったろう。

そして、村上帝が崩御し、冷泉天皇が即位すると、「東宮の御事まだともかくもなきに、世の人皆心ぐ〳〵に思定めたるもをかし」とは、時の社会の真相をよくあらわしている。「大臣は皆知りておはすめる物を」等々噂が行き交い、

式部卿宮わたりには人知れず大臣の御けしきを待ちおぼせど、あへて音なければ「いかなればにか」と御胸つぶるべし。

とあって、

かゝる程に九月一日東宮（守平）立ち給ふ。

と、遂に為平ははずされ守平が東宮となった。為平としては高明とおそらく話し合い、自分は東宮になるであろうと考えていただろう。村上帝崩御後三か月以上も何も沙汰がないということは、為平にとっても高明にしても穏やかでなかったのは当然である。為平をやめて守平にしたその張本人は師尹である。だが、その結果を認めたのはやはり実頼ということになる。以上の史実を『栄花物語』の叙述が最もよく語っている。(4)

冷泉帝の后には昌子内親王、中宮大夫には宰相朝成、春宮大夫中納言師氏、東宮傅は小一条師尹と、中宮と東宮の宮司が並べられ、「皆九条殿の御はらからの殿ばらにおはすかし」とあり、師輔の兄弟がしかるべき地位につくことに『栄花物語』は注目している。

たゞし九条殿の君達は、まだ御位ども浅ければえなり給はぬなるべし。

と言い、実頼は太政大臣に、高明は左大臣に、源氏の右大臣の替わりには小一条の師尹がなった。

源氏の大臣、位はまさり給へれど、あさましく思ひの外なる世中をぞ心憂きものにおぼしめさるゝ。

と、高明の境遇が語られる。

今年は年号かはりて安和元年といふ。

と、ここから正篇巻三十の終わりまでだいたいこの型で編年をあらわす表現が定着する。この編年のかたちが巻一のはじめは未完成であった。その年の司召に伊尹は大納言になり、娘懐子が女御となり懐妊。「これにつけても猶九条殿をぞふりがたき御さまに聞えさすめる」と、ここでもまた九条殿のその後の発展をいう。懐子より師貞親王（花山天皇）の誕生。故師輔を思い出し、九条殿、この頃六十に少しや余らせ給はましとおぼすにも、おはしまさぬをかうやうの事につけても口惜しくおぼさるべし。

とその早死が口惜しいと九条殿師輔中心の描写が続く。

源氏のおとゞは、式部卿の宮の御事を、いとゞへだて多かる心地せさせ給ふべし。宮の御おぼえの世になうめでたく珍かにおはしましゝも、世の中の物語に申思ひたるに……

と高明は為平のことを思うと何か釈然としない。村上帝の寵愛が格別に深かったと世間の評判の為平だったが、結果は東宮に立てず、このような可哀想なことになってしまった。

みかどゝ申すものは安げにて、又かたき事に見ゆるわざになんありける。

と、しみじみ為平の東宮から天皇へ即位する道を断たれたことを高明の気持ちに託して嘆いており、率直に為平に同情する『栄花物語』の姿勢がみえる。

以上のところまでに村上・師輔・安子を中心とする九条家の発展、そこに加えて高明・為平の村上とともに九条家の圏内でグループをなして村上の理想を生かしてきたこと、それが師輔・安子の死後、大きく崩れ、為平の不幸とともに村上天皇崩御後、高明左遷が眼前に迫りつつある様子がありありと分かる。

結局、村上帝は自分を中心とする天皇親政、源氏と藤原氏の結合を理想としていたが、結果からみれば、安子の生前中の力により安子亡き後、まず前者は崩れ、また師輔・安子の死後、後者も崩れ、村上帝自身、兄弟の高明、安子との皇子為平親王とともに世の中は思うようにならず、晩年は小野宮実頼・小一条師尹の思うままの環境となった。「みかどと申すものは……」という先ほどの『栄花物語』の感慨は見事である。続く『栄花物語』の記述は為平若かりし頃の子《ね》の日の遊びである。村上天皇・中宮安子が熱心に準備し、大勢が供をした。「船岡の松の緑も色濃く、行末はるかにめでたかりしことぞや」と、為平親王の将来をことほいだにもかかわらず、四宮《為平》みかどがねと申思ひしかど、いづらは。源氏のおとゞの御婿になり給ひしに、事違ふと見えしものをやなど、世にある人、あいなきことをぞ、苦しげにいひ思ふものなめる。

と高明と為平の関係を示し、為平の東宮排斥の理由を説明する。

（4）安和の変前後

「今年は安和二年とぞいふめるに、位にてみとせにこそはならせ給ひぬれば、いかなるべきを御有様にかとのみ見えさせ給へり」とし、村上は在位二十一年であったが、冷泉帝は在位三年で早や譲位の様子をほのめかす。ここに村上と冷泉帝との比較がはっきり読みとれる。そしていよいよ高明左遷の問題に入る。

かゝる程に、世中にいとけしからぬ事をぞいひ出でたるや。それは源氏の左の大臣の式部卿宮の御事をおぼして、みかどを傾け奉らんとおぼし構ふといふ事出で来て、世にいときゝにくゝのゝしる。

と「けしからぬ事」「みかどを傾け奉らんとおぼし構ふといふ事」と高明と為平親王の二人の間で、冷泉帝を傾けるというような計画が考えられているという噂が立ったという。そこで『栄花物語』は即座に、

「いでや、よにさるけしからぬ事あらじ」など、世人申思ふ程に、仏神の御ゆるしにや、げに御心のうちにもあるまじき御心やありけん。三月廿六日にこの左大臣殿に検非違使うちかこみて……

と、世間の人の言葉を借りて、そんなことがあってよいのだろうかと疑いの態度も示している。そして検非違使が高明の邸を囲んで宣命が読まれる。

今は御位もなき定なればとて、網代車に乗せ奉りて、たゞ行きに率て奉れば、式部卿の宮の御心地、大方な

らんにてだにいみじとおぼさるべきに、まいて我御事によりて出できたること、おぼすに、せん方なくおぼされて……

と高明配流の情景と、為平親王の「我御事によりて出できたること」と、為平の高明を思う切なる気持ちがあらわれている。

安和の変の真相については詳細は省略するが（拙著『平安朝文学の史的研究』所収「栄花物語・大鏡の安和の変」参照）、これに関しては史料が少ない。特に『小右記』のような、いわゆる公卿の日記がないことが、この事件の解明に困難をもたらしている。『日本紀略』『扶桑略記』『帝王編年記』等が主たるものである。『日本紀略』『扶桑略記』『大鏡』によれば、左馬頭源満仲・藤原善時の密告によってなされたものであることが明瞭であり、満仲が高明とその家臣一党に謀叛の心があったと太政大臣実頼に密告した。高明の家臣は勘問され、「無レ所レ避伏ニ其罪一」とあり、翌二十六日には「今日丞相《高明》出家」、そして高明は大宰権帥となった。『帝王編年記』には、

或記云、師尹大臣所レ為云々、于時高明公左大臣左大将、師尹公右大臣右大将也、師尹為転レ左、有ニ此企一云々、右府即剋転レ左、

とあり、師尹が主謀者で自分が左大臣になりたいため行った企てとある。のちの文献ではあるが、『源平盛衰記』は、その真相をよく伝えている。これによれば、源満仲等が不幸な為平親王に同情し、親王を奉って東国へ赴き軍兵を起こし、即位させようとして右近の馬場で高明等と談義していたところ、満仲が心替りして奏聞したとある。こうして高明は無実の罪を受けて左遷となるが、それは満仲[5]が高明を罪におとし入れようと計画したものであると私は判断する。『日本紀略』などと併せ考え実頼のところへ満仲の密告文が届けられているのをみると、満仲がその中に入って心替りして云々ということもあり得ることであろう。『栄花物語』はこれらのことは何も

書いていない。古記録・日記類がないのが誠に残念だが、『日本紀略』『扶桑略記』を主に、『源平盛衰記』などの史料を総合して考えると、まず師尹の昇進欲の強さ、加うるに満仲の武士としての地位確立のための藤原氏への接近が主たるものであり、為平親王の東宮になることを押えた師尹・実頼らの動きが、この高明左遷の時はどうであったかは文献史料不足のため明確ではないが、実頼は師尹のうしろで師尹の為すところをじっと見ていたとも思われる。

『栄花物語』は高明が都を出て行く時のあわれな描写と為平親王のことを忘れず書き綴っている。

さて、この高明の悲劇をより強く書き著わさんとしたがため、高明左遷のすぐ前に、昔の為平親王の子の日の遊びを入れたと考えることはできよう。特に『栄花物語』は、師輔・安子生前中に為平親王の親子愛が、特に強かったことを強調している。

　后の宮の女房、車三つ四つに乗りこぼれて、大海の摺裳うち出したるに、船岡の松の緑も色濃く、行末はるかにめでたかりしことぞやと語り続くるを聞くも、今はおかしうぞ。

と、安和元年（九六八）の段階で、つまり高明左遷寸前の段階で昔のことを想い出としてこれを書いているのも意義深い。康保元年（応和四＝九六四）正月には紫野で為平親王を中心とする華やかな宴が催されたにもかかわらず、数か月後に安子が亡くなることを誰が想像したであろう。安子が亡くなると、村上天皇は急激に衰え（しかしその中で村上と安子の大きな期待であった為平の結婚のみは村上がなし遂げたが、『栄花物語』では安子の生前中の扱い）、実頼が冷泉帝即位とともに太政大臣となったことなどから、小野宮家が一時的だが繁栄するようにみえる。しかし冷泉帝は二年で譲位。

　安和二年八月十三日なり。みかどおりさせ給ぬれば、東宮《(円融院)》位につかせ給ぬ。御年十一なり。東宮におりゐのみかどの御子のちご宮ゐさせ給ひぬ。師貞親王なり。伊尹の大納言の御幸いみじくおはします。（中略）おほきおとゞ摂政の宣旨かうぶり給ひぬ。

と円融天皇の即位とともに実頼は摂政になったが、小一条左大臣師尹の薨去（安和二年十月十五日）、翌天禄元年（九七〇）には実頼も薨去、伊尹が摂政となる。そして最後に師尹の孫、村上天皇の皇子永平親王（母芳子）のをこ話が長々と書かれて巻一は終る。師輔・安子亡き後の小野宮家の一時的な栄え、小一条家師尹はその後をついで左大臣となり、将来の繁栄を夢見たが、まもなく薨去。伊尹が摂政となり再び九条家の繁栄で巻一は終るが、最後の永平親王のをこ話は、師尹の陰謀に対する『栄花物語』の批判とみる。即ち、師尹の悪行為をくどくど書かぬ代りに、孫の永平のをこ話を長々と載せ、これが小一条家師尹の没落と悪の実態に対する批判であると私はみたい。

(5) 結　論

結局、村上天皇時代から安和の変までの史実を『栄花物語』はどのようにとらえているのか。巻一によってこの史実の真相にふれることができるのである。

村上帝・師輔・安子・高明による天皇家を中心としての源家・藤原氏との結合の理想。村上天皇の生涯の理想と晩年のあわれ。一方、小野宮家と九条家の、村上帝を中心に外戚を築こうとする懸命な考え方と対立の実態。師輔・安子による九条家発展の成功。

その結果、九条家に対しての小野宮家・小一条家の兄弟ながらの対立が次第に烈しくなっていくさま。源家と九条家の結合がなお一層、小野宮家・小一条家の師輔に対する反発を強める原因となったこと。それらにより師輔・安子亡き後の為平の排斥と高明の左遷、そして村上帝の晩年のあわれ。これらの史実が巻一の流麗なかなの表現によって部分的に物語的な表現を加えつつ美しく悲しく叙述されていく。

これは結局、村上天皇が天皇親政と藤原氏の発展の二面性の調和および源氏と藤原氏の合同政治を理想とし、師輔・安子生前中は、一応その理想を生かすことが可能だったが、その後はそれを上手に保つことができず、晩年にはその理想も崩れ、偉大な村上天皇も師輔・安子亡き後には、実頼・師尹の力、主として師尹に動かされるままになっていく実態が巻一の年代記の流れの中に説かれていく。そして一時は藤原氏も小野宮家の世になるかのごとくみえたものの、再び九条家が発展していく過程が巻一の終り伊尹の摂政からのちにみられる。師輔の理想であった源氏との合同政治も高明の左遷で崩れ、小一条家は師尹の死に続いて永平親王のをこ話で終り、巻二以後の九条家の発展へと大きく続いていくのである。

そして『栄花物語』全体は編年意識が強いことは今さらいうまでもないが、この巻はまだそれが完成されていない。即ち、「今年は年号かはりて安和元年といふ」「正月の司召に」「二月ついたちに女御参り給ふ」と続き、「今年は安和二年とぞいふめるに」と安和年間から初めて明確な編年となる。巻一はのちにみられるような完全な編年とはやや言いかねるが、安和元年からは巻三十にいたるまでの編年のかたちはよく整っている。

だが巻一の安和元年以前は編年が不完全で、最初の方は村上天皇を中心に、後宮の女御更衣を類聚的に配列し、また藤原氏も忠平・実頼・師輔・師尹をとりあげ、その子供たちを系図によって叙述するように説明する箇所も多い。そして次第に九条家の師輔・安子を大きく扱い、九条家発展に重点を置く書き方をしてくるが、編年の意識はまだ明確にはなく、重要事項に年月日が記されるだけで、だいたいの年代の流れの中に史実が配列されてはいくが、安和元年以前は史実がかなり前後して置かれ、年月日の存する部分のみは誤りはないが、その他の史実は年と年との間にかなり前後がある。それらが一応整理されてくるのは安和元年以後である。

結局、巻一は村上天皇時代から書こうとする意識は強かったが、蒐集された史料もまだよく整理されぬままに並べられていった感が深く、著者・編者の編年意識が明確にあらわれるのは安和元年以後とせねばならない。しかし、編年意識がまだそれほど明確でないにもかかわらず、叙述の中に歴史意識が非常にはっきりしており、村上を中心とする藤原氏小野宮・九条家の実態、そして九条家の発展の経過、その中に源高明が入り、師輔の源氏との合同政治の理想等々が、人間味あふれる表現の中に喜びと悲しみを含めて記されていく。その結果、他の文献では分からぬ『栄花物語』独特の歴史叙述を通して、当時の歴史社会の本質が明確になる。さらに重要なことは師輔死後の記述に、「師輔が生きていたならば」という言い方が六例も出てくることである。これが、『栄花物語』巻一の重要なところであり、文献史料の少ない時期に大いに評価の高いものであると考えなければならぬものである。

（1）『栄花物語』巻一月宴については、『国語と国文学』（昭和三十八年）十月号に述べたところ（「栄花物語月宴巻について」、『平安朝文学の史的研究』所収、吉川弘文館、一九七四年）であるが、今回は村上天皇と師輔・安子を中心に、村上天皇の考え方・生き方、特に天皇親政の理想と藤原氏九条家発展の問題を『栄花物語』はどのようにみているかについて述べた。村上天皇について中村康夫氏が「栄花物語正篇におけるみかど造型上の問題（一）」（『国文学研究ノート』昭和四十八年六月、のち『栄花物語の基礎』所収、風間書房、平成十四年）ですぐれた論を出し、池田尚隆氏も「栄花物語の方法」（『国語と国文学』昭和六十一年三月号）で村上天皇の存在意義と後宮をよく論じている。さらに福長進氏は「栄花物語の歴史叙述」（同前、昭和六十年七月号）で巻一の「今」の表現をとりあげ、村上朝と九条流の発展について述べており、同じく「栄花物語の叙述の機構」（愛知県立大学『説林』三十五号、昭和六十二年）は、村上天皇のとりあげ方を主に論じ、いずれもすぐれた論文である。これら福長氏の論文は、『歴史物語の創造』（笠間書院、平成二十三年）にまとめられている。

（2）　安子立后の箇所に「天徳二年七月廿七日」（十月が正しい）とあり、師輔の出家の箇所に「天徳四年五月二日」とある。師輔の記事のすぐ前にこの記述があるため、『栄花物語』は為平の結婚も重明の死も天徳二〜三年に配列したのであるが、この辺りの編纂の意図がはっきりしていないため、その推定には疑問がある。

（3）　拙稿「藤原師輔論」（井上光貞博士還暦記念会編『古代史論叢』下、のち『平安時代の古記録と貴族文化』所収、思文閣出版、一九八八年）。

（4）　『大鏡』の師輔伝は為平の叔父たちが張本人だと言い、伊尹・兼通・兼家等と考えられ。そして兼家はかなり積極的になっていることも書かれているが、彼らが、そのような行動に出るとは、それはまだ官位の低い彼らが時の最高の地位にある師尹・実頼の計画に従ったということになろう（拙著『平安人物志』所収「藤原兼家論」参照、東京大学出版会、一九七四年）。その点、山本信吉氏のいわれるところと一致し、若い彼らは主謀者師尹の意見に従って行動したとみればよかろう。

（5）　安西廸夫氏は「歴史物語と安和の変」（『歴史物語の史実と虚構』所収、桜楓社、昭和六十二年）において満仲についてかなり掘り下げて説き、安和の変の『栄花物語』の見方をよくまとめられている。満仲については鮎沢（朧谷）寿氏の「摂関家と多田満仲」（古代学協会編『摂関時代史の研究』、吉川弘文館、昭和四十年）がある。

第二節　『栄花物語』と摂関政治——特に後宮を中心として——

『栄花物語』は、「世継」または「世継物語」とも言い、全四十巻、宇多天皇より堀河天皇にいたる、かなによる編年体の史書であり、歴史物語、または物語風史書ともよぶ。

巻一月宴は、村上天皇時代（宇多・醍醐・朱雀天皇の三代についても簡単に記述はある）の皇室と藤原氏の発展の描写からはじまる。第一主題としては、形式の上から六国史・新国史につづくかな文の史書であり、第二主題としては「あわれにはかない」「めでたく美しい物語」である。このように歴史と文学の二面性を有するものであるが、常に実録性が濃厚であること、人間味の深い歴史を書こうとするところに作者の意図があった。だが、歴史とはいえ、藤原氏発展の歴史であり、その最高潮に達するところが道長時代であり、したがって道長の叙述が特に詳しくなっていることはいうまでもないところだが、『源氏物語』が光源氏の物語であるような、いわゆる道長の栄花を語る物語ではない。

藤原氏と天皇の結びつき、藤原氏の外戚政治の成功。それは、藤原氏の娘の入内《じゅだい》によるものであり、女御・中宮を中心に摂関政治の本質が語られているところに特徴がある。摂関政治の本質、特に成立と発展と爛熟が描かれる。

これらについて後宮との関係を中心に『栄花物語』をみてみると、その摂関政治の歴史上の流れが、ある程度はっきりとあらわれていることに気づくのである。後宮を中心にみていこう。

即ち、兼家・道長を中心に、その時代の後宮のあり方、師輔と安子、兼通と媓子、兼家と詮子、道長と三人の娘たち――彰子・妍子・威子――などの生き方をみていくと、摂関時代の後宮のあり方がはっきりとみられる。天皇親政の村上（天暦）時代の安子、円融天皇時代の詮子・遵子、一条時代の定子・彰子、三条時代の妍子・娍子、後一条時代の威子の実態をみていくと、外戚の成功を確保しようとする藤原氏公卿の考え方とその結果としての家々の発展が、彼女ら女御・中宮たちの叙述の中にはっきりとみられてくる。『栄花物語』の作者は、それらの動きを後宮の女御・中宮であるそれぞれの女性の人間像を通して、明瞭に描いている。そこで作者の考え方、思想を、それら女御たちの生き方をとりあげることによって明らかにしようとするのであるが、本論に入る前に、まず各巻の編年について、はじめの方の数巻をあげてみよう。

巻一　月宴（宇多以後八十五年間、村上以後二十七年間）
巻二　花山（円融―一条の十五年間、天禄三年→寛和二年）
巻三　さまざまのよろこび（一条の六年間、寛和二年→正暦二年）
巻四　みはてぬ夢（一条の六年間、正暦二年→長徳二年）
巻五　浦々の別（一条の三年間、長徳二年→同四年）

かように巻五までをとりあげてみても、初めの方の巻は、数十年にわたる記述であり、後々の巻にいくにしたがって収録の年数が短かくなってくるのが特徴である。巻十五以後、主として道長の記述が多くなってくると収録期間が、年から月になっていく巻もある。

（1）後宮を中心として

そこでまず巻一から始めていこう。藤原氏全盛期の摂関政治の基礎を築いた皇后。その最初の人は、『栄花物語』では安子である。安子の父師輔は、忠平の第二子にして、兄実頼・弟師尹とともに娘を女御とし外戚を築くことに懸命であった。このうち実頼は、冷泉天皇時代に太政大臣に、円融天皇の時には摂政までのぼり、娘述子は村上天皇の東宮妃となり、即位後、女御となったが、述子は天暦元年（九四七）卒、実頼の弟師尹も娘芳子が村上天皇の女御となり、昌平・永平等の親王を生んだが、この芳子も康保四年（九六七）卒した。一人師輔のみは、娘安子が村上天皇即位後、直ちに女御となり、天徳二年（九五八）七月（『栄花物語』は十月）、皇后となって、憲平・為平・守平の皇子を生み、憲平・守平は、それぞれ冷泉・円融天皇となり、后位にあること七年にして安子は応和四年（康保元＝九六四）四月崩御となった。師輔は兄実頼よりも政治家としての力量があったらしく、『栄花物語』巻一月宴に「一くるしき二に人思ひきこえさせためる」とある。

安子もまた、女御・皇后としての権力もあり意志も強く、性格もよく行き届いていたので人望も厚く、『大鏡』には、「御兄をば親のやうに頼みまうさせたまひ、御弟をば子のごとくにはぐくみたまひし御心おきてぞや、されば、うせおはしましたりし、ことわりとはいひながら、田舎世界まで聞きつぎたてまつりて、惜しみ悲しびまうししか。みかど、よろづの政をば、きこえさせ合せてせさせたまひけるに」とあるように、天皇も政治の問題を安子に何やかやと相談することが多く、人々に対するおもいやりも大いに深かったことが書かれている。だが、『大鏡』には、一方、村上天皇に対する芳子（師尹の女、村上天皇の女御）の熱烈な愛が書かれ、天皇も安子には、多少の恐れを感じていたこと、安子の芳子に対する烈しい嫉妬心についても詳しく書かれている。さらに『大鏡』は、

冷泉院、円融院、為平の式部卿の宮と、女宮四人との御母后にて、またならびなくおはしましき。帝、春宮と申し、代代の関白、摂政と申すも、多くは、たゞ九条殿の御一筋なり。男宮たちの御有様は、代々の帝の御ことなれば、かへすがへすまたはいかが申しはべらむ。

と安子に関する記事を結んでいる。

かように師輔の権力の基礎は、師輔自身の人柄もさることながら、皇后安子を通じて朝廷の中に、その権力を築いたところにある。師輔・安子の父娘コンビによって、その地盤がかたまり、九条流の発展へとつながっていったことが明らかである。

さて、『栄花物語』巻一月宴は安子に関する記事が多い。巻一は、宇多天皇から円融天皇の天禄三年（九七二）まで、六代八十六年間の史実が書かれている（八十六年間とはいえ、宇多・醍醐・朱雀の三代は簡単で、詳しく書かれて

いるのは村上天皇からの二十七年間である)。この巻一では、歴史事実がまだ編年のかたちとして完成していないが、途中から編年のかたちで歴史の流れの中に書き綴られ、安子の叙述については『大鏡』のように、その性格を特に詳しく書いてはいないが、藤原氏九条家流の発展途上における安子の位置を、村上天皇の中宮として、また師輔の娘としての動きの中に、じっくりと据えている。

かくて女御たちあまた参り給へる中に、九条の師輔の大臣の姫君あるが中に一女御にさぶらひ給。

と、まず安子の位置を明確にし、続いて編年の中に安子の行動と発展を重ねて叙述していく。まもなく安子は皇子を出産。

九条殿の女御、たゞにもおはしまさで、めでたしとの、しりしかど、女御子にて、いと本意なき程に、平かにてだにおはしまさでうせさせ給ぬるに、

と皇女が生まれたが薨去(1)したとある。そして一方、元方の娘、御息所祐姫から一の御子広平親王が生まれた。

上は、世はともあれかうもあれ、一の御子のおはするを、うれしく頼もしきことにおぼしめす。ことわりなり。

とあって、元方の満足な心と村上天皇の第一皇子誕生の喜びのさまが書かれる。

か、る程に年もかへりぬれば、天暦四年五月廿四日に、九条殿の女御、おとこみこ生み奉り給つ。内よりはいつしかと御劔もて参り、おほかたの御有様心ことにめでたし。

と作者は、安子の皇子誕生を心から喜ぶ(2)。

元方の大納言かくと聞くに、胸ふたがる心地して、物をだにも食はずなりにけり。

と元方の姫が第一皇子を生んだからといって北家の嫡流の右大臣の娘にかなうわけがない。師輔の娘安子は村上

天皇の女御、元方の娘祐姫は更衣（御息所）、この点から見ても現実はきびしい。広平親王は第一皇子ではあっても、第二皇子の憲平親王の方が、皇太子となるにふさわしい条件を備えている。『栄花物語』のこの部分の叙述は、九条殿一族の喜びと対照的に元方の有り様を示し、藤原氏発展途上における他氏排斥が一応終り、藤原氏内部の争いのきびしさを明確に叙述している。元方は藤原氏南家の出身、父は菅根、漢学者としては名高い人であるが、政治家としては力なく、晩年になって、やっと公卿になったという家柄である。続いて、

九条殿には御産屋の程の儀式有様など、まねびやらん方なし。大臣の御心の中思やるに、さばかりめでたき事ありなんや。小野宮のおとゞも、一の御子よりは、これは嬉《うれ》しくおぼさるべし。

と、小野宮実頼のこれらの皇子誕生に対する複雑な感情があらわれている。実頼は忠平の長男でありながら、先述のごとく外戚の発展もなく、また、弟の師輔には圧倒され気味である。だが、宮廷官人としての有識故実の面の儀式作法などについては、きびしく、決して師輔に負けることはない、ひけはとらないと強い自信をもっていた。日記『清慎公記』は、師輔の『九暦』とともに儀式作法についての叙述が詳しく、それによれば実頼のこの方面に関する自信が明確にうかがわれる。そのような実頼だが、この憲平親王の誕生については、「一の御子よりは、これは嬉しくおぼさるべし」とあるのは、実頼の率直な気分であったろう。

はかなう御五十日などもすぎもていきて、生れ給て三月といふに、七月廿三日に東宮にたゝせ給ぬ。九条殿は、太政大臣うせ給にしを返ゝ口惜しくおぼされて、えいみあへずしほたれ給ぬ。一の御子の母女御、湯水をだに参らで、沈みてぞ臥し給へる。いみじくゆゝしきまでにぞ聞ゆる。

と忠平の今は世になきことを歎き、と同時に安子による九条殿の発展の基礎を明確に叙述している。

そして、次には安子の立后。(3)

かゝる程に、天徳二年七月廿七日にぞ、九条殿女御、后にたゝせ給。藤原安子と申て、今は中宮と聞えさす。中宮大夫には、みかどの御はらからの高明の親王と聞えさせし、今は源氏にて、例人になりておはするぞ、なり給ひにける。次〳〵の宮司ども、心ことに選びなさせ給。九条殿の御けしき、世にあるかひありてめでたし。小野宮の大臣、女御の御事を口惜しくおぼしたり。

中宮大夫はじめ宮司の決定を叙述し、「九条殿の御けしき、世にあるかひありてめでたし」と作者は安子を特にとりあげ、師輔の外戚に成功する過程を書き、結局、安子・師輔コンビによる九条流の発展の実態を、そのまま書こうとしていったのである。師輔と安子、この父娘コンビの発展、そして外戚としての成功。編年史の中に後宮で活躍する安子の動きを明確にとらえているというのが、巻一の特徴である。

やがて村上天皇と安子の希望によって、高明女と村上の第三皇子為平親王との結婚[4]（史実は康保三年十一月二十五日、『栄花物語』は天徳三年）。続いて師輔の病悩、「みやも里に出でさせ給ぬ」とあり、「天徳四年五月二日出家せさせ給て、四日うせさせ給ぬ」[5]（天徳四年は、康保三年の六年前。したがって高明女と為平親王の結婚とは年代順の配列が前後している）と師輔の病死を叙述する。それは悲しむべきことであるが、中宮安子がいれば、「よろづ限なくめでたし」と作者は、安子の存在があってこその師輔であるという考えをもち書き続けていく。また、高明女と為平親王の結婚を、こうして師輔・安子の死（応和四年）よりも先にもっていったのは、安子・師輔コンビの権力の偉大さを示すためのもので、この結婚は、師輔・安子の庇護のもとに行われたということを作者は強調したかったのであろう。作者はもとの史料をそのまま採用したのか、故意に、このように年代順を変えたのはともかく、作者にとっては、またこれが世の真実であったのであろう。

御年五十三、たゞ今かくしもおはしますべき程にもあらぬに、口惜しう心憂く、惜しみ申さぬ人なし。「世を

　知《し》り給はんにもいとめでたき御心もちゐを」と、返々おぼし惑はせ給。宮おはしませば、よろづ限なくめでたし。一天下の人、いづれかは宮になびきつかうまつらぬがあらん。

とあって、師輔の死は悲しむべきことであるが、中宮安子がいれば、「よろづ限なくめでたし」と作者は、安子の存在があってこその師輔であるという視点を、もち続けていることが分かる。

　年月もはかなく過ぎもていきて、をかしくめでたき世の有様ども書き続けまほしけれど、何かはとてなん、宮達皆さま〳〵うつくしう何方にもおはしますを、上左も右もとぞおぼしめさるゝがうちにも、猶宮の御方の御子達は、いと心ことにおぼしめす。九条殿の急ぎたる御有様、返々も口惜しういみじき事をぞ、帝も后もおぼしめしたる。

と安子・師輔の密接な関係があればこそ、九条流の基礎が固まったのであると、作者はその史実を明確にとらえており、その実態を正確に記すことが、巻一の主題であったと見ることができる。師輔・安子の父娘コンビによる九条流の発展は、史実の上から見ても明瞭なところであるが、作者は、その実態を史実通りに、いま執筆中の月宴の巻の主題として、編年の物語風史書をかざるにふさわしく堂々と書いていくのである。

　かゝる程に后の宮、日頃たゞにもおはしまさぬを、いかにとおぼしめさるゝに、

と懐妊の御悩の有り様についての記述があり、そして元方の霊があらわれるなどして、選子内親王が誕生。

　やがて消え入らせ給ひにけり、かくいふことは応和四年四月廿九日(6)、いへばおろかなりや。思やるべし。

と安子の懐妊のための御悩、出産、崩御、続いて葬送・法事と安子崩御前後の記事は一段と詳しくなってくる。その中には元方の怨霊の祟り、為平親王の深い悲しみの様子など、記事は一段と詳しい。また、葬送については、

　儀式有様、あはれに悲しういみじき事限なし、内〳〵に奉りつる絲毛の御車にぞ奉る。世の中さるべき殿上

人、上達部など、参り送り奉る、（中略）香の輿、火の輿など、皆あるわざなりけり。（中略）おほかたの儀式有様、いはんかたなくおどろ〳〵しう、内にも東宮にも皆御服あるべければ、諒闇だちたれど、これは殿上人などもうすにびをぞ着たる。

と儀式の動きについても一応書いてはいるが、のちの妍子の場合のように儀式そのものは書かない（詳しくは後述）。

夏の夜もはかなく明けぬれば、この御はらからの君達、僧も俗も皆うちむれて、木幡へ詣で給ふ程など、「誰も遅くときといふばかりこそあれ、いと昨日今日とは思はざりつる事ぞかし」と、内におぼしめしたる御けしきにつけても、なをめでたかりける九条殿の御ゆかりかなと見えさせ給。をしかへし、「みかどのおはしますに、先だち奉らせ給ひぬるも、又いとめでたしや」と申すたぐひも多かりや。

と、すべて「めでたかりける九条殿の御ゆかり」と、九条殿の発展が主題となっている。こうして安子の存在は、師輔の発展に大きく貢献し、村上天皇の聖天子として栄えたのも安子の力量の大なるものがあったからであるとする。これは史実の上からしても当然のことであるが、『栄花物語』の安子の描写に関しては、その史実をよく踏まえ、立后、皇子誕生の描写も儀式の有職的な記述ではなく、事実に即して叙述が進められている。さらに『大鏡』が描くような安子の性格的な記述は『栄花物語』にはないが、村上・師輔・安子と一体となっての九条流発展の実態を史実にのせて編年の中に明瞭に書き記していくのが巻一の特徴である。

（2）詮子を中心に

次に当時の後宮の代表的人物である東三条院詮子について述べよう。東三条院は女院号のはじめである。兼家と詮子。兼家の発展は、史実の上から見ても詮子の力量の大なるものによるといっても過言ではない。『栄花物語』は兼家の人物像をかなり明確に書いてはいるが、むしろ詮子が兼家発展のために、いかなる貢献をおよぼしたのか、そこの描写に重点が置かれているようにも思われる。

兼通・兼家は、ともに娘を冷泉・円融の女御とし、我が家の発展を築こうと懸命になっている有り様が、明らかに書かれている。

その最初、兼通・兼家の権力争いの中で媓子・超子・詮子が、どのようにあったかをみよう。

九条殿の三郎君（兼家）は、この頃東三条の右大将大納言などきこゆ。冷泉院の女御（超子）いとときめかせ給を嬉しき事におぼしめさるべし。中姫君（詮子）の御事をいかでとおぼしめす程に、上の御けしきありて宣はせければ、いかでとおぼさるれど、この関白殿（兼通）、もとよりこの二所の御中よろしからずのみおはしますに、中宮（兼通女媓子）かくて候はせ給へば、つゝましくおぼさるゝなるべし。（巻二花山）

とあって兼家は、詮子の入内を考えたが、兼通の媓子に遠慮する。「この関白殿、もとよりこの二所の御中よろしからずのみおはしますに」とあることによっても、まず、その日頃仲がよくない二人の間が明らかにされているといえよう。これより先、兼通の女媓子は円融帝の女御となっており（天禄二年＝九七二）、天延元年七月一日、立后。兼家・兼通が、ともに娘を円融の女御とし、我が家の基礎を築こうと懸命になっている様子があからさまに縷述されていく。

この東三条殿（兼家）、関白殿（兼通）との御中ことに悪しきを、世の人あやしきことに思きこえたり。「いかでこの大将をなくなしてばや」とぞ、御心にかゝりて大殿（兼通）はおぼしけれど、いかでかは。東三条殿は、「なをいかでこの中ひめぎみ（詮子）を内に参らせん。いひもていけば何の恐しかるべきぞ」とおぼしとりて、人知れずおぼし急ぎけり。

されどそのけしき人に見せ聞かせ給はず。（同右）

とあって、兼家は遠慮をしていたものの、兄兼通の積極的な行為にいたたまれなくなり、「よく考えてみれば何の恐れ憚る事があろうか」と決心して娘詮子の入内の準備をいそぐという状態にあった。

さるべき仏神の御催にや、東三条殿、「なをいかで今日明日もこの女君参らせん」などおぼし立つと、自ら大殿聞しめして、「いとめざましき事なり。中宮のかくておはしますに、この大納言のかく思ひかくるもあさましうこそ。いかによろづに我を呪ふらん」などいふ事をさへ、常にの給はせければ、大納言殿いと煩しくおぼし絶えて、「さりとも自ら」とおぼしけり。

とあって、兼通は、中宮媓子がいるにもかかわらず、かように強引に娘詮子を円融帝の女御に入内させようとしている兼家が自分をのろい殺さんとはかっているなどと言い出し、遂に兼家も遠慮して、もう少し時期が来るまで待とうというような状態にあった。また、媓子立后の一年前（天禄三年）に、兼通は安子の遺言によって、内大臣・摂政になっている。

貞元元年（九七六）、兼家の娘超子は、冷泉の皇子居貞親王を生む。[7] これによって兼通の兼家に対する憎悪は、ますますつのるばかり、兼通は病いがつのるにつれて、

御心の中におぼしけるやう、「いかでこの東三条の大将、我命も知らず、なきやうにしなして、この左の大臣（頼忠）を我次の一の人にてあらせん」とおぼす心ありて、

と左大臣頼忠を、次の摂政の地位につけるよう用意周到に準備した。

みかどに常に「この右大将兼家は、冷泉院の御子をもち奉りて、ともすればこれを〳〵といひおもひ、祈すること」、いひつげ給ひて、

と兼家が冷泉の御子居貞親王（母超子）を即位させようと懸命になっているなどと兼通は天皇に奏上し、さらに兼家を無官にまでしようと考え、

　この東三条の大将の不能を奏し給て、「かゝる人は世にありては公の御ために大事出で来侍りなん。かやうの事はいましめたるこそよけれ」など奏《そう》し給て、貞元二年十月十一日大納言の大将をとり奉り給、治部卿になし奉り給つ。

と兼通の憎しみは、想像にあまりあるところであった。

『大鏡』にも、この兼通の臨終のさいの除目（すなわち頼忠を関白にし兼家を治部卿にする）のあわただしさが、『栄花物語』よりなお一層、深刻に書かれている（『大鏡』太政大臣兼通）。

兼通は最終の除目を終り、頼忠を関白にすると、まもなく死去(8)（貞元二年十一月八日）、続いて頼忠の関白時代へと入る。

　年号かはりて天元々年といふ。十月二日除目ありて、関白殿太政大臣にならせ給ぬ。左大臣の雅信のおとゞなり給ぬ。東三条どのゝ罪もおはせぬを、かく怪しくておはする。心得ぬ事なれば、太政大臣度〲奏し給て、やがてこの度右大臣になり給ぬ。「これは、たゞ仏神のし給ふ」とおぼさるべし。

と頼忠の同情によって、兼家は、やっとのことで右大臣(9)になることができた。すると兼家は早速、

　内には中宮のおはしませば、誰もおぼし憚れど、堀河どのゝ御心掟のあさましく心づきなさに、東三条の大臣中宮にをぢ奉り給はず、中姫君参らせ奉り給ふ。

とあって詮子を円融に入内させた（天元元年〈九七八〉八月十七日、十一月四日に女御）。

　大（頼忠）とのゝ、「姫君をこそ、まづ」とおぼしつれど、堀河どのゝ御心をおぼし憚る程に、右の大臣はつゝましか

らずおぼしたちて、参らせ奉り給、ことはりに見えたり。

と頼忠の娘遵子の存在を無視して兼家は詮子を強引に円融天皇に入内させてしまったが、それも道理であると兼家の行動を『栄花物語』の作者は肯定する。このような描写の中に、歴史の流れは師輔から兼家と九条家が当然、しかるべき地位を占めるということを如実にあらわしており、作者はそうした歴史の流れと史実を示しながら九条流、それも兼家一家の発展が当然であるという史観をもって書いていく。[10]

しかし史実では、詮子の入内が天元元年八月十七日、遵子は四月十日で実際の入内は遵子の方が先である(『小右記』)。これは兼家の考え方の中に、遵子より先に詮子を入内させようとするような意気込みがみえたのであろう。特に兼家と詮子に関心の深い『栄花物語』の著者は、常に詮子の発展を書こうとすることが念頭にあったため、このように詮子を先としてしまったのではなかろうか。巻一の月宴に師輔の娘安子に関する記事を叙述し、ここに詮子は、すでに第一人者となるのは当然であるというふうな作者の考え方が、一つの線として通っており、巻二において兼家・詮子のコンビによる九条流の発展を明確に示そうとする作者の意図が、かように詮子と遵子の入内順序を、とりちがえるということにさせてしまったのであろうか、あるいはまちがった原史料によったのか。[11]

ともあれ『栄花物語』の著者にとっては、かように書くのが当然であった。

参らせ給へるかひありて、たゞ今はいと時におはします。中宮をかくつゝましからず、ないがしろにもてなしきこえ給も、「昔の御情なさを思ひ給ふにこそは」と、ことはりにおぼさる。

と中宮媓子を詮子が軽んずるのも、かつての兼通の兼家に対する態度を考えると道理であると思われると、作者は兼家の態度を肯定する。

東三条の女御は梅壺に住ませ給ふ。御有様愛敬づき、けぢかくうつくしうおはします。御はらからの君達この頃ぞつゝましげなうありき給める。

と、兼家・詮子コンビの九条家の発展の実態が、さらに着実に書かれていく。

天元二年（九七九）六月二日。媓子崩御[12]。

世の人例の口安からぬものなれば、「東三条どの、御幸のますぞ」「梅壺の女御后に居給べきぞ」などいひのゝしる。

とあり、詮子の将来の発展を世間の人の口をかりて作者はいわしめている。まもなく、詮子は懐妊。天元三年には懐仁親王（一条天皇）の誕生となる（同年六月一日）。

その御用意ども限なし。内蔵寮に御帳よりはじめ、白き御具ども仕まつる。殿の上にもせさせ給。たゞいま世にめでたき事のためしになりぬべし、内より夜昼わかぬ御使暇なし。げにことはりに見えさせ給。

と皇子誕生のめでたさを述べ、産養の儀式などについては詳しく書かず、「七日の程の御有様思ひやるべし」とすませる。このあたりの叙述は、兼家の発展と詮子の女御としての地位を築く、その過程を明確に、巻一の師輔・安子の場合と同じように、編年の叙述の中に位置づけようとする作者の意図が、ありありとみられる。そして懐仁親王（一条天皇）の誕生に関して、

東三条の御門のわたりには（中略）院《冷泉》の宮たちの三所（居貞・為尊・敦道親王、母は超子）おはしますだにをろかならぬとの、内を、まいて今上一宮のおはしませば、いとことはりにて、いづれの人もよろづにまいりさはぐ、

とあり、作者の意識の中には、まずなによりも兼家・詮子の発展が「いとことはり」であるという考え方が強く

存していたことが察せられる。

一方、頼忠(13)・遵子父娘のコンビに対して歎く円融帝のさまも、はっきりと書かれており、遵子・詮子の間、頼忠・兼家の間のやりとりに苦労している円融帝のさまが、ありありとみられる。

かくて関白殿の女御（遵子）候はせ給へど、御はらみのけなし。おとゞいみじう口惜しうおぼし歎くべし。

と歎く頼忠。また、

みかどの御心いとうるはしうめでたうおはしませど、「雄〻しき方やおはしまさゞらん」とぞ、世の人申思ひたる。

と円融天皇の性格の然らしむるところであったという。

このようなはっきりしない帝に対して兼家と詮子の不満な気分が、次にかなり詳しく書かれていく。

かゝる程に天元四年になりぬ。（中略）みかど、太政大臣の御心に違はせ給はじとおぼしめして、「この女御后に据ゑ奉らん」との給はすれど、大臣なまつゝましうて、「一の御子生れ給へる梅壺を置きてこの女御の居給はんを、世人いかにかはいひ思ふべからん」と、「人敵はとらぬこそよけれ」などおぼしつゝ、過し給へば、「などてか。梅壺はいまはとありともかゝりとも必ずの后なり。世も定なきに、この女御のことをこそ急がれめ」と、常にの給はすれば、嬉しうて人知れずおぼし急ぐ程に、今年もたちぬれば口惜しうおぼしめす。かゝる事ども漏りきこえて、右のおとゞ内に参らせ給事難し。女御の御はらからの君達などもまいてさし出でさせ給はず。女御も心とけたる御けしきもなければ……

と、この辺りその有り様が明確に書かれていく。

かゝる程に今年は天元五年になりぬ。三月十一日中宮立ち給はんとて、太政おとゞ急ぎ騒がせ給。これにつけても右のおとゞあさましうのみよろづ聞しめさるゝ程に、后たゝせ給ぬ。いへばおろかにめでたし。太政大臣のし給ふも理なり。みかどの御心掟を、世人も目もあやにあさましき事に申思へり。一の御子おはする女御（詮子）を措きながら、かく御子もおはせぬ女御の后に居給ひぬる事、安からぬ事に世の人なやみ申て、素腹の后とぞつけ奉りたりける。されどかくて居させ給ぬるのみこそめでたけれ。

と遵子は立后したが、兼家側の反発は、ますます烈しくなっていく。若宮、懐仁親王（母詮子）の袴着があっても兼家は打ちとけぬ状態でおり、兼家は親王の式終了後、四日目に若宮を内裏より東三条院へ退出させてしまった。(14)『栄花物語』は、こうして後宮問題を中心に、藤原氏の発展を述べる。安子・詮子などを中心に、ただ、その人物像を美しく叙述するというだけではなく、安子・詮子を通じて師輔・兼家のいわゆる九条家流の発展、媓子・超子・詮子・遵子を通して兼通・兼家兄弟の争いと頼忠の人柄を的確に表現し、摂関政治の構築と発展を女御を中心として扱っていくところにその特徴がある。後宮政治史を編年史の中に叙述していったといえよう。

　詮子の父兼家は、師輔の嫡子伊尹の摂政のあとをうけて兄兼通とすさまじい政権争いに明けくれ、若き頃は、兄兼通より官職も高く、伊尹のあと、兼通をさしおいて、あるいは摂政の地位につくこともありやと思われるほどであったが、兼通は「関白の地位は兄弟順に」と書いた安子の書状をもっており、伊尹薨去後、それを円融天皇に見せた結果、天皇は早速に安子の遺言通り兼通を内大臣、関白（『大鏡』は関白・内大臣、『親信卿記』天禄三年〈九七二〉十一月二十六日条は内大臣）にしたという。これは兼家にとっては、どうにもするすべもなく（拙著『平安人物志』参照）、その後、しばらくは不遇であった兼家は、小野宮流の実頼の子、頼忠の助けを得て大臣の地位を獲得することができたが、この間、頼忠の娘遵子と兼家の娘詮子とがライバルの間柄となっていったことは先述のごとくである。

そして遂に詮子が皇子（懐仁）を生んだことによって兼家側の勝利に帰するにいたった。しかし、詮子が皇子を生んだにもかかわらず、円融天皇は遵子を重んじ、遵子立后[15]を先にしたため兼家の不満は大きく、円融帝の晩年は兼家との不和に悩むことが多かったが、花山天皇が即位し永観二年（九八四）八月二十七日懐仁親王が東宮となり、やがて懐仁親王が一条天皇となって即位（寛和二年〈九八六〉六月二十三日）するにおよんで詮子は皇太后[16]となり、ここに兼家と詮子の地位は、まったく確固たるものとなった。

『栄花物語』は、この詮子について安子と師輔の場合と同じように、兼家と密接な関係のもとに叙述を進めていく。この歴史的推移を兼家・詮子を中心に叙述し、続いて彰子から道長へと移りゆく政権の過程を九条流の発展の経過の中に描いていく。

巻三さまざまのよろこびの巻に入り、一条天皇の即位。幼帝（天皇七歳）のため兼家が摂政となる。すべて兼家の基礎が完全にかたまっていく。同時に居貞親王が皇太子となる。

かくてみかど、東宮たゝせ給ぬれば、東三条のおとゞ、六月廿三日に摂政宣旨かぶらせ給。准三宮にて、内舎人随身二人、左右近衛兵衛などの御随身つかうまつる。右大臣には御はらからの一条大納言（為光）ときこえつる、なり給《たま》ひぬ。七月五日、梅つぼの女御后《きさき》にたゝせ給。皇太后宮ときこえさす。

詮子は一条天皇即位とともに皇太后となり、天皇の母后。すべて兼家政権の基礎はかたまり、外戚の確立に成功した兼家の思うままに世は進みつつある状態にあった。巻二が詮子を中心に叙述されていたのに対し、それから後は、詮子はやや叙述の背後にあるという書き方になる。そして、これより兼家を中心として道隆・道長が次第に叙述の表面にあらわれてくるのが特徴である。

まず、朝観行幸の儀の叙述。

　はかなく年もかへりぬ（寛和二年）。后の宮、東三条の院におはしませば、正月二日行幸あり。いといみじうめでたうて、宮司・との丶家司など、加階しよろこびしの丶しる。

と母后としての権威をもつ詮子、そして詮子の邸への朝覲行幸という行事を、ここにとりあげているのは意義深い。即ち、朝覲行幸とは、天皇が母后への尊敬心をあらわすためのものであって正月早々に行われるのを原則とする。『栄花物語』が、ここに正月行事の他の行事を書いていないにもかかわらず、朝覲行幸を[17]、とくにとりあげているのは、一条天皇の詮子を重んずる心のあらわれを作者は特に強調したかったのであろうと思われる。続いて、永祚元年（九八九）も一条帝の円融院への朝覲行幸がみられる。そしてこの年、太政大臣頼忠が薨去となる。

正暦元年（九九〇）五月五日、兼家は摂政を辞し関白となり、七月二日薨去[18]。道隆女定子が立后（十月五日——『栄花物語』は六月一日とする）。世は道隆の時代へと移っていく。そして、道隆が関白となる（五月八日、五月二十六日には摂政へ移る）。

兼通・兼家の兄弟の摂関の地位についての争いは、すさまじいものであったが、『栄花物語』は、兼家の人柄について、悪人のような書き方をしていないのが特徴である。

巻四は、正暦二年二月から長徳元年（九九五）までの五年間が書かれる。

詮子は「おりゐのみかどになぞらへて女院ときこえさす」と、即ち太上天皇に準じて東三条院女院[19]となり、石山寺、長谷寺、住吉詣など平穏に過していく。正暦五年には疫病が流行し、落ち着かぬ世に妍子（道長の次女）誕生の記述がみえる。そして長徳元年、悪疫が最も流行する。

　女院には関白殿の御心地をぞおそろしうおぼすかたはさるものにて、「世中心のどかにしもおぼしをきてずや」と、さま〴〵おぼしみだれさせ給ふ。

と詮子は政治家道隆が、病いのため何もできなくなるのではないかと、背後にあって心遣いをし、兼家の息子たちの新しい活躍を見守る。ここには女院詮子のやさしい心遣いがみえる。

道隆はその後、政権を握ってわずか五年で病死（長徳元年四月十日）。伊周と道兼の関白、内覧の地位をめぐって複雑な問題が起こるが、道兼に落着く。「五月二日、関白の宣旨もて参りたり」とある（拙著『平安人物志』参照）。

女院の御心掟も、粟田殿知らせ給べき御ことゞもありて、そのけはひ得たるにやあるらん。

と詮子の援助もあって、めでたく関白となった道兼も七日で薨去。この道兼臨終のさいも「女院よりも御使ひまなし」と、ただならぬ詮子の女院ぶりがみられる。そして道長に五月十一日関白の宣旨（『栄花物語』『小右記』では関白とあるが、実は内覧宣旨）が下り、

女院も昔より御心ざしとりわきゝこえさせ給へりし事なれば「年頃の本意なり」とおぼしめしたり。

と道長を昔から思っていた詮子の志がみえる。

まもなく山の井大納言道頼の薨去（『小右記』長徳元年六月十一日）があり、

女院には、としごろ法花経の御読経あるに、又はじめさせ給て読ませ給、世中のさはがしさをいとおそろしきものにおぼしたり。

と世の疫病流行のこわさを明確にとらえ、女院としての堂々たる生活を送る詮子の姿（一条殿に住む）へと移っていく。

巻五浦々の別に入り、伊周・隆家は、それぞれ大宰府・但馬へ配流となる（長徳二年四月二十四日～五月四日）。その結果、定子は落飾。一条天皇の後宮には、女御は一人もいないということになった。それに乗じて顕光女元子（長徳二年十一月十四日）、公季女義子（長徳二年七月二十日）の入内（『栄花物語』は巻四の長徳二年時点のこととする）。

これに対し、女院詮子は、

女院、「誰なりともたゞ御子の出でき給はん方をこそは思ひきこえめ」と宣はす。

とあって、一条天皇の中宮定子への同情とはよそに、詮子は一条天皇の女御には誰かれということなく御子の生まれることを望むといわれ、詮子の一条天皇の寂寞を慰めんと思う心遣いがみられると同時に、女院として帝《みかど》およぴ藤原氏の人々に常に心くばりする詮子の人柄がみられる。それは、ともかく一条天皇の皇子誕生を切に願う詮子の気持ちが明確にあらわれており、巻四の終りには、道兼女尊子も入内する（これは長徳四年のこと、巻四の時点では二年後のこととなる）。こうして一条天皇の皇子誕生を願う詮子の気持ちがかなってか、定子に懐妊の様子がみえる[20]。これより先、藤原済時女娍子は東宮居貞親王に入内（正暦二年十二月）、正暦五年には敦明親王が生まれている。また、定子の妹、原子も東宮に入内している（詳しくは拙著『平安期文学の史的研究』参照）。

巻五浦々の別は、主題が伊周と隆家の配流で物語のかたちをなしていることも認めることができる。だが、同時に編年にそって歴史叙述を行うという態度を作者は、その背後に明確に保っている。

女院には、「この宮のもし男宮うみ奉り給へらば、あはれにもあるべきかな」と、行末はるかなるべき御有様を覚しつゞけさせ給も、「上を限なくおもひきこえさせ給御ゆかりにこそは」と、事はり知られ給。

と、もし定子が尼の身（定子の出家は長徳の変のため）であっても、皇子を生んだら「あはれに目出度いこともあろう」と、女院詮子は一条帝を愛することから特に定子の将来にも懸命になっていることが分かり、定子を同情する詮子の叙述も、一条帝の母后という立場から筆が進められていく。

長徳二年十二月二十日のほど（正確には十六日）、定子が脩子内親王を誕生。

いと〳〵哀に、いかにせさせ給らむと覚し聞えさせ給。女院より様々にこまかにをしはかりとぶらひきこえさせ給へり。

と詮子は察して定子を見舞うのであった。

かくて年もかはりぬれば、一日は朝拝などして、

とあり、長徳三年となる。

彼二条の北南を造りつゞけさせ給しは、殿のおはしまいし折かたへは焼けにしかば、今はひとつに皆住ませ給しを、此帥殿の御くだり（長徳の変）の後、ほど無焼けにしかば、此御子なども生れ給ふべかりしかば、平中納言惟仲が知る所有けり、それにぞ女院など仰られて住ませ給ける。

と、このころ中宮定子は、東三条院詮子の仰せによって二条第が焼失した後、平惟仲邸に住んでいた。詮子の大いなる権力を知ることができる。

内には、若宮の御うつくしさを、いかにいかにと女院も聞えさせ給へど、つゝましき世の有様なれば、覚したゆたふべし。「殿などやいかゞ覚しめさむ」とおぼすらむ、ことはりにこそ。

と道長の意向を天皇も詮子もうかがうようになり、時勢のなりゆきを察することができる。

常の御言草のやうにゆかしく思ひ聞えさせ給御有様を、女院はいと心苦しき御事に覚しめせど、さすがに若宮の御前の限参らせ給べきにはあらずかし。

と天皇の姫宮（脩子内親王）に会いたくとも、どうにもならぬその様子を女院としては気をつかっている有り様が明確にあらわれ、中関白家の没落の中にあるあわれな定子、しかも長徳の変で出家している定子、その皇女と一条天皇との対面が容易にできがたい様子、長徳三年という当時の時勢の中での中関白家のあわれを的確にあらわしている（中関白家については本章第三節二〇四頁以下参照）。

やがて対面が実現する（長徳三年六月二十二日）。

かくて内に参らせ給夜は、大殿、さるべき御前参るべきよし仰らるれば、皆参りたり。殿《道長》の御心様のいみじうあり難くおはします事限なし。かくて参らせ給へば、女院いつしと若宮いだき奉らせ給へば、いとうつくしうおはします。うち笑みてあはれに見たてまつらせ給ふ。

と道長の心がひろく、そのおかげで、この対面は行われたということ、女院詮子が、若宮をいだくとある箇所など、他の文献にはみえぬところであるが、外孫を可愛いがる祖母の様子がありありとみえ、そのような事実は当然のことであるように作者は描き、一条天皇の母后としての詮子のあり方と発展が、この巻五の主題としてとらえられていることが明確にあらわれているのは興味深い。御子の可愛いらしい描写が心憎いまで描かれ、

宮万につゝましき事を覚しめすに、院と御対面ありて、つきせぬ御物語を申させ給程に、上渡らせ給て若宮見奉らせ給。

と、定子と詮子との和やかに話し合う部分、そして天皇もその場に登場、宮を御覧になっての様子など、美しく明るい場面が展開されていく。巻五は、前半が悲しくあわれな、後半は美しくめでたい物語である。こうして同じ巻に明暗と二つの場面のみえるのが特徴である。巻五は中関白家没落の時期の中にも詮子の力によって新しく明るい場面が展開されていく。

一時、没落のどん底にまでおちいった中関白家も脩子内親王の誕生によって光明がさし、明るい方へと向う。それは歴史の流れが、実際にその通りなのであるが、中関白家の立ち直りに女院詮子の力が少なからず影響していることが叙述の中にみえるのは『栄花物語』独特のものであるといえよう。

かような和やかな場面が続いて、中宮定子は再び懐妊、敦康親王の誕生（史実は長保元年十一月七日）となる。こ

の誕生に関しても詮子は、諸事万端を整える。

はかなく月日もすぎぬ。長徳四年になりぬ。（中略）中宮には三月斗にぞ御子生れ給べき程なれば、（中略）内蔵寮より例のさまざまの御具などもてはこび、女院などより万を推しはかり聞えさせ給へば、それにてぞ何事もいそがせ給。

と皇子誕生の準備に女院もいろいろと手助けしたという。

さて、皇子敦康親王の誕生によって伊周・隆家の召還の議となる。

かゝる程に、今宮の御事のいといたわしければ、いとやむごとなく覚さるゝままに、「いかで今は此御事の験に旅人を」とのみ思食て、常に女院と上の御前と語らひ聞えさせ給て、殿にもか様にまねび聞えさせ給へば、「げに御子の御験は侍らむこそはよからめ。今は召しに遣わさせ給へかし」など奏し給へば、上いみじう嬉しう思食ながら、「さばさるべきやうにともかくも」とのどやかに仰せらる。四月にぞ今は召返す由の宣旨下りける。

と女院と天皇との相談の結果、道長も合意し、皇子誕生によって召還するということが決定する。だが、この召還の記事は誤りであって、史実は東三条院の御悩を天皇と道長が心配し二人を召還させたのである。敦康親王は、実際はその二年後の長保元年（九九九）の誕生であって、『小右記』『百練抄』などによって明らかなところである。

『百練抄』長徳三年（九九七）条に、

四月五日前帥、出雲権守等可㆓召返㆒之由宣下、去月廿五日依㆓東三条院御悩㆒、非常赦、可㆑潤㆓恩詔㆒哉否、令諸卿定申、遂有㆓恩免㆒也、

とみえるのをはじめとして、『小右記』長徳三年四月五日条には、その罪科を赦すための議について左大臣道長が

御所に参上し、諸卿とともに、その定めを行っていることが詳しい。これらの文献によっても『栄花物語』の親王誕生による伊周等の召還は、明らかに史実の誤りである上に、この召還の決定が長徳四年条に書かれているのも、召還は長徳三年のことであって一年の相違がある。皇子敦康の誕生は長保元年、長徳三年よりさらに二年後である(21)。

　では、召還の事実を、何故、二年も後の敦康親王の誕生としたのか。それについては後述するが、隆家について、

　　五月三四日の程にぞ京に付給へる。

とある。『小右記』に「廿二日(長徳三年四月)、乙卯、去夜出雲権守隆家入京云々」、『扶桑略記』には「五月十三日(長徳三年)入京」とあって、史実は長徳三年であるが、『栄花物語』の「五月三四日」は、長徳四年のこととなる。続いて承香殿女御元子の流産(22)の記事が説話風に書かれ、伊周の入京となる。

　要するに巻五は、中関白家の没落を中心に定子とその周辺を描いた巻であるが、この間、義子・元子などの定子のライバルの女御たちの状態も書かれていく。が、いずれも不幸に終る。その間、東三条院詮子が、女院としてひろく心をくばっている実態が大きくあげられ、しかも詮子の偉大なる人柄によって九条家流の道長家の発展が、一条天皇との結びつきによって成長していく過程が明確にされる。後宮社会における女院の偉大なる力を、それぞれの歴史事件に関連させて明確にしている。

　ところで、伊周と隆家の召還の原因を、史実の詮子御悩ではなく敦康誕生としているのは、いかなる理由によるか。それは、史実通り詮子の御悩とすると、詮子の偉大なる業績によって道長の栄花の発展を書いていく主題が、ややかすんでくる。そのため、これを敦康誕生によるとし、しかも敦康誕生にも脩子内親王の場合と同様に

詮子が、偉大なる力をあたえ発展していくという『栄花物語』独特の暗に対する明の史観に徹して書こうとしたため、詮子の偉大さを明の中に、道長とともに確実にすえようとした結果であったのではなかろうか。それがために敦康誕生としたのであろう。その上、道長が敦康誕生を非常に喜んだという記述もみえる。道長は産養の儀を、しっかりと行い、敦康の誕生を大変に喜んでいる。

大殿「同じき物を、いときららかにもせさせ給へるかな。筋は絶ゆまじきことにこそ有けれとのみぞ。九条どの、御族よりほかの事はありなむやと思物から、其中にも猶此一筋は心こと也かし」などぞの給はせける。

とあるように、ここは『栄花物語』の大事なところであって、敦康が、九条家の将来を約束する親王であるということを道長は認識していた。そのことを、ここでは明確に語っている。九条家の発展とさらに兼家の一族、詮子の偉大なる力を重視するという『栄花物語』の作者の一つの史観が、事実は東三条院詮子の御悩を敦康親王[23]誕生と書き変えたのであろう。そして、「九条どの、御族よりほかの事はありなむや」、「其中にも猶此一筋は心こと也かし」というところが大事である（傍点筆者、以下同）。道長はこの段階では、明らかに敦康親王を、次の東宮・天皇と心の中で決めていたのである。

結局、『栄花物語』の詮子の叙述は、後宮社会における女御・皇太后・女院としての詮子の偉大さに重点が置かれている。また、女御・皇太后・女院としての詮子は、兼家一族、兼家から道長にいたる九条家の発展と摂関政治の基礎づくりに、いかに大きく活躍したか、それが史実にそって語られている中に、『栄花物語』の叙述の特徴があった。また女院になってからは藤原氏九条家発展の背後における活躍がみられるのが、ここでは没落する中関白家を中心に、その背後にあって一条天皇の母后としての人となりの尊厳が明確に書かれていた。皇太后としての詮子、他の文献（『日本紀略』『扶桑略記』『小右記』『権記』『御堂関白記』）と比較して史実かどうか判断のつかない描写も多少あるが、だいたいがまず史実にそって編年の中に詮子の活躍を明確にしていったところに特徴がある。

（3）詮子と彰子

巻六は、かがやく藤壺、巻名の通り道長の女彰子の入内・立后の場面である。天皇と女御彰子の実態が、作者独特の筆によって明るくめでたく書かれていく。しかし、彰子の入内・立后の場面は、安子・詮子の立后の場合とはかなり異なる書き方となっているのが特徴である。詮子の場合は、詮子独特の力で女御時代から藤原氏の発展につとめ、円融天皇の女御として、また、道長の姉として、一条天皇の母后としてその威力の目ざましかったことは、今までみてきたところで明らかである。即ち、女院という意味が重大である。そして詮子については入内や立后の儀式そのものの華やかさなどを、詳しく叙述するということはあまりなく、歴史叙述の流れの中に詮子の行動を重要なこととして書いていった。道長もまた、この段階では、九条家のあとつぎの皇子誕生をとくに喜んだということが強調してあり、九条家発展を主題とする『栄花物語』にとっては大事なところである。

ところが、彰子の『栄花物語』の叙述の場合は、儀式の有り様などを詳細に記すところに、その特徴がある。また彰子の場合、入内・立后の段階においては、藤原氏発展に大きな権威を与えるというような権力はもっていない。年齢も十二歳。若過ぎて、まだ、自身での活躍は、何でもできるというところまでにはいたっていない。この段階では、彰子は詮子や道長・倫子の力にすがって生きているといっても過言ではない。そこで九条家発展の歴史の流れを書こうとする『栄花物語』の作者は、詮子の場合とちがって幼い彰子の入内・立后の段階においては、儀式などの実態を詳細に美しくめでたく書いていくよりほか、とくに書きようがなかったのであろうと考えられる。

ここにも『栄花物語』の作者が、歴史の真実とでもいおうか、当時の後宮、貴族社会の実態をよく認識していたことがうかがえよう。

二十歳の若い一条天皇に入内した彰子の人間的な美しさが、大変明るく書かれていく。また一方、一度、出家した定子も入内し、一条天皇との第一皇子敦康親王との対面も行われ、彰子は立后、中宮となり、定子は皇后となって二后並立となる。だが、その間も詮子の女院としての権力は強くあらわれ、彰子入内の儀式については、

　さるべき童などは、女院などより奉らせ給へり。

とか、また、

　女院にも、藤壺の御方をば、殿の御前の、院にまかせ奉ると申そめさせ給しかば、いとやむごとなくいづかしき物に思ひ聞えさせ給。

などとあって道長は彰子を女院におまかせ申すとあり、詮子は彰子の入内・立后のすべてを世話するのみでなく、その計画も、詮子によって行われているといっても過言でない。

『御堂関白記』では、立后の一か月前の長保二年（一〇〇〇）正月二十八日条に、

　以二巳時、為大蔵卿正光一勅使来二宿所一、仰云、以二女御一可レ為二皇后一、定二申宜日一、勅使賜二禄物一、女装束、加綾細長、即参二殿上方一令レ奏二慶賀由一、又参二院御方一同申、還出、定二雑事一、

と立后の日時定の宣命の勅使が道長の宿所に来たのち、道長は早速、女院に慶賀の由を奏している。この叙述によっても、まず道長は彰子立后に関して女院と多くのことを相談していることが明瞭であるが、『権記』によると、さらにはっきりとあらわれてくる。『権記』では、まず長保元年十一月七日条に、

亦依レ有二被レ示之旨一、参レ院、有二御書一亦給二院御書一、持二参大内一、於二昼御座一奏二覧之一、次奏二大臣令レ申旨一、

とあり、行成は彰子立后に関する詮子の書を天皇に持参し、天皇に昼御座で奏覧、さらに道長の言葉を伝える。なお彰子立后にはかなり障害もあったらしく、廃朝の間、立后は憚るべきであるという意見も出ており、この間、行成は道長の意見をとり入れて天皇と女院詮子との間を数日往復し道長に大変感謝されている。同じく、『権記』同月二十七日条には、

参二院御方一、仰云、明年御慎事等申、后事有二可レ許之天気一、

とか、同二十九日条には、

候二御前一、仰云、后事一日申レ院、暫不レ可二披露一、

とあって、天皇が言うところによれば、はじめはひそかにことを進めているようである。翌長保二年正月二十八日、前掲『御堂関白記』と同日条だが、『権記』には、

早旦参内、此日蔵人頭正光朝臣、奉レ勅、詣二女御御曹司一伝二之左大臣一、立后宣命日可レ令レ択申一之由、先日内々以二此気色一、可レ告二大臣一之由、蒙二勅命一、然而申下自レ院被二伝仰一可レ有二便宜一之由上、（中略）上御諾レ之、先是大臣予密々依二院仰一、所二承給一、今日依二吉日一、有二此勅命一也、

と立后の日については女院から伝え仰せられることとなり、行成が勅命が出るまで道長のために、いかに尽しているかが明瞭になり、この記事は興味深い。次に『御堂関白記』と同じ事実が、この間にあらわれ、『権記』の方が女院の具体的な活動がよく分かる。

于レ時大臣奉レ伝二勅命一之後、以二女装束一襲一被二勅使一、大臣参二進御所一、令レ奏二慶由一、拝舞、大蔵卿正光朝臣伝レ之、亦参レ院、上御簾啓慶再拝、予伝二啓之一、予以二立后旧記一奉レ之、依二先日命一也

と、立后の成立にいたるまでの過程に、いかに女院詮子の活躍が大きかったかが分かる。こうして詮子の後宮における力は依然として強く、彰子の中宮としての地位を築かせるためにその後見役は大きい。そのことは『権記』の記述によっても明らかなごとくであるが、また、道長もすべて詮子の威力に頼り、仰いでいることが分かる。『栄花物語』では彰子立后の儀式の模様が華やかに書かれているのみであったが、その間、詮子が、その背後でこの立后の儀のすべてをとりし切っていることが華やかな儀式の合間に、『栄花物語』でも少しずつみえる。

要するに『栄花物語』では彰子立后が表面に押し出されているが、彰子立后の実態は、やはり詮子と道長のしっかりした力によって行われていることが『権記』などによって明らかになるところである。『栄花物語』はその背後に行われている道長の態度や考え方などにはあまりふれず、表面の儀式の華やかさを一層はっきりと書きあらわすことによって、効果をあげているといえよう。

即ち、詮子の入内・立后の場面は、詮子の若い頃からの格別の卓越した人柄によって藤原氏九条家の発展に貢献したところが大きく、作者はその史実を編年史にそって書くことによってかなの史書を書きあらわしていった。がしかし、彰子の場合は、詮子と道長の行き届いた力によって立后が行われていることなど、その事実を認識すればするほど、作者としては、彰子立后に関しては、詮子の叙述と異なる書き方にならざるを得なかったのであろう。

詮子の場合、史実をそのまま叙述していく点で、作者は当時の社会の真相をよくわきまえているということができる。それに対し、巻六では作者は彰子の十二、三歳の華やかな場面を書いていく。そしてまた一方、中関白家定子一家のその後の有り様が書かれ、一巻を一つの主題でしぼるというのではなく、明暗を対照しつつ、長い歴史の流れをとらえていったのである。

はかなく年《（長保二年）》もかへりぬれば「今年は后に立たせ給べし」と云事世に申せば、此御前《（彰子）》の御事なるべし。中宮は（中略）参らせ給べきこと只今見えさせ給はず。内には今宮《（敦康）》をいまゝでみ奉らせ給はぬことを、安からぬ御歎に思食たり。帥殿は其まゝに一千日の御時にて、法師はづかしき御おこなひにてすごさせ給。今は一宮かくておはしますを、一天下のともし火とたのみ覚さるべし。げに理に見えさせ給。

とあって、やがて彰子は立后のために内裏を退出すると（長保二年二月十日――『日本紀略』『御堂関白記』『権記』）、定子が入内する（『栄花物語』には「二月つごもり」とあるが、二月十一日が正確――『御堂関白記』『権記』）。伊周にとって一宮敦康親王のおられることが「一天下のともし火」と言い、「げに理に見えさせ給」とあるところが重要である。そして二月二十五日に彰子立后（『栄花物語』には三月とあり）。定子は懐妊のため里邸に退出（『栄花物語』は三月三十日としているが二十七日が正確――『日本紀略』）があって彰子が内裏に入る（『栄花物語』は四月二十日とある。『御堂関白記』『権記』『日本紀略』は七日）。

　こうして二后並立の状況をそのまま叙述し、彰子のめでたさと定子のあわれの中にも明るさが出てくる二人の行動を中心に、将来の発展を約束された道長一家と没落期にある中関白家との微妙な対照が明らかにされていくが、敦康誕生が何より大事というところが意味深い。このあたりの詳細な叙述は、『藤原道長』（人物叢書）及び『平安朝文学の史的研究』（吉川弘文館）に述べたためそれらを参照されたい。また黒板伸夫氏が『藤原行成』（人物叢書）でも述べている。そして、

はかなく五月五日に成ぬれば、人〳〵菖蒲、楝などの唐衣・表衣なども、をかしう折知りたるやうに見ゆるに、菖蒲の三重の御木丁共うす物にて立て渡されたるに、上を見れば、御簾のへりもいとあをやかなるに、軒のあやめもひまなく葺《ふ》かれて、心ことに目出度をかしきに、御薬玉・菖蒲の御輿などもて参りたるもめづ

らしうて、若き人〳〵見けうず。

と年中行事が、やや詳しく記述され、承香殿女御元子と一条天皇との間柄のことにも触れ、相撲の節、七夕と進み、この巻六が終る。

さて、巻七のとりべのは、さらに詮子の叙述が続く。媄子内親王の誕生（一条天皇と皇后定子の皇女、敦康親王の妹宮）。その結果、定子は若くして崩御。生まれた媄子は、詮子がむかえて育てる。

次に詮子四十賀は、かなり詳しい叙述がみえる。『栄花物語』は、作者が、その人物の全盛期を過ぎ、没落期に入る寸前の実態を描こうとする場合は、大きな儀式や行事を出して明るく華やかに描くのが一つの特徴である。即ち、詮子も藤原氏発展の人物として編年史の中に大きく描かれてきたが、ここに最後を飾る詮子の華やかな叙述があって、詮子の崩御となる（長保三年閏十二月二十二日）。そこにいたる詮子について、もう少し続けよう。

長保三年（一〇〇一）の東三条院詮子に関する叙述は、石山詣、御八講、四十賀の順序に書かれていく（『栄花物語』では、九月石山詣。まもなく御八講、十月に御賀となっているが、『日本紀略』その他によれば、九月十四日御八講、十月九日四十賀、十月二十七日石山詣となる）。このうち四十賀は、まことに詳しく、道長の息子二人（頼宗・頼通）が舞を舞い、天皇、中宮の行幸・行啓もあって、作者は、女房の日記のごときものによったか、あるいは作者の独創によるのか定かでないが、詮子に関するかぎり、儀式を中心に、このように詳しい書き方をした部分は少ない。

続いて詮子の病気、崩御の記事が詳しく、巻七は、淑景舎原子（東宮居貞親王の女御）の頓死と、死に関する記述が詳しく、終っていく。

『栄花物語』の詮子の描き方は、詮子の力により藤原氏の基礎が固まったということに重点が置かれているということができるのである。円融天皇の后で一条天皇の母后、兼家の娘、道長の姉である詮子は、兼家を一条天皇の摂政として完全な地位にすえることからはじまり、兼家亡き後は、道長の姉として道長の地位を充分に固めていく。これも一条天皇の確固たる地位を詮子は築きたかったからである。その間、源高明の娘明子の面倒をみて道長と結婚させたこと、皇后定子とその皇子敦康親王にも、よく世話をしたこと、結局は、一条天皇、道長に対して充分に行き届くことができたということ、その間のいきさつが、『栄花物語』の巻七までに明瞭に書かれ、編年史上における詮子の生き方と偉大なる性格、温い人間性などが明瞭にあらわされている。

これは作者が詮子を描くための一つの理想であったとも考えられる。時の流れと摂政政治史の発展と詮子の人間性をまことに的確に書きあげている。

以上、『栄花物語』における安子・詮子・彰子をみてきたが、結局、村上・円融両天皇時代はともに安子・詮子の活躍によって王権は安泰であり、と同時に藤原氏が大きく発展し九条家の基礎が安定したことが、著しい特徴であったと『栄花物語』は語る。

そして後宮を中心にみた場合、編年史の中の主たる女性は、今までのところ安子と詮子であった。詮子については兼家の存在からはじまり、その活躍は、詮子の力によるところ大なることをまず書き、円融天皇女御としての詮子を特にクローズアップするという書き方ではないが、編年史の中におのずと兼家・詮子・円融の結びつきの結果による九条家流の発展を位置づけていく。そして懐仁親王（一条天皇）の誕生による外戚の構築という経路が当然であったかのように書かれていることに注目しなければならない。

次いで彰子の叙述が詳しくなるのは巻八初花である。彰子の美しい様子、まもなくの懐妊。そして『紫式部日記』を、そのまま材料とする皇子誕生の場面。御湯殿、産養の儀、五十日儀と『紫式部日記』そのままに『栄花物語』の叙述は進んでいく。そして巻八以降は、彰子が、今は亡き詮子と同じような役割となり、九条家の発展に貢献していく。それは一条天皇の偉大なる力によるものであることはいうまでもないが、その協力者あるいは後見役とでもいおうか、道長とともに、彰子は詮子と同じような力を持ってくる。そして、巻十五で道長が出家するまで、一条天皇の中宮として偉大なる力を発揮していく。勿論、道長出家後も彰子の摂関政治への貢献は偉大であった。

しかし巻八までの彰子の叙述は、一応、編年の順序で進み、史実通りではあるが、その書きぶりは、『紫式部日記』を、そのまま書き並べていったためか誕生の儀式が美しく展開するのみであって、安子・詮子の場合とはかなり異なる。前者の場合は、それぞれ父師輔・兼家、さらに道長と彼女たちが一体となって編年の年月の流れの中に藤原氏発展の地盤を築いていく過程が、作者の歴史の知識と視野のもとに叙述されていく。一方、彰子の場合は入内、立后、皇子誕生等が中心で、有識故実的な儀式の描写が史料挿入のようなかたちで展開していく。安子・詮子の叙述は藤原氏発展の基盤、言い換えれば、摂関政治の基礎が、ここにあることを作者が認識していたことを示している。『栄花物語』の叙述の中に作者の史観がみられるといえる。

まだ幼少の彰子は、詮子によって築かれた地盤の上に、そのまま道長のなすがままの方針にしたがって動いていたとみることができる。彰子の実際の生き方が、この幼少の段階では、まだそれほど、目立って表面には出ていない。立后、皇子誕生、その皇子の即位と外戚を大きく発展させたことが彰子の存在の重要なところであるが、この点では彰子も詮子と同じであり、外的条件は詮子も彰子も同じであるが、『栄花物語』の彰子に関する叙述は、以上述べたように、これから後ということになろう。

詮子の場合は、藤原氏の北家の権力が、まだそれほど確固たるものとはなっておらず、兼家も詮子をして外戚を築く過程において、頼忠の女の遵子と、かなりはげしい争いをせねばならなかったし、いずれにしても、その基盤が固まっていたとは言いかねる。したがって歴史叙述も編年にそって書かれながらも波瀾万丈であった。

ところが、彰子の場合は、詮子・兼家の築いた地盤の上に立つ道長のもとで、幼女の頃からその地位が、ある程度安定していた。兼家の築いた摂関政治の根底の上にあった兼家の長男道隆は、何の苦労もなく摂政・関白の地位についた。だが、政治家としての実力はあまりなく、また努力も少なかった道隆政権は、定子を一条天皇の后としたものの道隆の若死のためもあってか簡単にくずれ、弟道兼を経て、道長に地位を簡単にとって代わられ、道長の長女彰子は、道長に見守られるというめぐまれた環境にあってはじめからほぼ安定していた。その彰子を道長は立后させ、皇子が生まれ、また、その皇子が即位して完全な外戚となった過程を、道長政権のもとに極めて美しく、『栄花物語』の作者は叙述を進めたのである。彰子の皇子誕生の叙述には、『紫式部日記』を主材料としたその華やかさの中に、安子・詮子の場合にはみられなかった表現がみられると言い得る。

ただ、史実では、この時代に道長がもっとも活躍する。この頃、道長は、内覧・左大臣であり、政治家として最も上昇期にあるにもかかわらず、『栄花物語』の彰子叙述の場面では、まだ活躍が案外少ない。師輔・兼家のように、道長の人間像が生き生きと書かれていない。詮子・彰子に重点が置かれてしまった結果であり、道長については広く歴史的な面を強調するという作者の考え方はまだうすい。『栄花物語』の作者が、道長の女彰子立后ということについて知り過ぎていたためか、『紫式部日記』という原史料が存在したためか、いずれにしても原史料にめぐまれていたのであろう。『栄花物語』の作者は、その背後にある道長の活躍については、まだこれからと考えていたのであろう。あまり詳しくは書いていない。

彰子立后と皇子誕生の場面は、以上述べたごとくであるが、一条天皇の中宮時代の彰子は道長とともに皇子敦成親王の後見をしつつ、東宮から後一条天皇となる皇子の成長に懸命になっていた場面は、かなり詳しく書かれている。

『栄花物語』における彰子は、特に道長と協力して道長一家をもりたてていくという積極的な行動は、それほど書かれていない。勿論、頼通の行動には彰子が、一層、気をくばっている場面などものちの巻々にはみえ、特に三条天皇中宮妍子の叙述の中に彰子の場合をよき先例としてとりあげ、また妍子とともに彰子が行動をしている場面が多い。さらに妍子の三条天皇との間の禎子内親王の裳着の場合も、彰子が皇太后として多くの世話をしていることなどが、ことこまかに書かれている。ここの部分は、作者が、この儀式に関する女房日記のごときものをもとにして執筆を進めたか、あるいは、そこにいて場面をみて書いたのかもしれぬが、おそらく前者であろう。それはそれとして彰子は、その他、一条天皇の崩御、後一条天皇の崩御の場合も、それを歎く場面が詳しく書かれており（前者は巻九いはかげ、後者は巻三十三きるはわびしとなげく女房）、特に後一条天皇の場合は詳しい。これに反し三条天皇崩御では、妍子の悲しみがそれほどみえないのも著しい対照である。さらに敦康親王（一条天皇と定子の皇子）については、定子崩御後、彰子が特に世話をしていたことが、『栄花物語』の各巻に詳しく、従って敦康親王が天皇になり得るチャンスを失ない東宮のままでいることについて道長に意見しているところなどがみえるのも特徴である。

彰子も詮子と同様、女院となるが、彰子の宗教心、女院後の生活などについても多くの叙述があり、承保元年（一〇七四）十月三日の崩御まで後一条・後朱雀天皇の母后としてのしっかりした存在で後見を続け、また道長亡き後もその子孫たちの世話を続ける健気な生活ぶりが描かれている。巻八初花に、

若宮《(後一条)》、今宮《(後朱雀)》うちつゞき走りありかせ給も、おぼろげの御功徳の御身と見えさせ給。中宮《(彰子)》を、殿《(道長)》はいみじうやむごとなきものに思きこえさせ給へるもことはりにこそ。

とあり、作者は道長からみた彰子の姿を後々の巻で充分に書いてはいるが、やはり詮子とは異なる人間像が描かれている。

（4）三条天皇と妍子の死

三条天皇と後宮の問題に入ることとしよう。ここは複雑である。天皇には東宮時代にすでに娍子が東宮妃として入っており、しかも妍子より先であった。娍子には皇子敦明親王も生まれており、一条天皇の皇后定子の妹原子も、また綏子（兼家の娘）も入っていたが、原子の死後は、娍子が一人東宮女御として寵愛を専らにしていた。

だが、妍子参入の噂を耳にした娍子は、仕える人々に、

> 今はたゞ宮達の御扱をし、そのひまには行ひをとこそおもへ、宮の御為にいとおしきことにこそあれ。さやうならん事こそよかべかめれ。（巻八初花）

という。娍子の落着いた態度がみられる。そして作者は冷静な娍子の態度に同情の目を向ける。

> いとをろかになを思しのび給へど、それに障らせ給べき事にもあらぬものから、たゞ「あやしき人だにいかゞは物はいふ」と有難う見えさせ給。

と娍子の人柄のよさを述べる。

> かくて中宮の御事のかくおはしませば、静心なくとの、御前おぼしめす程に、はかなく秋にもなりぬ。二月よりさおはしませば、十一月にはとおぼしめしたれば、いと物さはがしうて、督のとの（妍子）、御参り冬になりぬべうおぼしめしけり。

と妍子の東宮参入に道長が、やや躊躇していることが書かれている。そして、

しはすになりぬれば、督のとの、御参りなり。日頃おぼし心ざしつる事なれば、おぼろげならで参らせ給。いとあさましうなりぬる世にこそあめれ。

と妍子の参入に対して作者は非難めいた口調である。その少し前に「内も焼けにしかば、みかどはいま内裏におはします。東宮は枇杷殿におはします」（寛弘六年十月五日、内裏焼亡）とあって、内裏焼亡の後のまもない参入を非難したのか、妍子の参入そのものを作者は面白く思わなかったのか定かでないが、いずれにしても参入の叙述は、安子・詮子・彰子の場合とは異なることに気づく。

年頃の人の妻子なども、皆参り集りて、おとな四十人、わらは六人、しもづかへ四人。督のとの、御有様きこえつゞくるも、例の事めきて同じ事なれども、又いかゞは少しにてもほのきこえさせぬやうはあらんな。御年十六にぞおはしける。この御前達、いづれも御ぐしめでたくおはしますなかにも、この御前すぐれ、いとこちたきまでおはしますめり。東宮いとかひありて、いみじうもてなしきこえさせ給へり。内わたりいとゞ今めかしさ添ひぬへし。はかなき御具ども、、中宮《(彰子)》の参らせ給し折こそ、耀く藤壺と世の人申けれ。この御参りまねぶべき方なし。

と、彰子の入内と比較して、様子を述べてはいるが、安子・詮子の入内の場面は、先例にもあげていないばかりでなく、安子・詮子と書き方が大いに相違している。即ち安子・詮子が、その権威と実力によって藤原氏の発展を促したことに叙述の重点が置かれ、入内の華々しき場面のことなどは殆んどふれていないのに比して妍子のそれは、宮仕えする女房たちの華美な雰囲気などに重点が置かれており、それは意図的であり、かなりの相違と認めることができる。

その折よりこなた十年ばかりになりぬれば、いくその事どもかい変りたる。その程推し量るべし。

と十年前の彰子入内の時と現在のいかに変っているかを作者は感慨に耽って述べている。
　作者自身がすでに彰子入内の時と世が変っていることを認識していることは、草子地として大切なところである。作者が彰子入内の部分を先例として強く意識していることは明らかであるが、安子や詮子の入内場面を認識していないことは重視すべきであろう。無意識か意識的だったか明らかではないが、同じ入内の場面の叙述が、かように異なるのは、この参入を時代そのものを書こうとすることと物語的にあらわそうとする両様の思いが作者に強かったと言い得る。娍子に関しては、かようにあらゆる部分において華美な描写が特徴である。

　かくて参らせ給へれば、春宮むげにねびはてさせ給へれば、いとはづかしうやむごとなくも、様〴〵御心づかひをろかならず。

と東宮居貞親王と娍子の睦まじくなれ親しんでいくさまが、こと細かに書かれていく。

日頃にならせ給まゝに、やう〳〵なれおはします御けしきも、いとゞえもいはずうつくしう思きこえさせ給。夜ごとの御殿居はた更にもいはず、今はたゞこの御方にのみおはします。御具どもかたはしよりあけひろげて、御目とゞめて御覧じ渡すに、これは〳〵と見所あり、めでたう御覧ぜらる。

と娍子の調度品をしみじみとながめ入る東宮居貞の様子など、華美な中に、二人の愛の深さをあらわした人間味にみちあふれる情景の描写である。この部分のみとりあげれば、これは「美しくめでたい」物語の叙述であるというこもできよう。たしかにこの部分は、後の巻十一つぼみ花の巻の娍子立后の部分とともに、特徴的なものである。娍子参入・立后に関する女房日記のようなものがあり、それを材料にして作者が、執筆を進めた部分であるとみることもできよう。つぼみ花の巻とともに娍子の参入、皇子誕生の部分は女房日記を材料としているという説もあるぐらいである（加納重文『歴史物語の思想』所収「栄花物語正編における娍子周辺」）。

作者は、おそらく女房日記を材料としつつ、文学的な創造をつけ加えつつ書き述べていったのであろう。だが、それは、いずれにしても妍子の華美な描写に作者の目的が存するのみではなく、妍子の参入・立后の事実が常に娍子と対比して書かれていることを注目せねばならない。とはいえ、作者が三条天皇をめぐる後宮の問題を客観的にみすえていたとはいえないだろう。安子に対する芳子、詮子に対する遵子と、いずれの場合も九条家流の中心人物である女御・后に対してライバルとも称すべきもう一人の女御の叙述が、かならずといってもよいほど詳しく書かれるのが特徴であるが、村上天皇の女御芳子、円融天皇の女御遵子の場合は、そのいずれもが、安子・詮子の権力の彼方に押しやられていくあわれな姿の叙述となっている。

特に遵子の叙述はかなり詳しいが、円融天皇の努力にもかかわらず、詮子・兼家の勢力の彼方に消え去っていくあわれな人物というふうに描かれている。それに反して娍子は、東宮居貞に対して大きな存在理由があり、単なる妍子に対するライバルというだけでなく、また、妍子・道長に圧倒されて、あわれに押し流される娍子ではない。この部分はまことによく作者が史実をとらえていると同時に、娍子の人柄を充分に理解して書きあらわしているところに特徴があり、同情的である。娍子は、遠慮しながらも三条天皇と自己との間柄を着々と築いていく。娍子の生き方が、ありのまま記されているといえよう。妍子には皇子がなく、娍子は敦明親王以下皇子にめぐまれ、妍子の立場は実際には、かなり苦しかったにちがいない。その妍子の苦難を『栄花物語』の作者は表面に書かない。しかし、世の事実と真実を書こうとすれば、娍子側のことを、かなり詳しく書かざるを得ない。一方、妍子に関しては、華やかな描写、その他で叙述を進めていくより致し方なかった。それは作者の置かれた立場というものによろう。そのあたりの叙述を、妍子・娍子を中心にもう少しみていこう。

一条天皇崩御、三条天皇即位（巻九いはかげ）。

内には、まだ誰も〳〵候はせ給はず。かんの殿をぞ「参らせ給へ」とある御消息たび〳〵になりぬれど、殿の御前すが〳〵しうもおぼした、せ給はず。内の御後見も、殿仕うまつらせ給。

と、道長は、三条天皇に対して後見をしているにもかかわらず、姸子の参ることを喜んでいるとはみえない。

三条天皇即位（巻九いはかげ）。

さて世の中には、「今日明日、后にた、せ給ふべし」とのみ言ふは、督の殿にや又宣耀殿にやとも申めり。

とあって立后に関する姸子・娍子の微妙な事情が書かれている。

内には、かんのとの、后にゐさせ給べき御事を、殿にたび〳〵きこえさせ給へれど、「年頃にもならせ給ぬ、宮たちもあまたおはします宣耀殿こそ、まづさやうにはおはしまさめ。内侍のかみの御事は、おのづから心のどかに」など奏せさせ給へば、「いとけうなき御心なり。この世をふさはしからずおもひ給へるなり」など、怨じのたまはすれば、「さばよき日してこそは宣旨もくださせ給べかなれ」と奏していでさせ給て、俄にこの御事どもの御用意あり。（中略）二月十四日にきさきにゐさせ給て、中宮ときこえさす。いそぎた、せ給ぬ。

と姸子が先に立后する。『日本紀略』『御堂関白記』に立后の記述は大変詳しい。『栄花物語』には天皇と道長の姸子立后についての微妙なやりとりや事情はそれほど書かれていないが、その日の姸子の女房たちの衣裳整備についての叙述がある。この部分は、おそらく女房の日記を材料にしたためではなかろうか。河北騰氏も、ここの部分をとりあげ「女房銘々が綺麗を飾り、挑み合って晴れの儀式の為に精魂を傾けている」（『栄花物語論攷』）といわれている。

続いて二か月後に娍子も立后。華やかな姸子に対して娍子のおだやかな態度も書かれ、娍子の立后は道長の配慮によったものとするところも、『栄花物語』独特の叙述である。『日本紀略』『小右記』に、この日の記事は詳しく書かれており、娍子の立后の儀については、妍子・娍子の両后側ともに道長をめぐって複雑な事情があったことが知られる（拙著『平安人物志』所収「敦明親王考」、同『歴史物語成立序説』所収「藤原道長」、同『藤原道長』〈人物叢書〉など参照）。それらについては、『栄花物語』には、それほど詳しくふれられていない。複雑な妍子と娍子の間柄にもかかわらず、『栄花物語』では二人の間は割合にスムーズに進んでいく。そして妍子は懐妊。次の巻十一つぼみ花に入って妍子の皇女（禎子内親王）誕生の詳しい記述となる。

誕生から御湯殿の儀式と続く記事は、巻八初花の彰子の皇子誕生の場面と類似の叙述が多いことは、別に記述した通りである（拙著『平安朝文学の史的研究』所収「つぼみ花の巻について」）。産養の儀式、五十日の儀、三条天皇の土御門殿行幸と続き、特に行幸の場面は、初花の巻の影響が濃厚であるといえども圧巻である。儀式次第を、より一層、華やかに叙述し、

この土御門殿にいくそたび行幸あり、あまたの后出で入らせ給ぬらんと、世のあえ物に聞えつべき殿なり。「これを勝地といふなりけり、これを栄花とはいふにこそあめれ」と、あやしの者どもの下をかぎれるしなども、よろこび笑み栄えたり。（巻十一つぼみ花）

とあって、妍子出産に関するこの部分の叙述の意義は、『栄花物語』の作者にとって、これにつきるといえよう。この間、道長が皇女誕生を喜ばなかったという記述もみえる。

世になくめでたき事なるに、たゞ御子なにかといふことききこえ給はぬは、女におはしますにやと見えたり。殿の御前いと口惜しくおぼしめせど、

このことは『小右記』にも明らかなところであり、『栄花物語』によって道長が妍子に期待するものが何であったかが明確になるのも興味深い。

はかなく年も返りて、長和三年になりぬ。（中略）朝拝よりはじめてよろづにをかしきに、宮の御方の女房のなりども常だにあるに、まいてものあざやかに、かほりふかきもことはりとみえたり。殿上には後取といひて、こちたく酔いの丶しりて、うたてくらうがはしきことゞもさし交るべし。

と妍子中宮の女房たちの華美な様子に重点がおかれ、禎子内親王の戴餅、卯杖の儀と正月行事を妍子との関連で叙述していく。

だが、かように華やかな妍子記事の中にも次のような天皇と妍子の淋しさをあらわす叙述もみえる。

ことゞもやう〱果て丶、心のどかになりもていきて、上より松に雪の氷りたるを、

春くれどすぎにし方の氷こそ松に久しくとゞこほりけれ

とあれば、宮の御返し

千代経べき松の氷は春くれどうち解けがたきものにぞありける

とあって、三条天皇と中宮の間柄のむつかしさをあらわしている場面である。

三条天皇と中宮妍子の間柄は、道長をはさんで想像以上のものであったらしい。『小右記』その他によっても十分に察せられる。いまあげた和歌も天皇と中宮・皇后二人の間柄の不和を明らかにしているが、この後、ますますその傾向は強まる。さらに、三条天皇と道長の不和は、この後ますます烈しくなり、天皇の眼疾を理由に道長は天皇に譲位をせまるとある（『小右記』）。道長は、三条天皇が譲位すれば、今の東宮である我が外孫敦成親王を東宮から天皇にすることができる。それを期待している道長のあせりと率直な気持ちが、『小右記』の実資の書くところによって明確にあらわれている。その道長の気持ちが妍子にも通じ、中宮という立場から妍子は、三条天皇と父道長との間に入って一しお苦悩したことは明瞭である。ここの複雑な事情を理解すればするほど、

『栄花物語』の作者は、娍子の第一皇子敦明親王を中心に社会の真相を明らかにするために、娍子をある程度、詳しく叙述せねばならなかったのである。

そのようななか、内裏が焼亡する。

かくて内わたりめでたくて過させ給程に、火出できて焼けぬ。みかども宮も、松本といふ所に渡らせ給ひぬ。

『日本紀略』長和三年（一〇一四）二月九日条に、

今夜寅刻、火起二登花殿一、殿舎皆以為二灰燼一、天皇并中宮・春宮御二大極殿一、此間左大臣騎馬、馳三入自二陽明門一、被申云々、渡二御太政官朝所一、仍御此所、中宮同御坐、東宮御二弁［職］曹司一

とあり、二月二十日条には松本曹司へ移ったことが詳しい。『小右記』によれば、天皇は太政官朝所へ移り、そこより松下曹司に、中宮と東宮は職曹司に移っている。

続いて、

三月廿余日に、石清水の臨時祭に若宮の御乳母、内にえ候まじき事やありけん。俄にいだしたてまつらせ給。

と乳母の支障とともに妍子は土御門殿(24)に退出。これも何か道長の心におもうことがあって、土御門殿に来てしまったのではなかろうか。このあたりから次の巻十二にかけて、どことなく『栄花物語』の文章の背後に妍子をはさんで道長と三条天皇とのむつかしい不穏な空気がただよう。

巻十二玉の村菊では、まず禎子内親王の袴着（長和四年四月七日）がとりあげられ、三条天皇は病気がちで、譲位の心が次第に強くなってきたと『栄花物語』にはある。そして三条天皇と中宮の不和はさらに続く。

この間、太宰府にくだる隆家に妍子がはなむけの扇を贈る記述もある。

かくて帥中納言、祭の又の日下り給べければ、さるべき所〴〵より、御馬のはなむけの御装束どもある中に、

中宮もとより御心寄せ思きこえさせ給へりければ、さべき御装束せさせ給て、御扇に、
　涼しさは生の松原まさるとも添ふる扇の風な忘れそ

『御堂関白記』長和四年（一〇一五）四月二十一日条によれば、隆家は、内裏で天皇の御前に参り、御衣等の餞を賜わり一階を加えらる。次に中宮妍子に参り女装束を、さらに道長第で馬等の餞を、東宮と皇太后宮には衣・扇等をそれぞれ賜わるとある。『栄花物語』の作者が、この事実を、わざわざここに記したのは、何か意味があったのだろうか。三条天皇と道長の不和に苦しむ妍子の実態を、これより後、ずっと書き続けることにやや難儀を感じた作者は、このような歴史上の事件を書くことによって一種の逃避の筆としたのではなかろうか。

長和四年十月、新造内裏が完成。

かくて内裏造り出づれば十月に入らせ給ふ。その程の有様例のごとし。「中宮入らせ給へ〳〵」とあれど、とみに入らせ給はぬ程に皇后宮いらせ給ぬ。（史実としての内裏遷御は九月二十日）

とあって中宮妍子がすぐに入らぬため、娍子が入った。

さて入らせ給て、日頃おはしまし渡る程に、内の御物忌なりける日、皇后宮の御湯殿仕うまつりけるに、いかゞしけん、火出で来て内焼けぬ（中略）みかどは枇杷殿に渡らせ給ひぬ。

と、再び内裏が焼亡する（長和四年十一月十七日――『御堂関白記』『小右記』等）。

さても中宮の入らせ給はずなりにしを、返〳〵めでたき事に世の人も申思へり。中宮は京極殿におはします。（中略）心憂き世の歎きなり。末の世の例にもなりぬべきことをおぼしめすも事はりにのみなん。

とあって妍子が内裏に入っていなかったのが「返〳〵めでたき事に世の人も申思へり」とある叙述は、妍子を中心に筆を進めていることが明瞭である。

『小右記』同年十一月十五日条に、

資平云、今日相府密語云、御譲位事、明年二月由奉レ仰、仍中宮今月廿八日可レ被レ参之事、可レ無二便宜一、彼間営出給、不レ可二心閑一、廿八日当二物忌一、不レ可レ被レ参之由答聞、但皇后宮（藤原娍子）可二御坐一由令レ申了、

とあって、妍子の参入が二十八日と決定したところ、道長の意志によって無理に反対したらしい。道長は妍子を我がもとより手放なさなかった。このような環境のもとで中宮としての妍子は、さぞつらい立場にあったろうと思われる。このような状態にある時、内裏が再び焼亡したのである。そして天皇は太政官庁より枇杷第に渡った（『栄花物語』には枇杷第にとのみある）。中宮は京極殿（土御門第）に別々に住むというような状態であったから、天皇としては眼疾はひどいし、譲位せざるを得ない苦しい立場にあったことはいうまでもない。

みかどは枇杷殿に渡らせ給ひぬ。さても中宮の入らせ給はずなりにしを、返〳〵めでたき事に世の人も申思へり。中宮は京極殿におはします。

この叙述にみえる「世の人」とは、道長とその周辺の人々であることはいうまでもない。作者は、この「返〳〵めでたき事に世の人も申思へり」という中に、一種の批判と皮肉を裏面にあらわしているのではなかろうか。

天皇は「かゝる程に御心地例ならずのみおはします」と気分もすぐれぬままに、当時の心境をそのまま詠んだ和歌を中宮に送る。

しはすの十余日の月いみじう明きに、上の御局にて、宮の御前に申させ給、

心にもあらでうき世に長らへば　恋しかるべき夜半の月かな

とあり、続いて「中宮の御返し」とあるのみで、中宮の和歌はない。

長和五年正月十九日御譲位、春宮には式部卿宮たゝせ給ぬ。二月七日御即位なりける。みかど《後一条天皇》は九つにならせ給ひ、東宮は廿三にぞおはしける。

とあって三条天皇は譲位。譲位後も三条院は枇杷第にいて、不幸な状態であった。ところが、道長の土御門第の焼亡（長和五年七月二十一日）に続いて枇杷第も焼失してしまった（『栄花物語』は十月二日とするが、正しくは九月二十四日――『御堂関白記』）。

宮の御前も、この枇杷殿いと近き所に、東宮の亮《高階業遠》なりとをといひし人のいゐ、大将殿に奉りたりしにぞ、まづ渡らせ給ぬる。

と妍子は高階業遠が大将殿藤原頼通に献上した家、即ち高倉第[25]へ渡ったとあるが、これが『左経記』に「今夜中宮従二枇杷殿東対一、遷二御西対一」（同年四月十五日）とあることからして、焼失の時は妍子は三条院とともに枇杷第にいたとみられる。

院・宮「いとあさましき事なりや。よろづ今はかゝるべき事かは。おぼろげの位をも去り離れたるに、かゝるべきにあらず。人の思らん事も恥し」とおぼしめしけり。

と、妍子も三条院とともに歎いている様子がみえるが、『栄花物語』のこの辺りの叙述が、三条院よりも妍子本位に進められていることに気づくであろう。

三条院も今は出で来ぬれば、うるはしき儀式にもなくて、夜を昼にいそぎ渡らせ給ぬ。

とあり、『日本紀略』の長和五年（一〇一六）十月二十日条にも、

太上皇自二高倉第一、遷二御新造三条院一、中宮猶御二坐高倉第一

とあって、三条院は枇杷第焼失後、妍子が常に居住の高倉第に、ひとまず妍子とともに渡御し、続いて妍子と別

に新造の三条院へ渡ったことが明らかである。妍子は、

宮はその院近き程に、讃岐守なりまさ（済政）の朝臣の家に渡らせ給ひぬ。

とあって、この家は『御堂関白記』寛仁元年（一〇一七）四月二日条に、

天陰、時々雨下、渡二済政三条家一、是可レ立二法興院堂一、依レ有二方忌一也、

とあるように、道長が自由に方違などに利用していた家であり、三条天皇は上皇になってのちも、道長の思うままになっている妍子に近づくことは、容易でなかったように思われる。

さて程もなく宮の御前も三条院に渡らせ給ぬ。

とあり、『御堂関白記』長和五年十二月二十日条に「参二中宮一、依レ遷二御三条院一亥時御出」、同じく十二月二十日条に「参二中宮一、遷二御三条院一、亥時御出」とあり、また『日本紀略』同二十二日条に「今日中宮行二啓三条殿一」とあって、中宮もこの期におよんで三条院に行啓している。

そして三条上皇は、寛仁元年五月九日崩御。

中宮はた「御衣引き被きて物も覚えさせ給はず」とぞ、橘三位言ひ続け泣く〳〵消えいりて臥し給へるも、いみじく珍かなる悲しさなり。（巻十三ゆふしで）

と中宮の歎きが書かれ、

さて中宮は、「御忌の果てんまでは」などおぼしめしながら、この院のもの、けなどもいと恐しければ「あいなし。いづくにてもをろかなるべき事かは」とて、しばしありて一条殿に渡し奉らせ給ひてけり。

と早速、物怪《もののけ》を恐れるとの理由で一条殿に移る。『日本紀略』寛仁元年八月二日条に、

今日中宮従二讃岐守済政朝臣宅一、遷二御前左大臣一条第一、

とあって道長の一条第に遷御となるのだが、続く『栄花物語』には、

御法事やがてこの院にて六月廿五日にせさせ給ふ。

とあり、『御堂関白記』にも「雨降、三条院七々日御法事有二本院件事一」（六月二十七日条）とあって、中宮が渡御の後、三条院にて法事が行われたように書かれているが、これは正確には法事の方が先である。これは妍子本位に書かれているため、このような結果になってしまったのだろう。

「中宮は一条殿にただ明暮御行にて過させ給ふ」とあって道長の指図により一条第へ渡って、そこで一応、禎子内親王の成育を喜びながら安定した生活を送る。そして、

一条の宮には、のどかにおぼしめさるゝまゝに、御行ひも繁うて、後夜の鐘の音もおどろ〳〵しう聞しめされければ、御格子押しあげさせ給て御覧じて、

皆人の飽かずのみ見るもみぢ葉を誘ひに誘ふ木枯の風

とぞ宣《のたま》ひける。

と仏道に励む妍子の描写へと移っていく。

寛仁二年十月十六日、威子立后。妍子は皇太后となる。

以上のごとく妍子の『栄花物語』の描写は、安子・詮子の描写とは、かなりちがっている。

これは、手許に蒐集した原史料の違いも勿論あったろう。しかし、それにしても詮子の場合は、立后の儀式の内容などの叙述は殆んど書かれていないが、権威のある様子を堂々としたかたちであらわしていた。それに比して妍子の描写は、かくも華やかな場面と、あわれの場面に重点が置かれているということは、作者が三条天皇と道長の間に入っての妍子の苦しい立場を充分に認識し、その困難な立場を率直に書くことをやや避け、むしろ、

掩蔽するために、実際の妍子立后の有り様を、より一層、美しく叙述するという結果にいたったのであろう。だが、その華やかな叙述の間にも三条天皇と妍子との不和が多くみられることも忘れてはならない。

要するに妍子は詮子や彰子ほど藤原氏発展における貢献度が少ないことは、いうまでもない。そこで、詮子の場合は、詮子をそれほど表面に出すということはせず、編年史の中の藤原氏の発展に関係づけてその偉大さを明らかにするように叙述しているのに対し、妍子の場合は、これに反し、強く表面に妍子個人を押し出しながら編年史の中にある妍子のことはそれほど書かず、はじめはただ華やかな儀式の美しさが書かれ、その背後にある道長のあやつり人形にまでなりかねないような妍子の姿が書かれていく。これは作者の手許にあった史料が詮子や彰子の場合と異なる性格のものであったということもあろうが、それにしても叙述の態度に大いなる相違があるということは、史料の用い方というものに作者が気をつかって操作していることが明らかで、この場合の材料の用い方は、もとの女流日記をそのまま重んじすぎてしまっているとしても、ここに作者の考え方が明瞭にみえている。作者は原史料を大きく用いながらも、自身の考え方をかなり踏まえて書いており、不幸な妍子のさまが明確にあらわれるばかりである。

おそらく作者としては、藤原氏の発展の貢献にそれほど重きをなしていない妍子、道長との複雑な間柄にある妍子を叙述するには、このような書き方をするのが最もさしさわりがないと考えたのであろう。作者はこの段階における藤原氏の栄華の実態というものを誠によく認識していたともいえようが、詮子・彰子とは妍子の人柄が実際に、かなり異なっていたことも明瞭である。

華やかな儀式の叙述を中心として、三条天皇との不和や道長との困難な間柄などについては、なるべく作者としては、触れないようにしていた。しかし、巻十二玉の村菊以降の巻では、世の不穏な状勢や三条天皇のつらい立場と妍子のあわれの有り様を、ある程度は語らざるを得なかったのである。

内裏焼失の複雑な場面、三条院のあわれな様子、禎子内親王の誕生を喜ばぬ道長。妍子を容易に三条天皇の譲位前には近づけなかった道長の態度などが、それほど明確ではないが、『栄花物語』の表現の裏面に少しずつみられる。こうした叙述方法から察すると、『栄花物語』の作者は、妍子に関しては、充分に当時の社会状勢を認識し、妍子の不遇な立場というものを分かりすぎるほど認識していたということができる。また、同じく娍子の生き方もかなり史実通りに、しかも人柄のよさが明瞭に表現されているのも真実そのものだといえよう。作者は娍子の叙述にも、少なからず気をつかっていることが明確である。その中に作者の独創も多少みられよう。藤原氏、特に道長の絶頂期にいたる摂関政治の爛熟期とも称すべき頃の後宮の実態を妍子と娍子を代表させてその真実を描いているということになろう。

妍子・娍子については、『御堂関白記』は儀式の実態を詳細に書き、公卿たちの儀式参列の様子も書いているが、実質の『小右記』もまた大変詳しい。しかし、道長と妍子の立場については実資独特の見方があり、道長が娍子立后の儀を妨害したなどというのは、実資の大げさな言い方であって賛同しかねる（拙著『藤原道長』〈人物叢書〉参照）。

『栄花物語』の以上四人の后たちの叙述によれば、いわゆる摂関政治の基礎と発展は、後宮女性の存在がいかに重要であるかという感をうける。安子の背後には師輔が、詮子には兼家が、彰子・妍子には道長がいる。安子・詮子では彼女たちの力によって師輔・兼家の権威が大きくなっていったことは史実であり、その過程が『栄花物語』の編年史の中に、平板ではあるが生き生きと叙述されていた。ところが妍子にいたると、儀式の華美な描写とともに、背後にある道長の偉大さというものが感じられ、妍子の立場のかなり苦しかった実態が明確にみえるのも特徴である。また、道長があればこそ、藤原氏摂関政治の発達が最高潮に達することができたのも史実である。妍子のこのような描き方も、道長の偉大さと成功発展を無理なく書こうとした結果であるともいえる。だが、妍子に皇子誕生がなかったこと、そのことは道長にとって言うに言われぬ歎きの大きかったものであった。

また、娍子をはさんで三条天皇との不和、それは妍子にも道長にも耐えがたいことであった。これらの史実と道長、妍子の心の中にある真実、その心を作者が知りわきまえていたればこそ、妍子の叙述をただ華美とあわれな場面に重点を置くという結果にいたらしめたのである。妍子や道長の苦悩を、そのまま叙述するのは忍び難く、明るいめでたい生活の実態を華美な筆づかいで書くことによって、妍子とその周辺の複雑な実態をまぎらわしていたのである。

そこで今ここに藤原氏の歴史をふり返ってみるに、安子・詮子は実際に藤原氏の発展と外戚を築くことに重要な役割を果たしている人物である。作者は歴史の流れにそい、その史実を、そのまままとりあげ、その実態を叙述していったのであるが、妍子の時期にいたると、彰子の最大の繁栄のあとであり、しかも妍子は藤原氏の発展にそれほどの貢献はない。むしろ道長は禎子内親王誕生のさいには喜ばなかったということが、『小右記』などにも明確にみえる。とすると『栄花物語』の作者は、妍子立后の意味、その当時の生き方を、そのまま書くことには躊躇せざるを得なかったのであろう。事実をそのまま書いたのでは、藤原氏の娘による後宮の発展の実態が妍子の場合では、歴史の流れにそって充分に書けない。そこで妍子に関するさまをそのまま美しく描写するのも史実に変わりなく、安子以来藤原氏北家の繁栄と歴史の真実を如実に訴えることともなろうと考えたのであろう。妍子をめぐる後宮の華やかさ、これは他の文献『御堂関白記』『小右記』とだいたい合致するといえよう。

むしろ、かような描き方をしている箇所に文学的効果をあげつつ、妍子とその周辺の後宮の有り様が最も明確に説かれており、当時の世の真実が書かれていたのであり、妍子の娍子との複雑な関係などとあわせて考えてみると、結局、華やかさとあわれをそのまま叙述する結果になってしまったのである。

三条天皇と妍子の後宮には、もう一人の皇后娍子がいて、天皇と妍子の父道長の間柄がしっくりいかなかったが、その代りこのように華やかであったと『栄花物語』の著者は叙述する。その時代の事実を、一しお妍子の立后、娍子のよき人柄や皇女誕生（禎子内親王）を強調し表現することによって、如実に描くことができたのである。しかし、作者は妍子をめぐってすでに摂関政治社会の矛盾に気がついていた。それらの矛盾のために、いずれは没落の末路にいたりかねないであろう摂関社会の本質を、作者はそれなりに認識していたともいえよう（これは『栄花物語』の成立年代と関連の深い問題である。妍子全盛期の巻十一・十二あたりの執筆を、道長の生前中か死後かによって、作者の摂関政治の本質の認識を位置づける基礎となる――勿論、死後と思うが。これは明確に証する史料もなく推測の域を脱し得ないが、この巻十二前後の巻の執筆中に、道長の死があったのではないかなども思われる）。

摂関政治の発展を生き生きと編年史の中に叙述した作者は、一方では摂関政治の中にある矛盾をひしひしと受けとめ、それが詮子と妍子の描写にまったく異質的なものを感じさせるにいたったのであろう。

だが、いずれにしても『栄花物語』の叙述の根本精神は、六国史・新国史の形式を踏襲していくかなの国史の編纂の意義と、道長物語という二つの本質を有していることは、松村博司氏(26)をはじめ私も述べてきたところである。そしてはじめの巻一より巻四までが特に編纂と歴史叙述の傾向が強い。巻五では中関白家が没落し、道長政権が次第に確立されていく過程が、編年の上に美しく書かれていくのが特徴である。巻六は、彰子立后。巻八は、敦成・敦良親王（後一条天皇・後朱雀天皇）の誕生。道長の全盛期である。

その道長政権の確立していく過程を、政治家道長の実態とか、あるいは道長個人の人間性を華々しく叙述していくというようなことだけではなくて、三人の娘たち――彰子・妍子・威子――の立后と皇子誕生の結果、外戚が築かれていくことによって明らかにしていくことが『栄花物語』の主なる叙述であった。道長の個性は、むしろ巻十五以後の道長の宗教人として、くっきりと浮かびあがってくる。

以上のごとく『栄花物語』は、後宮史の面から説く必要にもせまられ、その代表的人物である師輔の安子、兼家の詮子、道長の彰子・妍子と詳細に叙述されている。この四人の人物を分析することによって、摂関政治の本質の一面が判然となり、歴史意識をふまえた上での文学的な意義を有する『栄花物語』の本質が明らかになるのである。

安子と詮子の描き方、即ち当時の社会を編年と史実の中に正確に書くというところに、作者の歴史意識と史観をみることができる。また、妍子後宮の叙述の中にも表現の上からは文学的な面が濃厚にみられるが、安子・詮子の叙述とは別の意味の歴史意識も明確にみることができる。また、妍子の妹威子の立后の儀式にも華やかな叙述がみられるが、また別の機会にゆずることにしよう。

作者は、安子・詮子の中に藤原氏発展を描き、彰子にいたると道長政権が、はっきりと定まり、兼家・道隆を経て、道長にいたる摂関政治の安定をみることができた。その歴史叙述を彰子の道長の援助を受けつつ明るく生きる落着いた描写の中に位置づけ、『紫式部日記』をそのまま用いるなどして摂関政治と道長の安定を示し、『源氏物語』の蛍の巻にいう六国史風な歴史叙述からも脱却しつつ、かなの歴史の本質というものを作者の思想として充分に安定づけ叙述を進めていった。そのような叙述の傾向が最高に達したのが、妍子後宮の描写であったと結論する。

『栄花物語』には、後宮を中心として摂関政治の成り行き、移り変わりがみられる。一見、文学的な表現にも、その奥に摂関政治の爛熟期の状態を作者がよく把握していることが分かる。「こちよりてのことを記す」ということわり書きが巻一月宴のはじめにあるように、近代のこと即ち、村上天皇よりはじめて、道長時代を主に記そうとした作者の態度が明らかにみえる。(27) 巻一より巻四までの詳しい歴史叙述、また安子と詮子の書き方は、後宮政治の発展が藤原氏の発展であることを編年意識とともに歴史の枠の中におさめているところに特徴がある。

巻五は、没落する中関白家一家と定子の有り様、巻六・巻八は彰子の立后から皇子誕生の華やかな描写、ここには部分的に文学的表現の濃厚さがみられる。また、巻五の没落した中関白家のその後の様子は、敦康親王その他の叙述で後々の巻まで編年の中に書き続けられていく。巻八以後は妍子の叙述が詳しくなり、ここには部分的に文学的表現の濃厚な叙述がみられる。彰子・妍子の詳しい叙述の部分は、道長一家の繁栄が中心に述べられているが、道長物語というにはやはりあきたらず、彰子・妍子の物語であるといった方がよさそうである。彰子は入内、立后と皇子誕生の描写が誠に美しく書かれており、そこに叙述の意義があるのであるが、妍子の場合は爛熟期の後宮の状態、中宮の複雑な生活とその周辺の状況を作者がよくわきまえて、華やかな叙述にしぼって書いたのである。

全体に巻十四までは、明らかに編年意識の中に多くの事件をとらえる態度が明確にみえる。したがって妍子など華やかな叙述も部分的な効果はみえても、それは原史料の『紫式部日記』のごときものの文学性が濃厚であった部分をそのまま採り入れているところもあって、『源氏物語』のような一貫した主題と内部論理の発展による物語文学としての統一性、現代風にいえば、長編小説として一貫した主題があるとは言いかねるのである。本当の文学性は、巻十五以後の道長の宗教心の叙述中、即ち、法成寺供養を中心に記した巻々、そしてそこでの宗教生活の中にある道長の思想などを詳述せねばならない。だが、これについては、またの機会に稿を改めることにしよう。

『栄花物語』の安子・詮子の叙述には、まだ、六国史・新国史風な書き方をかなであらわした、いわゆる物語風史書という感じが強かった。妍子にいたり、女性主役の歴史物語となり、巻十五以後は、仏教史観をともなう文学性の強いかなによる歴史叙述となっていくところに、『栄花物語』の特徴を見出すことができる。

(1) 承子内親王のこと。天暦三年二月為親王、同五年七月二十五日薨、年四歳（『一代要記』）。
(2) 『日本紀略』『九暦』。
(3) 『日本紀略』。
(4) 『撰集秘抄』二十七、親王於禁中臨時七、行嫁礼事の康保三年十一月二十五日条。
(5) 『日本紀略』『扶桑略記』『九暦抄』。
(6) 『日本紀略』応和四年四月二十九日条。
(7) 『帝王編年記』貞元元年正月三日条。『栄花物語』には三月ばかりとある。
(8) 『日本紀略』により、兼通の薨去は十一月八日。その約一か月前、十月十一日に頼忠に関白の宣旨が下っている。『栄花物語』巻二では兼通薨去のあと、「同じ月の十一日、関白の宣旨蒙り給て」とあって、同じ月は十一月となり、頼忠の関白宣旨があとのように書かれている。
(9) 『日本紀略』天元元年十月二日条。
(10) 『日本紀略』により遵子の入内は、天元元年四月十日、詮子は同年八月十七日、遵子に先立って詮子の入内を書いているのは『栄花物語』のみである。本書は遵子の入内を天元二年冬としている。
(11) 『日本紀略』。
(12) 同右（ただし六月三日のこととする）。
(13) このあたり『栄花物語』には、兼家・詮子と対照的に頼忠・遵子の記述がある。「梅壺はおほかたの御心ありさまけぢかくおかしくおはしますに、この度の女御は、すこし御おぼえの程やいかにとみえきこゆれど」などとあって、作者は、詮子は遵子に劣るとみている。だが頼忠のライバル意識も相当なもので、「さばれとありともかゝりともわがあらば女御を后にもすゑたてまつりてんとおぼしめすべし」とある（巻二花山たづぬる中納言）。

（14）『栄花物語』巻二に詳しい。

（15）『小右記』天元五年三月十一日条に「以女御四位上藤原遵子立皇后」とあるのをはじめとして『小右記』に詳しい記事が多い。

（16）『日本紀略』寛和二年七月五日条。

（17）これは『栄花物語』独特の記事である。

（18）『日本紀略』。

（19）『女院小伝』に「寛和二七月五為皇太后、正暦二九月十六為尼年卅一、（中略）同日院号年官年爵封戸如太上天皇」とある。

（20）『栄花物語』巻四。

中宮（定子）のたゞにもおはしまさぬを、さりともと頼しうおぼしめすを「なにゝかはおはしまさん」と、世の人おぼつかなげにぞ申思ふべかめる（中略）内大臣殿こそはよろづに祈りさはぎ給ふめれ

（21）拙著『平安朝文学の史的研究』に詳述したため、今回は省略する。

（22）元子の入内は定子懐妊とともに書かれ、ここで流産の記事となる。『栄花物語』によれば流産は「長徳四年六月太秦に於て」のこととなるが、『権記』では同年十二月十二日に元子が広隆寺にいたことが書かれている。

（23）詳しくは「栄花物語の本質、巻六かゞやく藤壺を主として、その歴史意識について」（『地域と文化』昭和五十二年三月号）。

（24）『栄花物語』巻十一（長和三年三月）。

出でさせ給て又の日、内より中宮の御方より聞えさせ給へる。風心あわただしかりければなるべし。

もろともにながむる折のはなゝらば散らす風をも怨みざらまし

これを御覧じて、殿の御返し

心して暫しな吹きそ春風はともに見るべき花も散らさむ

とぞ。

(25)『左経記』長和五年五月一日条に「参摂政殿還御故業遠朝臣高倉第」とある。

(26)『栄花物語の研究』および『栄花物語全注釈』（全七巻、角川書店）。

(27)「世始まりて後、この国のみかど六十余代にならせ給にけれど、この次第書きつくすべきにあらず。こちよりての事をぞ記すべき」（巻一月宴）というのであるから、必ずしも道長時代といわなくても宇多・村上から近代、すなわち一条・三条・後一条の道長時代にいたる期間というふうにもとれる。だが、『栄花物語』正篇三十巻は、後の巻へいたるにつれて道長とその周辺の記述が多くなる。従って、ここの「こちよりて」は、やはり道長時代に近いところを主として指すとみてよかろう。

第三節　『栄花物語』と中関白家

（1）序

『栄花物語』の中関白家の叙述を中心に述べていきたいと思う。中関白家のとりあげ方を検討することによって『栄花物語』の本質もみていきたい(1)。

それには、道隆一家を中心とする、中関白家という呼び方をはじめ、その歴史的経過については、兼家・道隆・道長にまで言及して論を進めねばならない。とはいえ、兼家・道長の中間に位する道隆一家が中心になることはいうまでもない。

『栄花物語』はややもすれば、道長の生涯を書いた歴史物語であるともいわれている。勿論、道長の青年期から全盛期への過程が『栄花物語』によってよく分かる。しかし、決してそれのみではなく、全体は編年体の中に、藤原氏が天皇との外戚関係を基盤に発展する様子を述べていくところにあることはいうまでもない。道長の発展に対して常に寄り添うごとく中関白家の発展と没落の歴史が書かれていく。

そこで本主題の『栄花物語』の中関白家のとりあげ方へ移ろう。

兼家のときに大きく高められた摂関家の権威は道隆が摂関となってからさらに強まる。巻三のはじめ寛和二年（九八六）六月、一条天皇の践祚、兼家の摂政宣旨、その娘である円融天皇の女御詮子（一条天皇の母后）の立后（皇太后）と、兼家の摂政時代に一段と九条家の権威が強まり、道隆の父兼家と妹の詮子による基盤が固まったところから始まる。そして道隆が華々しく登場する。

（2）道隆・伊周・定子・原子

家の子の君達、后の一つ御腹のは三所《（道隆・道兼・道長）》ぞおはする。まだ御位ども浅けれど、上達部になりもておはす。一つ御腹の太郎君は、三位中将《（道隆）》にておはしつる、中納言になり給ひて、やがてこの宮の大夫になりたまひぬ。


兼家の長男道隆が中納言・中宮大夫となり、その説明につづいて道兼・道長と兼家の権威をそのまま継承するように家の子たちの繁栄の様子が紹介される。

ついで道隆は正妻高階貴子と結婚。結婚後も「たはれはうせざりければ」とあるが、この貴子の人柄は特に秀れている面が書かれる。また道隆も、

中納言どのゝ、御容貌も心もいとなまめかしう、御心ざまいとうるはしうおはす。


とその人柄・容貌が華やかに記される。

さて、これより先、道隆には「外腹の太郎君」である大千世君、すなわち道頼があった。この道頼は、祖父兼家が引取って自分の子にしていたためか、道隆には愛情があまりなかった。したがってそれに比例して伊周への愛が高まっていくのだった。

ここで注意すべきは『栄花物語』では道隆を道長と常に対比させて書いていることである。

五郎君三位中将にて、御かたちよりはじめ、御心ざまなど、兄君達をいかに見奉りおぼすにかあらん、ひきたがへ、さま〴〵いみじうらう〳〵じうおゝしう、道心もおはし、わが御方に心よせある人などを心ことにおぼし顧みはぐゝませ給へり（三位中将は誤り）。

とあって、寛和三年（永延元＝九八七）、道隆は大納言になるが（史実は寛和二年のこと）、この年には道長と倫子の結婚の記述がかなり詳細に書かれ、それに対抗するがごとく、道隆も、

大殿の大納言殿の大姫君、こひめ君いみじくかしづきたてゝ、内、東宮にとおぼし心ざしたり。

とある。そして道長の妻倫子が懐妊。「かくて永延二年になりぬれば……」とあって、倫子が彰子を生む。その年、道長は高松殿源明子と結婚。明子は父親高明と死別してのち、村上天皇の兄弟の盛明親王が育てていたが、盛明との死別後は、道長の姉東三条院詮子が迎え庇護している。

大納言殿は、例の御心の色めきはむつかしきまで思ひきこえ給へれば、宮の御前、さらに〳〵あるまじき事に制し申させ給けるを、この左京大夫《（道長）》殿、その御局の人によく語らひつき給ひて、さるべきにやおはしけん、むつまじうなり給にければ、宮も、「この君はたはやすく人に物など言はぬ人なればあえなん」と、ゆるしきこえ給て、

と、詮子は兄道隆に許さなかった明子との交際を、弟の道長には直ちに許したという。

かくて年号かはりて、永祚元年といひて、

とあって、兼家の二条第修造の記事に続けて九条家師輔の子孫の発展を言い、兼家は「行末はるかげなる御有様に」、為光は「なをすぐれ給へるはことなるわざになん」と二人の格別の優秀さをいう。そしてまた、道長を、

たゞ今御位もあるが中にいと浅く、御年などもよろづの御おとうとにおはすれど、いかなるふしをか見たてまつるらん、世の人、この三位殿をやむ事なきものにぞ、同じ家の子の御中にも人ごとに申し思ひたる。

と、その優秀さを際立たせている。しかし、六月には太政大臣頼忠が薨去。

さて臨時に除目ありて、摂政殿太政大臣にならせ給ぬ。殿の大納言殿内大臣にならせ給ぬ。中納言殿は大納言になり給ひ、三位殿は中納言にて右衛門督かけ給つ。

とあり、ついで道隆が大事にする子の伊周の結婚の記述となる。

小千代ぎみは、六條の中務の宮と聞ゆるは、村上の先帝の御七の宮におはしましけり、御母麗景殿の女御の御兄源中納言重光と聞ゆるが御壻になり給ぬ。御妻《め》まうけの程、兄君にこよなうまさり給ひぬめり。

とあり、道頼の結婚については、これより以前、永延元年のところに、

この大千代ぎみは、国〴〵あまた知りたる人の、山の井といふ所に住むが、女多かるが壻になり給ひぬ。

とあるが、道隆は伊周の結婚の方に期待をもっており、道頼については、

大殿《兼家》、この君をいみじく思ひきこえさせ給へり。大納言殿《道隆》、これをばよそ人のやうにおぼして、小ちよ君を、「いかで〳〵これ疾くなしあげん」とおぼしためる。

というように、その対比は著しい。

こうして道隆は伊周の昇進をただただ願っている。

一方、定子・原子によって外戚が築かれ、中関白家一家の発展が編年体の時の流れの中に位置づけられていく。

正暦元年（九九〇）となり、

二月には内大臣殿の大ひめ君内へまいらせ給有様、いみじうのゝしらせ給へり。

とあって、「六月一日后にたゝせ給ぬ」と、定子の立后となる。これに対し、

世の人、いとかゝる折を過させ給はぬをぞ申める。

と、強引な道隆のやり方を人々が批判しているのだが、これは、父兼家の病気中に娘（定子）の立后をする必要はなかろう、という批難である。伊周の昇進、定子の入内に躍起となり、道隆が権力の確立にいかに焦っていたかが明らかになるところだが、この六月一日は『栄花物語』の誤り(2)であって、史実では十月五日が立后である（『小右記』『扶桑略記』）。『小右記』によれば、

今日有二立后事一、未時出二御南殿一、左府（源雅信）候レ陣、（中略）左府乍レ候レ陣不レ奉二仕内弁一、被レ申二故障一歟、

とあって、左大臣の源雅信は面白くなかったのであろう。故障を申すという記述もみられる。内裏の宣命・宮司除目の儀は終り、本宮の儀に移る。

中時許参二彼宮一、南院、故入道摂政（藤原兼家）薨逝砌也、已是喪家、可レ尋、左大臣先入奉二隠所一、

と、実資は兼家の薨去直後の定子の実家南院は喪家である、ここで本宮の儀が行われるとは何たることと強い批判をしている。兼家の薨去は七月二日。その直後の立后の儀については人々の批判は当然であったろう。また『栄花物語』は、六月一日と誤っているが、たとい『栄花物語』の説に拠ったとしても、六月一日は、兼家が死に近い重病のときであり、その折りの立后の儀は非難されて当然である。

世の人、いとかゝる折を過させ給はぬをぞ申める。

と人々の強い批判がみられる。道長はこの日の宮司除目で中宮大夫となったが、

「こはなぞ。あなすさまじ」とおぼいて、参りにだに参りつき給はぬ程の御心ざまもたけしかし。

と『小右記』と同じような批判的態度を示している。これは道長のたけだけしさをあらわすと同時に、道隆の強

引さを強調せんとしたものであろう。このさい道隆は、

摂政殿御けしきたまはりて、まづこの女御、后に据ゑ奉らんの騒ぎをせさせ給。我一の人にならせ給ぬれば、よろづ今は御心なるを、この人〳〵のそゝのかしにより、六月一日后にたゝせ給ぬ。

とあるように、少しでも早く外戚を築こうとする身構えの強さをみせている。

こうしているうちに年も暮れていく。

はかなう年月も暮れもていきて、正暦二年になりにけり。されど今年は、宮の御前も、さべき殿ばらも、御服にて行幸もなし。摂政殿の御まつりごと、たゞ今はことなる御そしられもなく、おほかたの御心ざまなども、いとあてによくぞおはしますに、北方の御父ぬし、二位になさせ給へれば、高二位とぞ世には言ふめる。

と、道隆の政策に強引さは存するとはいえ、大した非難も受けていないといっている。こうして正暦二年頃の道隆はまことに順調で、これより三年間がその全盛時代といえよう。そのことは『枕草子』によっても明らかなところである。しかし、前述の文でも分かるように、道隆の北の方の父高階成忠、高二位のことが述べられる。

年老ひたる人の才限なきが、心ざまいとなべてならずむくつけく、かしこき人に思はれたり。北方の一つ腹のは、さべき国〳〵の守どもにたゞなしになさせ給へり。この人〳〵のいたう世にあひて掟て仕うまつる事をぞ、人やすからずもと、やむ事なからぬ御なからひを、心ゆかず申思へり。

と、成忠を「むくつけき人」と述べ、さらに道隆の北方貴子の兄弟たちまで国の守となっており、世間の人々は不快に思い、「やむ事なからぬ御なからひを」と、身分も貴い続き合いでもないのにと批判していうのだった。

次の巻四みはてぬゆめに入ろう。巻三の終りに「正暦二年二月十二日にうせさせ給ぬ」と円融院の崩御があって、巻四で「円融院の御法事、三月廿八日に、やがて同じ院にてせさせ給つ」とあり、

その年のうちに、右のおとゞ太政大臣になり給ぬ。右大臣には、六条の大納言なり給ひぬ。土御門左大臣の御はらからなりけり。

と、為光が太政大臣、重信大納言が右大臣となる。ここにもまた、兼家のときと同じように、道隆が摂政、太政大臣が為光と、摂政と太政大臣が別々の人になる（左大臣は源雅信）。

やがて東宮居貞親王の女御の入内になる。済時の女娍子が東宮に参る。「十二月のついたちに参らせ給」と、月日を明確に記している。済時一家のことも、のちにはっきりと大きな主題となる。

巻四のはじめは編年体の中に多くの史実を配列するという傾向が強く、各家の重要人物の昇進が書かれていく。済時一家、小一条家の娍子の兄弟を語った後、摂政殿道隆の兄弟、およびその子供たちの道頼・伊周へと続く。伊周の子松君にまでおよぶ。

摂政殿よろづの兄君は、宰相《（道綱）》にておはす。粟田殿は内大臣《（道兼）》にならせ給ぬ。中宮の大夫《（道長）》は大納言にならせ給ひぬ。大ちよ君《（道頼）》は中納言になり給ひぬ。小千代ぎみは三位中将にておはしつるも、中納言になり給ひぬ。いつもたゞさるべき人のみこそはなりあがり給めれ。

とあって、道隆は摂政である上に公卿を一族で固め、それらの昇進を願って着々と進めていったのである。ここに道隆の政策がよくあらわれている。

正暦三年（九九二）条に入り、

かくて摂政殿の、法興院の内に別に御堂建てさせ給て、積善寺と名付けさせ給て、その御堂供養いみじかべう急がせ給。

と、積善寺供養が行われ、その準備に大童であり、この頃が中関白家の全盛時代であった（史実は正暦五年のこと）。

まもなく太政大臣為光は六月十六日に薨ずる（正暦三年）。為光の一族の説明と、その法事が行われる。そして為光の邸一条殿は、三の君（寝殿の上）に譲られ、その所有となる。為光の娘によって想い出されたように花山院についての逸話がしばらく語られる。花山院は為光の娘忯子と深い恋愛関係にあったことが、巻二の終りに語られており、為光の一家と花山院は深い関係にある（このような部分は編年でなく、連想によって次の話題へとおよぶ『栄花物語』独特の叙述である。したがって、編年体とはいえ、年と年との間に想い出したように出てくるこのような逸話はところどころにみられ、この部分に重要な意味がある）。

そして東三条院詮子の出家。

　譲位《おりゐ》のみかどに準へて女院と聞えさす。

詮子は女院となる。

　さてその年の内に、長谷寺に詣らせ給ぬ。

とあり、『百練抄』の記事、「十月十五日、東三条院自㆓式曹司㆒参㆓詣長谷寺㆒」と合致する。相変らず道隆の伊周に対する偏愛は続き、

　山の井の中納言（道頼）にておはするに、小千代君（伊周）、宰相中将にておはするを、摂政殿安からずおぼして、引き越して大納言になし奉らせ給ひつ。山の井いと心憂く思ひきこえ給へり。

と伊周を兄道頼を越して逆に権大納言にした。

　かゝる程に閑院の大将（朝光）いみじうわづらひ給て、大将辞し給へれば、粟田殿（道兼）ならせ給ぬ。小一条の大将左になり給て、この殿（済時）右になり給ひぬ。

と、済時と道兼が左右大将になることを記述し、任官についてかなり詳細に叙述している（正暦四年）。

かくて摂政殿をば、みかどおとなびさせ給ぬれば、関白殿と聞えさす。

と、道隆は関白となる。

中姫君十四五ばかりにならせ給ぬ。東宮に参らせ奉り給ふ有様、華〴〵とめでたし。さて参らせ給ぬれば、宣耀殿はまかで給ひぬ。

藤原済時の女娍子が正暦二年（九九一）に東宮に参っているにもかかわらず、道隆は強引に次女原子を入内させた（正しくは長徳元年〈九九五〉一月十九日）。これは、定子で外戚政治の第一歩を築いた上に、さらに次期天皇（居貞親王、三条天皇のこと）の御世にも、その基盤を確保したかったからであろう。

三の御方皆が中に少し御かたちも心ざまもいと若うおはすれど、「さのみやは」とて、帥宮にあはせ奉らせ給つ。（中略）四の君の御方いと若うおはすれど、内の御匣殿と聞えさす。

その妹は冷泉天皇の皇子敦道親王の妻に、また四女は内の御匣殿（長保四年〈一〇〇二〉六月三日薨）として、それぞれ抜け目なく皇室関係と縁組みしているところなど、道隆の外戚を築くことに懸命であった様子がみられる。

この御腹のあるが中の弟の君（隆家）は、三位中将になしきこえ給ひつ。六条の右の大いどの（源重信）、いみじきものにかしづき給ふ姫君に壻どり給ひつ。

と、源重信は婿としての隆家を大いに期待していたにもかかわらず、隆家は景斉女に通い、「男の心はいふかひなげなり」と表現する。

かくて一条の太政大臣の家をば女院領ぜさせ給て、いみじう造らせ給て、みかどの後院におぼしめすなるべし。

と為光の家（先述した寝殿の上の伝領したもの）を女院詮子が伝領、天皇の後院（譲位後の御在所）とする。東宮の女御娍子の懐妊。また、東宮が原子をふさわしくあつかうことに、もう一人の女御麗景殿綏子はけしからぬと思うとある。

かくて小千代君《（伊周）》内大臣になり給ひぬ。御年廿ばかりなり。中宮大夫殿《（道長）》いとことのほかにあさましうおぼされて、ことに出で交らはせ給はずなりもてゆく。

とあり、これは正暦五年（九九四）八月のことである。右に引用した文には年月日が記述されていないことから、これを正暦三年（あるいは四年と考えることもできる）の史実[3]と『栄花物語』の編者は考えているとみるべきであろう。すると、すぐ次に、源雅信の薨去があらわれる。

土御門の大臣も、正暦四年七月廿九日にうせさせ給にしかば、

この正暦四年と同五年と編年の順序が逆になっていることに注目せねばならない（伊周の任大臣は『栄花物語』本文に年月日の記述のない記事であるから、不注意の誤りとみるべきである[4]）。

はかなく年も暮れて正暦五年といふ。いかなるにか今年世中騒しう、春よりわづらふ人〱多く、道大路にもゆゝしき物ども多かり。かゝる折しも、宣耀殿もたゞならず、今年にあたらせ給へり。

しかし、宣耀殿娍子は敦明親王を出産する。「五月十日の程に、宣耀殿御けしきありておはします。東宮より御使頻りなり」。『本朝世紀』の正暦五年五月九日条にもみえる。編年的秩序に基づく配列よりはずれて、道兼が昭平親王女を養女とし、公任がその昭平親王女と結婚する、また、為光の子の道信は道兼の養子となって道兼の北方（遠量女）の妹と結婚するといった結婚記事をしばし類聚的に叙す。

この辺り、結婚類聚ともいうことができるかもしれない。それほど結婚についての記述が多い。

やがて関白道隆の病悩が詳しく書かれ、高階成忠は娘（道隆の北方の貴子）とともに平愈を祈る。

内大臣殿のまつぎみおかしげにておはするに、女君達もいとうつくしうて生れ給へれば、后がねとかしづき丶こえ給ふ。

と、伊周の子について述べ、女子は「后がね」であったという。さらに伊周について、

この殿は、御かたちも身の才も、この世の上達部には餘り給へりとまでいはれ給に、ゆ丶しきまで思ひきこえ給も理なりと見えさせ給。

と大変な賞讃である。

この御はらからの三郎、法師になして、僧都《隆円》になしきこえ給ふ。その御弟は、中納言《隆家》にておはす。山の井《道頼》は、故との丶御心掟おぼし出で丶、大納言になしきこえ給へり。

と、隆円・隆家・道頼と道隆の子の総ざらいをするとともに中関白家全盛の様子を述べる。

東宮（居貞）は敦明親王と対面し、一方、原子を想う。

かくて長徳元年正月より世の中いと騒しうなりたちぬれば、残るべうも思ひたらぬ、いとあはれなり。

と疫病はますますはなはだしく、

三月ばかりになりぬれば、関白殿の御悩もいとたのもしげなくおはしますに、内に夜の程参らせ給て……。

とあって内大臣伊周に内覧の宣旨を賜わりたいと奏上する。その結果、

三月八日の宣旨に、「関白病の間殿上及び百官施行」とあるよし宣旨くだりぬれば、内大臣殿よろづにまつりごち給。

と伊周に内覧宣旨は下ったが、それは「関白病の間」という条件つきのものであった[5]。その年の四月十日、道隆は薨ずる。

内大臣殿の御まつりごとは、との〻御病の間とこそ宣旨あるに、やがてうせ給ひぬれば、「この殿いかなる事にか」と、世の人、世のはかなさよりもこれを大事にさゞめき騒ぐ。内大臣殿は、たゞ我のみよろづにまつりごちおぼいたれど、大方の世にはかなううち傾きいふ人〴〵多かり。

と、伊周本人は、政権を維持しようと頑張っていたが、伊周に対して世間では頼りなく承服しにくいと小首を傾ける人々が多いという。伊周は世の人に人気がなかった。

これより先、道隆生前中の正暦五年八月二十八日に伊周は三人を越えて内大臣となっている（『公卿補任』――『栄花物語』は正暦三年（あるいは四年）の条に入れているから一～二年の誤差がある）。

このような道隆・伊周の父子コンビの強引な伊周昇進政策が伊周の人気を失なわせる原因となったのであろう。

伊周は道隆の死後間もなく人々が悲しみに沈んでいるころ、

か〻る御思ひなれども、あべきことゞも皆おぼし掟て、人の衣袴の丈伸べ縮め制せさせ給ふ。「たゞ今はいとか〻らでもと、知らず顔にてもまづ御忌の程は過させ給へかしと、もどかしう聞え思い人〴〵あるべし。

と、的はずれなそのやり方が人々の非難を招いたとある。

伊周は関白の地位が我に来るか、あるいは道兼になるか心落着かず、母貴子その他の人々と祈りを盛んに行っていたものの、遂に長徳元年（九九五）五月二日（史実は四月二十七日）、道兼に関白の宣旨が下った。

内大臣殿には、萬うちさましたるやうにて、あさましう人笑はれなる御有様を一殿〻内思ひ歎き、掻膝とかいふ様にて、「あないみじの業や。たゞもとの内大臣にておはせまし、いかにめでたからまし。何の暫の摂政、あな手づ〻。関白の人笑はれなる事を、何れの児かはおぼし知らざらん」と、理にいみじうなん。

と、伊周が無理をして何とか摂政になろうと強引に考えていた結果のみじめさをあらわしている。

さるは世の人も「かくてこれぞあべい事。いかでか児にまつりごとをせさせ給やうはあらん」と申思へり。

と、「児に云々」というような表現をし、「大将殿も今ぞ御心ゆく様におぼされける」と道長も快く思っているとある。

しかし、関白になったその道兼も七日関白で薨去。伊周はまたもやとチャンスを待っていたが、五月八日の道兼薨去に続いて十一日には道長に内覧の宣旨が下った（『小右記』『栄花物語』『大鏡』は関白とする）。

五月十一日にぞ、左大将天下及び百官施行といふ宣旨下りて、今は関白殿と聞えさせて、又竝ぶ人なき御有様なり。女院（東三条詮子）も昔より御心ざしとりわきゝこえさせ給へりし事なれば、「年頃の本意なり」とおぼしめしたり。

同年、権大納言であった道長が右大臣になる。六月十一日に大納言道頼は薨去。

（3）一条天皇と後宮――元子・義子・尊子――

かくて冬にもなりぬれば（中略）「この絶間にこそは」とおぼし立ちて、この姫君内に参らせ奉り給。

と、顕光の娘元子が入内し、また、

公季中納言、「などか劣らん」とおぼして、さし続き参らせ奉り給。

とあって、公季の娘義子も入内する。おそらく伊周の評判が良くなく、また、その亡くなった父道隆の強引さなどのため、中宮定子も出家して心さびしく過しているときであったから、絶好の機会と次々と女御の入内が始まったのである。しかし『栄花物語』のこの記述に一年の違いがある（元子の入内は長徳二年十一月十四日、義子は同年七月二十日のこと――後述）。

その結果、

中宮は、「年頃かゝる事やはありつる。故とのゝ一所おはせぬけにこそはあめれ」と、あはれにのみおぼさる。

とあって、中宮定子は、父道隆が亡くなったため、このような結果になったと歎き、二人の女御の入内を父道隆がいないためと悲観するという定子の心苦しさがしみじみと分かるところである。そして、いくつかの史実の叙述の後に「かくいふ程に長徳二年になりぬ」とあるため、元子・義子の入内を長徳元年（九九五）として『栄花物語』は編纂していることとなる。さらに、長徳二年の叙述の中には、道兼の娘、くらべやの女御尊子（母は師輔娘繁子）の入内もある。しかし、これは、『日本紀略』によれば長徳四年二月十一日のことである。

今夕故関白右大臣道兼女尊子入二掖庭一

とあって、二年後のことであり、こうして、巻四の後半は編年体をしっかりと編んでいるにもかかわらず、ここの部分、特に女御の入内に関して、年時に史実と齟齬するところが多くみられる。

その理由について、まず、元子・義子の入内。長徳二年のこの二つの史実は、正しい編年で叙述するならば次の巻五浦々の別で書くべきことである。それを『栄花物語』では長徳元年冬のこととして、前の巻四みはてぬ夢に入れてしまった。また元子の史実は、長徳二年十一月十四日、義子は同年七月二十日（いずれも『日本紀略』）。これも義子を先にしなければならぬところを元子が先になっている。さらに尊子は二年後の長徳四年の二月十一日である。この三つの女御入内の史実は、いずれも巻五に入れるべきを巻四に収めている。これは何故であろうか。最も単純に考えれば、次のようにも考えられよう。即ち、巻五は「浦々の別」と巻名を称して、編年体のかたちをとってはいるが、伊周・隆家の配流事件を主題として、「悲しくあわれな」物語風な叙述を中心におきたいため、女御の入内というような巻五の主題とは離れるような史実は、巻四にもってきてしまった。さらに巻五は中宮定子の哀れと悲しみをより強くあらわすために、三人の女御の入内を、史実に反してまでも、巻四の中関白家の没落の史実の周辺に挿入したと考える（史実は三人の入内は定子出家後のこと）。一つの考え方としては、このような考え方もできそうである。しかし、それ以外にも何か考えられないだろうか。単なる不注意のためとする方が自然であろうか。

ここにもう一つの史実をあげてそれを考察したい。一条天皇もその母后詮子皇太后も、一日も早くいずれかの女御から皇子の誕生をみたいと願っていた。しかし、せっかく入内した義子・元子には皇子の誕生がみられず、そのため、史実よりは少し早く、いわゆる先取り記事として、敦康親王（一条天皇の第一皇子、母は定子）の誕生をもってきたのかもしれない。そして巻五は長徳の変を述べる一方、皇子誕生を詮子がとくに望んだ結果、皇子は生まれたが、九条家の発展という面から、これを捉えると同時に、中関白家の悲劇のどん底に生まれた皇子は、その誕生の結果、伊周・隆家を召還させることになるきっかけをつくったという中関白家あるいは九条家にとっては、悲しみより喜びを生む契機となったと構成されているとみることができよう。

この敦康親王の叙述には、『源氏物語』に影響されたところが頗る多いことは、かつて述べたところ(6)であるが、『栄花物語』の作者は、ここに限って敦康誕生の原史料に関して正確な史実を知ることができず、また調べても文献によってよく分からなかったためか、『源氏物語』の影響を受けるところ多大にして、このような歴史の読みと解釈を『源氏物語』によってかたちづくり、誕生を長徳四年に位置づけてしまったともみることもできる。したがって、この見方を肯定すれば、巻五は歴史そのままを編年体の中に書こうとしている『栄花物語』としては、かなり歴史離れしたものとなってしまったという結果になる。即ち、『栄花物語』の編年を重視する態度からみると、ここはかなり大胆なことをしたということになる。

一方、巻四の終りには、伊周・隆家の花山院に対しての不祥事件についての叙述がある。

かゝる程に、花山院この四君《（藤原為光女忯子）》の御許に御文など奉り給、けしきだゝせ給けれど、けしからぬ事とてきゝ入れ給はざりければ、たび〴〵御みづからおはしましつゝ、今めかしうもてなさせ給ひける事を、内大臣殿は、「よも四君にはあらじ、この三君の事ならん」と推し量りおぼいて、わが御はらからの中納言《（隆家）》に、「この事こそ安からず覚ゆれ。如何すべき」と聞え給へば、

とあって、花山院は為光の四君を心に入れ、また、伊周はその姉三君を恋しており、それぞれ姉と妹であったのを、伊周は同一人物とみなし、隆家にその不安な気持ちを打ち開けたところ、血気にはやる隆家は遂に従者に命じ、月の明るい夜、花山院がその四君のところより馬に乗り帰宅されるとき、弓矢でおどし打ちをしたという不祥事件を起こしてしまった。

御衣の袖より矢は通りにけり。さこそいみじうおゝしうおはします院なれど、事限りおはしませば、いかでかは恐ろしとおぼさゞらん。いとわりなういみじとおぼしめして、院に帰らせ給ひてものも覚えさせ給はでぞおはしましける。

という事件である。『小右記』ではもっと大変大きな事件として叙述されている。長徳二年正月十六日条に、

帰家之後、右府消息云、花山法皇・内大臣・中納言隆家相㆓遇故一条太政大臣家《（為光）》㆒、有㆓闘乱事㆒、御童子二人殺害取㆑首持去云々、

とあって、藤原為光邸で花山法皇・伊周・隆家の闘乱があり、花山法皇に仕える童子が殺され、その首を持ち去られるという事件があったと実資に道長より報告があったという（『三条西家重書古文書一』所収「九条殿記裏書」の『野略抄』〔大日本古記録『小右記二』・『平安朝文学の史的研究』参照〕による）。

また、同じく『栄花物語』には、大元帥法といって臣下には禁じられていた秘法を伊周が行っているという噂が流れ、さらに女院詮子が病気がちなのは、伊周が「心おさない」ため、どういうことをされるか分からないなどと首をかしげて心配申しあげる人々も多いなどということも広がって、巻四の末に、

かくいふ程に長徳二年になりぬ。

とある。続いて、賀茂祭も近づき、

世の人口安からず、「祭はてゝ、なん花山院の御事など出でくべし」などいふめり。

と、祭が終ったら花山院のことに関する事件の始末がつけられるだろうと噂が立つ。

「あなもの狂ほし。盗人あさりすべしなどこそいふめれ」など、様〴〵いひあつかふもいかゞと、いとをしげになん見え聞ゆめる。

とあって、ものものしい雰囲気が感ぜられる。

そして巻四の最後には、尊子（道兼と師輔女繁子の子）の入内が書かれる。しかし、この尊子入内は先述のように長徳四年二月十一日のことであり、ここ長徳二年の箇所にこの史実が並べてあるのは、前述したように二年早く、年紀の誤りであるということになる（しかし、この箇所には年月日の記入がない、それは自信のないまま作者が入れてしまったということになろう）。

さて、道兼はこの尊子の入内に特に懸命になることもなかったから、

三位《（繁子）》は九条殿の御女といはれ給めれば、この殿ばらもやむごとなきものにおぼしたれば、かやうにおぼし立ち参らせ給にも、にくからぬ事にて、はかなき事なども左大臣殿用意しきこえ給へり。

とあって、繁子は九条殿の娘、即ち師輔の娘であるから、九条殿、すなわち師輔の一族の一人である道長も

ちょっとした支度品なども用意したということであった。

かう女御達参り給へれど、いまゝで宮出でおはしまさぬ事を、女院はいみじうおぼしめし歎かせ給へり。

とあって、東三条院詮子は、前々から、これらの女御たちの中から、早く一条天皇の皇子の誕生を願っていた。そして、定子懐妊の様子（これは脩子内親王）があらわれ、伊周は安産の祈りに懸命になるが、詮子は、

あやしうむつかしき事の世に出できたるのみこそ、いと〳〵おしとおぼし歎かるれ。

と、九条殿の発展という史観に加うるに詮子の一条帝皇子誕生を望む気持ちがからみ、外戚の基礎となる皇子誕生を願う気持ちが巻四の末に書かれ、大変はっきりとみえてくる。それにしても、長徳二年の大きな事件、長徳の変の中関白家一家の実態はどのように描かれているのか。巻五は大きな史実を中心に、人々の気持ちが細やかに叙述されていく。(7)

(4)長徳の変と巻五浦々の別──『栄花物語』と『小右記』──

さて、巻五は中関白家一家のあわれを書く。それを主題とする悲劇物語であることは古くからいわれている。確かに、この巻はそこに主題がある。

しかし、そのような本質をもつ巻五も、やはり編年という特徴が大きく背後にみえる。とはいえその中にも史実の年紀と正確に合わない部分（女御のこと、敦康親王誕生のこと等）も多い。さらに、巻五には年月日の記入が少ない。これもこの巻の特徴である。巻五の中で、長徳二年（九九六）で年紀の明確なのは、「長徳二年四月廿四日なりけり」と「九月十日の程になりぬれば」「神無月の廿日あまりの程に」「しはすの廿日の程に」の四つである。そして、

かくて年もかはりぬれば、一日は朝拝などして、

と長徳三年の年変わりを示し、「はかなく夏にもなりぬれば」「はかなく冬にも成ぬるに」とあるのみ。そして「はかなく月日も過ぎぬ。長徳四年になりぬ」とあり、続いて「四月にぞ今は召返す由の宣旨下りける」「五月三四日の程にぞ京に付給へる」「五月五日、中納言の給ける」「六月斗に大秦に参りて」「十二月に上り着かせ給」と、これだけである（現存の『小右記』には長徳四年はなし）。

したがって、巻五に入ると編年のあらわし方も、また中関白家の描き方も、巻四までとは大いに異なってくる。これはいかなる理由によるか。伊周・隆家の行動が中心になる巻であるから、それをみていこう。いわゆる長徳の変の真相が書かれていく。さらに注意すべきは、巻五は長徳の変に関すること以外はあまり書かれず、巻一～巻四までの、編年の中に多くの史実を配列し編纂していく方法とは大分異なる。では、伊周・隆家の行動を中心にみていこう。

巻五のはじめは、

かくて祭果てぬれば、世中にいひさゞめきつる事共のあるべきさまに人〳〵いひ定めて、恐しうむつかしう内大臣殿も中納言殿も覚し歎く。殿には、御門をさして、御物忌しきり也。

とあり、禁中警固の状況もものものしい。まもなく検非違使たちが伊周の家を囲んでいるという状況の中に宣命使がくる。

「太上天皇を殺し奉らむとしたる罪一、御門の御母后を呪はせ奉りたる罪一、公家《オホヤケ》よりほかの人いまだ行はざる大元の法をわたくしにかくして行はせ給へる罪により、内大臣を筑紫の帥になして流し遣はす。又中納言をば出雲権守になして流し遣はす」と云事を読みのゝしるに、宮の内の上下、声をとよみ泣きたる程の

有様、この文読む人もあはてたり。

とあって、これは『小右記』長徳二年四月二十四日条等に書かれている宣旨と同じである。

かくてこの日も暮れぬれば、内大臣殿、「今夜ぞ率て出でさせ給へ」ど、覚し念ぜさせ給験にや、そこらの人さばかり言ひのゝしりつれど、夜中ばかりにいみじう寝入たれば、御舅の明順ばかりとともに、人二三人ばかりして盗まれ出でさせ給。（二十二日）

とあり、こっそりと出て木幡の墓所へ参る。伊周は故父親道隆の墓にひざまつき、託言をいう。まず道隆に詫び、懐妊中の定子を見守り守護申し上げ、一条帝の御心にも、女院の夢にもあらわれて、「この事とがなかるべきさまに思はせ奉らせ給へ」などと罪の少しでも軽くなることを願う。

やがてそれより押し返し、北野にまいらせ給ほどの道いと遥に、辰巳の方より戌亥の方ざまにおもむかせ給。

と結局、伊周は人の目を盗んで木幡の墓詣りをし、そして北野天神へと詣でたという。

『小右記』との比較をもう少しみていこう。先述の四月二十四日の宣命のことは『小右記』と『栄花物語』と合うところであるが、木幡・北野へ行ったことは『小右記』は勿論その他の文献にもない。このような秘かに夜陰に紛れて出て行くなどという行動は、『小右記』のような文献には書かれないのが当然であるともいえよう。事実が存しても、『小右記』に書いてないということもあり得る。『栄花物語』の内容を検討すると、木幡へ秘かに出かけたのは四月二十二日の夜中であり、北野へ向ったのも二十二日になる。(8) 二十二・二十三両日について『小右記』に記事が少ない。

そして『栄花物語』では、二十三日は、夜が明けるとともに、北野より右近馬場付近に移り、その夜の酉の時に伊周は網代車に乗って帰ってくる（二十二・二十三日の日付は『栄花物語』には書かれていない。二十四日からの逆算）。

かの光源氏もかくや有けむと見奉る。

とあり、翌二十四日に出発となる。

ずちなくて御車引き出しつ。長徳二年四月廿四日なりけり。

とあって、『栄花物語』では出発が二十四日である。二十四日だけは月日が明確に書かれている。二十四日は『小右記』の記述に詳しいが、それによると、出発ではなく宣命が出されたのがこの二十四日なのである。どうして『栄花物語』は二十四日を出発の日としたのか、その解答は容易に出しにくい。ただ『栄花物語』が、検非違使どもが伊周邸を検索している間に、木幡・北野へ行ったという史実と、『小右記』でも五月一日条に、伊周がいなくなり、伊周の在所を探し、愛太子山に向って行ったという伝言の記事から考えると、伊周が途中で逃亡したことは事実である。日時が両書では少し違っている。『栄花物語』は四月、『小右記』は五月であり、伊周の秘かに出て行った方角も異なる。

これらの『栄花物語』と『小右記』の相異は、どのように考えるべきであろうか。『小右記』では五月四日条に、

権帥乗レ車馳二向離宮一

とあり、配所への出発は五月四日である。このような相違は、『栄花物語』が史実を誤っているとみるのがまず普通である。これを四月二十四日とするのは、『栄花物語』の史実の誤りとみるべきであろう。しかし、その後、『栄花物語』は九月十日まで日付がなく、したがって『栄花物語』は四月二十四日以降、五月のはじめまでの史実を総合して書いていったとみることもできる。『小右記』では伊周の逃隠が五月一日条にあり、また、その方角も伊周の叔父高階信順・明順等を召候せしめて検非違使が問い質したところ、知らないと答え、そこで伊周の近習の者左京進藤原頼行を呼んで、問い質したところ四月晦日の夜、愛太子山に向ったといったという。『栄花物語』

では、四月二十日すぎに伊周は木幡・北野へ夜陰に紛れて行ったというに対し、『小右記』は方角があまりに異なるし、また日も約十日異なっている。だが、伊周が中宮定子と離れ難い状態でいること（『小右記』四月二十五日・二十八日条）、中宮定子は苦しみのあまり出家したこと（『小右記』五月二日条に「后昨日出家給云々」とある）、また伊周が山崎離宮に向ったこと（『小右記』五月四日条、『栄花物語』は「その日のうちに」とあり四月二十四日と解す）、母貴子も定子と同様に出家して、伊周と別れ難く貴子は山崎まで車で同行していること等々は内容からみると部分的に類似があり、年月日に『栄花物語』と『小右記』でずれがあるとはいえ、両書の内容にはかなり共通の史実が見出される。そして、『栄花物語』には伊周が途中で病み、

　帥殿は播磨に、中納言殿は但馬に留給べき宣旨下ぬ。

とあるところも、『小右記』五月十五日条に、

　権帥伊周・出雲権守隆家依レ病不レ赴二向配所一之由、領送使言上云々、頭弁行成云、権帥者病間安二置播磨国便所一、出雲権守安二置但馬国便所一、各令レ請二国司一、取二其請文一可二帰参一者、

とあって、内容的には合致する。

　このようにみていくと、『栄花物語』の四月二十四日を出発の日としたこと以外、『栄花物語』自体、内容的には、それほど『小右記』と大きく史実が異なっているとも思えない。宣命が出て間もなく『栄花物語』の記述も、そこに、特に月日を記していないということから、必ずしも、これが四月の出来事であると解せねばならぬこともなかろう。和田英松氏は『栄花物語詳解』において、この部分について、

　されど本書（『栄花物語』）は、小右記の如き日記にあらねば、筆のついでによりて、日次にかゝはらず書きつづけたるものとあるべく、

といわれ、さらに続けて、

はた、小右記とても、親しく見たるまゝを記せるのみにあらず、伝聞のままを記したるもあめれば、記事に小異ある、強ち本書の方のみ、誤れるにもあらじ。其可否は、いづれにもあるべくなむ。

とあって、この部分の『小右記』は伝聞と思われる箇所も多い。和田氏のいわれる通り、これ以上『栄花物語』の記事の内容に立入っても、どうにもならない。ただ『栄花物語』が配流の宣命の出た日を、出発の日、実際に下向した日付と誤ったということはできよう。このことは、『大鏡』および『古事談』(9)にも影響を与えており、『大鏡』は、

ただ大宰の権の帥になりて、長徳二年丙申四月廿四日にこそは下りたまひにしか、

とあり、『古事談』の百五十一話には、

儀同三司配流者、長徳二年四月廿四日事也、

とある。これら二つの文献は、明らかに『栄花物語』の記述を踏襲したと考えられる。しかし、もう一つの考え方として、『栄花物語』の原史料にそのようにあったものを、『栄花物語』を経ずに、即ち『栄花物語』からでなく、原史料から直接採り入れたということも勿論考え得る。また、『古事談』は『小右記』を原史料としてより多く採り入れているところもある。これを簡単な図で示せば、左のようになる。

結局、『栄花物語』は宣命の日を出発の日と間違えてしまったとみることもできよう。しかし、出発までに『栄

花物語』は木幡と北野へ伊周が行ったこと、『小右記』では出発前に、伝聞で愛太子山へ行っているということ、この食い違いは、あるいは、どちらも事実であったと考えることもできるのではなかろうか。『栄花物語』のこの辺りの叙述が巻四以前までのように編年と史実で月日を大事にして書くという方法とかなり異なってきていることに注目せねばならない(10)。

さて、巻五は叙述の仕方が大きくかわっていることは、日付の採り入れ方によっても、その特徴があらわれている。巻五は、先述したように、日付についていえば「四月廿四日なりけり」の後は、「九月十日の程になりぬれば」と「程に……」という、あいまいな書き方である。また『小右記』の記述の内容と比較してみても、『小右記』の六月九日条に、二条北宮の焼亡等とある伊周と関係深いことも、とくに書かれていない。さらに十月に入ると、伊周が秘かに入京するという事件が『小右記』十月八日条にみえる。これについては、『栄花物語』にも詳しく書かれており、日付については「はかなく秋にもなりぬれば」とあるのみだが、その事実については詳細に書かれている。ただ、『栄花物語』は伊周が母貴子の病いを心配して入京した点に重きが置かれているが、『小右記』ではその事実の経過が中心で、中宮御所や播磨を実検する様子が詳細に書かれる。その結果、伊周は筑紫の太宰府に配流となる。その部分の叙述にも、『栄花物語』ではやはり日付は入ってないが、『小右記』によれば、十月十日であることが明瞭である。さらに続いて、伊周の秘かな入京については、平親信の子孝義の密告によって明瞭になったことが明らかにされ、『栄花物語』では親信が孝義をひどく怒っている様子が記され、『小右記』では十一月十日条に、

孝義朝臣加㆓一階㆒、左衛門尉倫範叙位、皆是告㆓言外帥入京㆒之由賞云々、

とあるところと一致するが、親信の怒りなどは書かれていない。

続いて『栄花物語』では、

かくいふ程に、神無月の廿日餘りの程に、京には母北方うせ給ぬ。

とあり、十月二十日あまりに貴子の薨じたことを語るのは『栄花物語』のみである（『小記目録』〔『小右記目録』〕長徳三年十月九日条に、貴子の一周忌の法会がある）。そして、

しはすの廿日の程に、わざとも悩ませ給はで、女御子《（脩子内親王）》生れさせ給へり。

とあって、これは『日本紀略』（十二月十六日条）に、

中宮誕二生皇女《（脩子内親王）》一出家之後云々、

とあるが、『小右記』には書かれていない。

さて『栄花物語』は、

かくて年もかはりぬれば、一日は朝拝などして……

と、長徳三年（九九七）になったことが明らかになる。

しばらく脩子内親王の参内、一条天皇と女院詮子の対面する場面が続く。再び、中宮定子の懐妊（敦康親王）が詳しく書かれる。この間、詮子・元子・義子について少しずつ触れられ、そして、

はかなく月日も過ぎぬ。長徳四年になりぬ。（中略）中宮には三月斗にぞ御子生れ給べき程なれば、

とあり、

いみじき御願の験にや、いと平かに男御子生れ給ぬ。

と敦康親王が誕生する。産養の記述が続き、さらに道長が九条家に跡継ぎが生まれたことを大変喜び、

同じき物を、いときららかにもせさせ給へるかな。筋は絶ゆまじきことにこそ有けれとのみぞ。九條どの、

御族よりほかの事はありなむやと思物から、其中にも猶此一筋は心こと也かし（二四一頁の補注参照）。と、心から喜ぶような科白をいう。しかし、これだけ詳しい記述がありながら、月日は全く書かれていない。ただ、ここの内容からみると、長徳四年の中に敦康誕生の記述が詳細に書かれていると確認できるのである。明らかに作者（編者）は誕生を長徳四年のこととし、さらに続けて、

四月にぞ今は召返す由の宣旨下りける。

とあり、皇子誕生により召還の議がなり、伊周・隆家召還が決定するとなっている。そして隆家は、

五月三四日の程にぞ京に付給へる。

とあり、長徳四年のこととするが、ここには史実と一年のずれ（召還・帰京は長徳三年が正しい）があり、しかも敦康親王の誕生は翌長保元年（九九九）のことである。

『栄花物語』では召還の原因をすべて皇子誕生の結果によるものであるとしているが、実際は東三条院詮子の御悩によるものであることが明らかであり（『小右記』『百練抄』）、史実は長徳三年の詮子の御悩の結果、大赦が行われ、召還となったのである。しかも皇子誕生は長保元年である。帰還を主に考えれば皇子誕生の事実が二年早くなってしまう。また、長徳四年の召還の原因を皇子誕生という『栄花物語』説によると、誕生が事実より一年早いということになってしまう。結果からみると、かように考えられ、編年体で叙述を進めている『栄花物語』としてはとにかくめずらしく不自然である(11)。

隆家の北の方は源兼資の娘であり、隆家が帰京後、源兼資の家に行くと、兼資はこれを喜ばなかった。兼資のもう一人の娘、即ち隆家の北の方と姉妹である娘は源成信の妻であり、成信は兼資の娘婿ということになっている。その成信は源雅信の孫であり、雅信の娘倫子（道長の北の方）の養子になっている。これらの事情から兼資は

隆家の我が家への訪れを喜ばなかったのである。

五月五日、中納言の給ける、

　思ひきや別し程のこの比よ都の今日にあはんものとは

と北の方に和歌を贈る。北の方の返歌は、

うきねのみ袂にかけしあやめ草引たがへたる今日ぞうれしき

とあり、何ものも恐れぬ男らしい隆家の気持ちと、この夫婦の愛の様子が和歌により美しく描かれている。隆家は続いて中宮に参り、定子は再会を喜ぶ。姫宮・若宮、すなわち脩子・敦康にも会い、「様〳〵にぞうつくしうおはします」とあるが、実際の長徳三年の史実ならば、敦康は勿論生まれていない。しかし、ここでは敦康誕生の大赦により帰還ということになっているから、長徳四年として『栄花物語』の中では矛盾がない。このようなところは、『栄花物語』は大変よく筋が通っている（『栄花物語』では敦康親王の誕生は長徳四年で、死にいたるまで矛盾なく一貫している）。

さて、長徳四年六月は承香殿女御元子の流産の話がある。

彼承香殿女御、御生が月も過させ給て、いとあやしく音なければ、萬にせさせ給へど、覚しあまりて、六月斗に大秦に参りて、御修法、薬師経の不断経など読ませ給。（中略）殿（顕光）しづ心無覚し騒ぎて、まづ内に右近内侍の許に、御消息遣しなどせさせ給へば、御前に奏しなどして、いかに〳〵など御使有。女院よりも「いかに〳〵とおぼつかなく」など聞えさせ給に……、

と寺で産気づき、ここでお産をするのは不便なことと寺の別当なども言い、思ううち、遂に水を産むという結果になってしまった。これに対し、

ほかよりも弘徽殿こそ、いみじうおこがましげに人〳〵聞えけれ。

とあり、二人の女御元子と義子の様子が再び哀れに書かれる（これは、長徳四年の史実と合う――『台記』仁平三年九月十四日条および『権記』長徳四年十二月十二日条）。長徳四年は誤りの史実が多いのだが、配列されている中でこれは正確である。

そして成忠の死（『日本紀略』長徳四年七月二十五日条、『栄花物語』本文には月日なし）が書かれ、もがさが流行する中での伊周の帰還を、

只「若宮の御しるし」と、あはれに嬉しく覚しつゝ上らせ給。

と、皇子誕生によると念を押すように述べられる。

十二月に上り着かせ給。彼致仕大納言殿（重光）にこそは、おはし着かせ給へる。

とあり、伊周の子松君の成長を喜び、さらに脩子・敦康の様子を、

宮達さま〴〵にいみじう美しうおはしますを、一宮をまづ抱き奉らまほしげに覚せど、「いま〳〵しうのみ物、覚え侍て」と、聞えさせ給程も、「猶いと世は定がたし。平かに誰も御命を保たせ給のみこそ、世に目出度事なりけれ」とのみぞ見えさせ給。

と、敦康誕生で帰還になった伊周の喜びで終る。そして巻六には、巻五で生まれた敦康親王が、長徳四年生まれとして、そのまま矛盾なく叙述が進んでいることも注目せねばならない。かように巻五は中関白家の記述を主題に全体の叙述が進んでいき、『栄花物語』の内容では一貫した筋が通っている。

以上のように『栄花物語』は編年体という大きな主題があり、その中で、中関白家の状況、これが巻五の大きな内容ともいうべきものになっていく。巻四までは、編年体の中に多くの史実が次々と配列されていき、その中[12]

に中関白家の記述が段々とみえてくるというような書き方であった。その中から、先述したように中関白家の記述を拾っていくと、道隆の伊周に対する偏愛、さらに伊周が割合に政治家として頼りない人物であること等々が述べられ、この辺りの描写は『小右記』の中関白家に対する見方、即ち、道隆・伊周に批判が強く存することとよく類似するところである。そして巻五は、長徳の変に主題が絞られていき、以上述べてきたごとく巻四までとは叙述にかなり違った特徴がみられる。そして、その叙述の中に、巻五は史実との違いがかなり多いのも特徴である。これは、無意識の編纂上における誤りと考えるが、その他にもまた考え方もあろう。史実の誤りを、ここでもう一度、簡単にまとめてみると、巻四の終りに、元子・義子・尊子の三人の入内の記述がある。いずれも一年あるいは二年の史実の違いがあり、実際は巻五に入るべきものである。

続いて巻五に入ると、敦康親王の誕生である。これは史実としての伊周・隆家の帰還を主にみれば二年、『栄花物語』の記述を主にすれば一年の史実の食い違いがある。これは全体的に編年体をあれほどまでに重視していることからみると、かなり大きい史実との齟齬である。このような経過が、なぜ生じたか。勿論、明確にその理由を決定することは不可能だが、一応考えられることは前述した通りである。

さて『栄花物語』は、編年体をしっかりとした骨組とし、例えば、「かくて正暦元年……」「正暦二年になりにけり」と明確に年の区切りを示し、その中に諸事象を正確に配列していき、藤原氏が天皇家と結びついて外戚を築いていくその過程を、藤原は基経より、天皇は宇多（詳細は村上より）より道長の全盛期を経て死にいたるまで、歴史の流れに従って叙述していこうとしたものであるということはたびたび述べてきたところである。しかも、一年毎に年の区切りを示し、編年を明確にしていくやり方は、六国史の編纂方法のかたちを学びとっているということができよう。

さて最後に、年の区切りの間、例えば、先述の正暦二年を例にあげると、「正暦二年になりにけり」（巻三）と年の区切りを毎年明確に示していることはたびたび述べてきたが（Ⓐ）、さらにもう一度、「正暦二年二月十二日にうせさせ給ぬ」と円融院崩御の史実の叙述に、もう一度正暦二年と繰り返すもの（もう一度正暦二年と年をくり返し入れていることに注意）（Ⓑ）。次に正暦二年と正暦三年の間の記述に「二月十二日」と「月日」のみを示すもの（Ⓒ）。とくにⒷは作者（編者）がよほどその史実の確かさに自信があるか、あるいは原史料にあった日付をそのまま正確であると確認して、その場に年月日を示し置いたか、どちらかである。さらに年の区切りの間に日のみを入れるもの（Ⓓ）、さらに月日もなくただ史実だけが配列されているところもあり（Ⓔ）、そのように月日が全く入っていない事象が並べてある。このⒺの部分に史実との誤りの記事が大変多い。これは作者が明確にその事象の年月日が分からず、すなわち、原史料の内容をほぼ正確と一応考えて、その原史料に年月日が入っておらず、調べてみた結果もやはり分からないという場合、しかし、何とかして編年の中に組み込もうとした結果、おそらくここでよかろうと思って〇年と〇年との間に（例えば正暦二年と正暦三年の間）配列したのであろう。しかし、現在の我々の眼で多くの史料と検討してみると、これは史実の配列の場所を誤っているということが明確に分かる。そして先述の元子・義子・尊子の入内も、敦康の誕生もこのⒺにあたる。Ⓔの部分に誤りの多いことは、以上で明らかになったと思う。

このように編年を重視するという編纂の仕方は、巻一～巻四までに特にみられる特徴である。そのうち、巻一は初めのうちはまだ編年のかたちをとっておらず、天徳・応和・康保と年号をあげる。康保三年（九六六）以後は編年がはっきりと区切られ、「康保四年以後になりぬ」「今年は年号かはりて安和元年といふ」と年毎の区切りが明確になっていく。そのかたちが一応、巻十四まで続く。勿論、その中にも史実との誤りをいくつか発見できるが、とにかく巻四まではしっかりとした編年のかたちをとっており、六国史の編年の方法をかなで叙述したようなやり方であるといってもよかろう。ただし、巻四の終りから巻五に入ると、かなりそのかたちが変わってくるところが多い。巻五~巻六も、やはり編年の時代の流れの中に入っており、それは動かすことはできない。しかし、史実を編年に配列していくといっても、巻四まではかなり違った書き方であることに気づく。

勿論、巻四までといえども、巻一の終りの、村上天皇の女御芳子（師尹の娘）の皇子永平親王のをこ話の部分などは、その部分だけが大きく広がって説話的な面がそのまま採り入れられているというふうにも考えられそうである。[13] 巻五・六となると、そのような傾向が一段と強く表面にあらわれ、何か新たな主題のようなものが際立ってみえてくる。巻五は長徳の変、巻六は彰子の入内・立后と、その巻の主題のようなものが強く表面に出る。それ故、当然、中関白家の描き方も主題が盛りあがってくると、途中で内容の書き方が変わらざるを得なくなってしまったということになる。

私はかつて『歴史物語成立序説』において、巻十五より後は、歴史の叙述が内容的に大きく変化し、ある意味での文学性のようなものがかなり明確に出てくると述べた。それはすなわち、以上述べてきたような各巻の主題のようなものが少しずつあらわれてくるということを言いたいのである。しかし、その傾向は、本稿において、中関白家の描き方を見ていくことによって、巻五にも明確にみえてきたということを強調したい。編年体というかたちは勿論全巻に明確であるが、巻五・六などにみられる傾向が、巻十五以後ではかなり強くなってくるということがいえよう。

最後にもう一度、巻五の最も史実と異なるところである敦康親王誕生をとりあげよう。これは先述したように敦康誕生についての道長の喜びを大きく描くところに九条家の発展を考慮する作者の主題があったのである。

『栄花物語』の作者にとっては、九条家の皇子誕生ということが何にもまさる重要なことであった。この敦康誕生の叙述について、東三条院詮子をはじめとして、皇子誕生は九条家から早くあるべきであるという、九条家の人々の願望が一致している状況を、より強くあらわさんとして、やや史実に反する叙述となってしまったのであろうかともみえる。敦康誕生は慶事であり、その記述については誕生に関する原史料の入れ場所を誤ったか。あるいは誕生の記事が、一つのまとまった原史料としてあり、それがいつの史実であるか、もとの原史料に年月日も入っていなかったため、作者（編者）にはその史実を挿入すべき年紀の位置がよく分からなかったのか。そのため、その史料を長徳四年と信じて、そこへ入れてしまったとも考えられる。したがって『栄花物語』の中では、敦康は長徳四年に生まれたことを起点として、のちの巻々でも矛盾なく書かれている。

さらに、敦康に関しての史実の誤りは、その誕生のための大赦で伊周・隆家が召還になるということにもある。実際は長徳二年に左遷され、翌三年四月、隆家は入京帰還、伊周も十二月に入洛となる。したがって召還の原因である東三条院御悩という正確な史実を作者は知らなかったのではなかろうかとも思われる。

また、敦康親王の誕生に関しては『源氏物語』の影響がある。即ち、皇子誕生による源氏の帰還[14]である。これはかつて述べたところであるから（拙著『歴史物語成立序説』参照）再び詳述しないが、これを『源氏物語』の影響と認めると、数人の女御の入内の年紀の誤りもまた、巻四に入れてしまった説明が一応考えられる。即ち、巻五を「浦々の別れ」の巻名のように、配流事件を主題とし、巻六を彰子立后を主題とすると、巻五に当然、年代的に入るべき女御の入内も、巻四へもっていかざるを得なくなり、編年体で歴史叙述を正確に書こうとした『栄花物語』も、この巻五・六においては長徳の変・彰子の入内・立后という主題が強く表面に出すぎたため、また原史料に年月日記述がなく、前掲分類のⒺであったところも多かった。その上、作者（編者）は調査した結果も年月日が分からなかったから、『源氏物語』の影響を受けて、伊周・隆家帰京の原因を皇子誕生と後見の重要性を重視して入れてしまうという結果になってしまったのであろう。また、主題を認める立場に立つと、次のようなことも考えられよう。

巻四で道長に内覧の宣旨が下った。そうなると次に望まれるのは藤原氏としては皇子誕生である。それは現在の定子中宮に期待するのが当然であるが、一条天皇をはじめ、女院詮子は先述のように一日も早く皇子誕生を待っている。そこで作者（編者）は、三人の女御入内についての原史料をもってはいるものの、その入内の時期が分からない。そこで、三人の女御（元子・義子・尊子）の入内を巻四の終りに入れてしまった。しかし、現在の我々の研究では、義子・元子に一年の違い、尊子の入内には二年の相違があることが明確になった。皇子誕生を願っていた人々にとっては、定子も元子も懐妊して喜ばしいとし、次の巻五の定子の敦康誕生と、このとき入内した元子が水を産むことに続くのである。そして巻四から巻五にかけては、早く一条天皇の皇子が生まれてほしいという願望が一つの主題となって、かような結果になっているということができよう。

（5）『栄花物語』の本質と作者

さて、そこで、このような編纂状態の結果を述べた後、少し作者（編者）の問題を考えてみたい。

益田勝実氏は『栄花物語』の作者は赤染衛門以外に考えられないという。そして赤染にとっては自分たちの生きて見聞してきた現実の貴族社会の歴史こそ、物語以上の物語だったという。この説を私は大きくとりあげたい。そして氏は「成人した彼女が道長の妻の倫子に仕え、身の廻りの史実がとくに重要であると思って書いたのが『かゞやく藤壺』（巻六）あたりからである」とし、「女性を中心に描いて行く」女の歴史になってしまったという。

この辺りから『栄花物語』らしくなってくるのであるといわれた（「歴史の道程の追跡――栄花物語」、『国文学』三四巻一〇号、平成元年八月号）。

ここに益田氏は、私がかつて述べた十五巻説（『歴史物語成立序説』所収「栄花物語の歴史性と文学性」）をとりあげて下され、巻六以前は作者が、いわゆる外側から知っている時代であり、このように書かざるを得なかったのであるとする。私は、『歴史物語成立序説』においては、巻十五を起点として前半を歴史性、後半を文学性の強いグループであるとした。しかし、この傾向は、益田氏のいわれるように巻十五以前にすでに明確にみられる。これについて私なりにもう少し述べたい。

私のいう歴史性という意味は、編年体であること、そして史実が初めの方の巻はできるだけ盛り沢山に年月日の順に配列されていること、その中に沢山の事件・史実が並んでいるにもかかわらず年月日の誤りが比較的少ないこと、一巻の中に何年にもわたる年月の史実が入っていること等々から、いかにも歴史を、藤原氏の発展の歴史を正確に史実にそって編年体の中に配列していこうとする姿勢がみえていることを意味し、いわば、六国史の編年体形式をかなで書いたかたちをとっていること、さらに、巻一が宇多・村上天皇から始まっていることなどからして、六国史・新国史に続くかなの歴史という性格を持つものであるとした。しかし、その傾向は次第に変わっていき、巻十五以後になると編年のかたちのみはそのまま全巻を通じて存するが、一方では盛り沢山の史実の配列のかたちも次第に一巻の中に、一つあるいは二つ三つの史実を中心に叙述する傾向が強くなってくる。そして、その史実についても、美しく悲しく、あるいは雅びに哀れな表現が多くなっていく。巻十五はとくに改まったかたちの表現で始まり、しかも編年が辛じて存するものの、この巻のみは全く他の巻とは性格の異なる巻である。その巻十五に眼を向け、さらにその後の巻は道長の出家後の宗教生活を細かに叙述するところが多く、いかにも物語風・文学的な特徴と表現が多くなってくる。それらのことから、私は巻十五を境目に前半と後半の二つに分けたが、巻十五以降にみられる傾向は、益田氏のいわれるように、巻五・六辺りからみえ始める。巻五・六は、特に巻一から巻四までの叙述に比べて、前述したようなその巻の主題が明確であるという特徴が強いが、巻七以降巻十四までは、まだ巻四までのような歴史性が強く、次第に物語性の傾向が交《まじ》ってくるというふうに考えられる。それは、ともかく、私も益田氏のいわれる作者を赤染衛門とし、「現実の貴族社会の歴史こそ、物語以上の物語だったのではないか、と物語に触発されて、歴史を描こうとしてはじまった」とするその考え方を取り入れたい。今まで私が巻十五以降にみえるといった特徴が、巻五・六にあらわれはじめているということを強調したい。

それに比べて、巻一〜巻四まではやはり赤染衛門の見聞ではない部分が多く、それは原史料に忠実に寄りかかり編纂物としてのかたちをとっていったのである。しかし、彼女も宮廷生活に入るようになってからはすっかり自分流な歴史、いわゆる物語風な歴史を書き綴るようになり、最初からの編年体というかたちは絶対に崩してはならないという態度で書いてはいるものの、やや見聞の狭くなった自分の周辺の史実に絞って書いていくという傾向が非常に強くなっていったと考え得る。

本稿では中関白家をとりあげて、中関白家が『栄花物語』にどのように叙述されていったかをみてきたのであるが、その描き方からも明らかに、巻五浦々の別において変わってきたことがいえる。すなわち、長徳の変に絞って、これを一つの主題としているかのような傾向がみられるからである。だが、だからといって私は前の十五巻説を否定しているわけではない。それについては改めて述べるつもりである(15)。そして、先ほど巻十五以前の巻五・六に、そのような傾向がみられるといったが、その他の巻(巻十五以前)にも次第にそれがあらわれ、あるいはまた一つの巻の中にも、次第にその傾向がみられてくるのが『栄花物語』の特徴である。

最後に、この特徴が作者（編者）の問題とつながっていることを述べたい。『日本紀私抄』以来、いわれていた赤染衛門説は、結局、いま赤染衛門とする立場で考えると、はじめは現在の原史料に頼って夫大江匡衡の蒐集したものを主に、それらを編年体の史実配列の中に並べていくという態度で叙述を進めていった。そして、巻五で『源氏物語』の影響を受けたのをきっかけに、主題というようなものを以下の各巻ではっきりと出してきたと考えられるのである。本稿では、中関白家の『栄花物語』の描き方を巻一より巻五までみてきたが、その後の中関白家を中心にその叙述傾向をさらに次の機会に述べたいと思う。

（1）　これらについては、和田英松氏『栄花物語詳解』、芳賀矢一氏『歴史物語』、坂本太郎氏『日本の修史と史学』、西岡虎之助氏『物語風史学の展開』、松村博司氏『栄花物語の研究』、拙著『歴史物語成立序説』（東京大学出版会、昭和三十七年）等々の単行本があるほか、加納重文・中村康夫・池田尚隆・福長進・杉本一樹などの各氏の論文がある。

（2）　六月一日とした理由は明らかではないが、十月五日ならば兼家の死後間もなくであり、六月一日ならば病気中ということになって、いずれも焦り気味の道隆の態度が明確にあらわれていることになる。

（3）「かくて今年は……」とあるのは、前後の関係からみて正暦三年とすべきであろう。この辺り正暦五年や同四年が前後して入っている。

（4）　年月日の記述が本文に記してないところは、割合に史実との誤りが多く存するということを「栄花物語の歴史叙述をめぐって」（『文学・語学』一〇二号、昭和五十九年）に述べたところである（→本書第六章）。

（5）　池田尚隆氏は、「栄花物語試論――原史料から作品へ向かう方法――」（山中裕編『平安時代の歴史と文学』所収）でこの部分をとりあげ伊周の内覧宣旨とともに、この記述の『小右記』などと比較して史実をよく捉えていることから、今は伝わらない最終的に出た宣旨そのものの記録を原史料としているといっている。

（6）　前掲注（1）拙著『歴史物語成立序説』。

（7）同前（1）参照。
（8）『栄花物語』では、二十四日より逆算していくと、宣命は二十二日のことになるかと思われる。二十四日以前に、「日暮れぬ」「かくてこの日も暮れぬれば」という言い方をたどっていくと、一応そのようになるが、作者・編者が果たして、ここまで厳密に日を数えて叙述しているかどうか、なお疑問が残る。
（9）池谷秀樹氏「古事談と栄花物語――『栄花物語史料集』想定にむけて」（二松学舎大学『人文論叢』四二号）において、原史料を問題としている。
（10）松村博司氏『歴史物語その他』（右文書院、昭和五十四年）所収の「『浦々の別』の一節」は、これらの問題を考えるうえで重要な論文である。
（11）これぐらいの年時の違いは他にもあり、松村氏のいわれる先取りの記事というふうに考えてもよいと思う。なお、敦康親王の誕生に関して、福長進氏の「栄花物語の歴史叙述――「今」の表現性をめぐって――」（『国語と国文学』昭和六十年七月号）が、その誕生の意義と『栄花物語』の歴史叙述の重要な問題を説いている。
（12）編年体については、松村博司氏がまずいわれているが、時枝誠記氏「栄花物語を読む」（『文法・文章論』時枝誠記博士論文集第二冊所収、岩波書店、昭和五十年）をはじめとして、前掲注（1）拙著『歴史物語成立序説』に述べたところである。その後も、杉本一樹氏「栄花物語正篇の構造について」（山中裕編『平安時代の歴史と文学　歴史編』、吉川弘文館、一九八一年）、池田尚隆氏「栄花物語の方法――その編年体を中心として――」（『国語と国文学』昭六十一年三月号）等々ある。
（13）『栄花物語』の本質と性格が多方面にわたっていることは、加納重文氏が「『栄花物語』の性格」（『国語国文』第四五巻九号、一九七六年）で詳しく述べられ、注目すべき論文である。
（14）前掲注（1）拙著『歴史物語成立序説』。
（15）巻十五疑の巻は『栄花物語』の中でもとくに他の巻とは違った特徴を持つので、巻十五を中心に別に述べねばならない。

〔補注〕

一条帝は、第一皇子としての敦康親王を即位させることが最終的な願いになっていく。なお、倉田実氏は次のようにいわれている（『王朝摂関期の養女たち』、翰林書房、二〇〇四年）。（カッコ内と傍点は引用者）

> この期待（敦康親王誕生のこと）は、さらに敦康親王の立坊・即位をあたかも当然のごとく幻想させることになる。（中略）敦康親王は、中の関白家関係者において、当然のごとくすでに儲君なのである。敦康親王に対して、当然のごとく儲君として幻想させること、これが（『栄花物語』の）主題的な意味となる。

つづいて、

> 道長が、中の関白家を支援してもおかしくない文脈を出来させている。すなわち、道長が敦康親王誕生を寿ぐこと（①）を、当然のごとくにしている。そして道長の寿ぎの内実を『栄花物語』は、さらに突出させて語っている。①に続いて道長は、敦康親王誕生を血筋継承存続の喜び（②）として導いている。それは、九条師輔流の発展（③）であり、さらにその中での兼家流の出色（④）として位置づけている。『栄花物語』の歴史的現在では、一条帝において、定子と誕生したばかりの敦康親王しか、兼家流はいないのである。道長の寿ぎは、とりあえず兼家流の喜びとされたのである。

といわれていることは、非常に貴重である。そしてさらに、

> 敦康親王立坊が実現しないのは、後見の弱さだと『栄花物語』は繰り返し語っていく。後見の弱さとは、道隆流の弱さということであり、敦成親王立坊が実現されたのは、有力な後見勢力である道長の優位を示している。『栄花物語』は、敦康親王自身の立坊から疎外された嘆きを、道隆流の衰退と道長流の栄耀という対比構造の中に位置づけていたのであった。

といわれているが、筆者も全く同意見で、この考え方で、『栄花物語』の摂関政治史を捉え、さらに深く考えていきたい。

第四節　『栄花物語』と藤原道長

序

『栄花物語』には、道長がどのように書かれているか。道長の生涯を『栄花物語』の中からとりあげ、『栄花物

語』には、どの部分が主に書かれているのか、あるいは、道長が果たして、その主題になっているのかどうか、これらの面に重点を置き、『栄花物語』の本質を探究してみることとする。

例えば、『源氏物語』は、明らかに光源氏の生き方が主題であり、光源氏の生涯を悉く書きあらわしたものである。『栄花物語』は、『源氏物語』の影響が大変に強いということは、いうまでもないところであるが、のちに詳述するが、『栄花物語』の場合は、六国史・新国史との関係が深いことも考慮に入れなければならない(1)。それでは、まず『栄花物語』の巻一からみていくことにしよう。

巻一は、宇多・醍醐・朱雀・村上天皇に始まり、道長は全然あらわれない。まず、ここが『源氏物語』と大いに異なるところであり、『源氏物語』では、巻一桐壺から光源氏が出現する。『栄花物語』では、巻一で藤原氏が基経の子息忠平から始まり、忠平の子である実頼・師輔・師尹と続き、小野宮家・九条家の発展を叙述していく。忠平の長男は実頼、しかし、子女について記すところでは師輔を実頼より先に書いている。ここではまず師輔が中心人物であり、九条家の発展に重点を置いていることはいうまでもないが、すでに道長が意識されていることは明らかである。そして、この辺りの書き方は、多くの史実、とくに藤原氏と村上天皇との関係に重点を置き、系図の説明もかなり詳しく、しかも編年のかたちで詳細に叙述されていく。いわば、巻一は村上天皇時代の藤原氏発展の歴史である。村上天皇を「今の上(2)」と呼んでいることも注目せねばならない。ただ、ここで重要なことは、わずか（現在の注釈書で二ページほど）ながら宇多・醍醐・朱雀天皇の三代が書かれている。これは明らかに『栄花物語』が、六国史・新国史を意識して始まっていることを意味するのである(3)。

それでは道長が初めてあらわれるのは、どこからであろうか。それは巻三である。巻二の終りのところで花山天皇が出家、一条天皇が即位し、巻三に入ると兼家の子、道隆・道兼・道長の昇進が始まる。兼家に摂政の宣旨、為光は右大臣、詮子（兼家女、円融天皇女御）の立后、皇太后となる。そして道隆が中納言・皇太后宮大夫、道兼が参議、道長が三位中将となる。そして、三人の性格が詳しく書かれる。道隆については、

この中納言殿、才深う、人にわづらはしとおぼえたる人の、国々治めたりけるが、男子女子どもあまたありける女の、あるがなかにいみじうかしづき思ひたりけるを、男あはせんなど思ひけれど、（中略）この中納言殿、よろづにたはれたまひけるなかに、人よりことに心ざしありて思されければ、これをやがて北の方にておはしけるほどに、

とあり、次男道兼については、

摂政殿《（兼家）》の二郎君、宰相殿は、御顔色悪しう、毛深く、ことのほかにみにくくおはするに、御心ざまいみじうらうらうじう雄々しう、け恐ろしきまでわづらはしうさがなうおはして、中納言殿を常に教へきこえたまふ御心ざまなり。北の方には、宮内卿《（遠量・師輔男）》なりける人の、女多かりけるをぞ、一人ものしたまひける。宮内卿は九条殿の御子にぞおはしける。ことにたはれたまふことなく、よろづを思しもどきたり。

とあり、

五郎君《（兼家の五男）》、三位中将にて、御かたちよりはじめ、御心ざまなど、兄君たちをいかに見たてまつり思すにかあらん、ひきたがへ、さまざまいみじうらうらうじう雄々しう、道心もおはし、わが御方に心よせある人などを、心ことに思し顧み、はぐくませたまへり。御心ざますべてなべてならず、あべきかぎりの御心ざまなり。后宮《（詮子・道長の姉）》も、とりわき思ひきこえたまひて、わが御子と聞えたまひて、心ことに何ごとも思ひきこえさせたまへり。

とあって、道長の性格は、兄二人とちがってきわだって立派であるとする。まず、ここに初めて登場する道長は、

申し分ない人と出てくる。そして道長の源倫子との結婚。倫子の父源雅信は、この結婚に反対であったが、母穆子が道長は将来のある人と認め結婚させた。この結婚は、当時の文献史料では他に見当らず、のちの史料『台記別記』(4)に簡単にあるのみである。この結婚について、『栄花物語』は、兄二人の場合は格別のこともないのに、道長は、

いとどもの清くきらきらかにせさせたまへりと、殿人も何ごとにつけても心ことに思ひきこえたり。

とある。このとき道長は二十二歳。それ以前の幼・少年時代のことは、全然出てこない。『大鏡』には、花山院が雨のふる夜、兄弟三人を集めて度胸だめしをしたとき、兄二人は目的地まで行くことができず、蒼くなって帰ってきたのに反し、道長は大極殿まで正確に行って帰り、証明に柱の片はしを持って帰ってきた、また伊周との弓の試合で堂々と勝利を獲得した等々、若い時代の勇気の模様が叙述されているのと大いなるちがいである。さらに道長は、翌年、源高明女明子と結婚。この結婚の成立には詮子の力が、かなり入っている。

一　藤原氏九条家の発展

『栄花物語』は、九条家の中で道長がきわだって優秀な人物であることを主題としており、そして九条家の発展ということを重大視している。九条家の師輔の孫の道長というところに重きを置き、巻三以降、次第に道長が編年体の歴史叙述の中に描かれてくる(拙著『平安朝文学の史的研究』参照)。

道長は権中納言(永延二年＝九八八)、右衛門督(永祚元年＝九八九)、中宮大夫となる(正暦元年＝九九〇)。しかし出仕せずとあり、道長は道隆一家に、あまりよい気分を持っていなかったのは明確である。一条天皇の中宮は道隆の長女定子である。詮子は出家、女院となる(正暦二年〈九九一〉九月十六日)。倫子から頼通が、明子から頼宗

が誕生する。

正暦二年、「中宮大夫は大納言にならせ給ひぬ」とあって、道長は権大納言になる。ついで『栄花物語』では正暦五（九九四）年、道長は左大将となる（しかし、これは誤り。翌長徳元年〈九九五〉のこと）。

さて、ここで大事なことは、道長の内覧宣旨である。道隆は伊周を自分の後継の関白にしたいと懸命になっていたが、天皇は伊周でなく、道兼(5)に続いて道長に内覧を与えたのである。そのとき道長は権大納言で内覧。権大納言で内覧とは珍しい例である。まもなく右大臣（内覧が長徳元年五月、六月には右大臣となる）となり、ここで道隆の理想と将来への夢が、まずこわれてしまった。伊周にとって大きな悲しみであったろう。これには、一条天皇の母后である詮子が、特に道長に目をかけていたということが大きかったことを『栄花物語』は強調している。

伊周はこのとき内大臣。悲しみに陥っていたためか、つまらないあやまちをする。為光の三女に伊周が通い、同じく四女に花山院が通っていた。それを伊周が同人と思いちがいし、伊周の従者が花山院に弓を射っておどすという事件が起こった(6)。その結果、弓は花山院の袖にあたり、ついに伊周・隆家に配流の宣命が下ったのである。長徳の変である。これについては前述したため詳細は省略する。その他に、伊周は秘かに大元帥法《だいげんのほう》を行っているということも罪となり、加うるに詮子の病悩もあり、この部分は『小右記』と内容はまったく同じである。伊周は大宰権帥に、隆家は出雲権守という宣命が下ったのである(7)。

二　敦康親王誕生と彰子入内立后

（1）『栄花物語』の敦康親王の問題

この長徳の変について、道長は、どういう態度でいたか。巻五は伊周・隆家が主役であって、道長はほとんど登場しない。

ただ、敦康親王誕生のところで、

内の御心をくませたまへるにや、大殿、七日夜の御事仕うまつらせたまふ。内にも院にもうれしきことに思しめしたり。女院より、絹・綾、大方さらぬ事ども、いとこまかに聞えさせ給へり。（中略）御湯殿の弦打や読書の博士など、みな大殿にぞ掟てまゐらせたまへる。大殿、「同じきものを、いときらかにもせさせたまへるかな。筋は絶ゆまじきことにこそありけれとのみぞ。九条殿の御族よりほかのことはありなむやと思ふものから、そのなかにもなほこの一筋は心ことなりかし」などぞのたはせける。

とその誕生を道長は大変に喜び、「われらの血統は絶えてはなるまいということだったのだと思う。九条殿（師輔）の御一族以外に何があろうかと思うものの、その中でも、やはりこの一統、兼家流は格別なものである」と言ったという。道長にとっては、彰子はまだ入内前、将来のことは分からない。しかし、ここに九条家の兼家系から皇子が誕生したということは、本当に嬉しいと言っており、この段階では、まだ、敦康親王を東宮から天皇にしようという意思が、道長には充分強くあったということが分かるのである。

さて、これらのことを、他の文献ではいかがであろうかとみるに、残念ながら、まだ長徳・長保頃の『御堂関白記』は、書きはじめのためか記述もまばらで、敦康が誕生した長保元年（九九九）十一月七日は彰子に女御の宣旨が下ったことが簡単に書かれているだけで、敦康親王のことは触れていない。また、『小右記』も前田本には、(8)かなり詳しく書かれているが、敦康については「卯剋中宮産男子前但馬守生昌三条宅、」とあるのみで、それほどの記述はない。彰子の女御の儀式と同日になり、道長は実資を直廬に引き入れて喜びにあふれるような様子がみえる。

（２）彰子の入内立后と巻六かがやく藤壺

『栄花物語』巻六かがやく藤壺は、彰子の入内・立后の記述で満ちあふれている。彰子の裳着に始まり、いわゆる二后並立である（長保二年＝一〇〇〇）。立后の儀は二月二十五日であるが、立后の儀、そのものについては『栄花物語』は、とくに詳細には叙述していない。(9)

たたむ月に藤壺まかでさせたまふべくて、土御門殿いみじう払ひ、いとど修理し加へみがかせたまふ。かくて二月になりぬれば、一日ごろに出でさせ給ふ。

とあり、立后の儀の前に、土御門へ彰子は退出する。「一日ごろ」というのは、二月十日のこと（『権記』ではこの日は源奉職の宅へ退出とある）。すると、かわりに定子が参内する。道長が、このさい、

このごろこそ一の御子見たてまつらせたまはめ、と奏せさせたまへば、

とあって、道長が一条天皇に申し上げ、天皇も大いに喜び、「二月つごもりに参らせたまふ」とある。これは二月十一日であることが『御堂関白記』『権記』で明らかなところであり、

大殿の唐の御車をぞ率てまゐれる、

と道長が唐庇の車を提供している。続いて、

殿の御心ざまあさましきまでありがたくおはしますを、世にめでたきことに申すべし。

とある。道長の心の察せられるところだが、『栄花物語』独特の記述であり、注目すべきところであろう。

そして、天皇・詮子と脩子内親王・敦康親王の対面である。さらに、

さて、日ごろおはしませば、殿の御前、今宮を見たてまつらせたまひて、抱き持ちうつくしみたてまつらせたまふ。

とある。

三月に藤壺后に立たせ給ふべき宣旨下りぬ。中宮と聞えさす。このさぶらはせたまふをば皇后宮と聞えさす。

とあるが、正確には立后の儀は二月二十五日である（『御堂関白記』『権記』）。

（3）定子崩御と中関白家の没落

巻七とりべのは、まず定子の媄子内親王出産と崩御。

悲しいままに定子の葬送も過ぎ、長保三年（一〇〇一）の夏には道長の病気。

わが御心地のもの狂ほしきまで、世にありとある事どもをしつくさせたまふ。

とある。詮子の四十賀、石山詣など、この巻は詮子の記述が大変詳しい。詮子が病悩、天皇が詮子のもとへ行幸、日が暮れても還幸しようとしない天皇に道長は還御を促す。そして長保三年十二月二十二日、詮子の崩御。鳥辺野にて葬送。

暁には、殿御骨懸けさせたまひて、木幡へ渡らせたまひて、日さし出でて還らせたまへり。(10)

とあるが、史実は、道長ではなく藤原兼隆である。そして為尊親王の薨去。淑景舎女御原子の急死（長保四年八月二十余日）など、巻七は編年で叙述が進み、いままでとは変りはないが、「とりべの」という巻名のごとく、死の記述に満たされている。

定子・詮子の崩御が大きく書かれ、東宮後宮も平行して触れられているが、原子の死(11)の悲劇がこの巻の最後で大きくとりあげられているのは注目すべきであろう。ここには、中関白家の重なる不幸という構想が存在する。

三　道長一家の発展

巻八初花は、頼通の元服で始まる。[12] 成人した立派な頼通を巻の初めに書き、新しい時代の到来を意味する。巻八は正篇三十巻のうち最も長い巻である。そして頼通は春日の使に立つ（寛弘元年〈一〇〇四〉二月五日・六日）。

殿のはじめたる初事に思されて、いといみじういそぎたたせたまふもことわりなり。

とあり、

殿は内裏にて御前にて見たてまつらせたまひ、また道のほど御車にても見たてまつらせたまふほど、あはれに見えさせたまふ。

とあるが、『御堂関白記』二月五日条によると、道長は枇杷第で出立の儀を行ったが、内裏にてというのは、いかがであろうか。次に、道長・公任・花山院の和歌があり、道長が饗宴の用意をして帰りを待ちわびている姿がみえる。

天皇は、敦康親王を中宮彰子の養子にするよう取り計らう。またごく私的なことも書かれ、道長が彰子のもとに出仕する大納言の君を愛するというような説話めいたことも書かれていく。

寛弘二年（一〇〇五）になると、司召があって、道長の男教通（母倫子）、頼宗（母明子）らも元服し、少将・兵衛佐などとなり、長男頼通は中将に昇進した。[13]

翌寛弘三年は道長の土御門第での法華三十講に際して競馬を行い、花山院の御幸がある。道長は恐縮して華やかな贈物をし、

院夜に入りて還らせたまへば、殿御送りにおはしますほど、なお院の御有様、「棄つれど棄てられぬわざ」と、

やんごとなくあはれに見えさせたまふ。これをはじめて、殿いと御仲よげにおはします。

と、出家の身でありながらも、世の中を棄てきれない有り様で、尊く、道長は院とまことに仲むつまじそうであったという。次いで、花山院は御子——中務の生んだ一の宮、その娘が生んだ御子の二人の宮——を道長に依頼して、「冷泉院の御子の中に入れてほしい」と言われた。道長は、天皇にそれを奏上し、「親腹の御子をば五の宮、女腹の御子をば六の宮」とし、法皇は、まことに喜んだとある。(14)

寛弘四年(一〇〇七)は道長の御嶽精進と参詣。『御堂関白記』にも大変詳しくあり、八月二日より十四日までの日程で行われた。『栄花物語』では、

さべき僧ども、さまざまの人々、いと多く競ひ仕うまつる。君達多う、族広うおはしませば、このほどいかにと恐ろしう思しつれど、いと平らかに参り着かせたまひぬ。年ごろの御本意は、これよりほかのことなく思しめさる。これをまた世の公事に思へり。

とあり、『御堂関白記』によれば、金峰神社に道長は経筒を納め、その銘文には、弥勒との出会い、蔵王権現との親近、阿弥陀による極楽往生などの願いが書かれている。一方で子守三所等にも詣でており、子孫繁栄、彰子の皇子誕生を願うものでもあった。

寛弘五年(一〇〇八)となり、年頭の場面では、次女妍子、三女威子が美しく可愛いく成長している姿が、いかにも鮮やかに書かれ、『紫式部日記』を原史料とする部分と同様に、この部分もいうまでもなく「女流日記」を、そのまま利用していると思われるところである。そして四女の嬉子戴餅の儀式へと続く。

いと姫君二つ三つばかりにておはしませば、殿の御前御戴餅せさせたまはんずるに、「御装束まだ奉らねば、しばし」とのたまはす。この御有様どもに御目移りて、とみにも出でさせたまはず。(中略)出でさせたまふ

ままに、うるはしき御装ひにて、いと若君の御戴餅せさせたてまつらせたまふ。御乳母の小式部の君いと若やかにてかき抱きたてまつりて参りむかふ有様、なべてにはあらぬかたちなり。

と妻倫子とともに幸福の絶頂期に達しつつある状況がみえる。

殿の上は、かう君達あまた出でたまへれど、ただ今の御有様二十ばかりに見えさせたまふ。

とあり、先述の女の子たちの他に、倫子からは男子頼通・教通と末たのもしい子達がそろい、申し分のない状態が、しみじみとあらわれている。

参内した道長は長女彰子のもとを訪れる。

さるべき御物語などしばしうち申させたまひて、殿上へ参らせたまひぬ。例の作法の事どもありて、いと今めかしうをかし。上の御局の有様につけても、京極殿の御方々まづ思ひ出できこえさせたまふ。

と「例の作法の事どもありて」と、例の元日の儀式があり、美しい道長家のしあわせが浮ぶように叙述されていく。

二月八日に、花山院の崩御。

殿なども「さすがにいたうおはしましつる院を。口惜しうさうざうしきわざかな」とぞ聞えさせたまひける。

とあって、道長は立派な花山院の崩御が残念であると歎いている。(15)

四　敦成親王（後一条天皇）の誕生

彰子の懐妊が明らかになり、四月には土御門邸へ退出する。五月は土御門邸で法華三十講。この後、『紫式部日記』を原史料として叙述が進められているところが十二月まで続く。土御門邸では五壇の御修法が行われ、九月十一日、めでたく敦成親王（後一条天皇）が誕生する。御湯殿の儀式が詳細に書かれ、五夜の産養の儀は道長主催で行われている。やがて一条天皇が皇子誕生と対面のため土御門邸へ行幸（十月十六日）。

殿、若宮抱きたてまつらせたまひて、御前に率てたてまつらせたまふ。

と、道長が若宮を抱き、天皇の前にお連れする。この辺りは、『紫式部日記』そのままである。

これにつけても、一の御子の生れたまへりしをり、とみにも見ず聞かざりしはや、なほずちなし、かかる筋にはただ頼もしう思ふ人のあらんこそ、かひがひしうあるべかめれ、いみじき国王の位なりとも、後見もてはやす人なからんは、わりなかるべきわざかなと、思さるるよりも、行く末までの御有様どもの思しつづけられて、まず人知れずあはれに思しめされけり。（傍点は筆者）

と、後見がつよくあれば東宮・天皇になれるというのは摂関政治の現実であり、『栄花物語』の史観ともいえるものである。ここは『紫式部日記』にはない。

天皇・中宮彰子・道長とそろい、夜に入り万歳楽・太平楽・賀殿などの舞いもあり、それらの光景の中で道長は、今日のこの行幸を、この上もないしあわせと嬉し泣きをするという。まもなく親王宣下、藤原氏の上達部たちが加階する。

やがて五十日《いか》の祝。お目出たいままに、「殿、餅まゐらせたまふ」と道長が若宮の餅を差し上げる。この部分は、『御堂関白記』『小右記』『紫式部日記』等々に詳しい。道長は、「宮彰子を、わが女として、私は幸福である。私を父として持っていることは宮として恥かしくない。また、母として倫子もしあわせで、立派な夫をもっていることだ」と冗談をいう。ここも、『栄花物語』が『紫式部日記』を、そのまま採り入れているところである。

十一月十七日に、彰子・若宮は内裏へ参入する。道長は、『古今集』『後撰集』『拾遺集』などを、それぞれ五帖の草子に作製、昔の歌人の歌集を書写して手筥に入れ、櫛箱とともに持たせる。

次いで寛弘六年（一〇〇九）、彰子は再び懐妊。長男頼通は左衛門督となる。頼通は権中納言、左衛門督となってしあわせである。そして頼通は、具平親王の女、隆姫と結婚する。道長も恐縮する。こうして、とんとん拍子の幸福続きである。

五　敦良親王（後朱雀天皇）の誕生

こうしているうちに寛弘六年十一月二十五日、敦良親王が誕生（母彰子）。

> 殿（道長）の御前をはじめてたてまつり、いとかかることにはあまりあさましう、そらごとかとまでぞ思し召されける。

とある。

しかし、内裏が焼亡し、東宮居貞は道長の枇杷第にいたが、同第が里内裏になるため[16]、東宮は道長の一条第に移った。

次女妍子が東宮居貞親王に参入。しかし、居貞には、すでに藤原済時の女娍子が東宮妃として入っている。居貞が三条天皇となって即位すると二后並立となり（妍子中宮、娍子皇后）、少し面倒なことになる。娍子は、ひかえ目で大人しい女性であった（この辺り『栄花物語』には、多少、史実の年時に誤りがある）。

この部分、妍子の東宮参入記事を中心に、背後にいる道長・倫子の行動や考え方が、華やかに彩られて書かれる。一方、娍子の謙譲の表現が強調され、後宮の模様に歴史叙述の重点を置く『栄花物語』の立場を通して美しくあわれに書かれていく。一方、伊周の薨去が悲しみの叙述の中に書かれ、物語としての文学的なイメージが、ありありと浮かぶ。伊周は三十七歳で亡くなり、世の無常をしみじみと感ずるところである（寛弘七年〈一〇一〇〉正月二十九日）。

敦成親王は寛弘七年三歳になり、賀茂祭見物の可愛いらしい部分が出る。道長は賀茂祭の見物の行列を親王に見せ、その前を斎院（選子内親王）が通る。道長は親王を抱いて御簾をかかげさせると、斎院が輿の帷簾の間から扇を差し出したので若宮が目にとまったであろうと思われた。斎院から和歌が贈られ、

光いづるあふひのかげを見てしかば年経にけるもうれしかりけり

とあり、道長は返しとして、

もろかづら二葉ながらも君にかくあふひや神のしるしなるらん

と「これが賀茂の神様のお導きでしょう」と詠んでいる。

巻九いはかげは、天皇の病いが進み、次の天皇は居貞親王が即位することはいうまでもないところだが、その東宮は敦康か敦成かが問題になってくる。中宮彰子は、ぜひ敦康をと主張したのだが、道長は敦成を強く押し、自分の存命中に若宮が東宮にお立ちになるのを、この目で見たいと頑張る。

また、これもことわりの御事なれば、返しきこえさせたまはず。

とあって、彰子もそれ以上は言えなかった。そして一条天皇は崩御（寛弘八年六月二十二日）。

一条天皇は遺産の処分もなく崩御したので道長が代行、

一条院の御処分なくてうせさせたまひにしかば、後に殿の御前ぞせさせたまひける。

とある。

六　三条天皇の時代――二后並立（娀子・妍子）――

巻十ひかげのかづらは、三条天皇の即位（寛弘八年〈一〇一一〉十月十六日）。冷泉上皇が崩御。上皇の病気がかなり悪化したとき、三条天皇は御見舞に行こうとすると、道長が、物怪がまことに恐ろしいから行幸はやめるように忠告する。

まづ御葬送の事など、よろづに大殿のみぞ掟て仕うまつらせたまふ。内にはわが御代りと思しめして、宮々に御送りせさせたまふべう掟て申させたまふも、いみじうあはれにめでたし。

翌長和元年（寛弘九年＝一〇一二）、妍子の立后。

二月十四日に后にゐさせたまひて、中宮と聞えさす。いそぎ立たせたまひぬ。

とある（『御堂関白記』に詳しい）。道長はわが娘が立后したものの、娀子が気になり、次のようなことをいう。

かかる程に、大殿の御心、何ごともあさましきまで人の心の中をくませたまふにより、内裏にしばしば参らせたまひて、「ここらの宮たちのおはしますに、宣耀殿のかくておはします、いとふびんなることにはべり。早うこの御事をこそせさせたまはめ」と奏せさせたまへば、……

とあって、娀子が女御でいられるのは不都合である。早々に立后の事をと奏上する。(17) すると天皇は、今の世は納言の女が后になった例はない、といわれ（娀子の父、済時は納言で亡くなっている）、一応、反対意見を出すと、道長が、

「それは僻事《ひが》にさぶらふなり。いかでか。さらば、故大将をこそは、贈大臣の宣旨を下させたまはめ」と奏せさせたまへば、「さらばさべきやうにおこなひたまふべし」とのたまはすれば、うけたまはらせたまひて、官

に仰せごとたまはす。「さべき神事あらん日をはなちて、よろしき日して、小一条の大将某《それがし》の朝臣、贈太政大臣になして、かの墓に宣命読むべし」とのたまはすれば、弁うけたまひぬ。

とある[18]。その後も、道長は娍子の人柄をほめたたえていることなどが次々とあらわれるが、『小右記』には、まったく正反対の事実が書かれ、娍子の立后の儀式に道長が妨害を加えたなどということが、大きくとりあげられている。この娍子についての感覚は、『小右記』が、かなり道長に対する反発を、ここに出しているということも言えよう。『栄花物語』は、道長の娍子に対する態度を一段と美しく描き、また、『小右記』は実資が道長に対する感情をあらわに描き、どちらも少し極端に思う。実資としては、当時の小野宮家の実態からして、このようなことを言うのも当然であったともいえよう。

長和元年正月、明子腹の次男顕信が出家する[19]（『栄花物語』は長和二年とする）。顕信は突如として皮の聖（行円）のところに行き、法師にしてくれとたのむ。「道長が大事にしている息子を、俄に法師などにしてしまったら、私はどんなことになるのか分からない」といって、行円は聞き入れようとしなかった。しかし顕信の意思は強く、行円のいうことをきかない。比叡山の無動寺というところに夜中にのぼり、そこで出家した。夜明けになり、顕信がいなくなり、道長が大ぜいの人々と手分けして探したが、出家のことを聞き、皮の聖と対面する。道長は泣きながらその経緯をたずね、道長も納得して山へ登った。道長は出家姿になった顕信と対面し、出家の理由をたずねる。

「さてもいかに思ひたちしことぞ。何ごとの憂かりしぞ。われをつらしと思ふことやありし。官爵《つかさかうぶり》の心もとなくおぼえしか。またいかでかと思ひかけたりし女のことやありし。異事は知らず、世にあらんかぎりは、何ごとをか見捨ててはあらんとぞ思ふに、心憂く。かく母をもわれをも思はで、かかること」とのたまひつ

づけて泣かせたまへば、

とあり、道長もかなりショックであったらしく、その理由をいろいろとたずねる。顕信は、すなおに答え、道長は下山した。装束を用意して、いろいろのものを届けた。『御堂関白記』も詳しく、母明子は不覚とある。

この辺りになってくると、道長の子女に対しての記述も多くなり、倫子腹の次男教通が公任の女と結婚する記述も詳しい。

巻十一つぼみ花の巻は、初花の皇子誕生に対して皇女の誕生である。長和二年（一〇一三）七月六日、禎子内親王の誕生（母妍子）である。ただ道長は、あまり喜ばなかったらしい。

世になくめでたきことなるに、ただ御子何かといふこと聞えたまはぬは、女におはしますにやと見えたり。

とある。

東宮の生れたまへりしを、殿の御前の御初孫にて、栄花の初花と聞えたるに、この御事をば、つぼみ花とぞ聞えさすべかめる。それはただ今こそ心もとなけれど、時至りて開けさせたまはんほどめでたし。

とあるが、この禎子内親王は後朱雀天皇の中宮となって後三条天皇を生む。それは道長薨去のあとであったが、「つぼみ花」の意味のように、後三条天皇の誕生を知って、『栄花物語』の作者（編者）はここに書いたのではなかろうか。[20]

三条天皇は、土御門第に行幸（長和二年九月十六日）。この記述はかなり詳しいが、一条天皇の敦成親王誕生のときのように、道長の行動があまりあらわれていないのは不思議である。

年が変わり、同三年二月九日には内裏焼亡。天皇は松本曹司に移る。

巻十二玉の村菊は、最初に、

今年東宮七つにならせたまふ。長和三年といふに、御書始の事あり。学士には大江匡衡が子の一条院の御時の蔵人仕うまつりし挙周をぞなさせたまへる。

とあり、

そのころ大殿は左大臣にておはします。堀河のをば右大臣と聞ゆ。閑院のをば内大臣と聞ゆ。殿の君達、太郎は大納言にておはします。二郎は左衛門督にて非違に別当と聞ゆ。高松殿のを二位中将と聞ゆ。

とある。前の巻十一で、「長和三年になりぬ。正月一日よりはじめて、新しくめづらしき御有様なり」とあって、すでに編年体の叙述で、「長和三年になりぬ」といっておきながら、ここで再び長和三年と年号が記され、頼通・教通・頼宗のことなど、道長家一族の様子が詳しく叙述されるのは、新たな時代の到来を表現しようとする意図があるように考えられる。続いて教通の北の方が出産（八月十七日誕生――『小右記』寛仁二年〈一〇一八〉四月九日条による）。

やがて禎子内親王の袴着（長和四年〈一〇一五〉四月）。「大殿もいみじく御心に入れていそがせたまふに、内はただ何ごとをもと思しめして、えもいはずめでたく奉りつ。三日の程、よろづいとめでたし」とある。

三条天皇は、この頃より眼病がやや進み、道長との仲もあまりよくない有り様であり、『栄花物語』には、それほど明確にその様子は書かれていないが、三条天皇と道長とのことが、あまりあらわれていないというのは、二人の間柄に通じ合うという面が少なかったのであろう。その当時、三条天皇の女二宮禔子内親王と頼通との結婚の話が持ちあがってくる。天皇は道長にその件を話し、道長が大喜びで頼通に伝えると、頼通は喜ばず、隆姫を愛しているからとの異議を出す。頼通のその態度に対して道長は、今まで子のないままであったから、子の誕生も望みたいと勧めたが頼通は涙を浮べるのみであった、その後、まもなく頼通は急病となり、物怪を退治するための加持が行われるなど、大変な騒ぎとなった。道長が『法華経』を読誦することによって、隆姫の父具平親王の霊があらわれ、破談をせまったため、そのことはとりやめになったとある。新造内裏が完成。天皇は直ちに移り、中宮妍子は入らず皇后娍子が入る。

だが再び内裏焼亡(21)。三条天皇は枇杷第に出御。譲位を願う気持ちが強くなってくる。

そして十二月十日過ぎの月をみて、

心にもあらで浮世に長らへば恋しかるべき夜半の月かな

と和歌を詠む。「中宮の御返し」とあるのみで、中宮妍子の返歌はない。この中宮の返歌がないということは重要である。そして三条天皇は譲位（長和五年正月二十九日。ただし『栄花物語』は十九日とする）、第一皇子敦明親王（母娍子）が東宮となる。敦康親王の心苦しいあわれな様子がしみじみと叙述されている。

七　後一条天皇の即位

後一条天皇が即位（長和五年〈一〇一六〉正月十九日）。

大殿は、世は変らせたまへど、御身はいとど栄えさせ給ふやうにて「河ぞひ柳風吹けば動くとすれど根は静かなり」といふ古歌のやうに、動きなくておはしますも、えもいはずめでたき御有様なりしに、なほまたこのたびは今ひとしほの色も心ことの見えさせたまふぞ、いとどいみじうおはしますめる。

とある。

道長にとって孫の天皇。こんな嬉しいことは、なかったろう。そして天皇は九歳。幼帝であることから摂政となった（長和五年正月十九日）。また翌寛仁元年（一〇一七）には太政大臣(22)となっているが、摂政と太政大臣就任は、

『栄花物語』にはみえない。

　敦康親王と隆姫（頼通室）の妹との結婚。頼通は親切にことこまかに世話をする有り様がみえ、「大将殿御後見せさせ給へば」とある。

　道長にとっては恩人ともいうべき倫子の母、穆子（雅信の妻）が逝去する。道長と倫子の結婚のときを思い起こそう。雅信は反対であったのだが、この穆子のちからによって結婚が成立したのである。しかし、この年（長和五年）、七月二十余日（二十一日）土御門第が焼亡してしまった。枇杷第も焼亡する（十月二日とあるが、実は九月二十四日のこと――『御堂関白記』『日本紀略』）。三条上皇も妍子も東宮亮高階業遠邸（高倉第）に避難するが、まもなく新造の三条院に移った（長和五年十月二十日）。

　やがて寛仁元年（一〇一七）三月四日司召、

　　大殿左大臣を辞せさせ給へば、堀河の右大臣左になりたまひぬ。右には閑院内大臣なりたまひぬ。内大臣には殿の大将ならせたまひぬ。

とあって、顕光が左大臣、右大臣には公季、内大臣には頼通がなった。そして、

　　同じ月の十七日に大殿、摂政を内大臣殿に譲りきこえさせたまふ（道長の摂政就任は、『栄花物語』には書かれていない）。

とあり、道長は、

　　われはただ今は御官《つかさ》もなき定にておはしますやうなれど、御位は殿も上の御前もみな准三宮にておはしませば、世にめでたき御有様どもなり。殿の御前の御幸ひはさらにも聞えさせぬに、上の御前のかく后と等しき御位にて、よろづの官爵《つかさかうぶり》得させたまひなどして、年ごろの女房もみな爵を得、あるは四位になさせたまふ

もあり、さまざまいとめでたくおはします。

とある。

次の巻十三ゆふしでは、三条上皇の寛仁元年五月九日の崩御が詳細である。

殿の御前いみじく思し嘆かせ給ひて、御忌にも籠りつかうまつらせたまはぬことを思しめす。摂政にて世をまつりごちおこなはせ給へば、いかでかは。よろづの大事どものさしあひたれば、いと本意なう思しめせど、よそながらによろづを知らせたまふも同じことなり。

とあるが、このとき、道長は、もう摂政ではない。頼通に譲っている（巻十二に道長は摂政を頼通に譲ったことが書かれており、不審である）。

これは頼通に譲っても、まだ出家以前は、いろいろと摂政のようなことも行っていたようにみえるところがあり、かならずしも『栄花物語』の記述の誤りといわなくてもよいかもしれない。そして、一条天皇の場合と同じように三条院の遺産を道長が処分する。この処分の仕方が、大変立派だったという。

続いて道長の娘寛子と小一条院の結婚（『栄花物語』では十二月とあるが、史実は十一月二十二日）。その儀式の様子も大変に詳細であり、寛子の兄弟の頼宗や能信が紙燭を差して院を迎え入れる。「殿おはしますなれど、忍びて内の方にぞおはしますべき」と、道長は、ひっそりと奥の部屋に控えている様子である。

やがて三日夜餅・露顕の儀式に進むと、

大殿出でさせたまひて、うるはしき御装にて、御かはらけ参らせたまふほどなど、いへばおろかにめでたし。

とある。この結婚の儀式次第は、きわめて美しく、当時の婿取りの儀の習俗の実態を示す文献として貴重である。(23)

寛仁二年、道長三女威子が入内する。巻十四あさみどりの巻である。威子の参入記事は、ここまでなく、この巻の冒頭で前触れなく入内記事となり、その美しい容姿を両親（道長と倫子）が、「殿も上も御目他《ほか》へやらせ給はず守り奉らせ給」としみじみと見つめるところは、恍惚とするような文体である。『御堂関白記』をはじめ『小右記』『左経記』にも詳しい。続いて、天皇の若々しさと威子の成人としての様子、二人のむつまじさが理想化して叙述されていく。天皇十一歳、威子二十歳である。この辺りの描写は、いかにも「女流日記」が原史料であるということを思わせるところである(24)。

次は道長の末息子長家と行成女の結婚(25)。

京極殿（土御門第）は一昨年七月に焼亡したが、再建していま移転したところである。これには源頼光が大変な奉仕をして協力した。

いよいよ威子の立后。十月十六日である。

『御堂関白記』『小右記』に非常に詳しいが、何やら『栄花物語』の記述は入内で詳細に叙述したためか簡単である。しかし、さすがに年月日を入れての記述は重々しい。

　寛仁二年十月十六日、従三位藤原威子を中宮と聞えさす。ゐさせたまふほどの儀式有様、さきざきの同じことなり。

とあり、「中宮大夫には法住寺の太政大臣の御子の大納言《斉信》の君なりたまひぬ。権大夫には権中納言《能信》の君なりたまひぬ。次々の宮司、さきざきのやうに競ひ望む人多かるべし」とあり、さらに、

　かくて后三人おはしますことを世にめづらしきことにて、殿の御幸ひ、この世はことに見えさせたまふ。

とあって、儀式そのものの詳しい次第などは全然書かれていない。いうまでもなく、道長は儀式が終って宴会の最中に、

この世をば我が世とぞおもふ望月のかけたることもなしと思へば

の和歌を詠む（『小右記』）。『栄花物語』では宴会の場面も書かれず、もちろん和歌も書かれていない。なぜ、『栄花物語』の記述が、こんなに簡単なのか、大きな疑問である。

十六日の記述は『御堂関白記』にも『小右記』にも大変詳しく、まず宣命があり、天皇が紫宸殿に出御。宮司の除目、本宮の儀についても非常に詳細である。そして、

於レ此余読二和歌一、人々詠レ之

とあって、『御堂関白記』では和歌を詠むとあるのみで、和歌そのものはない。しかし、『小右記』は、また一段と儀式次第が詳細であり、本宮の儀に入り、

余執レ盃勧二摂政一、々々渡二左府一、々々献太閤、々々渡二右府一、次第流巡、次給二禄太閤已下一、（中略）太閤招二呼下官一云、欲レ読二和歌一。必可レ和者、答云、何不レ奉レ和乎、又云、誇たる和歌になむ有る、但非二宿構一者、此世をば我世とぞ思望月のかけたる事も無と思へば、

とある。

さらに二十二日には、威子の御在所、土御門第に後一条天皇の行幸がある。『御堂関白記』『小右記』ともに非常に詳しく、道長一家、天皇、皇室がともにあるというよろこびが儀式の中にありありとみえる。初花の巻は、いわゆる初花で、いまの後一条天皇（敦成親王）の誕生で、これから道長一家の花ひらくというところであったが、ここでは、満開の花のもと、一家すべて揃って、これ以上、勝るものは絶対にないという極地に達しているのである。『御堂関白記』『小右記』が語るところは全く真実で、それにつけても『栄花物語』の簡単な場面描写は気になるのである。(26)

道長の栄華が絶頂に達したというところで、その後は割合に暗い場面が多くなる。

寛子は小一条院の男宮を生み、その子は早世（『小右記』寛仁四年〈一〇一八〉閏十二月二十日条）。道長の法華八講。

御経は手づから書かせ給へればにや、いみじくめづらかなることども言ひつゞけたり。

と宗教心の強くなった道長である。威子の立后を最後に、一段と出家の意思が深まった道長の様子がみられる。

法華八講五巻の日、敦康親王の薨去となる（十二月十七日）。

「式部卿宮失せたまひぬ」とののしる。「あなあさまし、こはいかなることぞ。日ごろ悩ませ給ふなどいふこともなかりつるを」とて、殿の御前、まづ走り参らせたまへれども、げに限りになり果てさせ給ひぬとあれば、あさましくいみじうて帰らせ給ひぬ。

八　道長の出家

さて、いよいよ道長の晩年である。巻十五疑は寛仁三年（一〇一九）三月から、同年十月までのわずか八か月間。しかし、編年のかたちは保っているが、何か大変変わった巻である。

殿の御前、世を知り初めさせ給ひて後、帝は三代にならせたまふ。わが御世は二十余年ばかりにならせたまふに、帝若うおはします程は摂政と申し、大人びさせたまふをりは関白と申しておはしますに、このごろは摂政をも、去年《こぞ》よりわが御一男、ただ今の内大臣殿に譲りたてまつらせ給ひて、わが御身は太政大臣にておはしますをも、常に公に返したてまつらせたまひ辞せさせ給へど、公さらに聞し召し入れぬに、たびたびわりなくて過ぐさせ給ふ。(27)

とあって、改まった巻のような感じがする。

続いて道長の病悩。出家の本意が詳しく語られる。しみじみと生涯をふり返り、今の幸福な一家の状態を詳しく語る。忠平の子、実頼・師輔、いわゆる小野宮家・九条家の実態にもさかのぼり、「近くは九条の大臣（師輔）、わが御身は右大臣にてやみたまひにけれど、大后（安子）の御腹の冷泉院・円融院おはしまし」と、冷泉院・円融院の時代から少し下って道長自身の活躍の世に近くなり、そして一条・三条・後一条天皇に、后が三人立った例は、この国にはまだないと述懐する。ただ「嬉子と禎子内親王のことは、まだ、何もしないでいるが、大宮（彰子）と摂政（頼通）が取り計らってくれるだろう」と、述懐し一生をふり返ったような言葉が出る。

そして、寛仁三年（一〇一九）三月二十一日に病気を動機に出家となる。(28) しかし病気は回復する。

御堂建立の思いが書かれ、そこに至るまでの今までの生活の振り返りは大事なところである。

そして、『法華経』に対する心深さ。次に突如として寛弘二年（一〇〇五）十月十九日の浄妙寺建立供養のことが、「寛仁三年十月十九日」として出てくる。寛弘二年の箇所に入らず、なぜ、ここに出たか疑問である。(29) ついで、道長の仏事事業。仏教年中行事が一覧表のように並べられる。

ここより以降は、出家後の道長の有り様が詳細に書かれている巻々であるが、道長の宗教生活というところは、また稿を改めて述べる。従って、本稿では巻十六以降巻三十までの宗教生活のことは、簡単に述べることとする。それ以外のことといえば、立派な政治家道長の完成と道長の子供たちの成長ぶりが主として叙述されていくこととなる。巻三十の道長の死にいたるところまでは、それらの史実を簡単に述べながら進めることとしよう。巻十五は特殊な巻であったが、巻十六以降、編年のかたちは相変らず確実に保たれ、一巻が大変短い年月に限られていくのが特徴である。そして、道長とあまり関係のない史実も編年体の中に配列されていくのは、最初からのかたちそのままである。

さらに、『源氏物語』が、第一部、藤裏葉の巻までが光源氏の栄華を最も美しく描き、第二部、若菜上より幻の巻までは老年と死の物語といわれているように、光源氏自身も、またその周辺も暗い悲哀に満ちた叙述が続く。『栄花物語』も同じく第一部が華やかであったのに反し、第二部は死に関する記事が多く、悲哀に満ちた悲しい事件が続き、[30]『源氏物語』とともに、第一部が明、第二部が暗の描写というふうにも考えられる。このようなかたちになっているのも、『源氏物語』の影響があるのかもしれない。

では、巻十六以降に入ろう。巻十六もとのしづくの特徴は、道長とはあまり関係の深くない史実が編年の中に配列されていく。[31]寛仁四年（一〇二〇）三月、阿弥陀堂（無量寿院）を建立。九体の阿弥陀仏を造って供養（中河御堂ともいう）。

そして翌治安元年（一〇二一）、嬉子が東宮に参入。[32]道長は、

「こたびなん宝ふるひする」などのたまわせて、

と、今度は宝物をすべて使ってしまおうなどという、とある。

次いで倫子の出家（二月二十八日——『小右記』）。長家室（行成女）が病い重く、亡くなる。葬送の場面など、かなり詳しい記述がある。[33]また、妍子に仕える女房たちの『法華経』書写の詳細な記述がある。[34]このことを道長も知り、阿弥陀堂の南の廊に女房の居所を設けよと言い、女房たちは、道長に、このことを聞かれたことについて、大層恥ずかしく思ったと、いかにも女房日記らしいような記述もみえる。その経巻は、まことにすばらしいもので、道長も驚嘆した。そして道長は、それを経蔵に納めようと言い、一足先に持って出て行く。この辺り、経供養のことがはなはだしく詳しく、同時に妍子の派手な性格が、しみじみとあらわれている。

倫子は西北院を建立、供養。[35]さらに西北院の不断念仏へと続く。

九　巻十七音楽の巻——法成寺金堂供養——

やがて治安二年（一〇二二）。五月、法華三十講。法成寺金堂供養の準備が始まる。そして、巻十七音楽の巻は、治安二年の七月十三・十四・十五日の三日間のみの記述。ここは実に詳細な記述となっている。しかし先述したように、ここではその詳細にはふれない。

巻十八たまのうてなも、巻名で明らかなように、法成寺諸堂の建立である。この巻は尼の日記というようなものがあったらしく、法成寺を巡る尼たちの行動が詳細である。尼たちは、三昧堂、阿弥陀堂、金堂、五大堂、西北院、道長の寝殿等々と廻り、里人たちの案内役をする。大変明るく美しく興味深い巻である。

巻十九御裳着は、治安三年（一〇二三）四月一日の禎子内親王の裳着で始まる。道長は出家の身であるため、頼通に命じて万事調えさせた。四月には法成寺で万燈会が行われた。五月には、道長が土御門第に滞在中の太皇太后彰子に田植を御覧に入れ、彰子は大変興味深く見た。珍しい記述である。七月、宇治殿において法華八講。八月、彰子は土御門第で歌合。

巻二十御賀は、治安三年十月十三日の倫子の六十賀が中心である。

事ども果つる際に、（中略）殿の御前は寝殿に隠れゐさせたまひて御覧じけるを、高欄の際に出でゐさせ給ひて御覧じはやし興ぜさせ給ふ。

と、藤原経通の子が舞う陵王の舞いを、喜んで眺めている道長の姿がみられる。

その後、道長は、南都七大寺巡りに出かける。『小右記』『日本紀略』『扶桑略記』にも詳しい記述があり、『栄花物語』には、さまざまに御心の暇もおはしまさぬに、御有様のつきせぬを、世の例に語りつづけ、書き置くべきにやと見えさせ給ふ。されどかやうのをり参り見る身は、心あはただしうて、その儀式たしかに見おぼえがたく、また音ばかりに伝へ聞く人、はたまいていかでかは。いと書きつづけがたげなることどもなれば、ただ片端ばかりをだにとてある、ものまねびなるべし。

とある。

巻二十一後くゐの大将は、治安三年（一〇二三）十二月から、万寿元年（一〇二四）三月までの、わずか四か月。教通室は男子を出産したが、母親はまもなく死去[36]。長々と記事は詳しい。法成寺の僧房の焼亡。道長の明子腹の末娘、尊子と具平親王の男、源師房[37]との結婚。脩子内親王の出家で、この巻は終る。

巻二十二とりのまひは、万寿元年（一〇二四）三月から六月までのこれも四か月。法成寺薬師堂の供養。遷仏供養や落慶供養（六月二十六日）が詳しい。次いで祇陀林寺の舎利会。道長等は桟敷で拝観（四月二十一日）。

巻二十三こまくらべの行幸は、頼通の高陽院の駒くらべ[38]への行幸が中心。この巻も、万寿元年の九月から十二月まで。

後一条天皇が行幸し、道長は文殿で見物。

入道殿は、東の対の北によりて文殿あり、そこに御簾かけたり、さるべき僧ども多く具しておはします。

とある。

威子の多宝塔供養。道長は、

これをかく人知れずしたてさせ給へるほどを、かへすがへすめでたてまつらせたまふ。

とある（万寿元年九月二十三日――『小右記』は十月十九日）。

次いで、道長は長谷寺に参籠。『小右記』に詳しく、七日間籠り、万燈会を行う。

巻二十四わかばえは、万寿二年（一〇二五）正月二日から三月までの二か月あまり。

頼通妾、対の君（源憲定次女）が男子（通房）を出産。道長は、
　年を経て待ちつる松のわかばえにうれしくあへる春のみどり子
の和歌を詠む。『左経記』万寿二年正月十一日・十六日条に詳しい。

次いで、妍子の大饗（『左経記』同年正月二十三日）。この記述も大変詳しく、道長も頼通も、妍子の女房の華美なことについて、ひどく怒る状況が『栄花物語』にあり、これは注目すべきであろう。道長は頼通をよびよせて、

「さるにても大臣はかうやはいますかるべき。朝廷の御後見は、いかなる人のするわざぞ。なでふさることを見てただにある人かある」など、いとおどろおどろしうむつからせたまふ。「いとわりなき勘当なり」とぞ申したまふ。

と頼通も叱られ、道長の立腹の様子がうかがわれる。

道長は、正月二十八日、先日誕生の通房を土御門第に迎えた。道長は、

「ただ大臣の幼かりしをりにたがはず」とぞうつくしませ給ふ。

と、頼通の幼かったときと同じだという。皇后娍子の病気が悪化し三月崩御。

十　娍子・寛子・嬉子の悲劇――巻二十六・二十七は死の類聚――

巻二十五みねの月は、万寿二年三月から八月までの六か月。三月、娍子が崩御。大変に詳しい記述だが、道長は出てこない（『小右記』『左経記』万寿二年三月二十六日条）。

逢坂山の関寺に牛仏があらわれる。道長も参詣する（『左経記』万寿二年五月十六日条）。『栄花物語』は詳しい。次いで、寛子の病悩。道長も対面する。臨終の悲しい場面が詳しく書かれていく。道長も、この頃、気分がよくないことが多く、寛子の葬送には出かけられなかった（万寿二年七月九日入滅――『小右記』『左経記』）。しかし、道長は四十九日の間、しかるべき精進物を届けるなど厚意を示した。寛子の死のところでは小一条院にかなり重点を置き、小一条院に対する作者の歴史認識をよみとることができる。

続いて巻二十六楚王のゆめは嬉子の出産で始まる。嬉子が物怪《もののけ》に苦しめられる場面が、かなり詳しく書かれる。道長の周辺にも、いろいろと暗い影がみえつつあるのが、この巻の特徴である。嬉子は、その出産（親仁親王誕生）により、亡くなってしまった（『小右記』『左経記』万寿二年八月五日条）。道長はひつぎを移した法興院に参り、大変な悲しみの場面が詳しく綴られる。道長は正体もなく悲しみに暮れ、頼通や教通をはじめ、他の僧たちが両側から支えていくという状況であった。八月十五日葬送。道長は、これが最後とできるかぎりのことをした。

この部分、よほど詳細な原史料が存していたのか、道長が、いかにも、もう弱り切っているという様子が、少し大げさに叙述されており、読む者を心から悲しませる箇所である。

殿の御前は、世の中を深く憂きものに思しめして、「今は里住みさらにふよう、山に住まん」とのたまはせて、まことの道心起させたまへり。

とあり、

かの世には我より他の親やあらむさてだに思ふ人を聞かばや

と詠む。

岩蔭に着き、道長は、もうすべてを人々にまかせるが、その泣き声があまりにも悲しく、多くの人々が涙をこらえることができないというのであった。

やがて道長は御堂にもどり、院源僧都との悲しい対話が続く。院源はしみじみと道長を悟す。

巻二十七ころものたまも前巻からの続きで、不幸な話ばかり。長家室（斉信女）の生んだ男子は死産であった。この巻も死に関する記述が多く、巻二十六・二十七は死の類聚であるといっても過言ではない。その長家室も亡くなる（『小右記』万寿二年八月二十九日条）。公任の出家（『日本紀略』万寿三年〈一〇二六〉正月四日条）。道長は装束を贈り、

古は思ひかけきやとりかはしかく着んものと法の衣を

と和歌を詠んでいる。

ついで大宮彰子の出家（『左経記』万寿三年正月十九日条）。


殿の御前、かくならせたまふを、「この世の御幸ひは極めさせたまへり。後生いかにと思ひきこえさせたまへつるに、いと嬉しう心やすき御事なり」と、そそのかしきこえさせたまへれど、……


とある。彰子は女院となる。

巻二十八わかみづは、久しぶりに明るい話題である。この巻も万寿三年（一〇二六）十月から同四年四月までの七か月。威子の出産。『左経記』に詳細にあるように、十二月九日、女子が誕生。章子内親王である。道長も、

「平らかにおはしますよりほかのことなし。もののみ恐ろしかりつるに命延びぬる心地こそすれ」とて、いとうれしげに思しめしたり。


とある。

万寿四年になる。朝勤行幸と東宮行啓が行われ、

みかど、東宮さしつづかせたまへるほど、女院の御有様聞えさせん方なし。殿の御前忍びて見たてまつらせたまひて、ゆゆしきまで思さる。

とある。禎子内親王の東宮（敦良）参入の日が近づき、

御堂より、「今日吉き日なれば」とて、絹・綾など持てまゐり、「今日のうちに宮の内の人々に配らせたまへ」

などと、道長は女房たちの装束まで用意して、早く配るようにという。

しかし、道長の病いは、もうかなり悪化しており、「去年より悩ましげに思しめして、この御事どもをよそよそに聞しめすを、思し嘆かせたまふ」という状態であった。

禎子参入の儀式は、『栄花物語』巻二十八に非常に詳細であり、『小右記』（三月二十三日条）をはじめ、これに関する文献は多い。

巻二十九たまのかざりは、万寿四年四月から十月までの七か月。前巻は禎子参入の祝いで久しぶりに明るい巻であったが、この巻は妍子・道長とも病いが進み、いよいよ死の近づくところである。初めのうちは、まだ道長も妍子を見に行くことも可能であったが、妍子は万寿四年九月十四日に崩御（『小右記』）。葬送も含め、非常に詳しい記述が続く。道長も、もう死が近いという感じであるが、妍子崩御前の八月二十三日には法成寺釈迦堂の供養を行っている。

十一　道長の薨去

巻三十鶴の林は、万寿四年十月から、翌長元元年（一〇二八）二月までの五か月。

道長の病いは進み、禎子内親王・師房室尊子・中宮威子等が見舞いに訪れた。道長は念仏を聞きたいと願い、

祈禱はもうしないで欲しいと言い、中止となった。そして、

わが御心地にも、「このたびは限りのたびなり。さらにさらにもの騒がしき有様あらでありなん」とのたまはす。

とあり、もう見込みのない状況が書かれる。そして阿弥陀堂に移る。『小右記』に詳しく、念誦の間に、しつらいをととのえる。この辺りの『栄花物語』の記述は、そばにいる者が進行を実際に見ていたように明確に書かれていく。天皇・東宮の行幸・行啓もあり、行幸の記事が非常に詳しい。

辰の時ばかりに行幸あり。昨日、御髪など削らせ給ひて、御袈裟、衣など奉らせ給ひて世の常の有様にて御脇息に押しかかりておはします。

とあり、天皇が「何か思し召すことあるか」とたずねると、

今はこの世にすべて思ふことさぶらはず。世の中に公の御後見仕うまつりたる人々多かるなかに、上がりてもかばかり幸ひあり、すべきことのかぎり仕うまつりたる人さぶらはずはべり。まづは、公の祖父や、をぢやなどこそは、かやうにてさぶらふに、まだかかるをりの行幸さぶらはず。父帝、母后の御事にこそはさぶらふめれ。

とあり、さらに天皇が何か頼みたいことはないかと言われると、道長は御堂の仕事に奉仕した男どもに、何か報いてやりたいと頼む。その結果、天皇は御堂に五百戸の御封を寄進することとなり、手伝った家司たちには、然るべき昇進の宣旨を下された。さらに東宮の行啓のとき、

今はかく行幸、行啓にまかりあひぬれば、今なんおぼつかなく心とまることなくて、極楽にも心きよく参りはべるべき。

と道長は泣く。その後、道長は臨終念仏に専心。

ただ今はすべてこの世に心とまるべく見えさせたまはず。この立てたる御屏風の西面をあけさせたまひて、九体の阿弥陀仏を守らへさせ奉らせたまへり。いみじき智者も死ぬる折は、三つの愛をこそ起すなれ。まして殿の御有様は、さまざまめでたき御事どもを思しはなちたるさま、後の世はたしるく見えさせたまふ。

「三つの愛」とは、臨終のときの、妻子・家財等に対する愛着心（境界愛）、自分に対する愛着心（自体愛）、六道のいずれに転生するかに対する愛着心（当生愛）で、すぐれた智者であってもそれを起こすものであるが、道長の有り様は、すべてを放念し、後生の極楽往生を祈るのみであった。

すべて臨終念仏思しつづけさせたまふ。仏の相好にあらずより他の色を見むと思しめさず、仏法の声にあらずよりほかの余の声を聞かんと思しめさず、後生のことよりほかのことを思しめさず、御目には弥陀如来の相好を見たてまつらせたまひ、御耳にはかう尊き念仏を聞しめし、御心には極楽を思しめしやりて、御手には弥陀如来の御手の糸をひかへさせ給ひて、北枕に西向きに臥させ給へり。よろづにこの相どもを見たてまつるに、なほ権者におはしましけりと見えさせたまふ。

とあり、そして尼たちは阿弥陀堂の簀子の下に集まり座って、

仏日すでに涅槃の山に入りたまひなば、生死の闇に惑ふべし。ただし、これは非生に生を唱へ、非滅に滅を現じ給ひしがごとく、まことに滅したまはずは、いかに嬉しからんや。

と釈迦如来を出し、「釈尊は実の出生でもないのに生を唱え、実の入滅でもないのに滅を現じられたように、殿が真実滅しなさらないのであったら、いかに嬉しいことであろうか」と祈る。

そしていよいよ十二月二日より苦しみが強くなり、四日に遂に薨去（『小右記』その他の文献に詳しくある）。

されど御胸より上は、まだ同じやうに温かにおはします。なお御口動かせたまふは、御念仏せさせたまふと見えたり。

と臨終のきわがまことに立派に書かれている。

「臨終のをりは、風火まづ去る。かるが故に動熱して苦多かり。善根の人は地水まづ去るが故に、緩慢して苦しみなし」とこそはあんめれ。されば善根者と見えさせ給ふ。

とあるのは、『往生要集』の影響の強いことはいうまでもないが、ここには、また、『栄花物語』独特のことも書かれている。以下、道長の葬送の場面は、『往生要集』によるところが頗る多い。続いて同日、道長と親しかった行成が薨去する。侍従大納言（行成）は、

四日の夜さり、殿の御前の終らせ給ひし折にこそうせたまひにけれ。

とある。続いて威子が道長の往生を夢に見るところが詳しい。ここも『往生要集』の説く臨終行儀をそのまま用い、しかも道長が『法華経』を固く信奉していたため往生できたとし、道長の往生伝を書こうとしているのである。(39)

法華経をいみじく帰依したてまつらせ給ひければ、現世安穏・後生善所と見えさせ給ふぞ、世になくめでたきや。

とある。

さて、道長は、遺産処分をしていなかったため、関白頼通が行った。

さべき帯、剣なんどは、かねて御堂に置かせたまひて、やむごとなからんをりに、みな御堂に借りまうさせたまひしことなり。御領・御庄、さるべきかぎりは、四、五所、みな寄せたてまつらせたまひて、残りの所

は、「上《（倫子）》のおはしまさんかぎりはしろしめして、後は御堂に」とぞのたまはせしかば……

とある。さらに生涯を回顧し、巻三十の最後に、

殿の御前の御有様、世の中にまだ若くておはしましょり、おとなび、人とならせたまひ、公に次々仕まつらせ給ひて、唯一無二におはします、出家せさせたまひしところの御事、終りの御時までを書きつづけきこえさする程に、今の東宮、みかどの生れさせ給ひしより、出家し道を得たまふ、法輪転じ涅槃の際まで、発心の始めより実繋の終りまで書き記すほどの、かなしうあはれに見えさせ給ふ。

とある。道長の生涯の思い出を簡潔に記したものである。これが作者・編者が、道長の人柄の特徴と人生史を総括したものであるといえよう。

終りに

さて、巻十五以下は道長出家後の宗教人としての生活の記述が多く、この部分は仏教的意義の非常に深いところであり、専門的な語もかなり豊富に使われて、宗教人道長の人間性を語る重要な部分である。

この道長の出家後の生活についても、述べねばならぬところは多いのであるが、本稿では政治家道長を詳しく述べたため、宗教人道長については、また別の機会にゆずらざるを得なくなってしまった。

政治家道長を中心に巻一から巻三十まで、即ち道長の死まで述べてきたのであるが、結局、道長の伝記と人間性をたどることによって、『栄花物語』の本質を探究しようとしたのである。その結果は、『栄花物語』は六国史と『源氏物語』と両書の影響が強く、本文でかなり詳しく述べたが、六国史・新国史に続くかなの物語風史書であるというところに意識が深い。と同時に『源氏物語』の影響も強く、構想やかたちの上からも明らかに『源氏

物語』をまねて叙述している。これは、すでに古くからいわれており、今更いうまでもないところである。ただ『源氏物語』は、光源氏が巻一から主人公であり、明らかに光源氏の生涯を美しくその子孫までを長々と述べた物語（宇治十帖をふくめて）であるのに対し、『栄花物語』は、その影響が強いといっても、道長ただ一人を主人公として光源氏のように書こうとしたものではなく、まず藤原氏の発展を藤原基経・忠平から、歴史の流れにそってできるだけ忠実に、編年のかたちをとって編纂していったものであるということは、『源氏物語』と異なるところである。ただ道長の生涯の栄華を叙述した物語であるというだけではないということを強調したい。藤原氏の九条家発展と外戚の確執というところに重きをおき、後見が強くないと成功しない、即ち外戚を築くことが大事であるという点を最も明確にしたかったといえよう。従って、その構想をもって叙述を進めていくうちに、道長の外孫、後一条天皇の時代となり、内覧や摂政であった道長が、摂政を頼通にゆずるところまで可能な限り史実にそって書いていったものである。「後見」ということを重要視すること、それが物語風史書としての『栄花物語』の史観であるといってもよかろうと思う。

それでは、物語文学としては如何であろうか。巻十四までは大変に明るく、道長の外戚を築いていく場面は細かに叙述されるが、巻十五以降は、宗教人道長としての部分が大きくなり、もっと美しく盛大に文学的に叙述してもよいのにという感が残る。物語文学としての主題とか内部論理の発展とかが、あまり明確でなく、道長が主人公になってからも、むしろ道長の子供たちや子孫のことなどが詳しく、巻十五から巻三十までは、それらの人びとの死が事細かく書かれていくのも特徴である。そして『源氏物語』の影響というわけでもないであろうが、巻十五から巻三十までは、それ以前が明に対して暗であるとも言い得る。さらに、全体にわたって編年体を重視するためか、道長とは関係のない史実が、編年体史の中に多く叙述されていくのも『栄花物語』の大きな特徴である。このことは、『栄花物語』において重視すべきところである。

(1) 拙著『歴史物語成立序説』(東京大学出版会、昭和三十七年)、『平安朝文学の史的研究』(吉川弘文館、昭和四十九年)。
(2) 村上天皇を「今の上」とよんでいることは、ここから出発点であるということを意味している。
(3) このことは、和田英松氏の『栄華物語詳解』をはじめとして、松村博司氏が『栄花物語の研究』(昭和三十一年)でいわれている。
(4) 『台記別記』久安四年七月三日。
(5) 道兼は、道隆死後に関白となったが、流行病で関白就任の日から七日で亡くなり、世に七日関白といわれた。
(6) 『栄花物語』では、ただ花山法皇に伊周・隆家の従者が弓を討ったとあるが、『小右記』長徳二年正月十六日条によれば、伊周とその部下の数人が藤原為光の邸に押し入り乱闘があり、童子二人が殺され、その首を持去ったことが書かれ、大事件になっていたことが分かる(大日本古記録本(二)参照)。史料大成本の『小右記』にはこの部分がない。大日本古記録本では「野略抄」(『小右記』の断簡)によって、この部分が明確になり、大変な事件であったことがわかる。
(7) 『小右記』『日本紀略』より。配流の宣命が、長徳二年四月二十四日であることが分かる。
(8) 『小右記』長保元年十一月七日条「左府使輔公朝臣被二示送一云、今日女御院宣旨下、氏上達部相共可レ答二慶賀一、可二参入一、午剋許参内、(中略)伝聞、主上初渡二給女御直廬一、有二左府気色一。」これより先、十一月一日に彰子は入内している。
(9) 『栄花物語』の歴史観・人間観からみれば、『栄花物語』なりに歴史の真実を語っているといえよう。
(10) 『権記』によれば、道長でなく藤原兼隆。
(11) 『権記』長保四年八月三日条。
(12) 成人した立派な頼通を巻のはじめに書き、改まった生き生きとした文面である。
(13) 頼通の中将は確認できない。
(14) 『権記』寛弘八年九月十日条によれば、中務の子が六親王清仁、中務の娘の平子の子が五親王昭登となる。

(15) 道長は花山院に特別の好意を持っていたことが、『栄花物語』によって明らかになる。

(16) 一条院内裏の焼亡により、十月五日、天皇は織部司庁に移御（『御堂関白記』『権記』『日本紀略』）、同十九日、枇杷第に遷幸。東宮は枇杷第から頼通第を経て一条第に移った（『御堂関白記』『日本紀略』の各二十二日条）。

(17) 服部一隆「娍子立后に対する藤原道長の論理」（『日本歴史』平成十八年四月号）。

(18) 『栄花物語』の太政大臣は誤り。『公卿補任』には右大臣とあり、右大臣が正しい。

(19) 『御堂関白記』長和元年正月十六日条に「（前略）此暁馬頭《（顕信）》出家、（中略）母《（明子）》・乳母不覚、付見心神不覚也」とある。

(20) 道長は、生まれる子に男子を期待していたのに女子が生まれ、残念に思ったとあるが、初花に対してこの誕生をつぼみ花と巻名付けしているのは、のちに禎子内親王が後三条天皇の母后になったことを知って叙述しているように思われる。

(21) 長和三年二月九日に内裏は焼けたが、直ちに新造内裏が完成（長和四年九月二十日、『栄花物語』には十月とある）。天皇は、この日、新造内裏に入御。然るに同十一月十七日、その新造内裏が焼亡する。『栄花物語』によれば、皇后娍子の御湯殿より火が出たという。

(22) この太政大臣は、翌寛仁二年正月三日の後一条天皇の元服の加冠のためであった（『御堂関白記』『小右記』『左経記』）。

(23) 『御堂関白記』寛仁元年十一月二十二日・二十四日条参照。ここの儀式次第は、『西宮記』『北山抄』とよく合い、かなで書かれたものとしては、非常に精密に書きあげている。

(24) 入内当夜の有り様は、まことに美しく、とくに「衾覆」の儀式の様子などは、「殿の御前《（道長）》、よろづに思しつづくるに、ゆゆしうて御目拭はせたまふ」と書かれているように、その儀式のそばにいたものが執筆しているような書きぶりである。

(25) 『左経記』寛仁二年三月十三日条。

(26) この行幸はまことに盛大なものであったが、『栄花物語』では簡単である。入内のところであまり詳細に書いたため、省略したか、あるいは原史料が不足のためであったか。

(27) こうして、この巻は道長の出家前の総括、現在の地位の確認から始まり、道長の出家、御堂建立の願いへと移っていく。

(28)『日本紀略』寛仁三年三月二十一日条「前太政大臣従一位藤原朝臣道長落餝入道五十四、法名行観、後改二行覚一」。

(29)寛仁の史実を編年体で叙述しているから、ふと寛弘を寛仁とまちがえたか。あるいは原本の段階で、ここのみ俄に寛弘とあるのは不思議と思い、寛仁と書きかえたか。浄妙寺供養が実際の史実の寛弘二年に入らず、ここに入っているのは疑問である。

(30)いま、便宜上、巻十五以降を、かりに第二部とする。巻十五は、一応、編年のかたちをとってはいるが、編年体の時間から離れて描いている特殊な巻である。あるいは巻十五以降を第二部とし、その序の巻というつもりでもあったのかもしれない。巻十五は宗教人道長を大きくまとめたように叙述し、道長を釈迦にたとえるなどして、『栄花物語』における新たな宗教人道長像の聖なる存在としての位置をあらわしているといえよう。松村氏は巻十五以降の宗教人道長を語る部分を「法成寺グループ」とよぶ。

(31)巻十六は編年の中に多くの史実を配列して、六国史を和風にかなで叙述したようなかたちの巻である。巻十六のみでなく、全体にこのようなかたちでの叙述が多いのが『栄花物語』の特徴である。

(32)『小右記』治安元年二月一日条。

(33)『小右記』治安元年三月十九日条「権大納言女今暁亡、年末病者之中、為二長家室一」。

(34)『小右記』九月十日条「伝聞、今日於二無量寿院一、皇太后宮女房、書二写結縁経一、奉二供養一」。

(35)『日本紀略』十二月二日条「入道太政大臣室家入道従一位源朝臣倫子法名清浄法、供二養無量寿院辺西北院一」。

(36)『小記目録』治安四年正月六日条、「内大臣室逝去事」。

(37)『小右記』万寿元年三月二十七日条「今夜右中将師房、通禅室高松腹二娘(尊子)、於二大弐惟憲(藤原)家上東門、一行二婚礼一云々」。

(38)『小右記』『日本紀略』。

(39)巻三十は全体が道長の往生伝であるといっても過言ではない。

〔補注1〕なお、最後に一言。『新編日本古典文学全集』(小学館)の『栄花物語(1)』の「古典への招待」および「解説」を参照されたい。さらに一言。六国史に続く藤原氏の発展の歴史ということを、かなり強調して述べたが、その叙述の内容は、いうまでもなく六国史のような広いものではなく、後宮が主になっているということを付言しておきたい。

〔補注2〕 なお、曽根正人氏が『古代仏教界と王朝社会』(吉川弘文館、平成十二年)の第四部「王朝社会と仏教」中で「栄花物語と仏教」について、かなり詳細に扱っている。とくに藤原道長の仏教を『栄花物語』によって詳述されているところは、新しい見方として重視すべきであろう。また、加納重文氏が『歴史物語の思想』(京都女子大学研究叢刊19)で『栄花物語』についてかなり詳しく論じ、『大鏡』の他三つの鏡とともに研究して歴史物語の本質を知る上で重要な論が説かれている。

第五章　『大鏡』の歴史的意義

第一節　『大鏡』の歴史観と批評精神

(1) 序

『大鏡』は『栄花物語』のあとに生まれ、『栄花物語』が編年体であるに対し、紀伝体で書かれた歴史物語である。

『栄花物語』は、

世はじまりて後、この国のみかど六十余代にならせ給にけれど、この次第書きつくすべきにあらず、こちよりての事をぞ記すべき。

とある文章に始まり、続いて「世の中に、宇多のみかど、申みかどおはしましけり」とあって、編年の中に藤原氏の基経より道長までが順々に書かれていく。

これに対して『大鏡』は、もう少し複雑である。『大鏡』も『栄花物語』と同様に藤原氏の歴史を叙述し、文徳天皇より後一条天皇にいたる帝紀、藤原冬嗣以下道長にいたる大臣の列伝および昔物語、その他よりなっているが、最初の帝紀のまえに序文が添えてある。この序文にかなり深い意味があることからまず述べよう。

さて、その序文は雲林院の菩提講の場に集まった人々の会話が主となって進んでいく。これは作者が自分をフィクションの中に登場させ、これから書いていこうとする世界を同時代史的にとらえようとする方法であり、歴史は作者自身の歴史体験となってあらわれている。即ち、『大鏡』の序文をはじめ全体にわたってみえるこの戯曲的な創作態度、これは、同じ歴史物語においても『栄花物語』にはなかった『大鏡』の用いた新しい方法である。

作者は、序文でまず、

例の人よりはこよなう年老い、うたてげなる翁二人、嫗といきあひて同じ所に居ぬめり。

と三人の老人が会うところから始めている。年長の老人、即ち大宅世継は、入道殿下道長の有り様から申したいという。ここに『大鏡』が道長の栄華を語ろうとする姿勢が最初にみられる。さて、もう一人は太政大臣貞信公忠平が蔵人少将のときの小舎人童で、大犬丸という。この老人によって大宅世継がその時の母后（宇多天皇の母后班子女王）の召使であったことが紹介される。大犬丸は忠平によって夏山重木（繁樹）の名前をつけられ、彼が小童のとき世継は二十五歳位であったという。

この二人の会話に目をむけ近づいてくる人々が幾人か出てきたところへ、まもなく「年三十《みそじ》ばかりなる侍めきたる者」が登場する。この青年は早速二人の老人に年をたずねる。すると世継が百九十歳、もう一人の繁樹は百八十歳にとどいているという。世継は清和天皇の御退位の貞観十八年（八七六）正月十五日生まれだという（貞観十八年生まれとすると、万寿二年〈一〇二五〉は百五十歳）。そして世継の父は大学寮の学生に使われた身分の低い者でしたが、私の産衣に生年月日を書き残しておいてくれたのですなどと面白いことをいう。また繁樹は、養父に育てられ、養父が語るには、自分は、市である女から養父が買ってきたのだというあわれな話も出てくる。十三歳のとき忠平の第へ参ったという。そこに繁樹の若い妻も端役ながら登場する。
まだ、菩提講の始まりには、やや時間があり、世継・繁樹二人の対談の場面は面白い。
まめやかに世継が申さむと思ふことは、ことごとかは。ただいまの入道殿下の御有様の世にすぐれておはしますことを、道俗男女の御前にて申さむと思ふが、
と言い出し、
いとこと多くなりて、あまたの帝王、后、また大臣、公卿の御上をつづくべきなり。
と、全体の構成が世継によって語られる。『法華経』を説くにも、まず余教から説き始めるように、入道殿下道長の栄華を話すにも、まず余教から説いていこうと思う――ここに『大鏡』の大筋の意図が明瞭になってくる。摂政・関白・大臣・公卿といえば、皆、この道長のようにすぐれた人物だと人々は思うだろうが、そうはいかない。同じ藤原でも「門分れぬれば、人々の御心もちゐも、また、それにしたがひてことごとになりぬ」とある。そして、
この世はじまりて後、帝はまづ神の世七代をおきたてまつりて、神武天皇をはじめたてまつりて、当代まで六十八代にぞならせたまひにける。
とあり、これは、『栄花物語』巻一月宴の最初の、
世はじまりて後、この国のみかど六十余代にならせ給にけれど、この次第書きつくすべきにあらず、こちよりての事をぞ記すべき。
とあるところを、そのまま受けついだものと考えられる。しかし、『栄花物語』は六十余代、『大鏡』は六十八代に注意しなければならない。そして、『栄花物語』は「世の中に宇多のみかど丶申みかどおはしましけり」と始ま

るに対し、『大鏡』は「文徳天皇と申す帝おはしましき」と文徳天皇から始めることを言い、序文を終る。

この序文で、まず作者は大宅世継なる老人、即ち、古老に道長の栄華と摂関政治発展の歴史を、特に道長の賛美をふくめて心ゆくばかり語らせる。それを語る世継の態度と表情は、まことに真剣である。全巻にわたってこの世継の語りが重要な部分をなしているのだが、また、それに口をはさみ、時々批判をする青侍もまた脇役、いや脇役というよりも相手役として重要である。大宅世継とよぶその名前も、なんと公の代々の系譜を語る者という意味で、この名前からしても、作者が摂関時代史を語ろうとする心がまえであることは明らかである。しかも貞信公忠平に仕えてから道長までの世を生きてきた老人。これは本文の内容が文徳天皇・冬嗣から始まることとよく符合する。

以上、序文はあくまで架空のものであるが、その意味の深さは大なるものがあった。

（2）帝　紀

本紀は、まず帝紀に始まる。文徳天皇に始まった帝紀も、清和・陽成・光孝とはじめの方は、割合に簡単であるが、宇多天皇からはやや詳しくなり、流布本系によるところだが、賀茂臨時祭の起源の由来の説話が挿入されている。醍醐・朱雀・村上・冷泉・円融天皇といずれも簡単な列伝であり、花山で記述が詳しくなる。即ち、出家に関して、

花山寺におはしまし着きて、御ぐしおろさせたまひて後にぞ、粟田《（道兼）》殿は「まかり出でて、大臣《（兼家）》にもかはらぬ姿、いま一度見え、かくと案内申して、かならずまゐりはべらむ」と申したまひければ、「朕をば謀るなりけり」とてこそ泣かせたまひけれ。あはれにかなしきことなりな。

と叙述し、さらに、

　東三条殿（兼家）は、もしさることやしたまふと、あやふさに、さるべくおとなしき人々、なにがしかがしといふいみじき源氏の武者たちをこそ、御送りに添へられたりけれ。

と、道兼の父兼家は、もし道兼が出家はせぬかと気にかかり、源氏の武者たちを天皇の「御送」につけたという。

　寺などにては、もしおして人などやなしたてまつるとて、一尺ばかりの刀などをも抜きかけてぞ守りまうしける。

と、道兼をもし誰かが無理に出家させるようなことがあってはと一尺ばかりの刀を手に抜きかけて守っていたという。この武者と刀のことはともかくとして、花山天皇出家に関しての兼家と道兼の行動は、『日本紀略』や『扶桑略記』にも同じことが出ており、『大鏡』も、何かこの出来事の書かれた原史料によったのであろう。この場面の兼家、およびのちの大臣列伝の兼家も、性格としては、あまりよくない人物のように書かれているが、列伝の部分は、むしろ師輔と道長の間をつなぐ九条家発展の重要人物として描かれている。

　さて、帝紀の一条天皇も簡単であり、三条天皇については眼疾に悩む場面が詳しく、いわゆる後院の冷泉院のこと、および、天皇が禎子内親王（母后はは道長の次女妍子）に与えた三条院の御券（不動産の所有主を証明する文書）のことなど、みじかい記述ではあるが大事な箇所である。

　帝紀の最後は後一条院であるが、これは詳しい。『栄花物語』が村上天皇を「今の上」というに対し、『大鏡』は後一条天皇を当代とよぶ。

　次のみかど、当代。一条院の第二の皇子なり。御母、今の入道殿下の第一御女なり。

と始まる。「当代」という語は重要である。ここに作者は、道長の外孫の後一条天皇に重きを置き、当代といっていることは、『大鏡』の内容の叙述が万寿二年（一〇二五）を最後にしているということと合致するところである。

　位につかせたまて十年にやならせたまふらむ。今年、万寿二年乙丑とこそは申すめれ。

と、いかにも『大鏡』の執筆が万寿二年であったように叙述する。

　同じ帝王と申せども、御後見多くたのもしくおはします。御祖父にてただいまの入道殿下、出家させたまへれど、世の親、一切衆生を一子のごとくはぐくみおぼしめす。

と道長が後一条帝の祖父であることを強調する。

　されば、ただ一天下はわが御後見のかぎりにておはしませば、いと頼もしくめでたきことなり。昔、一条院の御悩の折、仰せられけるは、「一の親子をなむ春宮とすべけれども、後見まうすべき人のなきにより、思ひかけず。されば二の宮をばたてまつるなり」と仰せられけるぞ、この当代の御ことよ。げにさることぞかし

（傍点は筆者）

とあり、この後見云々のことは、『栄花物語』の正篇三十巻にもところどころ書かれており、敦康親王（母は道隆の女定子）が第一皇子であるにもかかわらず、東宮に立つことのできなかった理由を率直に述べ、いわば『栄花物語』の史観ともいうべきものであることは先述した。敦康親王に関する『大鏡』の記述は、『栄花物語』によるところが大変大きい。敦成親王、即ち後一条天皇は敦康親王のあとに生まれながら、東宮になったことは、道長と中宮彰子による後見の力であることはいうまでもない。敦康親王は第一皇子であったが母后の定子は、親王誕生の翌年（長保二年）に崩御、しかも早くに出家。また、定子の父、親王の外祖父道隆は、親王誕生以前に薨じている。この状況からみれば、敦康には明らかに後見がない。これに反し、敦成は後見が強いことはいうまでもなく、『栄花物語』は見事に、摂関政治の原理のようなものをとらえている。『大鏡』も後一条院を述べるにあたって、

これをとりあげたことは、『栄花物語』をまことによく上手に利用しているといえよう。

また、後一条天皇の時代、敦明親王が東宮を退位し、敦良（のちの後朱雀天皇）が東宮に立ったとき、敦康が一度、候補に上ったというのは「そらごとなり」と『大鏡』にはある（師尹伝）。『栄花物語』には、このとき彰子によって、敦康親王を東宮にすべきであるという意見が強く出たが、道長によって、やはり後見がないという理由で東宮になることができなかったとはっきり説いている。即ち、『栄花物語』巻十三ゆふしでに、「かやうの御有様はたゞ御後見からなり」と道長は、敦康親王を東宮にとの彰子の希望も「後見」がないという理由でおさえてしまったことが明らかである。

次に、敦康親王の誕生によって長徳の変で左遷になっていた伊周・隆家が召還になったと『大鏡』にもあるが（道隆伝）、これは『栄花物語』の史実の誤りをそのまま採り入れたことが確実であり、『栄花物語』そのままである。

そして帝紀を語り終えんとするところで、

帝王の御次第は申さでもありぬべけれど、入道殿下の御栄花もなにによりひらけたまふぞと思へば、まづ帝・后の御有様を申すなり。植木は根をおほくて、つくろひおはしたてつればこそ、枝も茂りて木の実をもむすべや。しかれば、まづ帝王の御つづきを覚えて、次に大臣のつづきはあかさむとなり。

と、藤原氏の外戚の発展をその根本原理から明らかにするためと、帝紀と大臣伝とに分けて述べる所以を説明する。

こうして話し続けた世継に対して、ここで繁樹が発言する。

あきらけき鏡にあへば過ぎにしも今ゆく末のこともみえけり

と詠む。世継はいたく感じて、返しに、

すべらぎのあともつぎつぎかくれなくあらたに見ゆる古鏡かも

とあって、ここに『大鏡』の歴史を語ろうとする意味（過去と未来を語る）がこの和歌の中に大きく含まれている。続けて世継は、

翁らが説くことをば、日本紀聞くと思すばかりぞかし。

という。続いて、

目にも見、耳にも聞き集めて侍るよろづのことの中に、ただいまの入道殿下の御有様、古を聞き今を見はべるに、二もなく三もなく、ならびなくはかりなくおはします。たとへば一乗の法のごとし。

と明らかに道長の栄華を語ろうとする姿勢である。そして大臣列伝に入ることを鎌足からにしたいが「冬嗣の大臣より申しはべらむ」と言い、「ただいまの入道殿、世にすぐれさせ給へり」と結ぶ。

（3）列　伝

帝紀（文徳天皇〜後一条天皇）のあとは、列伝（左大臣冬嗣〜太政大臣道長）・藤原氏物語・雑々物語に分けられる。全体の構成は中国の『史記』にならっていることはいうまでもないが、かならずしもその方法を忠実にまねているわけではない。さらに、列伝の中の一部は、その個人の伝記のみではなく、子孫のことについて語る場合が多いのも特徴である。例えば師尹の場合、師尹個人に関しての記述は少なく、源高明左遷が師尹の陰謀であるということを述べたくらいで、師尹の孫の娍子（三条帝の皇后）から敦明親王の東宮退位事件にまで話は進んでいく。この事件についての真相が実に詳しく語られ、親王の小一条院となるまでの史実が歴史批判を加えられつつ事細

かに語られる。一人の人物、即ち師尹を中心に、その子孫の時代まで長い年代におよぶ歴史が説話の類をつみ重ねて自由に多角的に叙述されているのである。

師輔の場合も同じで師輔の娘安子（村上天皇の中宮）の性格、為平親王の不遇、選子内親王の誕生、安子の妹貞観殿の内侍登子への村上帝の寵愛、師輔の息高光の出家、道長の男顕信の出家と子孫へと話はひろがり、ふたたび師輔の百鬼夜行に会った説話が出る。伊尹伝も同じく義孝より行成へとひろがっていく。

そしてこの列伝は兼通・兼家・道隆・道兼を経て道長にいたる。道長は、さすがにそれ以前の列伝とは異なり個人について詳しく書かれている。道長の運のよかったこと、妻二人源倫子と明子、その子供たちのこと。顕信（明子腹の息子）の出家。続いて道長の出家となり、詩人道長、若き日の度胸の強い道長（即ち、花山院の試みる度胸だめしの話）、道長の観相の秀れていること、その容姿、伊周との弓射、石山詣、東三条院詮子の弟道長への愛情（内覧宣旨のこと）等々、いずれも道長の人柄を中心に説話を豊富にはめこんで叙述されていく。

これこそ紀伝体であり、師輔から道長へいたるまでの列伝がその個人についてあまり語られていないのは、やはり『大鏡』の作者の重点が、九条家の発展と道長の栄華を語ることに置かれていた証拠であり、いわゆる九条家の発展と摂関政治を語り、道長個人の偉大さを示したかったことが、その本質である。そこで師輔のところに、すでに九条家の将来を語る場面が多くみられる。

それは安子の性格にまずみえる。村上天皇は「よろづのまつりごとをば聞えさせ合せてせさせたまひけるに」と安子とすべてを相談して事を運ぶ。すると安子は人々にとって嘆きとなるようなことは直させ、喜びとなるべきことはお勧め申しあげ、天皇が聞かれてはまずいと思うようなことは、口から出さず、

かやうなる御心おもむけのありがたくおはしませば、御祈ともなりて、ながく栄えおはしますにこそあべか

めれ。

と安子のおかげで子孫が永く繁栄したという。冷泉（憲平）・円融（守平）・為平と女四宮（承子・輔子・資子・選子）の母后で「またならびなくおはしましき」とあって、

帝・春宮と申し、代々の関白・摂政と申すも、多くはただこの九条殿の御一筋なり。男宮たちの御有様は、代々の帝の御ことなれば、かへすがへすまたはいかが申しはべらむ。

と、天皇・東宮も、摂政・関白も、多くは師輔の子孫であるから、今さら申すまでもないという。女四宮のうち、選子内親王については、今の斎院であって、

これはことにうごきなく、世にひさしくたもちおはします。ただこの御一筋のかく栄えたまふべきとぞ見まうす。

と、九条殿師輔の一族が、このように栄えるようになっていると見られると世継はいう。また、安子の妹の貞観内侍登子は安子が亡くなってから（安子生前中からの寵愛で、安子は穏やかに顔色に出さず過ごし、「いとかたじけなうかなしきことなれな」とある）尚侍となり、天皇の「世になく覚えおはして」、他の女御たちの嫉妬もなんの効果もなかったという。

これにつけても、「九条殿の御幸ひ」とぞ、人申しける。

とある。

師輔・兼家・道長の九条家の発展の主要人物には夢占とか百鬼夜行にあうとか、不思議なことが書かれている。師輔の夢に「朱雀門の前で左右の足を東と西の大宮通までふんばり、北向きになって宮城を抱きかかえて立っているというのが見えた」と師輔がいったところ、小ざかしい女房が「いかに御股痛くおはしましつらむ」と申し

た。それについて、世継はすぐ続けていうに、

御夢たがひて、かく子孫は栄えさせたまへど、摂政・関白えしおはしまさずなりにしなり。

と夢がはずれたために摂政・関白になれずに終ったという。「夢は、あまり教養のない人の前では話すものではありませんよ」といったあと、「今ゆく末も九条殿の御末のみこそ、とにかくにつけてひろごり栄えさせたまはめ」と結ぶ。

ついで兼通・兼家のところでは、作者は明らかに兼家側に立ち、二人のはげしい兄弟争いについても、

この大臣《（兼通）》、すべて非常の御心ぞおはしし。かばかり末絶えず栄えおはしましける東三条殿を、ゆゑなきことにより、御官位を取りたてまつりたまへりし、いかに悪事なりしかは。天道もやすからず思し召しけむを。

と「末絶えず栄えおはしましける東三条殿」とある（兼通伝）。

兼通・兼家の争いは、さらにはげしくなり、兼通の死が近づいたとき、兼通は兼家にゆずりたくないため、最後の除目に天皇の御前に行き、頼忠を関白にすることに決定したということにつき、世継は、

世の人いみじきひがごとと謗りまうししか。

という。それに対し侍は、

東三条殿の官など取りたてまつらせたまひしほどのことは、ことわりとこそうけたまはりしか。

と兼家も兄の臨終が近いというのに、兄が死んだと思い自分を関白にしてほしいと天皇に頼みにきたという。そのことにより兼通の怒りは大きく、場合によっては関白にしてやろうと思っていたところ、とんでもないことと思い頼忠を関白として兼家を治部卿にしたという。侍は、これについての真相を語り、

されば東三条殿官取りたまふことも、ひたぶるに堀河殿の非常の御心にも侍らず。ことのゆゑはかくなり。

といって、九条家の主流の兼家に関して、ちょっぴり批判をする。そして兼家の不遇なときがしばらく続く。

兼家伝に入り、世継の老人の話は、ますます九条家の発展が大きくなっていくと続く。兼家伝のはじめの方に、

その時は、夢解も巫女も、かしこきものどもの侍りしぞとよ。

とある。兼家が、官をとどめられていた頃のこと、堀河院（兼通邸）から矢を東に向けて射ち、それらが東三条殿（兼家邸）へみな落ちた夢を見たとある人がいった。兼家は心配になって夢占いに尋ねたところ、占いのいうには、

いみじうよき御夢なり。世の中の、この殿にうつりて、あの殿の人の、さながらまゐるべきが見えたるなり。

と言い、「当てざらざりしことかは」と、じつによく言い当てたものだ、と世継はいう。

続いて兼家の妻時姫が若かりし頃、二条の大路に出て、夕辻占いをしていたところ、白髪の老婆が立ち止って、

なにわざしたまふ人ぞ。もし夕占問ひたまふか。何事なりとも、思さむことかなひて、この大路よりも広くながく栄えさせたまふべきぞ。

と話しかけていったという。これも九条家発展の予言の説話である。

この大臣の君達、女君四所・男君五人、おはしましき。女二所・男三所、五所は摂津守藤原中正のぬしの女の腹におはします。三条院の御母の贈皇后宮と女院、大臣三人ぞかし。

と兼家の子供たちを紹介し、女君四人の上の二人、超子（冷泉帝の女御）・詮子（後一条帝の皇太后）は九条家発展の礎をきずいた女性である。東三条院詮子については、このあと、道長伝のなかで大きくとりあげられてくる。

要するに道長にいたるまでの列伝、例えば師輔・兼家等の列伝では、その個人のみでなく、九条家の発展が大きく書かれていくのである。

さて道長伝になると、先述のごとく、道長個人の記述が大きくなる。まず、詮子による道長への内覧宣旨のこ

とが説話風に書かれ、詮子の発言の偉大さによって道長が伊周を越して内覧となった詳しい記述は、『大鏡』のみにみえる大切なところである。

道長伝の終りに、世継は結局、運勢に押されて、このようになったのだと言い、されば、藤原氏の物語を続けようと、再び鎌足からの藤原氏の歴史と物語が書かれていく。

(4) まとめ

結局、世継が多く語るのだが、先述の繁樹とのやりとりに「あきらけき鏡にあへば過ぎにしも今ゆく末のこともみえけり」とあったように、「鏡」の和歌が存すること。これは、歴史を本当に明らかにするという意味である。また、道長の栄華の最絶頂期が万寿二年（一〇二五）であったということを、作者は何よりも大事にしている。同年以後は、道長の周辺には次女妍子（三条天皇の中宮）・四女嬉子（敦良親王、のちの後朱雀天皇の東宮妃）等の不幸が重なり、道長も同四年に薨去する。したがって摂関政治発展史と道長の栄華を語るには万寿二年に仮託し、同年までで筆を擱く必要があったのだ。作者の理想とした道長の全盛期が万寿二年であったことからその必要があったのである。

だがまた一方、『大鏡』には、王威をたたえる箇所がみられる。例えば、清涼殿に菅原道真が死後、雷となって落ちかかってきたとき、時平は太刀をぬいてにらみやったところ、しずまったというが、

それは、かのおとゞ《(時平)》のいみじうおはするにはあらず、王威のかぎりなくおはしますによりて理非をしめさせたまへるなり。

とある（時平伝）。かように『大鏡』には、王道思想や村上源氏の発展を述べる場面も多く存する。したがって、

作者を源雅定、その他、源氏とする説もいくつかある。しかし、私はやはり、『大鏡』の思想は藤原氏九条家の発展と道長の栄華とみるから、作者はやはり藤原氏であるとする。では、最後に作者の問題を述べよう。

仮託の四人のうち、大宅世継がだいたい主役になって語っていくが、青侍も相づちをうちつつ批判する重要人物となっている。その侍が最も多く語る部分は、三条天皇の皇子、敦明親王の登場の場面である。この敦明親王は、三条天皇譲位のさい、次の東宮に約束（三条天皇と道長）されて、後一条天皇即位の折り東宮となった。ところが、一年で東宮を辞し、小一条院の称号をもらい、新たな東宮には敦良親王（道長の外孫、彰子の第二皇子）がなる。この事件は道長がわが孫を東宮にせんがために仕向けたものだともいわれている摂関政治史の裏面を語る大きな事件である。『栄花物語』も、編年の中に、この史実を大きく書きこんでいるが、『大鏡』は、侍が真実を語り、侍の言葉によれば、道長の圧力におされて敦明が東宮の地位を退いたということになる。この史実の真相の解明については、前にも述べたことがあるため（拙著『平安朝文学の史的研究』所収「大鏡の歴史批判の性格」）、ここでは詳述をさけるが、『大鏡』の作者としての能信（道長の明子腹の子）説について検討を加えてみたい。

世継は、敦明が三条院崩御後、自分で東宮の地位を降りたいといった。道長は彰子とともに大喜び、敦良が九歳で東宮となり、これは道長の運勢の強さに押されたものだという。

すると侍が、その真相を述べる。

敦明は皇太子の地位を押してとられたのだという。「ひたぶるにとられるよりは我より退く方がよい」と敦明はいったとあり、母后娍子はそれをなかなか許さぬため、能信に蔵人何某を遣わして、敦明のもとまで来てくれるようにたのむ。ここより能信の行動が『大鏡』に詳しく書かれ、能信は、まず道長に相談してからと答える。能信は道長に会うと、道長も驚き、「とくに召しがあるのだから早速参上すべきだ」という。能信は参上の由を蔵人に告げ、敦明と会う。敦明は東宮の地位を降り気楽に暮らしたい。前東宮では見苦しいから院号と年爵などをほしいが、道長に「伝へきこえられよ」と仰せがあり、能信は退出する。

翌朝、能信が道長に報告すると、道長の喜びは勿論のことで、大宮の御宿世のすばらしさを語る。そこで今日は吉日ということで敦明親王を「院になしたてまつらせたまふ」とあり、別当には能信が任ぜられた。敦明に会ったその翌日、能信が敦明の言葉を道長に伝えるとき、道長は参内の準備に忙しい最中だった。そのとき能信は源俊賢に会う。道長に早く敦明の意向を伝えるようにと俊賢は能信に勧める。このように能信の行動が非常に詳しく書かれている。『大鏡』によれば、これは、寛仁元年八月四～五日の二日間のこととなる（「寛仁元年八月五日こそは、九つにて、三の宮、東宮にたたせたまひて」とある）。この経過を道長と能信の会話を中心に描くが、その行動的な態度は『御堂関白記』の四～六日条、『小右記』の六～七日条に詳しく書かれている。

敦明親王と能信、また能信と道長の会話を、このように書き綴ることができた人物について考えたい。この史実に関する史料を入手し易い人、これはやはり能信の周辺にいる人ということになろう。あるいは侍の言葉は能信自身のわが経験を侍に託して書いたのかもしれない。少なくとも、この部分の作者は能信であると考えてよかろう。『日本紀私抄』に『大鏡』は「大納言能信作、御堂関白道長息」とある。『栄花物語』が赤染衛門という説のはじめも、やはりこの『日本紀私抄』である。古くからいわれている能信説をもう一度、考え直したい。敦明親王退位事件をこんなに詳しく説くことができるのは、能信またはその周辺にいる人物以外には困難である。これらについては、またの機会に述べるが、『大鏡』も『栄花物語』と同様、一人の作者を考えるより、紀伝体としての編修の意味を考えるべきであろう。

第二節　『大鏡』と藤原道長

（1）序

『大鏡』は、序、帝紀、大臣列伝、藤原氏物語、雑々物語（昔物語）等に分けられる。全体をみれば、藤原道長を中心に、藤原氏の発展の歴史を紀伝体にまとめたものであることは明らかである。

特に序文が非常に面白い。そのあたりから述べよう。

この部分は戯曲的であり、雲林院の境内が舞台になっており、この寺の菩提講がこれから行われるという、その中の四人の会話で始まる。大宅世継と夏山繁樹、この二人がまず主役であり、このうちの大宅世継が最も多く語る。彼が藤原氏の発展の歴史を賞讃しつつ道長まで語っていく。その話に相づちを打って、語りを興味深くするのが繁樹とその妻と青侍（三十歳ぐらいの青年）である。これらについては、前節で述べたところであるが、恰も万寿二年（一〇二五）が執筆時期であったような感じをうける。そして、それら四人の語りを静かに聞いて作者の筆は進められていく。『栄花物語』の完成には、六国史・新国史と『源氏物語』の影響が強かったのであるが、『栄花物語』の影響を承けて『大鏡』は紀伝体のかなの史書を作成し、四人の会話で構成されるが、とくに青侍の発言が極めて痛烈な批判で興味深い。

『栄花物語』は藤原氏の基経より始まる。

そのころの太政大臣、基経の大臣と聞えけるは宇多の帝の御時にうせたまひにけり、中納言長良と聞えけるは、太政大臣冬嗣の御太郎にぞおはしける、後には贈太政大臣とぞ聞えける、かの御三郎にぞおはしける。その基経の大臣うせ給ひて、後の御謚昭宣公と聞えけり。

とある。藤原氏の発展を編年体の中に、天皇との結びつきを外戚関係を通して詳細に述べ、太政大臣道長、出家後の道長、その死にいたるまで、史実を正確に平らかに叙述していく（巻三十鶴の林まで）。道長をはじめ登場人物に対して、あまり批判もなく、善人の歴史であるともいえよう。これに反し『大鏡』は、青侍の言葉の中に、まことに強い批判があり、その部分は『小右記』の実資のいうところと類似する。そこに『大鏡』の特徴があり、興味を与えるところであるといえよう。従って、現代の歴史小説と同じように史実の改変・虚構も少なからずあろう。『栄花物語』の史実の誤りは、ほとんどが不注意によるものである。あるいは原史料の誤りを、そのままに用いてしまい、意図的な改変はまずないといえるのに対し、『大鏡』は逆に、そのような部分（改変や虚構）もあり、従って『栄花物語』より一段と読者に興味を持たせるものとなっている。まず序文で実際に存しない百何十歳という老人を設定するところから、史実を重視して叙述しようとする意図のみで始まったものではないことが明らかであり、百九十（百五十）・百八十（百四十）歳という二人の老人を出しているというところに、摂関政治史の期間を面白く語ろうとする作者の態度がありありとみえ興味深い。

序文で世継の発言は作り話であるとはいえ、

まめやかに世継が申さむと思ふ事は、ことごとかは、ただ今の入道殿下の御有様の世にすぐれておはしますことを、道俗男女の御前にて申さむと思ふが、いと事多くなりて数多の帝王、后、また大臣、公卿の御上をつづくべきなり。その中にさいはひ人におはします。この御有様申さむと思ふほどに、世の中の事のかくれなくあらはるべきなり。

とあって、最初から道長の有り様をじっくり話そうという考え方があらわれている。道長の栄華とよき人柄を語ろうとするにつけても、そのはじめに藤原氏発展の歴史をまず説明せねばならない。そこで冬嗣・良房・基経・

忠平等々の一人々々の伝記をまず正確に書き、それ以前に文徳天皇から後一条天皇までの帝紀を語り終えようとする。

（2）藤原氏九条家流の発展の意義

その帝紀の終りのところに、世継の言葉として強調するとおり、

帝王の御次第は申さでもありぬべけれど、入道殿下の御栄花も、何によりひらけたまふぞと思へば、先づ帝、后の御有様を申すなり。

と、道長の栄華を述べようとしていることが、まず大きな目的である。藤原氏が皇室と結びついて発展していく。藤原氏の娘（道長の場合は彰子・妍子・威子・嬉子の四人）が天皇（一条・三条・後一条・後朱雀）の后となり（嬉子は後朱雀の即位前に亡くなったが）、その娘から生れた皇子が天皇となる、即ち、『栄花物語』と同様に、道長を中心に外戚の発展の歴史が悉く書かれていく。そして大臣序説で、

植木は根をおほくて、つくろひおほしたてつればこそ、枝も茂りてこ木の実をもむすべや。しかれば、まづ帝王の御つづきを覚えて、次に大臣のつづきはあかさんとなり。

と世継のいうように、ここに摂関政治史の発展の根本原理ともいうべき外戚の本質が説明されている。

さらに序文では、

世間の摂政・関白と申し、大臣・公卿と聞ゆる、いにしへ今の皆この入道殿の御有様のやうにこそはおはしますらめとぞ、今様の児どもは思ふらむかし。されども、それさもあらぬことなり。言ひもていけば同じ種一つすぢにぞおはしあれど、門わかれぬれば、人々の御心もちゐも、又それに従ひてことごとになりぬ。

とあって、藤原氏も「門わかれぬれば」と、道長一族でない藤原氏は、また別であるという。藤原氏の歴史を鎌足からたどれば、北家・南家・京家・式家と四家に分かれ、北家が発展し、北家も忠平以降、九条家と小野宮家に分かれ、九条家は師輔・兼通・兼家・道隆・道兼・道長・頼通と栄えていく。従って道長時代の「門わかれ」と称するのは、まず小野宮家であろうが、『大鏡』の場合は、大きく四家のことをここでは称しているのである。結局、道長を中心に、かなり詳しく述べようとするところに、主題があると思われるが、さらに大きな主題は『栄花物語』と同じく藤原氏の中の九条家流の発展ということになるのである。そして、

この世始まりて後、みかどはまづ神の世七代をおきたてまつりて、神武天皇をはじめ奉りて当代まで六十八代にぞならせ給にける。すべからくは神武天皇をはじめ奉りて、つぎつぎのみかどの御次第を覚え申すべきなり。しかりといへども、それはいと聞き耳遠ければ、ただ近き程より申さむと思ふにはべり。文徳天皇と申すみかどおはしましき。そのみかどよりこなた、今のみかどまで、十四代にぞならせたまひにける。

（傍点筆者、以下同）

とある『大鏡』の記述は、明らかに『栄花物語』の巻一月宴の最初に、

世始りて後、この国の帝六十余代にならせたまひにけれど、この次第書きつくすべきにあらず。こちよりてのことをぞしるすべき。

とあるところによったものであることは間違いない。ただ『栄花物語』は六十余代と言い、『大鏡』はこれを六十八代といっている。『栄花物語』の六十余代は従来から後一条天皇という解釈になっている。「こちよりて」は近代のこと、即ち後一条天皇時代のこととされているのである。これは『大鏡』が『栄花物語』の六十余代を六十八代と解釈したのをもとに、現在では、『栄花物語』も六十余代を六十八代とし、後一条天皇に中心を置いている

のであるということになっているが、六十余を六十八と解釈できるのであろうか。

私は六十余代というのは村上天皇と解し、『栄花物語』は村上天皇から書きはじめるとし、先にも度々述べたように宇多・醍醐・朱雀の三代をごく簡単に述べ、村上を「今の上」と解して、六十三代の村上から述べ始めているとみるべきであると考える。

しかし『大鏡』は、これを六十八代として、「たゞ近きより申さむ」として、世継の老人の考えとしては、文徳天皇から後一条天皇までの歴史を語ろうということになって、後一条帝時代をとくに詳細に語るということにいたったのであったとする。要するに、『栄花物語』は村上天皇から、『大鏡』は文徳天皇から後一条天皇までということになっている。そして、六十八代後一条天皇と道長をとくに詳しく述べようとするのが『大鏡』の本当の目的であった。なお、『栄花物語』の完成時期は不明であるが、『大鏡』は万寿二年（一〇二五）と明確に書かれている。しかし、これはまったくの虚構であり、『大鏡』の成立年代も不明である（後述する）。

ここで注意すべきは、『栄花物語』は先述したように六国史・新国史に続くものであるが、『大鏡』は、とくに六国史・新国史との関係は深くはない。結局、『大鏡』は『栄花物語』の影響を大きく承け、文徳天皇・藤原冬嗣から後一条天皇・道長までの歴史を述べているが、とくに六十八代といって後一条・道長を中心に紀伝体のかなの歴史を書いているのは明確である。

（3）六十八代の意義

『大鏡』においては、六十八代に意義があり、六十八代の後一条天皇と道長に重点をおいて書くことを決定し、しかも万寿二年現在で書いたようにみせかけているのである。

さてまず帝紀から入ろう。帝紀の最初の部分は、

五十五代文徳天皇

文徳天皇と申しけるみかどは、仁明天皇の御第一の皇子なり。御母、太皇太后宮藤原順子と申しき。

とあるように、『大鏡』の帝紀は、父帝と母后を明確に記す。そして簡単な伝記。即ち、治何年、御子何人、さらに崩御の年などを記す場合もあり、それぞれの天皇の生涯の出来事を、かなり詳しく述べていくところに特徴がある。

例えば清和天皇では、惟喬親王との東宮あらそいのこと、清和源氏のいわれなど。光孝天皇は五十五歳で即位のこと、宇多天皇は源氏、即ちただ人になってのち即位したこと、朱雀天皇は「このみかど生れおはしまさずは、藤氏の栄え、いとかうしもおはしまさざらまし」と、藤原氏繁栄の基盤となったこと、村上天皇では生母の穏子の力など。円融天皇では為平親王を東宮に立てさせないための師尹・兼家等の陰謀が暗示され、花山天皇では一条帝を早く即位させたいための兼家・道兼等の陰謀事件が記される。そして後一条天皇を当代と言い、「一条院の第二皇子なり。御母今の入道殿下の第一御女なり、皇太后宮彰子と申す。(中略) 寛弘五年戊申九月十一日、土御門殿にて生れさせ給ふ」とある。

長和五年正月二十九日位につかせ給ひき、御年九歳。寛仁二年正月三日御元服。御年十一。位につかせたまて十年にやならせ給ふらむ。今年万寿二年乙丑とこそは申すめれ。

と帝紀の最後に、「今年万寿二年」と記してある。帝紀といえども、ここは、もう道長中心ともいえる書き方である。

続いて世継の言葉は、重要なところへと進んでいく。

帝王の御次第は申さでもありぬべけれど、入道殿下の御栄花もなにによりひらけたまふぞと思へば、まづ帝・后の御有様を申すなり。植木は根をおほくて、つくろひおほしたてつればこそ、枝も茂りて木の実をもむすべや。しかれば、まづ帝王の御つづきを覚えて、次に大臣のつづきはあかさむとなり、と言へば、

とあり、前述したところでもあるが、これより、臣下の列伝に入るにつけて、そのはじめは序文のようなものでありながら、『大鏡』の歴史的意義を語りつつ道長の偉大さへと進んでいく。

世継の語りは入道殿下道長の栄華が何によって開けたかを考えると、すべて天皇とのつながりによってであると言い、帝王紀を長々と書き進めてきたことも、ここまでくると道長を説明するためのものであったとはっきりという。と同時に後一条帝のところに「後見」の強さをとくにいう。『栄花物語』の史観をそのまま採り入れつつ進めていく。まったく『大鏡』は『栄花物語』によっているところが多い。

さて、道長に入ろう。「一、太政大臣道長」とあり、はじめに、

このおとどは　法興院のおとど御五男、御母、従四位上摂津守右京大夫藤原中正朝臣の女なり。その朝臣は従二位中納言山蔭卿の七男なり。この道長のおとどは今の入道殿下これにおはします。一条院・三条院の御をぢ、当代・東宮の御祖父にておはします。

とある。道長の幸運のこと（先輩たちの死——前述）もかなり詳しく述べたのち、道隆・伊周・道兼を簡単に触れ伊周の失敗を、

瓜を請はば、器物をまうけよと申すこと、まことにあることとなり。

と言い、道兼の七日関白のことは、「これはあるべきことかはな」という。

この今の入道殿、その折、大納言中宮大夫と申して、御年いと若く、ゆく末待ちつけさせ給ふべき御齢のほ

　どに、三十にて、五月十一日、関白の宣旨うけ給はりたまうて栄えそめさせ給ひにしままに、また外ざまへも分かれずなりにしぞかし。今々もさこそははべるべかんめれ。

とあり、続いて、北方二所と称して妻源倫子・同明子に移る。

（4）倫子・明子・顕信

　倫子については、『栄花物語』と『大鏡』の視点の置きどころがかなり異なっている。『栄花物語』では、道長が倫子に近づき結婚を申し込むと、倫子の父雅信が反対する。雅信は賜姓源氏であるだけに皇族とのそれを望んでおり、二人の近づきをゆるさなかった。だが、それを雅信の母穆子が、道長は将来を期待できる人と主張し、二人の結婚が成立する過程を詳しく述べるのであるが、『大鏡』は、そのようなことは書かず、

　その雅信のおとどの御女を、今の入道殿下の北の政所と申すなり。

とあって、

　その御腹に女君四所・男君二所ぞおはします。その御有様は、ただ今のことなれば、皆人見たてまつり給ふらめど言葉つづけ申さむとなり。

とあり、四人の女子——彰子・妍子・威子・嬉子——のかなり詳しい説明となる。そして世継の得意な様子をあらわし、次いで「男君二所と申すは」と頼通・教通の説明に入り、

　かかればこの北の政所の御栄きわめさせ給へり。

とある。ついで、

ただ人と申せど、帝・東宮の御祖母にて、准三宮の御位にて、年官年爵たまはらせ給ふ。

とあり、

大方この二所《（道長・倫子）》ながら、さるべき権者にこそおはしますめれ。御なからひ四十年ばかりにやならせ給ひぬらむ。あはれにやんごとなきものにかしづき奉らせ給ふ、といへばこそおろかなれ。

と道長・倫子夫妻の話をまとめて一応終り、再び倫子が源氏であることの意義をつよめていう。

ただ今の国王、大臣、皆藤氏にてこそおはしますに、この北《（倫子）》の政所ぞ、源氏にて御幸極めさせ給ひにたる。をと年の御賀の有様などこそ、皆人見聞き給ひし事なれど、なほ返す返すもいみじくはべりしものかな。

と倫子を代表のようにあげて、源氏の意義を強調する。

次いで道長の第二夫人明子に入る。『栄花物語』にもあるが、それほど詳しくはない。『大鏡』では東三条院詮子は明子の人柄をよくよく見ていて、道隆等、道長の兄たちが明子に心をよせても絶対にゆるさず、道長を通わせたとある。明子は詮子の力によって道長夫人となることができたともいえよう。

又、高松殿のうへと申すも源氏にておはします。延喜の皇子高明親王を、左大臣になし奉らせ給へりしに、思はざる外のことによりて帥にならせ給ひていと心うかりし事ぞかし。その御女におはします。（中略）西宮殿も十五の宮《（盛明親王）》もかくれさせ給ひにし後に、故女院《（詮子）》の后におはしましをり、この姫宮を迎へ奉らせ給ひて、東三条殿の東の対に帳を立てて壁代を引き、我が御しつらひにいささかおとさせ給はず、しすゑきこえさせたまひ、女房、侍、家司、下人まで別にあかちあてさせ給ひて、姫宮などのおはしまさせし如くに、限りなく思ひかしづききこえさせ給ひしかば、御せうとの殿ばら《（道隆たち）》、我も我もとよしばみ申し給ひけれど、后かしこく制し申させ給ひて、今の入道殿《（道長）》をぞ許しきこえさせ給ひければ、通ひ奉らせ給ひし程に、女君二所《（寛子・尊子）》、男君四人おはしますぞかし。

明子腹の女子二人のうち、寛子は三条天皇の皇子、敦明親王（小一条院）の女御。尊子については『大鏡』に詳しい。

今一所（尊子）は、故中務卿具平親王と申す、村上のみかどの七の皇子におはしましき、その御男君、三位中将師房の君と申すを、今の関白殿の上の御はらからなるが故に、関白殿御子にしたてまつらせ給ふを、入道殿聟どり奉らせ給へり。あさはかに心えぬ事とこそ世の人申ししか。殿（道長）の内の人も思したりしかど、入道殿思ひおきてさせ給ふやうありけむかしな。

と、村上天皇の第七皇子具平親王の子源師房は道長の長男頼通夫人隆姫の弟であることから、道長は師房を尊子の婿にむかえた。これは、道長・頼通が源氏との関係を深く結びたかったことによるものであり、ここは藤原氏と源氏の結合の重要性を明確にするところである（『栄花物語』巻二十一後悔大将にも同様の記述あり）。

次いで「男君は」として、頼宗・能信・顕信・長家と明子腹の男子たちに入る。そこで顕信の伝であるが、それに入る前に、源氏についてもう少しみておきたい。顕信出家の記事の後に、

この殿（道長）の君達、男女合はせ奉りて十二人、数のままにておはします。男も女も御官位こそ心に任せたまへらめ、御心ばへ、人がらどもさへ、いささかかたほにて、もどかれさせ給ふべきもおはしまさず。とりどり有職に、めでたくおはしまさふも、ただことごとならず、入道殿の御さいはひの言ふかぎりなくおはしますなめり。（中略）この北の政所の二人ながら源氏におはしませば、末の世の源氏の栄え給ふべきと定め申すなり。

かかれば、この二所の御有様、かくの如し。

と、倫子・明子二人が源氏であることを強調している。『大鏡』の作者が道長の発展には、源氏の力が偉大であっ

たことを深く認識し、源氏の意義が道長に大きな影響を与えているということを明確に述べておきたかったことが分かる。

さて顕信であるが、これも『栄花物語』巻十に大変詳しい。『栄花物語』では、顕信が皮の聖、行円に会い出家させてくれという。行円は驚いて、一旦はことわる。しかし本人の希望は、もう真剣でどうにもならず、言う通りに出家させる。そして比叡山の無動寺に夜中に登る。道長は、それを知って聖と対面、早速、山へ登り顕信と対面し、なぜ決心したのかを問う。道長のいうところは、

何ごとの憂かりしぞ。われをつらしと思ふことやありし。官爵の心もとなくおぼえしか。またいかでかと思ひかけたりし女のことやありし。異事は知らず、世にあらんかぎりは何ごとをか見捨ててはあらんと思ふに心憂く。かく母をも我をも思はで、かかること、とのたまひつづけて泣かせ給へば、

とあり、顕信も、

さらに何ごとをか思ふたまへむ。ただ幼くはべりをりより、いかでと思ひはべりしに、させうにも思しめしかけぬことを、かくと申さんもいと恥かしうはべりし程に、かうまでしなさせ給ひにしかば、我にもあらでありきはべりしなり。

（『栄花物語』巻十ひかげのかづら）

と答える。

これに対し、『大鏡』には次のようにある。

寛弘九年（長和元年＝一〇一二）壬申正月十九日、入道したまひて、この十余年は仏のごとくして行はせ給ふ。思ひかけず、あはれなる御ことなり。みづからの菩提を申すべからず、殿の御ためにもまた、法師なる御子のおはしまさぬが口惜しく（中略）いかがははべらむ。うるはしき法服、宮々よりも奉らせ給ひ、殿よりは麻の御衣奉るなるをば、

あるまじきことに申させ給ふなるをぞ、いみじくわびさせ給ひける。

『栄花物語』は、その夜から翌日と現在の眼で執筆。『大鏡』は十余年後のこととして叙述しているから前者は切実であり、後者は落着いた書き方をしている。そして、『栄花物語』には書かれていない乳母の歎きと、乳母が想像する母明子の歎きが、大げさに書かれている。さらに受戒の儀式の様子が続き、道長の反応について、

入道殿は「益なし。いたう嘆きて聞かれじ。心乱れせられむも、この人《(顕信)》のためにいとほし。法師子のなかりつるに、いかがはせむ。幼くてもなさむと思ひしかども、すまひしかばこそあれ」とて、ただ例の作法の法師の御やうにもてなし聞こえ給ひき。

とあって冷静な書き方をしている。

続いて、

ただし、殿の御前は、三十より関白せさせ給ひて、一条院・三条院の御時、の世をまつりごち、我が御ままにておはしましに、又当代《(後一条)》の九歳にて位に即かせ給ひにしかば、御年五十一にて摂政せさせ給ふ年、我が御身は太政大臣にならせ給ひて、摂政をば大臣に譲り奉らせ給ひて、御年五十四にならせ給ふに寛仁三年己未、(中略)三月廿一日御出家し給ひつれど、なほ又おなじき五月八日、准三宮の位にならせ給ひて、年官、年爵えさせ給ふ。

とあり、『栄花物語』では編年体で、その時その時に年月日を明確に示す方法で、その史実を進めていくが、『大鏡』は紀伝体でとりまとめて簡単明瞭に説明していくところが分かり易い。道長出家のところは、両書がよく合致する。

（5）藤原忠平の重要性

次いで、

> この入道殿下の御一門よりこそ、太皇太后宮・皇太后宮・中宮、三所出でおはしましたれば、まことに希有希有の御幸ひなり。皇后宮《（娍子）》一人のみ、筋分かれ給へりといへども、それそら貞信公《（忠平）》の御末におはしませば、これをよそ人と思ひ申すべきことかは。しかれば、ただ世の中は、この殿《（道長）》の御光ならずといふことなきに、この春《（万寿二年）》こそはうせ給ひにしかば、いとどただ三后のみおはしますめり。

とある。皇后宮娍子が亡くなったのは万寿二年（一〇二五）である。娍子は家筋が別であるとはいうものの、貞信公の子孫であることから、よそ人（他人）とはいえないとある。忠平の子孫、即ち師尹の孫ということを重視するのが面白い。これは貞信公、即ち忠平を重視していることであり、そして繁樹は忠平の小舎人童であったとの前置きから、忠平の子孫から道長へいたるまでのいわゆる九条家の発展ということを、『大鏡』の作者は特に言いたかったのである。即ち、その祖先にさかのぼれば、忠平が重要人物となる。従って娍子は「よそ人」ではないという考え方は、意味が深い。それを繁樹に語らせている。その辺りのこともいろいろ述べたいが、本稿では道長を中心に述べているので、また別の機会に「大鏡の本質」というようなことでまとめてみたいと思う。実頼の息子頼忠のことは、「よそ人」とよんでいることと比較して、意義深いと思う。列伝の基経の中で繁樹が、

> それぞ、いわゆるこの翁が宝の君貞信公におはします。

と語っているように、作者は摂関政治の本質と藤原氏発展の歴史に忠平の人柄を重ねて先ず語らせようとしていることが理解できるのである。

しかし、さらに大臣列伝をもう少し道長を中心にみていこう。

この殿、事にふれてあそばせる詩、和歌など、居易、人丸、躬恒、貫之といふとも、之思ひよらざりけむと
こそ、おぼえはべれ。
と道長は詩・和歌にもすぐれていることなどを述べ、続いて春日行幸は、「先の一条院の御時よりはじまれるぞ
かしな」と、春日神社の祭について触れ、
天皇の御祖父にて、うちそひ仕うまつらせたまへる殿《(道長)》の御有様、御かたちなど、少し世の常にもおはしまさ
ましかば、飽かぬことにや。
と言い、
殿《(道長)》、大宮に、
そのかみや祈りおきけむ春日野のおなじ道にもたづねゆくかな
御返し
くもりなき世の光にや春日野のおなじ道にもたづねゆくらん
とあり、中宮彰子が返歌している場面など、まことに美しく構成されている。今日、一家そろって天皇の行幸に
供奉して、お参りできるのは幸福との意味をこめているのである。さらに、道長が和歌にすぐれていたことを世
継老人は続ける。
この殿は折節ごとに、かならずかやうのことを仰せられて、ことをはやさせ給ふなり。ひととせの北の政所《(倫子)》
の御賀に詠ませ給へりしは、
ありなれし契りは絶えでいまさらに心けがしに千代といふらむ
と、倫子六十賀にも和歌を詠み、次いで一品の宮禎子内親王の誕生・産養でも、

又この一品《禎子》の宮の生れおはしましたりし御産養、大宮《彰子》のせさせ給へりし夜の御歌は聞き給へりや。それこそいと興あることを、ただ人は思ひよるべきにもはべらぬ和歌の体なり。

おと宮のうぶやしなひを姉宮のしたまふ見るぞ嬉しかりける

とあり、おと宮（妹宮の妍子）が御子（禎子）を産み、その産養を姉宮（彰子）がなさるのを見るのは、二人の親（道長）である自分にとって、まことに嬉しいことだとの意味の和歌を道長は詠む。妍子の禎子内親王（禎子についてはのちに詳述する）誕生の喜びの歌である。これは非常に重要なことである。

道長―┬―彰子
　　　└―妍子
　　　　　＝――禎子内親王
　　　三条天皇

次いで、若き日の道長の勇気および何事にも強かった様子などが、説話を配列したかのように多数出てくる。これら若き日の道長の勇気等については、拙著『藤原道長』に述べたため、ここでは触れないが、これら説話風な面白い場面は、『大鏡』のみに多くあるから大事である。

また、道長の姉詮子（一条天皇の母后）のことが道長にとって重要な存在であったと、説話のようなかたちで述べられている。詮子は、道長の才能を早くから重視し、内覧宣旨が下ったときもまことに詮子の力の大きかったことは、今更いうまでもない事実である。

例を二つ三つあげたい。

ある相人、即ち人相見に道隆・道兼・伊周・道長について女房が尋ねてみたところ、やはり道長が最もすばら

しいと言い、「虎の子の深き山の峰を渡るがごとくなる」を申したとある。そして、

御かたち・容体は、ただ毘沙門の生本見たてまつらむやうにおはします、御相かくのごとしと言へば、誰よりもすぐれ給へりとこそ申しけれ。

とある。

三条院のときの賀茂行幸の日の道長について、

三条院の御時、賀茂行幸の日、雪ことのほかにいたう降りしかば、御ひとへの袖をひき出でて、御扇を高く持たせ給へるに、いと白く降りかかりたれば、「あないみじ」とてうち払はせ給へりし御もてなしは、いとめでたくおはしまししものかな、（中略）三条院も、その日の事をこそ思し出でおはしますなれ。御病のうちにも、「賀茂行幸の日の雪こそ忘れがたけれ」と、仰せられけむこそあはれにはべれ。

とあり、三条天皇は眼の病いがひどくなってからも、その雪の日のことが忘れられないと言われたと語られているのも興味深い。

大臣列伝道長の最後は、

いとあがりての世は知りはべらず。翁《（世継）》ものおぼえての後は、かかる事さぶらはぬものをや。今の世となりては、一の人の、貞信公、小野宮殿をはなち奉りて、十年とおはする事の近くははべらねば、この入道殿もいかがと思ひ申しはべりしに、いとかかる運におされて、御兄たちはとりもあへずほろび給ひにしにこそおはすめれ。それも又、さるべくあるやうあることを、皆世はかかるなんめりとぞ、人々おぼしめすとて有様を少しまた申すべきなり。

とあって、これよりさらに、再び藤原氏の物語へと入っていく。

（6）藤原通房の誕生と道長・頼通

　藤原氏の物語はまた、改めて鎌足より始まる。

この鎌足のおとどよりの次々、今の関白殿《（頼通）》まで十三代にやならせ給ひぬらん。その次第を聞こし召せ、藤氏と申せば、ただ藤原をばさ言ふなりとぞ、人は思さるらむ。さはあれど本末知ることはいとありがたきことなり。

とあって、頼通までの十三代の話が続く。この中の道長をみていきたい。

　ここには鎌足に続いて頼通まで簡単な系譜の説明がある。このうち冬嗣以下道長までは各々の列伝で述べられたところと重複しているところが多い。そして道長についで頼通に入る。

この殿《（頼通）》の御子の今までおはしまさざりつるこそ、いと不便にはべりつるを、この若君の生まれ給ひつる、いとかしこきことなり。母は申さぬことなれど、これはいとやむごとなくさへおはするこそ。故左兵衛督《（源憲定）》は人柄こそいとしも思はれ給はざりしかど、もとの貴人におはするに、また、かく世をひびかす御孫の出でおはしましたる、なき後にもいとよし。

とあり、源憲定は村上天皇の皇子為平親王の長男、母は源高明女。そして通房の誕生を道長・頼通が喜んだ場面であるが、『栄花物語』若枝の巻にも詳しくあり、『左経記』にもその喜びのさまが詳細である。『大鏡』には続いて、

　七夜のことは入道殿せさせ給へるに、つかはしける歌

　年を経て待ちつる松の若枝にうれしくあへる春のみどりこ

帝・東宮をはなち奉りては、これこそ孫の長とて、やがて御童名を長君とつけ奉らせ給ふ。

とある。ここに道長・頼通の後々までの繁栄が語られている。

また、かく世をひびかす御孫の出でおはしましたる、なき後にもいとよし。

という部分も重要であり、

この四家の君達、昔も今もあまたおはしますなかに、道絶えずすぐれ給へるは、かくなり。

と藤原氏四家の北家が、源氏との関係を深く保ちながら道長・頼通にいたって、本当にしっかりと固まったことを論ずる。

そこで鎌足をはじめとする后の父や天皇の祖父となった人を再び並べたくなったのであろう。十二人が列挙され、その中でも道長が格別の秀でた人柄であったことを確認する。

(7) 道長の宗教心

こうして道長が偉大なる人物であること、政治家道長の立派さ、さらにこの頃の藤原氏の諸寺のいくつかを配列、説明したのち、法成寺がまた特にすぐれていたことを述べる。

まづは造らしめ給へる御堂などの有様、鎌足のおとどの多武峯、不比等の大臣の山階寺、基経のおとどの極楽寺、忠平の大臣の法性寺、九条殿の楞厳院、天のみかど(聖武天皇)の造り給へる東大寺も、仏ばかりこそは大きにおはすめれど、なほこの無量寿院には並び給はず。

そして大安寺・法住寺・四天王寺等々をあげて、

奈良は七大寺・十五大寺など見くらぶるに、なほ、なほ、この無量寿院いとめでたく、極楽浄土のこの世にあらはれけると見えたり。かるが故に、この無量寿院も、思ふに、思し召し願ずることはべりけむ、

とある。無量寿院（法成寺）は治安二年（一〇二二）七月十四日に金堂の落慶供養が行われた。また、それより以前、

浄妙寺は東三条《兼家》のおとどの大臣になり給ひて御よろこびに木幡に参り給へりし御供に、入道《道長》具し奉らせ給ひて御覧ずるに、多くの先祖の御骨おはするに、鐘の声聞き給はぬ、いと憂きことなり、わが身思ふさまになりたらば三昧堂建てむと御心のうちに思し召し企でたりけるとこそうけ給はれ。

とあり、『大鏡』も法成寺をはじめ道長と宗教について詳しいが、『栄花物語』巻十五疑の巻では、その建立の実態がより詳細に書かれている。

こうして道長の法成寺建立については、世継と繁樹の会話が情熱的に進行する。世継は、「道長は聖徳太子の生れ変り、弘法大師が仏法興隆のために生れ変られたもののようである」と言い（『栄花物語』巻十五にも詳しい）、「なほ権者にこそおはしますべかめれとなむ、仰ぎ見奉る」とある。続いて世継は、道長の世を、「この御世の楽しきことかぎりなし」という。また、「かくたのしき弥勒の世こそあひてはべれや」ともいう。すると繁樹が、自分が貧困になったならば、「入道殿下の御前に申文を奉るべきなり」と言い、その申文の内容は、

翁、故太政大臣貞信公殿下の御時の小舎人童なり。それ多くの年積りて、術なくなりてはべり。閣下の君、末の家の子におはしませば同じ君と頼み仰ぎ奉る。もの少し恵み給はらむ。

などと面白いことをいう。ここで重視すべきは、繁樹が貞信公忠平の小舎人童であったという設定であり、忠平のことは、かなり重視してこの老人繁樹の言葉の中に出てくる（これについては前に簡単に述べたが、後述する）。さらに繁樹は、

おのれは大御堂の供養の年の会の日は、人いみじう払ふべかなりと聞きしかば、試楽といふこと、三日かね

てせしめ給ひしになむ参りてはべりし。

と言い、以下詳細な記述がある。

大御堂即ち金堂供養は治安二年（一〇二二）七月十四日であることはいうまでもなく、『栄花物語』巻十七音楽でとりあげられ、『大鏡』はそれを原史料にしたものであることは文章からも察せられる。宮たちが諸堂を参拝。大宮（彰子）・皇太后宮（妍子、枇杷殿の宮ともよぶ）・中宮（威子）・督の殿（嬉子）・一品宮（禎子）が揃って出かけた。道長は、御堂のそれぞれを開けて皆を待つという状況であった。とくに道長と禎子内親王の様子が、まったく美しいものであった。とにかく道長の法会参列の生き生きとした場面が、『栄花物語』よりも一層美しく描かれている。『大鏡』は、ここでも禎子内親王を重視する。

さてついで、『大鏡』には河内国の聖人なる者が登場する。聖人は関白殿頼通を第一の人とみていたところ、入道殿道長の方が一段上であるということを認識する。そこへ天皇の行幸があり、やはり国王が第一と思われて、なほ国王こそ日本第一のことなりけれと思ふに、下りおはしまして阿弥陀堂の中尊の御前につい居させ給ひて拝み申させ給ひしに、なほなほ仏こそ上なくおはしましけれと、この会の庭にかしこう結縁し申して道心なむいとど熟しはべりぬるとこそ申されはべりしか。かたはらに居られたりしなりや、まこと忘れはべりにけり。

とある世継の言も面白い。

続いて、世の中の人が申すには、

大宮の入道せしめ給ひて太上天皇の御位にならせ給ひて女院と申すべき。この御寺に戒壇たてられて御受戒あるべかなれば、世の中の尼ども、まゐりて受くべかんなりとて、喜びをこそなすなれ。

と、それを聞いて自分（世継）の妻も喜んでいるという、そのとき再び、

いであはれ、かくさまざまにめでたきことども、あはれにもそこら多く見聞きはべれど、なほ、わが宝の君《（忠平）》におくれたてまつりたりしやうに、ものの悲しく思う給へらるる折こそはべらね。（忠平は天暦三年〈九四九〉八月十四日に薨じた）

と忠平の死をしみじみあわれに思う繁樹の姿があらわれる。今まで長生きして貞信公忠平の子孫がひろがり、繁栄しているのをみることができ、喜び申し上げていると繁樹はいう。忠平の死の翌年（天暦四年）、冷泉院が誕生し、曾祖父の貞信公がそれを知らずに亡くなったことは何よりの歎きでしたともいう。

この後に大変重要な叙述があるのだが、一応、ここで藤原氏物語は終る。最後の重要なところは後述するとして、道長を中心に雑々物語（昔物語）に入ろう。

（8）雑々物語

さて雑々物語（昔物語）も、相変らず世継と繁樹の会話でくり広げられていく。そこへ、青侍も作者も入り、光孝天皇の即位から始まり、次いで宇多・醍醐・朱雀と進んでいくのだが、

朱雀院生れおはしまさずば、藤氏の御さかえ、いとかくしもはべらざらまし。

とあり、これは、朱雀天皇の叔父に当たる忠平が摂政となり、外戚としての藤原氏の位置が確立することを意味しており、繁樹は忠平の小舎人童であったという設定から、忠平が『大鏡』においては重要人物であることを再認識せねばならない。次いで、

村上の帝はた申すべきならず。「なつかしうなまめきたる方は、延喜《（醍醐）》にはまさり申させたまへり」とこそ人

申すめりしか。

とあって、村上天皇は醍醐天皇に勝る天皇だという。多くの説話風な話が配列される。次の冷泉天皇については、

かやうに物のはえ、うべうへしき事どもも、天暦《(村上)》の御時までなり。冷泉院の御代になりてこそ、さはいへども世は暮れふたがりたる心地せしものかな。世のおとろふることも、その御時よりなり。小野宮殿《(実頼)》も一の人と申せど、よそ人にならせ給ひて、若くはなやかなる御をぢたち《(伊尹・兼通)》にまかせ奉らせ給ひ、また、帝は申すべきならず。

と、実頼を「よそ人」とよび、冷泉天皇時代はわずか二年間であったが、その世相がよく分かる表現である。そして世継は、

藤氏の御事をのみ申しはべるに、源氏の御事も珍らしう申しはべらむ。

と言い、ついで倫子の父雅信と弟の重信をかなり詳しく扱ったのち、侍が「この頃もさやうの人はおはしまさずやはある」という。それに対して世継が答えて、「この四人の大納言たちよな。斉信・公任・行成・俊賢など申す君たちは、またさらなり」と道長を補佐して政治を運営する、いわゆる寛弘の四納言をいう。

次いで法成寺の五大堂供養。「師走にははべらずやな」と、ややあいまいな言い方をしているのは、この行事は正確には治安二年（一〇二二）七月である。これは道長の法性寺五大堂供養が寛弘三年（一〇〇六）十二月二十六日のことであり、それを誤まったか、あるいは意図的にこのようにしたかは明らかではない。十二月であるから厳寒の季節であり、道長は、

「北向きの座にて、いかに寒かりけむ」など殿の問はせ給ひければ、

とあって、並んでいる僧たちに北向きの座で、どんなにか寒かったであろうとお尋ねになったとある。行事役は、

それを考慮して熱い御飯を僧たちに食べさせたので、その処置が大変良いやり方であると、皆に喜ばれたという。

次いで彰子の大原野行幸。道長は馬で出かけ、妍子・威子たちは黄金造りの車で行った。公季は健康がすぐれないのを理由に途中で帰ったことを、「入道殿いみじう恨み申させ給ひけれ」とあり、『小右記』にも同様のことがみえている。

ついで怪異と思ったが吉相であったという面白い話のこと。

> また、大宮《（彰子）》のいまだ幼くおはしましける時、北の政所《（源倫子）》具し奉らせ給て春日に参らせ給ひけるに、御前のものどものまゐらせ据ゑたりけるを、俄に辻風の吹きまつひて東大寺の大仏殿の御前に落としたりけるを、春日の御前なるものの源氏の氏寺に取られたるはよからぬことにや、これをもその折、世人申ししかど、ながく御末つがせ給ふは吉相にこそはありけれとぞおぼえはべるな。夢もうつつも「これはよきこと」と人申せど、させることなくてやむやうはべり。また、かやうに怪だちて見給へ聞こゆることも、かくよきこともさぶらふな。

とあるように、彰子が倫子とともに春日神社に奉ったものが東大寺の大仏殿前に落ちたという。東大寺は源氏の氏寺なるため、これは不吉のことといわれたが、藤原氏がこうして栄えるのをみれば、かえって吉相であったということになる。不祥のように思われたことも、かえってよいことになることもあるのだという世継の話は面白い。

さて、ここで世継は、今まで話し続けてきたところが真実であることを強調する。それは、私の話をよく聞いて下さったあなたのおかげですと、しみじみ話し相手の青侍の態度に感激する。そして彼に向かって、

> 思ふに古き御日記などを御覧ずるならんかしと心にくく、

とほめ讃える。「思ふに古き御日記などを御覧ずるならむかしと心にくく」というところは大事で、これは『大鏡』の作者が、「御日記」即ち天皇・皇族の日記を見ているであろうことが想像される。さらに繁樹も世継の話に聞き入る。そしてお話しをさらに、もっと聞きたい。そういう機会には杖にすがってでも参加しましょうという。

　わが心におぼえて一言にてもむなしきことくははありてはべらば、この御寺の三宝、今日の座の戒和尚に請ぜられ給ふ仏菩薩を証としてたてまつらむ。

とあり、雲林院の三宝と今日の講座の戒和尚によって請ぜられた仏菩薩を証人として立てましょうと言い、さらに世継と繁樹について、

　したり顔に扇うちつかひつつ、見かはしたる気色、ことわりに何事よりも公私うらやましくこそはべりしか。

とあって、『大鏡』の作者は、彼ら二人（青侍を含めて三人）の公私両面にわたる博識をうらやむとある。作者は、その場面に列席していたように執筆を続ける。

　ついで繁樹は貞信公忠平について相人が、

　貞信公をば「あはれ、日本国のかためや、ながく世をつぎ門ひらくこと、ただこの殿」と申したれば、

と言い、忠平は藤原氏の栄華を開いた大事な方という。やはり『大鏡』の作者は、天皇は光孝天皇から藤原氏は基経・忠平から摂関政治の本質とその人柄を叙述しようとしたのである。そして忠平には、かなり重点が置かれているので、少し忠平についても述べておきたいが、本稿は道長が中心のため、それはまたの機会にゆずる。ただ列伝の道長の中で、

　この入道殿下の御一門よりこそ、太皇太后宮《（彰子）》、皇太后宮《（妍子）》、中宮《（威子）》、三所出でおはしましたれば、まことに希有希有の御幸ひなり。皇后宮《（娍子）》一人のみ、筋分かれ給へりといへども、それそら貞信公の御末におはしませば、

これをよそ人と思ひ申すべきことかは。

と、小一条家の娍子を忠平の系統と強調しているのは、やはり『大鏡』は忠平からの摂関政治の歴史を、道長を中心に述べることが最大の目的であったとみられよう。即ち、忠平から道長にいたる九条家の発展の歴史を中心に述べたものといえよう。

帝紀・天皇列伝の中の大事なところをもう少しみてみよう。それらをもう一度たどってみよう。まず大事なのは禎子内親王である。一品宮禎子内親王の誕生を三条天皇は男子ではなかったため、はじめ、あまり喜ばなかったようだったが、幼い姫君のお髪が美しいのを眼疾のため見ることができず手さぐりで撫でて歎いていたというあわれな叙述もある。

頼忠伝の公任のところに道長の風流心、楽しい面がみられる。それは道長が大堰川で船遊びを催したときのことである。漢詩・音楽・和歌と三つに船を分け、道長が公任に向かって「どの船にお乗りになるつもりか」と言ったので、公任は「和歌の船に乗りましょう」と言い、

小倉山嵐の風の寒ければもみぢの錦きぬ人ぞなき

と詠み、

さても殿の「いづれにかと思ふ」とのたまはせしになむ、我ながら心おごりせられし」とのたまふなる。

と公任の得意ぶりとともに、道長と公任の和歌や漢詩の素養も察することができ、親友二人の様子がありありとみえて興味深い。

次いで師尹の条に、敦明親王東宮退位事件のことが詳細にみえる。敦明親王と道長については拙著『平安人物志』に述べたため、ここでは省略したい。また師尹の子の済時については道長との関係で述べたいところも多い

が、やはり省略する。済時の娘娍子は三条天皇の皇后であったが、その妹（敦道親王妃）には父済時の遺産の領地が近江国にあり、その領地を人に横領され落ちぶれてしまっていたところ、法成寺の阿弥陀堂に参り道長に願い出て、荘園をめぐる論争で道長より温情の処置をうけたことなどが述べられている。

また道隆のところで、世継の言葉として、

さて、式部卿（敦康親王）の宮の御ことを、さりともさりともと待ち給ふに、一条院の御悩重らせ給ふきはに、御前に参り給ひて御気色給はり給ひければ、「あのことこそ、つひにえせずなりぬれ」と仰せられけるに、「『あはれの人非人や』とこそ申さまほしくこそありしか」とこそのたまうけれ。

とあって、遂に敦康が東宮になれなかったことを一条天皇の病身の枕もとで道隆の男、隆家は聞き、「あはれの人非人や」と申し上げたい気がしたとある。

隆家は敦康親王を期待していたのに、これによってひどく憤慨したことが分かる。続いて、

さてまかで給うて、わが御家の日隠の間に尻うちかけて、手をはたはたと打ちぬ給へりける。世の人は「宮（敦康）の御ことありて、この殿、御後見もし給はば、天下の政はしたたまりなむ」とぞ、思ひ申しためりしかども、この入道殿の御栄えの分けらるまじかりけるにこそは。

とあり、それも道長の運命であったような言い方をしている。

（9）世継と班子女王・禎子内親王

以上で、一応『大鏡』の道長について、帝紀・大臣列伝・藤原氏物語・雑々物語（昔物語）等の中から、その主たるところを述べてきたが、紀伝体の史書のかたちで書かれているため、全体が大変に複雑である。四人の人

物、しかも百何十歳という人を登場させ、大宅世継が最も多く語り、それに次いで夏山繁樹が相づちをうち、若い青侍も少しずつ批判しつつ、かなりはっきりした発言もする。その叙述は、その人々の発言をもととして摂関政治の歴史の真実を語っていくという実に手のこんだ構成である。だが四人の中で最も発言の多いのは世継であり、繁樹はまた忠平の宮仕人であったということに重要な意義がある。これは摂関政治の歴史として、作者が忠平という人物に大きな存在意義を寄せて、道長にいたる九条家発展の根源は忠平にあるということを強調しているからである。

序において繁樹は、

をのれは故太政大臣貞信公、蔵人の少将と申しし折の小舎人童、おほいぬまろぞかし。主は、その御時の母后の宮（班子女王）の御方の召使、高名の大宅の世継とぞいひ侍りしかしな。

と言い、世継は洞院后班子女王の召使ということになっている。班子は光孝天皇の妃、宇多朝の母后、醍醐朝の皇太后である。世継が班子の召使ということは、繁樹の忠平の小舎人童以上に重要なこととなる。

これは、すでに山岸徳平氏が「大鏡概説」（『岩波講座　日本文学』七巻）で述べ、また安西廸夫氏が「大鏡構造論」（『歴史物語の歴史と虚構』所収）でいわれているところであるが、即ち班子は、陽明門院禎子内親王が国母として栄えることをあらわすために必要な人物であったということに結びつくのである。

班子女王は宇多天皇の母后である。この当時の天皇の母后がすべて藤原氏であるに反して、班子は王家であるということを大きく考えねばならない。そして宇多天皇は賜姓源氏、源定省であったということを思えば、世継が班子の召使であったという設定は大変大きな意味があることになる。そこで禎子内親王が重要な存在になっていく。禎子は三条天皇と中宮妍子の女であり、母后妍子はいうまでもなく道長の次女藤原氏であるが、皇族である。禎子が後朱雀天皇の中宮、そして後三条天皇の母后であるということが大切なのである。そこで、班子女王の意義を考えてみると、『大鏡』には王威を重んずることが出てくる。菅原道真が雷となって清涼殿に落ちてきたときも時平の一言で雷はおさまったようにみえるが、

かの大臣《(時平)》のいみじくおはするにはあらず、王威のかぎりなくおはしますによりて、理非をしめさせたまへるなり。

とあって、王威は『大鏡』で重要な意義がある。これらにより道長の人柄を『栄花物語』以上に讃美しているこ と、藤原氏摂関政治の成行と栄華の賞讃が重要であるということだけではなく、『大鏡』には班子女王・禎子・後三条天皇について述べる意義と必要があったのである。

藤原氏物語の最後に大事な事柄がある。それは、世継と繁樹との会話の中であるが、世継は今年は天変がしきりにあり、尚侍（嬉子）や小一条院女御（寛子）の様子をあげ（二人とも万寿二年に亡くなる）、『大鏡』の今、即ち万寿二年（一〇二五）現在の世相は、あまりよくないというような会話になる。すると繁樹が「我が宝の君貞信公に死に遅れ、ひどく悲しがったが、翌年冷泉院が誕生なさって、その折りの嬉しさはこの上もなかった」などという。すると世継は相づちをうち、「朱雀院・村上天皇が続いて生まれたのも結構なことで」と言いつつ、世継はあらたまって大事なことをいう。そこを次に詳しく述べたい。

世次が思ふことこそはべれ。便なきこととなれど、明日とも知らぬ身にてはべれば、ただ申してむ。

と、ひらき直っていう。

この一品宮《(禎子内親王)》の御有様のゆかしくおぼえさせ給ふにこそ、また、命惜しくはべれ。

と言い、禎子誕生について、

その故は、生まれおはしまさむとて、いとかしこき夢想見たまへしなり。

と夢のお告げがあったという。

さおぼえはべりしことは、故女院《東三条院詮子》、この大宮《彰子》など孕まれさせ給はむとて見えし、ただ同じさまなる夢にはべりしなり。

とあり、「詮子や彰子が母君のおなかに身ごもられた時に見た夢と、禎子誕生の夢は、全く同じ趣きの夢であったのです」という。

それにて、よろづ推し量られさせ給ふ御有様なり。

それによって何事も推量でき、「お目出たい将来の有り様ですよ」という。即ち、この一品宮禎子の行末・将来は、想像できることで、やがては后になられ、栄えること確実という。

続いて、

皇太后宮《妍子》にいかで啓せしめむと思ひはべれど、その宮《妍子》の辺の人に、え会ひはべらぬが口惜しさに、ここら集まり給へる中に、もしおはしましやすらむと思う給へて、かつてかく申しはべるぞ。

と、禎子の母后皇太后宮（妍子）に、この夢想のことと禎子の将来の発展のことを私は申し上げたいと思っているのですが、妍子方の宮仕の人に会えないのが残念で、この菩提講の聴衆の人々の中に、もしや妍子の宮司のような方がいらっしゃるかと思って、一方でこのように申し上げているのですが、という。

さらに、

行末にも「よく言ひけるものかなとおぼし合はする事も侍りなむ」と言ひし折こそ、

後々になって「あの老人《世継・繁樹》はよく言い当てたものだなあと思い合わせて感ぜらるる方もあるので御座いましょう」

といったとき、私（作者）は、

「ここにあり」とて、さし出でまほしかりしか。

「ここに皇太后宮のゆかりの者がおります。私（作者）がそうなのです」といって飛び出していきたい気がしました、と、『大鏡』の作者が最後に発言するところは非常に大事である（藤原氏物語の最終のところ）。ここからも作者が禎子内親王をまことに重要な人物とみていることが分かる。と同時に、禎子の母后は皇太后妍子、いま万寿二年の現在、妍子は病気勝ちであわれである。しかし、女禎子がいる。その禎子はのちに、後朱雀天皇の后となって後三条天皇を生むのである。また、妍子の異母兄弟能信は禎子の中宮大夫、さらに禎子の皇子尊仁親王（のちの後三条天皇）の東宮大夫となる。その後、後三条天皇に娘茂子を入れているが、そこに生まれたのが貞仁親王、次の白河天皇である。先ほど述べた「ここに私がいる」と発言して飛び出したかったという作者も、夢のお告げによって、禎子の将来は後三条・白河までひろがっていくことを伝える。

結局、『大鏡』は、万寿二年現在で、摂関政治は絶頂期を過ぎつつあるが、しかし妍子の後裔は後々まで続き、禎子を中心に後三条・白河へとひろがる大きな歴史のながれを語っていくことになるのである。結局、詮子・彰子の二人は摂関政治の発展と道長の権威を示していたが、禎子はまた、もう一つの別の展開を示す存在ということになる。

藤原氏の摂関政治は、ただ藤原氏一本のみで発展してきたのではなく、天皇との外戚については今更いうまでもないところだが、さらに常に源氏との結びつきがあったということを『大鏡』が明確に語っていることは、見逃せない大事な事実である。

それは、忠平の子師輔が理想とした藤原氏と源氏との合同政治、源高明との結びつきを大きく意識し、為平親王の排斥、安和の変など種々のできごとがあったが（『栄花物語』巻一月の宴に詳細なところ）、『大鏡』は、その間の歴史の流れを、藤原道長の偉大なる力に大きく重点を置いて、その周囲をよく観察しているが、あわせて王威の意味もふまえているのである。

この夢のお告げで明らかになるように、禎子が後朱雀天皇（敦良親王）の后となり皇子が生まれ（後三条天皇）、後三条天皇が天皇親政により、その後の世をしっかりと固めていくことは間違いないということを、『大鏡』の作者ははっきりと語るのである。

恰も『大鏡』は万寿二年（一〇二五）に執筆が完成したようによそおって叙述を進めていく。西岡虎之助氏は万寿二年成立としたが、その後否定され、何年どこで成立したかは未だ疑問だが、『栄花物語』成立よりは後のことであることはいうまでもないところである。作者・成立年代についても、今ここで述べるべきだが、それは不明な点も未だ少なくなく、作者については現在いわれている能信説とその周辺に一応賛同しておきたい。最後に、『大鏡』の意義と本質をもう一度述べて終りたい。

(10) おわりに

摂関政治のはじまりから道長の死（万寿四年＝一〇二七）の近くまでの摂関政治の歴史を紀伝体のかたちでとりあげ、しかも道長の人物像を悉くほめ讃え、おそらく多くの原史料を蒐集して（とくに『栄花物語』を基本として）道長の人柄と政治の実態を詳細に述べていることが、『大鏡』の本質であると一応考え得る。

『栄花物語』は藤原氏発展の歴史を編年体で述べる。道長賛美が主目的であったようにも思われるが、実は、道長中心のみではなく藤原氏発展の歴史を詳細に述べている。道長賛美が目的であったようにもみられるが、それは結果的にそのように思われるだけで、藤原氏発展の歴史が主目的であった。『大鏡』も一つの大きな目的が道長の人柄賛美であるが、さらに道長死後の摂関政治の下り坂の時代から天皇親政へと移り変わる事情が最後に明確に書かれていることも強調したい。

万寿二年のある日、雲林院の菩提講の始まる前に、群衆の中にいた四人の語りは、道長を中心に摂関政治の本質を明らかにするといっても一応、差支えないであろう。しかし、今あげてきた世継・繁樹の言葉の内容をみると、それのみではなく、道長の死後の摂関政治の成行を上手にまとめているといわねばならない。まことに重要な歴史社会の真相をとらえている。

要するに、『大鏡』は摂関政治の歴史の始終を述べ、後三条天皇までの歴史の実態を書こうとしていったのである。摂関政治の始まりから書き始め、世継に班子女王を、繁樹に忠平を重視して語らせていくところも、王威の意義と摂関政治の本質の部分をよくとらえているといえよう。

とくに忠平の後は道長に重点を置いているのはいうまでもない。その間の実頼・師輔・頼忠・伊尹・兼通・兼家・道隆・道兼等は、道長にいたるまでの九条家の発展の経過と歴史を語るためのものであるといえよう。そして偉大な人物道長によって九条家の発展と完成があったということを述べるところに重点が置かれている。

しかし先ほどの最後の言葉によって摂関政治は頼通・教通まで一応書き続けられていたが、妍子・禎子の存在が大事であって、禎子内親王から後朱雀・後三条・白河天皇までの歴史が見通され、古くは村上天皇・師輔が考えていた源氏・藤原氏の合同政治というようなものの完成が別のかたちであらわれたということが、『大鏡』にみられるのである。

師輔は藤原氏と源氏の合同政治を源高明と考え、将来を期待していたのに、師輔は摂関になれず若死し、源高明も配流となり、その理想は実現できなかった。道長は祖父師輔の遺志をうけついで、源氏との交流をできるだけ保つようにしていたことは、『栄花物語』『大鏡』の内容に悉く明らかなところである。道長は祖父師輔の遺志と理想を常に忘れずに、源氏を尊重し、その結果、そして王威道長死後、後三条天皇との関係で天皇親政となっていったのも世の自然といえよう。村上天皇の理想である。

摂関政治は、摂関の本人（いま道長）と天皇、その后、新しく誕生の天皇、この四人が聡明な場合に成功の鍵があるのである。彰子はその意味で模範的な后であったということができよう。次女妍子は、彰子ほど聡明ではなかったかもしれないが、禎子内親王の母親として立派であり、早く崩御したため、妍子本人は将来のことをそれほど意識してはいなかっただろうが、のちの時代への貢献度は結果的に見て、多大なものであった。

摂関政治は道長死後、頼通を経て、あわれな結果になっていったように考えられないこともないが、そうではなく、妍子・禎子を経て、後朱雀・後三条天皇と新しい政治に連続していくことに大きな意義がある。そのことは結局、道長の政治と人柄が立派であったことになるのであるが、ここで石川徹氏校注の『大鏡』より次の一節をあげておきたい（新潮日本古典集成『大鏡』二九七頁）。

> 一品宮禎子が十五歳で東宮の許に入内し、この東宮が即位して、後朱雀天皇になると、禎子は皇后となった。さらに夫天皇との間に、尊仁親王及び良子・娟子の両内親王を産み、治暦四年（一〇六八）尊仁親王が即位して後三条天皇となると、国母として栄誉を得、翌治暦五年に詮子・彰子同様に、院号を賜って、陽明門院となった。さらに長寿に恵まれ、嘉保元年（一〇九四）に八十二歳で崩じた。したがって、『大鏡』は、禎子が女院になった治暦五年以降、堀河天皇の嘉保元年以前の成立かと考えられる。

（傍点は原文まま）

第六章　『栄花物語』の歴史叙述――年紀表現の方法――

第一節　歴史叙述の方法

巻一月宴の年紀と史実の叙述方法について述べてみよう。

この巻は、まず宇多・醍醐天皇から始まり、藤原氏は基経から時平以下四人の男子（仲平・兼平・忠平）を並べ、「その基経の大臣の御女（穏子）の女御の御はらに、醍醐の宮達あまたおはしましける。十一の御子寛明の親王と申ける」と朱雀天皇を述べ、続いて、「その次同じはらから同じ女御の御腹の十四の御子、成明親王と申ける。さし続きてみかどにゐさせ給にけり。天慶九年四月十三日にぞゐさせ給ける」と村上天皇にいたり、その即位を述べる。そしてここより「天慶九年四月十三日」と年紀があらわれる。ついで、年紀が明瞭に書かれていく。その部分をとりあげていこう。

かゝる程に、太政大臣殿（藤原忠平）、月頃悩しくおぼしたりつるに、天暦三年八月十四日うせさせ給ぬ。

かゝる程に年もかへりぬれば天暦四年五月廿四日に、九条殿の女御、をとこみこ生み奉り給つ。はかなう御五十日なども過ぎもていきて、生れ給て三月といふに、七月廿三日に東宮（憲平親王＝冷泉天皇）にたゝせ給ぬ。

かゝる程に、天徳二年七月廿七日にぞ、九条殿女御、后にたゝせ給。藤原安子と申て、今は中宮と聞えさす。

かゝる程に、九条殿《（藤原師輔）》悩しうおぼされて（中略）天徳四年《（九六〇）》五月二日出家せさせ給て四日うせさせ給ぬ。

御法事も六月十よ日にせさせ給。

かゝる程に（中略）宮《（安子）》は息だにせさせ給はずなきやうにておはします。そこらの内外額をつき、押しこりてどよみたるに、みこいか〳〵と泣き給ふ。（中略）やがて消え入らせ給ひにけり。かくいふは応和四年四月廿九日、いへばおろかなりや思やるべし。

かくて御法事六月十七日の程にぞせさせ給へりける。

かくいみじうあはれなる事を、内にも真心に歎き過ごさせ給程に、男の御心こそ猶憂きものはあれ。六月つごもりにみかどのおぼしめしけるや、式部卿の宮の北《（登子）》のかたは一人在すらんかしとおぼし出でゝ、御文ものせさせ給ふに、
康保三年八月十五夜、月の宴せさせ給はんとて、清涼殿の御前に、皆方分ちて前栽植へさせ給ふ。

月日も過ぎて康保四年になりぬ。

されど遂に五月廿五日にうせ給ぬ。東宮《（守平親王）》位につかせ給ふ。

かゝる程に、九月一日東宮立ち給ふ。五宮ぞたゝせ給。御年九にぞおはしける。

かゝる程に同じ年の十二月十三日、小野宮《（藤原実頼）》のおとゞ太政大臣になり給ぬ。源氏《（高明）》の右のおとゞ左になり給ぬ。

右大臣には小一条《（藤原伊尹）》のおとゞなり給ひぬ。源氏の大臣位はまさり給へれど、あさましく思ひの外なる世中をぞ、心憂きものにおぼしめさるゝ。かゝる程に年もかへりぬ。

今年は年号かはりて安和元年といふ。正月の司召に、さま〴〵の喜びどもありて、九条殿の御太郎伊尹の君、大納言になり給て、いと華やかなる上達部にぞおはする。

二月一日に女御参り給ふ。その程の有様推し量るべし。

今年は安和二年とぞいふめるに、位にてみとせにこそはならせ給ひぬれば、いかなるべき御有様にかとのみ見えさせ給へり。

三月廿六日にこの左大臣殿《(藤原師尹)》に検非違使うちかこみて、宣命読みのゝしりて、「みかどを傾け奉らんと構ふる罪によりて、大宰権帥になして流しつかはす」といふことを読みのゝしる。

はかなく月日も過ぎて、事限あるにや、みかどおりさせ給とてのゝしる。安和二年八月十三日なり。みかどおりさせ給ぬれば、東宮《(円融天皇)》位につかせ給ぬ。御年十一なり。東宮におりゐのみかどの御子の児宮《(師貞親王＝花山天皇)》ゐさせ給ひぬ。かゝる程に、小一条の左大臣日頃悩み給ける。十月十五日御年五十にてうせさせ給ひぬとのゝしる。

一日になりぬれば、天禄元年といふ。（中略）小一条の大臣のかはりの大臣には在衡の大臣なり給へる。はかなく悩み給ひて、正月廿七日うせ給ぬ。御年七十八。

摂政殿もあやしう風起りがちにておはしまして、内にもたはやすくは参り給はず。（中略）人の御命はずちなき事なりければ、五月十八日にうせ給ぬ。（中略）御年七十一にぞならせ給ける。あはれに悲しき世の有様なり。七月十四日師氏の大納言うせ給ぬ。

かゝる程に五月廿日、一条の大臣《(藤原伊尹)》摂政の宣旨かうぶり給て、一天下我御心におはします。（中略）九条殿の御有様のみぞ、なをいとめでたかりける。

かくいふ程に天禄二年になりにけり、みかど御年十三にならせ給ひにければ、御元服の事ありけり。

天禄三年になりぬ。一日には、かの宮、御装束めでたくしたてゝ、宮へ参らせ奉り給ふ。（中略）去年の御悩の折にまゐり給へりしに、宰相の教へきこえ給ひしことを、正月一日の拝礼にまゐりて申給なりけり。

以上、この巻の年紀の書きあらわし方をみていくと、はじめの方は、「天慶九年四月十三日」（村上天皇即位）「天暦三年八月十四日」（忠平薨去）「天暦四年五月廿四日」（憲平親王誕生）というふうに、それぞれの史実について年月日を明記していく。同じく「天徳二年七月廿七日」（安子立后）「天徳四年五月二日」（師輔出家）「応和四年四月廿九日」（中宮安子崩御）「康保三年八月十五夜」（清涼殿の月宴と前栽合）と、村上天皇時代の主なる事件をあげていく。こうして年紀を明確にしながら編年体のかなの史書を書いていこうとする作者の態度がみられる。

さて、次に進むと康保四年である。ここからは年紀のしるし方に、前に簡単に述べたように、それ以前とやや異なった傾向がみられる。

　康保四年になりぬ。
五月廿五日にうせ給ぬ。（村上天皇）
九月一日東宮立ち給ふ。（守平親王立太子）
同じ年の十二月十三日、小野宮のおとゞ太政大臣になり給ぬ。

と、一つの史実を「年月日」であらわす今までの方法とは少し変っていることに気づく。即ち、まず「康保四年になりぬ」と、さきに「年」をあらわし、ついで、その年の事件を月日にかけて配列していくという『栄花物語』の本質の書き方になってくる。

「安和元年といふ」「安和二年とぞいふめるに」「天禄元年といふ」「天禄二年になりにけり」「天禄三年になりぬ」とこのかたちで進んでいく。即ち、年ごとの区切を明確にしていく。だが、この年ごとの区切をはっきり示す書き方の中で、「安和二年」のところのみは、「今年は安和二年とぞいふめるに」とあり、「三月廿六日に」とあって、そのあと「安和二年八月十三日なり」と書かれる（傍点筆者、以下同）。ここは「八月十三日なり」とあればそれでよいはずなのだが、再び、わざわざ「安和二年八月十三日」と書く。安和二年をくり返していうことになっている。この書き方は、何を意味するのであろうか。作者が絶対に確実な史実に対する年紀の自信によって、再び「安和二年」と書いたためなのだろうか。あるいは、作者の手にした原史料に「安和二年八月十三日なり」とあったものをそのまま用いたためなのであろうか。以上、二つのどちらかであろう。

松村博司氏は、「さて、『栄花物語』は様々な史料を使用して書いた編纂物的性格が顕著な作品である」と述べ、「従ってこの物語の執筆者も、創作物語と相違して、いきなり個人的創作者を考えることは適当でない」(『栄花物語の歴史叙述をめぐって』)といわれている。松村氏のこの説に全面的に同意するところである。さらに氏は「『栄花物語』という歴史物語著作の企画は、(恐らく)赤染衛門によって起こされ、史料の蒐集もなされたであろうが、その下に複数の執筆者がいて赤染に協力したものと考えられるのである」と述べているが、確かに複数の史料蒐集者・執筆者がいて、それを統一する責任者がいたにちがいない。それが赤染衛門であったかどうかは、まだ多少問題がのこるが、とにかく編纂の意図が統一していることなどからみても、統轄者がいたに相違ない。勿論古く、秋山謙蔵氏がいわれ、いま、松村氏がいわれる大事なことであるが、その統一者は、六国史の国史局の責任者というような公的なものではなく、また、史料の蒐集といえども国史局のような公的な場所に集められたというものでもない。もっと私的なものであったことはいうまでもなく、坂本太郎氏がいわれるように、赤染衛門が作者であることが確実ならば、その夫の大江匡衡が新国史の編纂のために蒐集した史料が、あるいは利用されているということもあったのかもしれない(『日本の脩史と史学』)。

それらの問題については、とにかく編纂傾向が非常に強いという『栄花物語』を、その年紀の書きあらわし方、史実のとりあつかい方を、ここでもう一度、確認したいと思い、まず巻一をみてきたのである。巻二は後述するとして、巻三・巻四について述べてみよう。

巻三も編年意識が濃厚である。例をあげてみよう（巻二が寛和二年六月で終っている）。

（寛和二年）かくてみかど（一条天皇）、東宮たゝせ給ぬれば、東三条のおとゞ（兼家）、六月廿三日に摂政宣旨かぶらせ給。（中略）右大臣には御はらからの一条大納言（為光）と聞えつる、なり給ひぬ、七月五日、梅つぼの女御（藤原詮子）后にたゝせ給。皇太后宮と聞えさす。

東宮（居貞親王）は今年十一にならせ給にければ、この十月に御元服の事あるべきに、

かくて十月になりぬれば御禊・大嘗会とて世のゝしりたり。

はかなう十一月にもなりぬれば、大嘗会の事どもいそぎたちて、

かやうにて過ぎもていきて十二月のついたちごろに東宮御元服ありて、

はかなく年もかへりぬ。后の宮、東三条の院におはしませば、正月二日行幸あり。

今年は年号かはりて永延元年といふ。二月は例の神事ともしきりて、所々の使立ち、何くれなどいふ程に過ぎぬ。

三月は石清水の行幸あるべければ、

かの花山院は去年の冬、山にて御受戒せさせ給て、

かくて永延二年になりぬれば正月三日院（円融院）に行幸ありて、

摂政（兼家）殿は今年六十にならせ給へば、この春御賀あるべき御用意どもおぼしめしつれど、（中略）十月にと定めさせ給へり。

今年は五節のみこそは有様けざやかに御前にも御覧じ、（中略）五節もはてぬれば、臨時の祭、廿日あまりに

せさせ給。

十二月の十九日になりぬれば、御仏名とて、（中略）つごもりになりぬれば追儺とのゝしる。

かくて年号かはりて、永祚元年といひて、正月には院に行幸あり。

かくてはかなく明けくれて、六月になりぬれば暑さをなげく程に、三条の太政おとゞ《（頼忠）》いみじう悩ませ給ひて
廿六日うせ給ぬ。

七月つごもりには相撲にて自らすぐるを、今年はあるまじきなどぞあめる。

はかなう年くれて今年をば正暦元年といふ。

正月五日、内の御元服せさせ給。

二月には内大臣殿《（道隆）》の大ひめ君《（定子）》内へまいらせ給。（中略）やがてその夜の内に女御にならせ給ひぬ。

かゝる程に、大殿の御心地悩しうおぼしたれば、（中略）御悩まことにいとおどろ〳〵しければ、五月五日の事なればにや、あやめの根のかゝらぬ御袂なし。太政大臣の御位をも（摂政をも）辞せさせ給（中略）なをいみじうおはしませば、五月八日出家せさせ給へば、この日摂政の宣旨（内大臣殿）かぶらせ給。まづこの女御（中略）六月一日后にたゝせ給ぬ。

大殿の御悩よろづかひなくて七月二日うせさせ給ぬ。

八月十余日、御法事。

はかなう年月もくれもていきて正暦二年になりにけり。

かゝる程に、円融院の御悩ありて、（中略）日頃ありて正暦二年二月十二日にうせさせ給ひぬ。

以上、巻三も「かくて――年になりぬ」という方法によって、巻一の途中からみられる編年の形式を明確に

とっている。即ち、まず各の年のはじめを区切り、年と年の間に、正月二日、二月、三月、五月五日というふうに史実を配列していく。そして、年のはじめの「正暦二年になりにけり」と年を記したあとに、円融院の崩御については「正暦二年二月十二日にうせさせ給ぬ」ともう一度「□年□月□日」というかたちを採っている。やはりこの巻の最も重要な記述とする円融院の崩御については、このような書き方をする。年紀が再び「正暦二年」をくり返すというこの部分は特別な書き方をしている（巻一の安和二年で述べたものと同じかたちである）。

こうして年月が明確に書かれている史実には、まず誤りのないのが特徴である。ただ、この巻には一箇所、定子立后の記述に「六月一日后にたゝせ給ぬ」とあるが、正確な史実は十月五日である。めずらしく年月が入っていながら史実の誤りがみられる。

さて、巻四も巻二・三と同様な編纂のかたちの強い巻である。同じく例をあげてみよう（正暦二年）。

巻四は円融院の御葬送からはじまる。

円融院の御法事、三月廿八日に、やがて同じ院にてせさせ給つ。

（小一条殿のひめぎみ）十二月のついたちに参らせ給。（娍子）

かくて月日も過ぎもていきて、正暦三年になりぬ。

二月には故院の御はてあるべければ、（中略）一条《（為光）》の太政大臣は、六月十六日にうせさせ給ひぬ。

土御門《（源雅信）》の大臣も、正暦四年七月廿九日にうせさせ給にしかば、

はかなく年もくれて正暦五年といふ。

三月ばかりに土御門殿の上、いと平らかに女君《（妍子）》生れ給ひぬ。

五月十日の程に宣耀殿《（娍子）》御けしきありておはします。東宮より御使しきりなり。（中略）かぎりなき男宮《（敦明親王）》生れ給

へり。

年もかへりぬ。内には中宮《（定子）》ならびなきさまにておはします。東宮《（居貞）》は淑景舎《（原子）》いかにと見奉る。かくて長徳元年正月より世の中いとさはがしうなりたちぬれば、残るべうも思ひたらぬ。

いと恐ろしき事かぎりなきに、三月ばかりになりぬれば、関白殿《（道隆）》の御悩もいとたのもしげなくおはしますに、
三月八日の宣旨に「関白病の間殿上及び百官施行」とあるよし宣旨くだりぬれば、内大臣殿《（伊周）》よろづにまつりごち給。

かゝる程に閑院《（朝光）》の大納言世の中心地にわづらひて、三月廿日うせ給ひぬ。

関白殿の御心地いと重し。四月六日、出家せさせ給ふ。

四月十日、入道殿《（道隆）》うせさせ給ひぬ。

小一条《（済時）》の大将、四月廿三日にうせ給ひぬ。

大とのゝ御葬送、祭過ぎて四月のつごもりにせさせ給べし。

粟田殿《（道兼）》四月つごもりにほかへ渡らせ給ふ。

かくておはします程に、五月二日関白の宣旨もて参りたり。

五月四五日になれば、関白殿の御心地まめやかに苦しうおぼさるれど、（中略）ついたち六日の夜中にぞ二条殿にぞ帰らせ給ふ。

五月八日のつとめて聞けば、六条《（源重信）》の左大臣・桃園《（源保光）》源中納言・清胤僧都といふ人など亡せぬとのゝしれば、（中略）同じ日の未の時ばかりにあさましうならせ給ひぬ。

十一日御葬送《（道兼）》させ給。

かの家主《相如》栗田殿に宿直して（中略）五月十一日より心地まことにあしう覚えければ、（中略）さて同じ月の廿九日にうせにけり。

この栗田殿の御事ののちより、五月十一日にぞ、左大将天下及び百官施行といふ宣旨くだりて、今は関白殿ときこえさせて、又ならぶ人なき御有様なり。

大将《道長》殿は、六月十九日に右大臣にならせ給ひぬ。よろづよりもあはれにいみじき事は、山《道頼》の井の大納言ひごろわづらひて、六月十一日にうせ給ぬ。

栗田殿の御法事六月廿日の程なり。

かくいふ程に長徳二年になりぬ。

要するに、以上列挙したところから察せられるのは、まず、この著者（編者）が、(A)「かくて——年になりぬ」と一年毎に明確に年の切れ目をあらわしていることである。このことは、度々述べてきたところである。そして、その年の切れ目によって区切られた一年の間に史実が配列されていく。その史実の配列の方法は、(B)「□年□月□日」と明確にもう一度、年月日をくり返すもの、(C)「□月□日」と月日のみを記すもの、(D)「□日」と日のみを記すもの、(E)年月日は何も書いていないもの、の五つに分類できる。

以上、(A)(B)(C)(D)(E)の五つの書きあらわし方をみると、いずれも作者（編者）が編纂というものを強く認識し、史実の正確な年月をはっきり書いておこうという考えが大きかったことが確実に分かる。

さて、そこで、次に年月日を入れていない記述の部分(E)について主として検討を加えながら、その編年体の特徴をみていこう。

巻一のはじめの部分の内容を概観しつつ、宇多・醍醐・朱雀・村上と天皇を主とした記述の中に、村上天皇の践祚の「天慶九年四月十九日」が書かれる。宇多・醍醐・朱雀の三代は、まったく簡単で、序文のようなものである。

次いで藤原基経・長良、朱雀天皇、昌子内親王がごく簡単に語られ、「かくて今の上の御心ばへあらまほしく」とあって、村上天皇から記述が詳しくなる。そして村上天皇の人柄を述べ、その時代の太政大臣忠平のこと（「天暦三年八月十四日うせさせ給ぬ」とあり、続いて憲平親王の天暦四年五月二十四日の誕生）、忠平の子供たちの記述、とくに師輔・実頼・師尹と子供たちが紹介される。このさい、師輔・実頼の順に記すのは、ここに九条家を中心に書こうとする作者の意図が強くみられる。このあたりは系図を手許に書いているのだろう。続いて村上天皇の女御たちが並べられ、広平親王の誕生、師輔の娘、安子の懐妊、忠平の薨去（前述の年紀参照）、憲平親王（冷泉帝）の誕生のところではじめて、これよりのちの『栄花物語』の編年方法(A)が明瞭にあらわれてくる。それ以前は、全体にわたる『栄花物語』独特の編年はまだ用いていない。

かゝる程に年もかへりぬれば、天暦四年五月廿四日に、九条殿の女御、をとこみこ生み奉り給つ。

という方式で書かれた憲平親王誕生に続き、憲平の立太子（年紀前述）が記された後、各女御から誕生の皇子・皇女を紹介し、広幡御息所の才智、宣耀殿女御芳子の美しさなどが語られる。そして、実頼・師輔・師尹の性質、安子立后（年紀前述）と九条家の発展が師輔・安子を中心にひろがっていく。この間、小野宮敦敏の死（ここには実頼の和歌がある）、後撰集撰定のこと、ここには小野宮大臣実頼の歌が多く入ったとある。ついで、小野宮実頼の子等のこと、斉敏の死など印象にのこるものがあり、師輔の女登子のこと、元方の霊が東宮憲平に祟ること、その東宮に朱雀帝の女御子昌子内親王の東宮妃としての入内定《じゅだいさだめ》、村上天皇の登子への愛、村上・安子の最愛の四の宮為平親王と源高明の娘との婚儀（為平親王の元服の夜、結婚と本文に書かれているが、元服は他の史料によれば康保二年八月二十七日のことである）などがある。

ここまでは、先に「天暦四年」の年紀があり、ついで天徳二年七月二十七日の安子立后、天徳四年五月二日出家（師輔）と年紀がはっきりみえる。この間、天暦・天徳の記事の中に、本来の応和・康保が入っている。為平親王の結婚の儀は、事実では師輔・安子の死後である。ここに、「后のよめあつかい」と安子の生前中のようにあるのは誤りである（以上、年紀のない記述Ⓔが続く）。

ついで重明親王の薨去、右大臣師輔出家、薨去（年紀前述――天徳四年五月四日）。ここまでは村上天皇を中心に、師輔と実頼、九条家を主して、小野宮家との間柄が史実をとらえつつ、和歌を入れて、文学的な面をあらわしつつ書かれていく。顕忠の任右大臣。東宮候補為平親王の立太子の不可能なこと。即ち、「あやしき事は、みかどなどにはいかゞと見奉らせ給ふことぞいできにたる」とある。そして、村上天皇と女御たち、中宮安子懐妊、人々の憂慮、中宮の苦しみ、元方の霊出現、選子内親王を生み安子の崩御（年紀あり――応和四年四月二十九日）、中宮の法事（年紀前述）、選子の五十日儀、尚侍登子の入内、按察御息所の女（保子は琴の上手）、少将高光の出家の記事が続く。終り二つについては、詳しい記述があり、「世語になりたるなるべし」とある。また「これは物語に作りて、世にあるやうにぞ聞ゆめる」等々とあって、ここは、おそらく物語風に書いた説話のような原史料が存し、それらをもとにして書いていると察せられる。

次に巻一の最も大きな事柄として、清涼殿の月宴と前栽合（康保三年八月十五日と年紀があり）が詳しく、ここは九条家・小野宮家・小一条家の歴史的意義を月宴という行事を中心に叙述したものである。ついで、「月日も過ぎて康保四年になりぬ」とある。実頼が村上帝亡き後の東宮について相談。村上帝崩御（五月二十五日と年紀あり）、冷泉帝即位、村上帝葬送。この間、為平親王が東宮に立てないことについての源高明の落胆など、かなり詳しく書かれる。
続く記事は、守平親王（円融天皇）立太子（九月一日）、昌子内親王立后。実頼太政大臣（十二月十三日）、高明左大臣、師尹右大臣。高明は位はまさったが、「あさましく思ひの外なる世中」とある。

かゝる程に年もかへりぬ。今年は年号かはりて安和元年といふ。

とあり、正月の司召、伊尹任大納言。二月一日の懐子入内、懐妊。御禊・大嘗会、師貞親王（のちの花山天皇、母懐子）誕生となる。為平親王の昔の話、子日の遊などが書かれ、安和二年となる。高明の左遷、安和の変（年紀あり――三月二十六日）、盛明親王、高明の娘を養女とする。冷泉天皇御譲位、東宮御即位（円融天皇――年紀あり、安和二年八月十三日）。師尹の薨去（年紀あり――十月十五日）。追儺という順序で進んでいく。

一日になりぬれば、天禄元年といふ。

ここからのちは編年の中に月日が詳しく記される傾向が明確になり、在衡・実頼・師氏の薨去、伊尹の摂政（五月二十日）と年紀が正確に記述されていく。左大臣が源兼明、右大臣が小野宮頼忠となる。「かくいふ程に天禄二年になりにけり」とあって、兼通の娘媓子の入内と続き、女九宮資子の叙一品、女十宮選子斎院卜定とあり、ついで兼家の娘超子が、

内には堀河の女御候ひ給ふ。きをひたるやうなりとて冷泉院にこの姫君を参らせ奉り給。

とあるが、超子の入内は安和元年で超子が媓子に先立っての入内である。ここには史実の誤りがある。宗子・尊子内親王（冷泉の皇女）のこと、最後に村上天皇八の宮、永平親王の説話めいた話題で巻一は終る。

以上、巻一の内容を概観すると、巻一は、途中からはともかく、まだ、はじめの方は完全な編年のかたちに整っていないという感をうける。したがって年紀は一応、編年に進んではいるが、その間にいろいろの事実が

入っている。とくに年紀の入ってない史実(E)については、配列の場所を誤っているところが少なくない。また、村上天皇のはじめの方は、その後宮・政界、即ち大臣・納言たちを類聚的にしるしているところもみられ、『一代要記』に類似するようなまとめ方がみえる。完全な編年になっていない証拠であろう。編年がやや整ってきた箇所に年月の前後する記述がみられるのも、多くの史実を次々と小きざみに並べたためであって、特に理由を考えねばならぬほどのものでもないであろう。村上・安子・師輔といわゆる九条家の発展を歴史のながれの中に書いていこうとする意図が明確にみられ、この巻の重点はここにある。したがって、安子の叙述の中には、大変文学的なものもみられるが、史実をわざと意図的に改変して、文学的なものを書こうとしたとは思い難い。そう考えねばならぬ理由もない。史実にかなり年代として前後がみられるのは、ただ編年の方法がまだ巻二以後のように確実に安定してないため、作者の編纂上における不注意とみるべきだろう。年紀の入っていないところの(E)に多い。

さて、巻三の年紀のない(E)部分について述べよう。この巻の年紀は、寛和二年（九八六）六月から正暦二年（九九二）までである。巻三は四年八か月、巻一の八十五年間（村上天皇からは二十六年間）に比べて、ずっと短かくなっている。以下、だいたい一巻が二〜三年と後の巻へ進むにつれて短くなっていくのが特徴である。

さて、この巻は、編年の特徴がまことに明確にあらわれていることは先述の通りであり、(A)(B)(C)の特徴がとくにきわだっている。そこで、この巻の(E)の部分、即ち□年と□年との間の年紀のない部分の史実について、(A)(B)(C)(D)とからめて述べていこう。

まず、巻三は一条天皇即位（六月二十三日）に続き、兼家摂政（年紀前述）、円融院女御詮子立后（七月五日）と、年紀の存する記述で始まる。そして、巻二と同じく、この巻では、九条家の兼家の子供たちの官位の昇進の記述が目立つ。東宮居貞親王（のちの三条天皇、冷泉帝と超子の皇子）元服、兼家の三女綏子の任尚侍。四女は東宮の御匣殿となる。長男道隆と高階成忠女貴子の間に女君たち三四人、男君たち三人が誕生と、道隆の子供たちの説明が詳しくなっていく。そして道兼とその北方、五郎君三位中将道長の登場、道長の性格のよさが述べられていく。ここにはじめて道長が登場する。また、兼家女君超子所生の冷泉院の皇子たち、三の宮・四の宮の為尊と敦道親王の元服が近づく。ここまでが六月から十月までの中に入っている。「かくて十月になりぬれば御禊・大嘗会とて世の、しりたり」と十二月のついたち頃に「東宮御元服」と、この年（寛和二年）も終る。「はかなく年もかへりぬ」と寛和三年は、朝覲行幸と司召のみで過ぎ、永延元年（九八七）と改元。二月は例の神わざ、三月は石清水の行幸。道長と鷹司殿源倫子との結婚。道長は左京大夫になる。花山院の熊野御幸、義懐・惟成の修行など、花山法皇の修行ぶりが書かれる。

この辺りから、次第に系図的に下ってくることとなり、道隆の娘たちと男の子たちが語られていく。さらに倫子の周辺の源家の少将時通・時方など倫子をめぐって語られ、倫子の懐妊。冷泉院と円融院の人格の比較があり、「かくて永延二年になりぬれば」となる。

朝覲行幸に続いて、彰子の誕生。道長の源高明の娘明子との結婚。兼家が有国・惟仲を厚遇すること、五節、賀茂臨時祭、御仏名（十二月十九日）、追儺等々が書かれ、「かくて年号かはりて、永祚元年といひて」となる。兼家の二条第の修造。そして、ここにまた改めて師輔の子孫の繁栄の有り様が系図風に兼家・為光までまとめられる。六月二十六日、太政大臣頼忠の薨去ののち、七月つごもりの相撲停止の噂、続く臨時除目で、太政大臣に兼家、内大臣に道隆、道兼は大納言、道長は右衛門督になるとあり、伊周と源重光女との結婚。小野宮実資の任参議、為尊親王と教道親王の元服、斎宮恭子、斎院選子内親王の記述ののち、「はかなう年くれて今年をば正暦元年といふ」となる。

一条天皇元服（正月五日）、二月には定子の入内。道兼、道兼の子。道隆の子、隆家と隆円、兼家の権の北方などが語られ、五月八日の兼家の出家、道隆の摂政。定子の立后、七月二日の兼家の死と月日が書かれ、編年の中に史実が正しく語られていく（ただし、定子の六月一日が誤りなることは前述した通りである）。道隆は、兼家に信用の厚かった有国・惟仲を憎む。そして正暦二年二月十二日の円融院崩御でこの巻は終る。

巻三の特徴は、編年の記述が明確であると同時に、書かれている史実については、紀伝体のような一面をもつ書き方をしている箇所がある。即ち、兼家一家とその子供たちが系図をみるように正しく叙述されており、ついで道兼・道隆・道長と書かれていく。そのうち、道長は、他の人物に比べてやや詳しく、その結婚などが語られていく。さらに、作者の意識中に師輔・兼家・道隆から道長までの藤原氏九条家の発展の歴史を語ろうとしていることがありありとみえてくる。そして兼家・道隆ともに、その子供たちが女君を先に男君が後に書かれているのも特徴である。

また、この巻は、年紀の書かれていない部分(E)に、とくに史実との大きな誤りの記事のないことは注目すべきであって、編年の中に史実をいかに正しく配列しようと努力していたかが明らかである。

続いて巻四に入ることにしよう。巻三の最後が正暦二年二月十二日と、(A)(B)のかたちの円融院の崩御で終り、その葬送よりはじまる。ついで花山院の修行ぶりが和歌によって書かれる。円融院の法事は三月二十八日と書かれ、そのあと、日付のない部分が少しずつ入る。為光太政大臣、重信右大臣も月日は書かれていないが、よく史実と合っている。次の済時女娍子の東宮参入のことは、かなり詳しく書かれる（十二月一日）。東宮女御の宣耀殿娍子と麗景殿綏子が、さらに済時一家、娍子の兄弟たちのことが書かれる。摂政道隆の兄弟道綱・道兼・道長、道隆の子の道頼・伊周の昇進状態、そこに「いつもたゞさるべき人のみこそはなりあがり給めれ」とあるのは注目せねばならない。伊周の子の松君の誕生を述べ、正暦二年が終る。

続いて「かくて月日も過ぎもていきて、正暦三年になりぬ」とある。道長の北の方倫子と明子の懐妊。積善寺供養。これは中関白家の最全盛期のものだが、あまり詳しいことは書かれてない。太政大臣為光の薨去は六月十六日。その子供たち、斎院選子内親王の御歌、為光の法事と続く。花山院が乳母の女中務を寵愛、その結果、いままでの愛人、伊尹女九の御方を弟の為尊親王に通わせて、花山院自身は中務とその娘をも愛していくこととなる。

皇太后詮子の出家。女院となり東三条院と号せられる。その年のうちに長谷詣と、詮子の記述が続く。何故かこの東三条院詮子という大事な人物に関する記事は豊富であるにもかかわらず、その場面に年月日が入るという書き方が少ない。

伊周が山の井中納言道頼を飛び越して大納言となる。

また朝光は大将を辞し、大将済時が左大将となり、道兼は右大将となる。道兼の女の裳着。

摂政道隆は関白となり（正暦四年四月のこと、『栄花物語』には年月日なし）、中姫君原子は東宮に参入する（実は長徳元年のこと）。道隆の三の君が敦道親王と結婚、四の君は御匣殿となる。隆家は源重信女と結婚。東三条女院詮子は一条の家（為光第）を伝領され、その家をみかど（一条帝）の後院とする。道長の長男頼通、頼宗（母倫子と明子）の誕生、娍子・原子・綏子と東宮妃の三人の状況が書かれる。

かくて小千代君内大臣にならせ給ひぬ。御年廿ばかりなり。中宮大夫殿いとことのほかにあさましうおぼされて、ことに出で交らはせ給はずなりもてゆく。

とあるが、これは正暦五年のこと。正暦三年の中に置かれているから、二年先の史実を書いているということになる。

以上、正暦三年より正暦四年の間の月日のない記事の部分(E)には、盛り沢山の史実が大変多く配列されている。この間には、年紀の上からみて前後するところが多いという結果になる。松村氏がいわれるように、いわゆる「年代の先取記事」が交じっている。だが、この間の月日を入れずに配列されている記事(E)は、作者にとって、かならずしもこの間にあった史実と認識して書いているものでもなく、いわゆる道隆一家の人々の任官・結婚等を集めて、ここに収めているというふうに考えてよかろう。

「正暦三年になりぬ」とあってから、「二月には……」「六月十六日にうせさせ給ひぬ」（為光）とあってその後は月日はなく、為光一家・花山院・東三条院詮子・道隆一家の人々のことに関する史実がまとめて並べられる。したがって我々が他の文献によって、この記述の中に史実の誤りを多少発見することがあっても、作者は、編年の中に紀伝体風の記述を多少交えることもあるため、松村氏のいわれる「先取り記事」もあり、年紀の入ってない記事(E)はそれほど厳密に編年通りでなくてもよいと考え、さらにそれ以上の史実を探究するのが困難であったのであろう。したがって、その理由をさほど気にする必要もなく、ちょっとしたミスとか考えてよかろう。

そして正暦四年は、「かくて正暦四年になりぬ」という常套手段の切り方が書かれてなく、いきなり源雅信薨去の「正暦四年七月廿九日にうせさせ給にしかば……」(A)(B)という記事ではじまっている。続いて道隆が有国の官を奪い苦しめたところを、道兼・道長が同情し厚遇する。

正暦五年は、「はかなく年も暮れて、正暦五年といふ」とあり、正暦五年（九九四）・長徳元年（九九五）は編年の中に月日の記述(A)(B)(C)が多く、例えば正暦五年は「三月ばかり」「五月十日の程に」とあり、記事は豊富なのだが、月日は少ない。長徳元年は「正月より」「三月八日」「三月廿日」「四月六日」「四月十日」「四月廿三日」「四月のつごもり」「五月二日」「五月四五日」「五月八日」「十一日」「同じ月の廿九日」、もう一度「五月十一日」「六月十九日」「六月十一日」「六月廿日」と並び、そして最後に、「かくいふ程に長徳二年（九九六）になりぬ」となる。この間、月日の書かれていない史実Ⓔも、大体は年紀通りに並んでいるといえる。しかし、部分的には、他の文献で調べると間違いのある部分も存する。

　そこでまず、正暦五年の月日の書かれていない部分Ⓔから述べていこう。まず、道長次女妍子の出産（三月ばかり）、続いて敦明親王の誕生。これは五月十日と月日が書かれている（Ⓑ）。道兼が昭平親王女を養女とすること。公任がこの昭平親王女と結婚、道信も道兼の北の方の妹と結婚と続き、「かゝる程に冬つ方になりて」関白道隆の病悩となる。ここに伊周の子の道雅をはじめ、彼らの才のすぐれていること、伊周の弟の隆円僧都、その弟の中納言隆家、山の井の道頼は大納言となる等々書かれていく。東宮（居貞）は若宮、敦明親王と対面と編年の順序通りで、「かくて長徳元年正月より世の中いとさはがしうなりたちぬれば」とあり、そして伊周の一時的な内覧宣旨（三月八日）。朝光の薨去（三月二十日）、道隆の出家と薨去（四月六日・十日）、済時の薨去（四月二十三日）と月日が明確に書かれていく。と同時に史実との誤りがない。道長が左大将となり、伊周と高階成忠の祈禱。道兼は出雲前司相如の家に移り関白（五月二日）となる。道兼は二条邸に帰り（六日）、薨去（八日）。左大臣重信、中納言保光も薨去（八日）。相如卒去（五月二十九日）。道長は内覧宣旨（五月十一日）、右大臣（六月十九日）となり、道頼薨去（六月十一日）。中宮定子と東宮女御娍子・原子の有り様。為頼と小大君との贈答歌。実資が花山院女御婉子に通じる。有国は、このころ大宰大弐となる。

　しかし、とくに年紀の上からいって月日のない部分といえども、それほど不都合と思われる箇所は多くはない。

さて、次に「かくて冬にもなりぬれば……」として、顕光女元子入内と公季女義子の入内は月日も書かれぬまま(E)に属する。しかし、史実は前者が長徳二年十一月十四日、後者は長徳二年七月二十日のことである。これはまず、義子と元子の入内の順序が逆になっている。さらに、この部分は長徳元年の中に入っているが、少しのちに「かくいふ程に長徳二年になりぬ」とあって、明らかにこれは、一年先のことがまぎれて長徳元年に入ってしまっているとみなければならない。

そして、長徳元年の箇所には、年紀のないままに、伊周は為光三女に通じ、花山院の恋人、為光の四女を伊周は同人とまちがえ、隆家の従者とともに花山院に弓を射つ。その事件とこの伊周の不法が発覚したという記事が入る。これが次の巻五へ続き、長徳の変となる。さらに、「かくいふ程に長徳二年になりぬ」とあり、暗部屋女御尊子の入内と続くが、道兼女尊子の入内は、二年ものちの長徳四年のことである。これが長徳二年に書かれているのはおかしいのは先述のとおりである。

ここで問題なのは、元子・義子・尊子の入内である。前者の二人は長徳二年のことが元年の部分に入り、ついで尊子については、長徳四年の事実が二年に入っている。これについては、次の巻五を伊周・隆家の配流事件にしぼるため、それ以外の入内という史実を先にもってきてしまったのかもしれないという考えも成り立つ。

しかし、ここにもう一つの考えも成り立つと思う。まずは、この元子・義子・尊子の入内の部分に、いずれも年月日が入ってないということに注目すべきである。(E)である。このことは、作者が所持していた原史料に年月日が記述されていなかったためと考えられる。ただ、作者の手許には、これら女御の入内に関する説話めいた記述があった。そこで作者(編者)は、いろいろ調べてみた結果、折角よい原史料をもっていながら、これをどこへ配列してよいか分からず、ここでよかろうと推定し、この部分へ入れてしまった。しかし、文献史料の豊富な今日の我々からみると、これは明らかに史実と違っていることを知ることができる。

このように考えれば、これは、作者（編者）の不注意によるミスとみなければならない。しかもこの三人の入内の部分は、いずれも月日が入っていない。これは注意すべきである。いわゆる(E)であり、『栄花物語』は、全巻にわたってこれら月日の入ってない部分に史実との誤りが多い。このことは、やはり、作者がその史実の正確な月日を知ることができなかったとみるのが妥当である。それは、『栄花物語』全四十巻にわたって、可能なかぎり史実にそって月日を正確に書こうと努力している態度がみられるからである。もし、改変して自由な歴史物語を書こうとするなら、もっと多くの部分にそのような態度がみえるはずであるし、また、さきほどの年紀の書き方(A)(B)のように、編年の中に□年□月□月ともう一度、くり返すような詳細な書き方をする必要もないであろう。

以上のように考えて、結局、三人の女御入内の史実との相違は、作者（編者）の編纂上の小さな不注意による誤りとみたい。

以上、「かくて——年になりぬ」と「——年になりぬ」という編年のかたちの間に、さらに(A)(B)(C)(D)(E)の方法で編纂が進められていることが明らかになった。そこで月日の書かれてない部分(E)について少しずつ詳細にあげてきたが、それらの箇所は、作者の手許に存した原史料に月日が記されていなかったことを想像させ、かつ、記述そのものにあいまいな史実が書いてある部分の多いものが少なくなかった。それ故、今日の我々からみると、史実の誤りが少し多いということになる。全体に編年を重んじることを主としているにもかかわらず、年紀のちがう史実がその間にいくつか入っているということは、今日の我々にとって気になることである。

即ち、月日の書かれていない箇所には、説話のような傾向のところが多い。その部分は結果的にみて、いわゆる文学性の多い部分が少なくない。したがって原史料にそのような説話風なものがあり、それをそのまま用いたというところであろう。しかも、先述してきた巻三・巻四の部分は、その用いたもとの史料に月日が入っておらず、史料を蒐集した人々（あるいは作者といえるかもしれぬ）は、その良質な原史料を何年のどの部分に挿入してよいかについて考え、いろいろと他の史料などもみて調べたのであろう。その結果、大体この年であろうと自分なりに作者（編者）が判断し、その部分に入れてしまった。このような部分には、のちの我々からみると、その史実は明らかにその年でないということが分かる結果になっているところがある（Ⓔの部分）。

しかし、この部分に月日が書かれていないということが重要である。史実との誤りの箇所が月日が入ってない部分に多いということ。作者が史実を知っていながら意識的な改変をしたのであるならば、もっと全体のあらゆる部分に文学的に効果の上がる改変があってよさそうである。月日の明記してある部分にも、それならば当然改変があってよさそうである。しかるに、全三十巻を通じて年月日の明確な部分ⒶⒷⒸⒹには史実との相違がほとんどなく、月日のない部分Ⓔに史実との誤りが多いということは、編纂上のミスとみるべきである。また、全体に年紀を重んじ、史実の配列の正確を重んじて書いていることが明確な作者が、意識的な改変ということをそれほど考えるということはなかろう。それはやはりその史実を編年上の正確な箇所へ入れることができなかった小さな失敗とみるべきだろう。このようなところを簡単に証拠もなしに虚構といってしまうのは、避けるべきである。

そして原史料である『紫式部日記』を、あのようにそのまま採り入れている作者からみると、作者が自由自在に史実を改変して作者独特のものを書きあらわそうとする、現在の我々がいう歴史小説とは、やはりかなり違う性格のものであると考えるべきである。これが物語風史書といわれる所以である。

しかし、私は、その文学性を否定しているのではない。勿論、部分的には、各巻のところどころに、いかにも文学性ゆたかな表現がみられる。喜びも悲しみもののあわれもみられる。しかし、その文学性は、さらに作品全体の文学性となっているか。言い換えれば、物語としての一貫性、主題というようなものが、大きくあるかということになると疑問である。今後、そのような作品としての一貫した文学性と内部論理の発展、全体の主題を見出すことができれば幸甚である。例えば、文学作品として、長編小説としての第一主題・第二主題というようなものの流れが、存在するということが明らかになれば、そこに虚構があるということもいえよう。今後、『栄花物語』の研究は大いに発展すべき問題を、さらに大きく含んでいるのである。

以上、巻一・巻三・巻四を中心に、その編年性の本質および編者が正確な史実に基づいたものを編纂しようという意識が強くあったということを主に述べた。再三くりかえすが、その部分的な文学性を決して否定しているわけではない。ただ、史実を無視して自由に史実を改変し、作者の意識を濃厚に表面にあらわした現在の歴史小説と同じようなものではないということを述べ、以上のように編年的性格の強いものであったということを、もう一度認識すべく述べてきたのである。いわゆる虚構というには、その虚構の意義と本質を明瞭にしなければならないのである。

さらに巻五以下も全三十巻（あるいは四十巻）を通して、この性格の傾向は明確にとらえられるのである。

次の巻五は、かなり複雑な巻である。文学性・物語性の強い巻であるといえよう。しかし、そのような性格の巻であっても、やはり作者は編纂ということを重んじていることは明確であり、その原史料らしきものが存していたと私は考える。

第二節　原史料との問題

『栄花物語』は、歴史物語、または物語風史書とよばれ、歴史を題材にとった物語であることは周知のところである。

ただし、その歴史物語という範囲にも、こまかにみると、さらにいろいろと問題がある。例えば、現在の歴史小説家が書くいわゆる歴史物語は、歴史上の事件・人物等を題材として作家が自由に自身の才能をふるって、その人間像を表現し、史実とはかなり異なっても、そこに作家の主観を出し、個性をあらわすというところに重要な面があるといえる。このような傾向は、近現代の歴史小説にいえる特徴である。その中でも例えば森鷗外の歴史小説は他の歴史小説とは多少異なり、歴史そのものに忠実に書くのが特徴であるという。鷗外はみずから「歴史そのまま」と「歴史ばなれ」と両面があることを言い、彼の歴史小説は、殆どが前者が多い。しかしのちになると、しだいに歴史離れの作品も作られてくる。この、「歴史ばなれ」の作品を完成することが、作家としては、やはり個性の開花として重要であったのだろう。従って鷗外の言葉を借りれば、『栄花物語』は歴史そのままが多く、歴史離れのところは少ない。

『栄花物語』にもどると、『栄花物語』は、この鷗外の歴史小説にやや近い面があるということを指摘したい。即ち、「歴史ばなれ」ではなく、どちらかといえば、「歴史そのもの」を書こうとする意図が強い。松村博司氏は、「栄花物語は編年性という問題を大きく見る必要があり、いきなりの作者よりは編者を考えるべきである」と言い（『栄花物語の研究』）、続けて、

だが、その編述は修史局の設置というような半公的なものをもってはじめられたものではなく、極めて私的

なものであった

といわれている。「不備」なところ、即ち年次や史実の違いは、作者（編者）の思い違いに起因するものではないかと思われるともいわれている。私も、この松村氏の説に全面的に賛成するところであるが、和田英松氏は、これより以前、『栄花物語』について次のように述べておられる（『栄花物語詳解』解題）。

栄花物語は編年体なる国文の歴史ともいうべし。

といわれ、

所載の人物のおもなるものは、皇室、藤原氏にして、殊に道長を中心とせるを以て、道長及び其子孫と姻戚其他の関係を有せる人々は、ここかしこに見え……

さらに、

史実は殆ど正確にして、平安朝外戚専権時代の歴史としては第一にあぐべきものなり。（中略）女房の日記を材料として事実を編年体に臚列するを主たるものにて、論評を試むべき趣にものしたるにあらず。（中略）此書は編年体の歴史に対して確実なる史料を以て編纂せしものなれば、著者が事実を主として文章結構の上にのみ重きをおかざりしはいうを俟たず。

といわれる。なお、和田氏は文学上の価値として、

叙事の詳密なる能く当時の人情風俗を写して、（中略）仏典にいたり深きを思はしめたり。（中略）また、道長については、筆者が前後の照応を考え、これを斟酌したる用意の程、覗う事を得べし。

と評価しておられる。

和田氏の『栄花物語』の歴史的価値の評価については、まったく敬服する。一方、文学的な特徴は、いかがで

あろうか。文学性については、松村氏が、前掲の『栄花物語の研究』において明暗両面がみられるということに、その文学性を認められており、『栄花物語』全体の中に部分的な文学性は大いにみられるのであるが、今後は、作品全体としての文学性を求めなければならないだろうといわれている。それがまだ明確に出ていないのが残念である。部分的な文学性は明らかなのであるが、物語文学としての作品の価値が明確にされていないのが今後の課題であろう。

杉本一樹氏は「『正暦二年二月十二日』というようにいわゆる某年某月某日と書かれている場面は原史料に存在したものをそのまま利用したものとみるべきであろう」（山中裕編『平安時代の歴史と文学　歴史編』所収「栄花物語の構造について」）といっている。そして氏は、ここより原史料の探究という問題へと入っていく。このような方面の研究は、今後大いに行われるべきであろう。さらに、

寛弘八年六月十三日御譲位、十月十六日御即位なり（巻十ひかげのかづら）

長和五年正月十九日御譲位、春宮には式部卿宮たゝせ給ぬ。二月七日御即位なり（巻十二玉の村菊）

のように薨卒・即位・立后・皇子誕生・崩御等の公的・国家的大事を記す部分は、『日本紀略』と文体の違いを越えて伝える内容においては、両者（『日本紀略』と『栄花物語』）がかなり一致することが知られ、漢文体の原史料から出た記事ではなかろうかと杉本氏はいうが、系図や補任類の材料となっている漢文体の記録が利用されたことはほぼ確実であるように私も思う。とすれば、右の文章も、そのように考えることが可能となる。また、池田尚隆氏は「三月八日の宣旨に、関白病のあひだ殿上及び百官施行」（巻四見はてぬ夢）とある「病間」を重視し、『小右記』『日本紀略』等と比較検討した結果、「今は伝わらない最終的に出た宣旨そのものの記録を原資料としていると思われる」という（前掲『平安時代の歴史と文学』所収「栄花物語試論――原史料から作品へ向かう方法――」）。また

続いて、氏は『紫式部日記』と『栄花物語』の関係を重視し、「「日記」に制約されつつ、それでもなお、栄花物語の中に栄花的にそれを定着せしめているものは何か」を課題として新しい論を立てている。『紫式部日記』と『栄花物語』の関係は今小路覚瑞氏の『紫式部日記の研究』以来、松村博司氏をはじめとして行われてきているが、ここに、もう一度、原史料という意味で『紫式部日記』をとりあげ、その意味を考えてみよう。

巻八初花の皇子誕生の記述に関してみると、『紫式部日記』をそのまま用いている箇所が非常に多い。しかし、同時に『紫式部日記』で明瞭でない部分を、何らかの文献によって、より明らかにし正確なものにしようとする努力が行われているところに、『栄花物語』の最終目的があったことは前に述べたので、詳細はそれにゆずりたい。松村氏も「紫式部の私事に亘る部分を除き」といわれているが、『紫式部日記』を採用するにつけ、式部の私事にわたるどのような箇所が省いてあるかを少し具体的にみてみよう。大きく除いてある部分のいくつかを、いま左にあげてみる。

渡殿の戸ぐちの局に見いだせば……（道長と式部の女郎花の和歌の場面、岩波文庫本、八～九頁）
播磨の守の碁のまけわざしける日（九～一〇頁）
弁の宰相の君の昼寝（同右）
例の渡殿より見やれば（同右）
小少将の君の（小少将と紫式部の唱和）（三〇～三一頁）
入らせ給ふべきことも近うなりぬれど（御冊子づくり）（四三～四四頁）
御前の池に水鳥どもの（水鳥の遊ぶを見ての式部の感慨）（四三～四五頁）
こころみに物語をとりて見れども（同じく式部の感慨）（四五～四六頁）

雪を御覧じて（式部の里下りについて中宮・道長の北の方の考え）（四七頁）

ものうければ、しばしやすらひ（局で休む式部）（五一頁）

以上で明らかなように、『紫式部日記』の式部の私的な部分は、はじめの方から、まったく、いさぎよく除いている。例えば、道長と式部との女郎花の和歌、弁の宰相の昼寝の場面など、『紫式部日記』のもっとも文学的美的価値の深い部分である。このような部分をとりのぞいているということは、ここに『栄花物語』の編纂の意義と歴史意識を考えてみる必要がある。ここにも、皇子誕生という藤原氏と皇室の外戚関係の深まりを示す重要な部分、その儀式を産養を中心に叙述するところは、まったく『紫式部日記』に原史料をもとめながら、私的な箇所は全部省くという『栄花物語』の作者（編者）の一貫した考え方が明確にみられるのである。

それ故、『紫式部日記』を用いながらも、後見の重要性というものを『紫式部日記』を用いている最中に新たに『紫式部日記』によらず、即ち『紫式部日記』に存しない新たな部分を書き入れているところがある。『栄花物語』独特の史観がみられる一例として、敦康親王が、いま誕生の皇子（敦成親王、後一条天皇）に先を越されて東宮になれなかったことを、後見が弱いからという理由で解決する一文がある。後見の弱い皇子は東宮になれないという一つの史観は初花の巻のみでなく、『栄花物語』正篇三十巻に通じる思想である（このことについては後述するが、拙著『歴史物語成立序説』一七二頁も参照）。さらに、『紫式部日記』の公私が混合して交り入っている部分、例えば、公の儀式や天皇（一条）・中宮（彰子）・若宮（敦成）のことなどを述べるところに、紫式部の感慨や思想が、こまかにからんで入っている部分は、それを採り入れるときに、よくわきまえて、公的な部分のみを採用し、あとはあっさりと捨てているのである。

この『紫式部日記』の採り方をみても、その編纂意図が充分に分かる。『紫式部日記』は『栄花物語』の編纂意識を知る上の重要な史料である。残念ながら巻八の初花の敦成親王誕生の箇所以外は、原史料がこれほど明瞭に分かるものがないから、全巻がこの編纂意図によるとは簡単にはいえないが、この態度は全巻にわたって編年性が濃厚なこと、その他の理由から、原史料の採り上げ方が大体分かり、かなり重んじて書いているといえるのである。

さらに、『栄花物語』には説話風な書き方をしている部分も多くみられる。例えば、巻一の村上天皇の八宮永平親王の部分その他、そこここに説話が原史料であると思われる箇所がある。『栄花物語』には多くの種類の説話類があることを河北騰氏が『栄花物語研究』で分類されているが、氏の分類によれば、をこ話、仏教説話、かなしい話、出家譚、和歌説話、女房の伝承等々にわかれる。和歌説話について松村氏が「栄花物語と説話」(『歴史物語研究余滴』所収)で掘り下げられ、説話の源泉について探究している。そして『栄花物語』の上東門院彰子の和歌は、「その出所は彰子周辺の女房が書き留めて置いた歌反古らしく思われるが」とされ、「そのような歌反古乃至は他の歌人の集中から彰子の詠歌を抜書したものが集められて一冊の草子に仕立てられたりしたものが『栄花物語』以下の採歌の源泉であったであろう」といわれ、『栄花物語』をはじめとして『大鏡』等々の説話類の採り入れ方についてとりあげている。これによって歌反古・草子をもととして『栄花物語』が完成していく過程が考えられる。また、松村氏が「この様な説話を考える場合、栄花物語は、この説話全体が既存の説話をほとんどそのまゝ利用したとみることもできる」といわれる通りであると私は思う。

さて、そこで最後にもう一つの見方について述べよう。これは説話風の問題と関連の深いところであって、巻二の花山天皇関係の記事中にある「年もかへりぬ」は、永観三年(九八五)、即ち寛和元年に当る。これは「はかなくて永観二年になりぬ」と「はかなくて寛和二年にもなりぬ」との間にあって、これが永観三年(寛和元年)であることは明瞭である。だが、他の年の入れ方とは、ここだけはかわった書き方をしている。このような書き方は、『栄花物語』の中でところどころ発見できるのであって、例えば、巻一月宴の終りの永平親王のをこ話の中にみえる「いたわり所なう心うくみえさせ給をわびしうおぼす程に、天禄三年になりぬ。一日には、かの宮、御装束めでたくしたてゝ……」とある箇所も他の編年の年替りの場合と異なる。ただ、巻二の場合は「寛和元年」などとはいわず、「年もかへりぬ」というのみであるが、いずれも長い説話を採り入れている中に、ふと作者（編者）は思い出したように、年の替り目を挿入しているのである。これは原史料そのままか、あるいは編年を大切にする作者が加えたものか、どちらかであろう。

この巻二のいまあげた年の替り目は、朝光の娘の姫子の花山帝よりの寵愛がきわめて深いが、まもなく、その寵愛がさめていく、その長い話の途中に入る。これは原史料として、花山帝と朝光女の二人の関係を物語る長い説話のような原史料があり、それをもととして、その中に「年もかへりぬ」と書き入れたのである。この(C)の年の切れ目の場合は他の所の場合とちがって、とくに作者（編者）は、年の切れ目を、それほど重んじていないという部分であることになるが、しかし、このような説話と説話の間にも「年もかへりぬ」と年替りの指摘をしているということは、やはり全体にわたって『栄花物語』というものが、いかに年の替り目を重んじているかが明らかになるところである（「年もかへりぬ。元三日の程よりして」と正月の記述があるのも注目すべきである）。

続いて、花山天皇と四人の女御の入内順をみながら、年次と編年という問題を中心に説いていこう。

巻二の最後の部分は、花山天皇への女御の入内にしぼられる。まず頼忠の女諟子。「十月に参らせ給」(C)とあって月が入っている。次に為平親王女婉子女王、これは「かゝる程に式部卿の姫君（中略）かひありてめでたし」と月日は書かれてない。次が朝光の女姫子。「たゞ今はかばかりにておはしぬべきを、又『朝光の大将のひめ君参らせ給へ』と、（中略）参らせ奉り給。（中略）しはすに参り給」と月が入っている（Ｃ）。そして最後に為光女忯子。「かゝる程に、一条の大納言の御姫君したて、参らせ給」とあって、これは月日が入ってない（Ｅ）。そして、忯子は最も天皇の寵愛が深く、懐妊。里に下り、そのまま卒去となる。そして葬送。

宮の女御をばさやうになどきこえさせ給折あれど、「御心地悩し」などの給はせつゝ、上らせ給はず。かくあはれ〳〵などありし程に、はかなく寛和二年にもなりぬ。

とあって、ここに年が入る。そして、花山天皇の出家へと叙述はすすんでいく。『栄花物語』では諟子・婉子・姫子・忯子の順であるが、実際は、忯子・姫子・諟子・婉子の順である。しかし、この四人の女御は、婉子を除いて、はじめの三人は、実際はいずれも永観二年の入内である。忯子（十月二十八日入内、十一月七日女御）、姫子（十二月五日入内、十二月二十五日女御）、諟子（十二月十五日入内、十二月二十五日女御）で、婉子のみが寛和元年十二月五日女御となっている。ここで注意すべきは、婉子の部分には、年月日ともに書かれてないということである（Ｅ）。諟子と姫子は、それぞれ十月と十二月に「参らせ給」「参り給」とある（Ｃ）。

そこで、『源氏物語』の影響をうけつつ、作者が創作の部分もないことはなかろうが、もう一つ考えたい。それは、それぞれ四人の女子と花山天皇との関係、そして入内・女御に関する、それぞれのまとまった史実をもとにした説話のようなものが存したということも考えられよう。しかも、その原史料には「十月」「しはす」という月日のみはあったが、それ以上のことは分からず、作者（編者）は、いろいろと調べて、配列していったのだろう。ただ、この中で忯子に関するもののみは花山帝の非常に深い寵愛の記述があった。が、詳しいだけで入内は勿論、卒去の日時も原史料に書いていていなかった。また、姫子の説話もかなり詳しい記事があり、その中に「元三日の程よりして」とあったから、その前に「年もかへりぬ」というふうに入れたということも考えられよう。婉子にいたっては、記事も短かく調べるヒントもなく、この場所に入れてしまったのであろう。その部分々々に創作的なものは勿論多少は存したであろうが、ここ（婉子と伾子）に年月日がまったくないということは㈤、一応、重視すべきである。

これは、巻二だけのことではなく、全巻にわたって、月日の書かれていないところに、史実と誤っているところが多いのである。このことは、⑷⑻の書き方と対照的であって、⑷⑻の部分には、先述のように史実との誤りが少ない。ということは結局、㈤の場合、原史料に史実だけは明確にあっても、それに月・日・時の記述がなく、作者は仕方なく調べてこの辺りと思って入れたものの、結果からみると編年順の間違ったところに入れてしまったということになってしまったのだろう。

『栄花物語』というものは、やはり、従来からいわれているように、六国史・新国史の編纂の方法にならって原史料をたくさん蒐集した私的編纂というところが主であるということを最初に考えるべきであろうと思う。

ややもすると『栄花物語』の物語という語にまず引かれて、物語的効果のみを、この書から探究しようとすると創作とか虚構とかを主に考えることになる。いわゆる文学性は、今まで河北氏がいわれているように「かなしいあわれな物語」が全体に多いということであって、それ以上の文学性は、創作とか虚構とかいう面にあるのではなく、物語作品としての全体の流れ、内部論理の発展をみながら作品としての構成の文学性をみていかなければならない。それには、かように編纂に忠実な作者（編者）が、ただ滑らかに編纂するだけではなく、いろいろの原史料をもととして、作者の叙述、構成を原史料をもとにどのように組立てていったか等を検討することになろうが、それは簡単には言いかねることで、本稿では日時の問題を中心に、もう一度、原史料と編纂の問題を考究したところで筆を擱きたい。ともかく、作者は、編纂意識が大変旺盛であったこと、しかも、⑷⑻⒞の三つの表現法を用いて、史実をよく吟味し、編纂の流れの中に入れていこうと努力した意図が強くみられることを指摘しておきたい。この三つの表現法は、正篇三十巻に明確にみられる傾向である。全体を表にして並べてみたかったが、いずれかの機会に公開したいとおもう。

第七章　『栄花物語』にみる藤原道長の周辺

第一節　藤原道長と倫子

藤原道長と倫子夫妻は、大変睦まじい仲にあった。その実態は、『御堂関白記』により明瞭になる。二人はまったく行動をともにしているということが多いからである。『御堂関白記』のはじめの方、長保元年（九九九）をとりあげてみても、二月二十七日の春日神社詣を道長は倫子とともにし、

参二春日一、女車、（中略）戌時許着二佐保殿一、沐浴、此間女車等着二社頭一、（返り点などは筆者、以下同）

とあり、翌二十八日条には、

卯時許着二馬場一、例仮屋東又作二仮屋一、為二女方住所一、

などとある。同二年の賀茂祭にも「与二女方一同車見物」とあり、「入夜参内、女方同レ之」（寛弘元年〈一〇〇四〉八月八日）というような記述が大変多い。参内する場合も、「女方同レ之」という表現がたびたびみられる。

これは、道長・倫子二人の間に生まれた娘たち（彰子・妍子・威子）が一条・三条・後一条天皇と、それぞれの天皇の中宮になっており、しかも、後一条天皇は母親が長女の彰子であり、その後一条天皇に三女の威子が后となっているということから、倫子の立場は、内裏に道長とともに参るのも当然であるといえば、その通りである

ことはいうまでもない。中宮たちは、時々里下りし、実家の土御門第等々にいる場合もあるが、倫子は内裏にいる娘（中宮彰子）らと会いに行く場合もまた多く、このことが『御堂関白記』にたびたび倫子とともに参内という記述を書かしめるにいたったのであろう。したがって娘たちの入内・立后の儀をはじめ、裳着・結婚・誕生等々の大きな儀式については、母親として倫子が、常にこまごまとした仕事と準備を行っていることが『御堂関白記』に記されており、このような記述、即ち、わが妻の行動を、これほどまで詳細に日記・古記録に叙述しているのは『御堂関白記』独特のものである。彰子の敦成親王（のちの後一条天皇）出産の折りには、産養その他の儀の準備は勿論のこと、儀式そのものにも参加しており、皇子御産のため、しばらく土御門第にいた中宮彰子が、久しぶりに内裏へ参内するときは、倫子が皇子を抱いてついていく。『御堂関白記』寛弘五年（一〇〇八）十一月十七日条には、

　参二中宮大内一給、御輿、若宮金造御車、（中略）奉レ抱候二御車母々并御乳母一、（中略）下レ従レ車、着レ内事如レ常、（中略）依レ仰若宮参二御前一給、余奉レ抱、

とあって、倫子が皇子を抱いて車で行き、内裏に着いてからは道長が抱いて天皇の御前へ参るという具体的な状況が分かる。その詳細を述べる余裕はないが、『御堂関白記』に「女方」という表現でいつもは書いているのが、ここでは「母々」と書いているのも興味深い。

道長は、いうまでもなく左大臣・内覧・摂政として儀式に参加し、陣定・公卿会議で常に天皇とともに公的な儀に預っているが、倫子は、そのような儀には参加していないことは当然である。もっとも、五節の儀の御前試などには道長とともに参加していることもあるが、倫子が公的な儀に参加していることが時たまあるとしても、それは、女性に関する儀か、あるいは先に述べたごとくわが子の中宮および孫の皇子などに関するものに限って

である。

そこで、道長・倫子の生涯を次にみていこう。

まず結婚について、『栄花物語』には、かなり詳しく書かれ、道長より申し込みをしたところ、倫子の父源雅信はこれを喜ばなかった、とある。それは賜姓源氏の一世源氏としての誇りから出た言葉である。『御堂関白記』には、この結婚に関してはふれていないが、それは、『御堂関白記』が道長の三十歳、長徳元年（九九五）から始まっていることによるためである。結婚は道長二十二歳のときのことであるから、『御堂関白記』に書かれていないのは当然である。

『御堂関白記』が三十歳のときから書かれているということは、また意味が深い。長徳元年（九九五）は道長が権大納言で内覧宣旨を受けた年である。したがって、この年より日記が始まっているということは、政界の重要位置につき、翌年、左大臣となるという道長にとっては、この日記を書く意図が、おのずと明確になるところである。そしてその後、妻倫子の生んだ娘たちが中宮となり、生涯、道長の成功の基礎となる。その過程が次第に日記の中に事細かに書かれていく状況は、この日記独特のものといえよう。

『御堂関白記』には、日々の政界の動きなどについて左大臣・内覧としての見識で、一つ一つの問題を道長が、どのように処理していくかが具体的にあらわれているが、と同時に彰子・妍子・威子の立后の儀が詳述され、それに対する道長の喜びの態度が明確にあらわれている。そのようなときに倫子は、かならず行動をともにし、喜びもともにしていることが『御堂関白記』に明らかなところである。

さらに、倫子の注目すべきところは、一条天皇と定子の間に生まれたいわゆる一条天皇の第一皇子である敦康親王に対する気遣いである。例えば、寛弘元年（一〇〇四）九月二十二日条には、

一宮（敦康）参内、其次有二御祓事一、女方同参、

とあり、同三年四月十五日条には、

一宮物見奉二女方車一、於二東陣下一御レ之、

とあって、賀茂祭の見物に倫子が車を提供していることがみえる。倫子が敦康親王に対して多くの気遣いをしているのは、中宮彰子が、敦康親王の母后定子が亡くなって以後、敦康親王を引き取って世話をしていたからである。敦康は定子崩御後、道隆の四女である定子の妹、御匣殿に世話を受けていた。しかし、その御匣殿も亡くなり（長保四年〈一〇〇二〉六月三日）、その後は彰子がすべて面倒をみていたが、親王は、彰子のもとに引き取られたときは四歳。以後、魚味始《まなはじめ》、着袴等々は、すべて彰子のもとで行われ、その背後には、道長・倫子の力が大きくあったことはいうまでもない。このように敦康親王は、道長一家に温かく見守られていたが、道長は彰子の皇子敦成親王（後一条天皇）が生まれると、敦康親王に対しての関心が薄れてくるのも、これまた「我が孫」という見地から致し方なかったものともいえよう。

敦成親王の誕生に関しては、道長も格別の喜びをもっていることはいうまでもない。『御堂関白記』にも、その喜びの表現が明確にあらわれているところだが、『紫式部日記』や『栄花物語』巻八初花によると、次のような表現もみられる。『紫式部日記』によると、五十日の儀式の宴の時に、

「宮の御前、聞こしめすや。つかうまつれり」と、われぼめし給ひて、「宮の御ててにてまろわろからず、まろがむすめにて宮わろくおはしまさず。母もまた幸ありと思ひて、笑ひ給ふめり。よい男は持たりかしと思ひためり」とたはぶれきこえ給ふも、こよなき御酔ひのまぎれなりと見ゆ。

と、中宮彰子の母倫子の幸福を、酔いのまぎれに、しみじみいう。その道長の言葉をそばで聞いていた倫子は、

聞きにくしとおぼすにや、わたらせ給ひぬるけしきなれば、「送りせずとて、母恨み給はむものぞ」とて、いそぎて御帳のうちをとほらせ給ふ。

と、あちらへ渡って行く様子なので、道長は「送らないと言って、母が恨みなさるといけない」と、いそいで彰子の御帳台の中を通り抜ける。

「宮なめしとおぼすらむ。親のあればこそ子もかしこけれ」と、うちつぶやきたまふを、人々笑ひきこゆ。

とあって、酔いのまぎれの中に、道長の妻倫子を思う心と、人間味豊かな自信が堂々とあらわれている。

この敦成親王誕生の折りの自信に満ちた言葉こそ、道長夫妻の信頼と愛情のあらわれであり、倫子あればこそよき妻を迎えた道長の生涯の幸福の基礎となったのである。

倫子の神事・仏事についての行動を少しみてみよう。先述したように、春日社へ道長とともに参っているときなどは、倫子のための休み所のようなものがつくられており、道長と行動をともにしていることが明らかである。

清水寺・仁和寺等にもよく詣っており、

田鶴丸《(頼通)》参二清水寺一、女方同レ之、去年立レ願所々奉二御灯明一（『御堂関白記』長保元年七月二十七日条）

とあって、頼通と倫子が清水寺へ参り、何か願を立てるものがあったのであろう。また、仁和寺では倫子の父、雅信の七周忌の法事を行っている。『御堂関白記』同年七月二十九日条に、

依二故一条大殿《(源雅信)》御忌日一、女方渡二仁和寺一、是依レ当二五巻日一也、仏経新図書、自同レ之参、

とあり、道長も、ともに参っている様子がみられ、ここにも夫妻の温かな気持ちがあらわれているといえよう。

また寛弘元年（一〇〇四）三月二十五日条には、

辰時渡二仁和寺一、依レ供二養女方大般若一也、従二午時許一雨下、人々来集後、初レ事、以二頭中将経房朝臣一、有下

賜二度者一宣旨上、

とあり、その儀式次第を詳細に叙述するとともに、倫子の父の供養には道長自身が先立ってことを運んでいる。

さて、宇治木幡の浄妙寺供養（寛弘二年十月十九日）。道長は幼き頃、父兼家に連れられて、この地を訪れ、藤原氏祖先の墓のあまりにも荒れていることを嘆き、自分がしかるべき地位についたら、まず寺を建て供養しようと心がけていた。この日、三昧堂を建立し、自筆の『法華経』を読み、僧たちに法服を配ったりしている。この日も女方倫子は道長と同行し、「女方下二借屋一」とあり、春日社のときと同じように、行動をともにしている。

こうして倫子は、道長一家の重要な人物となっている。道長の私生活の実権は、倫子が握っていたといっても過言ではなかろう。

勿論、左大臣・内覧・摂政として道長の偉大なる力が存したことはいうまでもないところだが、倫子の背後における補佐役としての大きさも、いうまでもないところだろう。倫子としては、父雅信の誇りの言葉にもあったように、賜姓源氏という家柄が大きな権威を持っていたことも、倫子の地位を大きくしたものといえよう。ただし、その権威ばかりでなく、倫子と道長はお互いがよく理解しあい、一心同体の夫婦だったと言いうる。外戚を完全に築きあげ、道長が三人の子女を中宮とし、また、三女威子は長女の生んだ皇子（敦成親王、のちの後一条天皇）の中宮となるという幸福な生涯を送ることができたのは、これまた倫子の力、大なるものであった。道長と常に行動をともにし、内裏への参内も二人という例は、当時の摂関としても珍しい。

しかも、日記『御堂関白記』に、それを事細かに書いているということは、倫子あっての道長ということになろう。妻の行動を、こんなにも細かにわが日記に記すということは珍しい。古記録は、だいたい政務に関すること、陣定の内容や公卿会議などについて詳しく記すのが普通である。この点、倫子の行動をここまで記すというのは『御堂関白記』という日記の本質、道長の性格を考えるうえで大変興味深い。

また、ここまで倫子の地位が高く、道長家の実権を握っているという状態にあるのは、土御門第という家の問題、これが倫子の父雅信から譲られたものであるということから考えてみなければならない。これは倫子の女性としての地位の問題を考えるうえで、また女性史の研究上にもいろいろと問題を提供することにもなろう。平安女性史の研究にも倫子の存在は、今後、大いに重視されねばならない。

第二節　敦康親王と『栄花物語』

敦康は一条天皇と道隆の娘中宮定子（のちに皇后）との間に生まれた第一皇子である。当然、皇太子になり得る地位にありながら道隆の死、道隆一家、中関白家の没落、続く定子の出家と崩御（定子に二歳で死別）等々の悪条件が重なり、さらに道長の娘彰子の立后、その皇子敦成親王（のちの後一条天皇）の誕生等によって皇太子になることができなかった不遇な皇子である。本稿では道長の考え方、および一条天皇はこの皇子をどのように考えていたか等々の問題について検討したいと思う。

敦康についての史料は多い。『小右記』『権記』『御堂関白記』『栄花物語』『大鏡』『愚管抄』その他である。中でも『栄花物語』には、「後見が弱い親王は皇太子になるのが困難である」とする一つの史観のようなものがみられるが、これは、まことに歴史の真実をついていると思われる。『栄花物語』が九条家の発展と道長の栄花を中心に叙述を進めていることはいうまでもない。そこでもう少し、敦康親王を具体的に考えていこう。

敦康親王は長保元年（九九九）十一月七日、平生昌第で生まれた（『小右記』）。母定子は、これより先、長徳二年（九九六）五月、兄伊周・弟隆家の左遷の事件（長徳の変）によって、一時的にせよ定子は出家している（『小右記』）。

このような環境にあるとき、敦康の誕生は最初から、あまり明るい将来は予測されないというところであったろう。敦康は母后定子が崩御後、定子の妹、一条天皇の御匣殿となった道隆の四女が世話をしていたが、この御匣殿も長保四年六月三日に亡くなり（『権記』）、四歳の親王は道長の長女、一条天皇の中宮彰子がひきとって育てている。この彰子は大変に敦康を可愛いがり、彰子が一条天皇の中宮であるということもあって、なお一層彰子の気持ちに敦康をしっかりと育てねばならぬという愛情と義務のようなものも芽生えてきたのだろう。また、道長も彰子とともに一生懸命であった。『栄花物語』巻五浦々の別に、

大殿、「同じき物を、いときららかにもせさせ給へるかな。筋は絶ゆまじきことにこそ有けれとのみぞ。九条どの丶御族よりほかの事はありなむやと思物から、其中にも猶此一筋は心こと也かし」などぞの給はせける。

とあり、これは道長の言葉で、師輔・兼家の子孫以外に皇子が生まれる系統はない、その中でも兼家の一統は格別なことであったということになり、敦康の誕生を大変に喜んでいる道長の気持ちがありありとみられる。これも真実であり、この時期では、道長も九条家の発展を意味し、それを位置づける皇太子として、また、のちの天皇として敦康親王を考えていたことは当然である。敦康誕生の日に彰子は女御となり、翌年、彰子立后となる。彰子は立后したものの、まだ十三歳。皇子誕生はほど遠いと道長は考えていた。

そこで一条天皇としては、自分の譲位後、現在の皇太子、居貞親王が即位（三条天皇）すれば新しい皇太子としては、この敦康が立つのがごく自然である。そのさいの皇太子候補としては、冷泉天皇と兼家の娘超子との間の敦道親王、さらに、居貞親王の東宮妃、藤原済時の娘娍子との間に生まれた敦明親王等である。一条天皇にとっては、これらの皇子の中では、もちろん定子より生まれた敦康を皇太子にさせたい。また、道長にしても、敦

明・敦道よりは敦康と考えるのが当然である。敦明は小一条家、敦道は道長の姉超子を母とするにしても父は冷泉上皇であり、道長も一条天皇の皇子を立てたいのは当然である。したがって敦康の誕生を大変喜ぶ道長の気持ちを明確に描いている『栄花物語』の記述は貴重であるとせねばならない。

　こうして道長も彰子も一条天皇とともに、敦康の成長を願っていたのである。これを道長の政策というふうにみることもできるかもしれないが、『権記』『小右記』『御堂関白記』等と比較検討すると、彰子の皇子敦成親王誕生以前の道長は、心から、そのような気持ちでいたとみてよかろうと思う。これも、倉田実氏の説とともに前述したところである（二二八〜九頁および二四一頁の補注参照）。

　そこで、『栄花物語』巻八初花の次の文に注目してみよう。一条天皇と彰子から生まれた敦成親王の対面のところである。天皇は大喜びで、道長の第、彰子の実家である土御門第へ行幸され、若宮敦成と対面する。

　殿、若宮いだき奉らせ給て御前に率て奉らせ給。御声いと若し。（中略）上の見奉らせ給御心地、思ひやりきこえさすべし。これにつけても一（敦康）のみこの生れ給へりし折、とみにも見ず聞かざりしはや。なをずちなし。かゝる筋にはたゞ頼しう思人のあらんこそ、かひ〴〵しうあるべかめれ。いみじき国王の位なりとも後見もてはやす人なからんは、わりなかるべきわざかなと、おぼさるゝよりも、行末までの御有様どものおぼし続けられて、まづ人しれずあはれにおぼしめされけり。

　ここには一条天皇の考え方が明瞭にあらわれている。後見のない一の皇子は皇太子・天皇になるのは無理である、敦成を皇太子にするべきである、だが敦康が可哀想であると。

　寛弘五年（一〇〇八）、道長の女、彰子より生まれた若宮敦成親王と一条天皇との対面に、ふと思い出したように、敦康親王の後見の弱いことを挿入する。ここは周知のように、『紫式部日記』を原史料としつつ、原史料にない部分を、わざわざ『栄花物語』作者の意見として挿入している。これを『栄花物語』の道長讃美のために書いた意図的なものか、あるいは、『栄花物語』のここにこそ世の真実があらわれていると見るか等々によって、『栄花物語』の歴史に対する見方にもおよんでくる。『栄花物語』以外の文献から敦康親王の問題に入っていこう。

　前述したごとく、敦成が生まれるまでは、道長が敦康を九条家のあとつぎの皇子として懸命になっていたことは、『栄花物語』巻五のみでなく、多くの文献から客観的に認め得るところであり、彰子は後見のない敦康を引きとって育てていた。ところが、敦成が生まれると、やはり九条家の発展のためには、敦康より自分の本当の孫の敦成の方がよいと、こういう気持ちになったのは、外祖父の道長としては当然であったろうと考えて不思議ではない。そこで、一条天皇の譲位のところが問題になり、この部分は『御堂関白記』『権記』に詳細な記述がある（寛弘八年〈一〇一一〉六月二日条）。『御堂関白記』では、一条天皇と東宮居貞親王（のちの三条天皇）との対面があり、敦康親王には、別封並びに年官年爵を賜うことと決定する。そして十月十日壺切の御剣を新東宮敦成（のちの後一条天皇）に授けられ、同十六日、三条天皇御即位の儀となる。

　さて、『権記』五月二十七日条が最も問題である。即ち、一条天皇の御病気が篤くなると、天皇は譲位を決心し、行成は天皇の御前に伺候する。

　天皇は行成に「可二譲位一之由一定已成、一親王事可二如何一哉」と仰せられる。行成は良房の例をあげ、良房は朝家の重臣であるという理由から、文徳天皇は紀氏の第一皇子ではなく惟仁親王（清和天皇）を立てた事例をあげ、その理由として、

　帝有下以二正嫡一令レ嗣二皇統一之志上、然而第四皇子（清和）以二外祖父忠仁公（良房）朝家重臣之故一、遂得レ為二儲弐一、

と述べ、

今左大臣者亦当今重臣外戚其人也、以二外孫第二皇子一定応レ欲レ為二儲宮一、尤可レ然也、

と道長は朝廷の重臣であるという理由から、その外孫である敦成が皇太子になるのが当然であるということをいう。それでも一条天皇は、愛する敦康を立てたいという意志がまだ簡単には捨てられない。それも当然であることを悟る行成は、さらに道理をさとすようなことをいう。

丞相未二必早承引一、当レ有二御悩一、時代忽変事若嗷々、如下不レ得二弓矢一之者上、於レ議無レ益、徒不レ可レ令レ労二神襟一

とあって、これ以上、天皇の苦悩がつのることは避けた方がよいと思うと言い、そして最後には、

如レ此大事只任二宗廟社稷之神一非二敢人力之所一レ及者也、

と言い、年官年爵と受領の吏などを敦康に差しあげれば、

令三一両宮臣得二恪勤之便一、是上計也者、

と天皇に奏上する。ここの最後の部分は、『御堂関白記』六月二日条と一致するところである。これが『御堂関白記』では、天皇と東宮（居貞親王、のちの三条天皇）との会話で示される。『権記』を、もう少し続けていこう。行成の言葉に少なからず心の動いた天皇は、

重勅曰、汝以二此旨一仰二左大臣一哉如何、即奏曰、左右可レ随レ仰、但如レ是之事、以二御意旨一而可レ賜二仰事一歟、

因有二天許一、

と行成にいう。

こうして行成が世の道理をよく知って事を運び、後見の弱い敦康を皇太子に立てたところで、決して敦康は将来幸福にはならない。ここで天皇がはっきりと敦康を皇太子にするとの意志を主張すれば、それは当然、皇太子

になることはできるであろう。そうしてみたところで、それでは敦康が不幸である。過去においても廃太子の例もあり、すぐにこの後にも敦明親王（三条天皇と娍子の皇子――このことは後述）の場合がある。そこで行成は過去の前例として良房を外戚とする清和、また、老年になって即位した光孝天皇の例などをあげて天皇に奏上した。天皇の心の中には、たしかに初めは第一皇子の敦康を立てたいという気持ちは大いに存したであろう。しかし、熱意のある行成の説得に動かされ、遂に敦成と決意されたのである。天皇も、行成の言葉の内容によって、これはやはり敦康は無理で、今は、摂政家（道長は内覧）として最高の地位にある道長の女の彰子の皇子を立てるのが、九条家の将来の安定と発展のためであると決意されたのである。『権記』をじっくりと読んでいくと、このような結果に達するのである。とすれば、『栄花物語』の「後見」と敦康を「あはれ」と称する考え方は、世の真実をついているものと解せられる。

一条天皇の譲位のときの敦康親王の様子を『権記』と比較して述べた。一条天皇は敦康を皇太子にしたいという意志が初めは強かったが、行成との対話を通して、やはり、その当時の雰囲気では、敦康を東宮に立てるのは無理である、もし東宮になっても結局は、敦康自身が苦境に入ると天皇は悟り、敦成を東宮にすることを決心した。それについて、『栄花物語』では「後見の弱さ」を最大の理由としている。敦康について後見が最初に『栄花物語』にあらわれたのは、前述したごとく、巻八初花の敦成誕生（後一条天皇）の場面で、『紫式部日記』を原史料にしている部分の『紫式部日記』にない『栄花物語』独特のところであった。いま初花の巻をみると、その後の敦康元服のところにも、

よろづを次第のままにおぼしめしながら、はかばかしき御後見もなければ、その方にもむげにおぼし絶えは

てぬるにつけても、返す返す「口惜しき御宿世にもありけるかな」とのみぞ悲しうおぼしめしける。

とあり、巻九いはかげの一条天皇譲位のところにも、三条天皇との対話の中で、

春宮にはわかみやをなんものすべう侍る。道理のままならば、帥の宮をこそはと思ひ侍れど、はかばかしき後見なども侍らねばなん。

と、ここまで「後見」という語が三回も出る。これは明らかに『栄花物語』の作者（編者）が、後見が弱いということを敦康が東宮になれなかった大きな理由としてあげ、言い換えれば、『栄花物語』の史観ともいうべきものであった。

では、三条天皇の即位後の敦康の動きをみてみよう。

三条天皇在位は五年間、その間の敦康は、『栄花物語』には、あまり目立った動きはみられない。

さて、大きな問題は三条天皇譲位後、後一条天皇即位のときである（巻十二玉の村菊）。三条天皇譲位のときは、三条天皇の切なる願いによって三条天皇と済時の娘、皇后娍子の第一皇子敦明親王を東宮に立て、そのとき敦康は式部卿宮であった敦明のあとをうけて新たに式部卿宮となる（長和五年〈一〇一六〉正月二十四日）。

式部卿の宮とは、一条院の帥の宮をぞ聞えさすめる。「もしこの度もや」などおぼしけん事、音なくてやませ給ひぬ。東宮もことわりに世の人は申し思ひたれども、この宮には「あさましうことのほかにもありける身かな」とうち返し〳〵我御身ひとつをうらみさせ給へど、かひなかりけり。

というのも、ここは敦明が立つのが当然であり、敦康は自分を恨むも甲斐のないことだったと、敦康の気持ちを率直にあらわしている。

式部卿宮も、同じき宮たちと聞えさすれど、御心も御かたちもいみじうきよらに、御ざへなども深くて、や

むごとなうめでたうおはしませば、御宿世のわろくおはしましけるを、世に口惜しきことに申思へり。

と、ここでは「御宿世のわろくおはしましけるを」と理由付ける。

敦康がその道にはずれたのは「御宿世」と解釈するが、『栄花物語』の作者は、その史実の真相をどの程度知っていたのだろうか。もう少し、史実を追っていきつつ、その方面をみていこう。

大との丶大将殿《頼通》、この宮《敦康》の御事をいとふさはしき物に思きこえさせ給て、つねに参り通はせ給と見し程に、大将殿上《隆姫》の御弟の中の宮に、この宮を婿どり奉らんとおぼし心ざしたりけるなりけり。さて婿どり奉らせ給。

頼通の室隆姫の妹中の君を結婚させる。また、さらに隆姫の一番下の妹宮（嫥子）は、村上天皇第九皇女資子内親王の養女にしている。頼通は積極的にわが一族と皇族の人々との結婚を成就している。敦康の方にも喜びがみられ、

式部卿の宮いとかひありてもてなしきこえさせ給けり。一品にておはしまし丶かば、御有様などいとめでたきに、今はいとゞ大将殿御後見せさせ給へば、御封などいづれの国の司などかをろかに申思はんと見えて、いとゞしき御有様なるに、大宮《彰子》よりも常に何事につけても聞えさせ給。大将殿の御心ざしの、院《一条》などのおはしまさましにも、かばかりの事をこそはせさせ給はましかと見えさせ給。程なくたゞにもあらずならせ給にけり。

と、頼通は敦康を世話し、「御後見せさせ給へば……」とあって、ここで敦康は、初めて自分の直接の父や叔父ではないが、本当の後見を得たということになろう。頼通は、なぜ、こんなに敦康に積極的な援助を示したのだろうか。父道長が十分なことを敦康にしていなかったことを反省したからか。ここは、いろいろと考えられるところである。

次は、巻十三ゆふしでの巻の東宮敦明親王が退位したのちの敦康親王である。敦明が東宮を降りることが決定すると、道長は早速、大宮彰子のもとへ参り、頼通もそこにいたのをさいわいとして、東宮に三宮、即ち彰子より生まれた第二皇子、後一条天皇の弟宮である敦良親王（のちの後朱雀天皇）を立てたいと申し出る。ここの『栄花物語』の文はあざやかである。

そのまゝにやがて大宮に参らせ給て、（中略）「さても東宮には、三宮こそは居させ給はめ」と申させ給。大宮「それはさることに侍れど、式部卿宮などのさておはせんこそよく侍らめ。それこそみかどにもすへ奉らまほしかりしか、故院のせさせ給しことなれば、さてやみにき。この度はこの宮の居給はん、故院の御心の中におぼしけん本意もあり、宮の御ためもよくなむあるべき。若宮は御宿世に任せてもあらばやとなん思ひ侍る」と聞えさえ給へば、大殿「げにいとありがたくあはれにおぼさるゝ事なれど、故院も、こと事ならず、たゞ御後見なきにより、おぼしたえにし事なり。賢うおはすれど、かやうの御有様はたゞ御後見からなり。帥の中納言だに京になきこそ」など、なをあるまじきことにおぼし定めつ。

とあって、大宮彰子は、敦康は「みかど」にもすべき人であり、故一条院も、そのつもりだったが、敦康のことは沙汰やみになってしまった、といわれる。すると、道長は彰子に向って、「それは、ほかでもない。敦康は賢明でいらっしゃいますが、東宮の地位というものは、まったく後見の良否によるものです」と答え、「そして帥中納言の隆家さえ大宰帥となって京にいないのですから」という。こうして中関白家による敦康の後見の弱いことを強調する。そして、東宮は敦良と決定する。彰子は、なお、気持ちが不明瞭なまま、敦良を東宮にすることを承諾する。

式部卿の宮、この方にはむげにおぼしめし絶えにしかど、この度のひまには必ず立ちいでさせ給べかりつる

を、御宿世をば知らせ給はずとも、猶あやしくとはいかでかおぼしめさゞらん。世とともにはれぐ〱しから
ぬ御けしきにも、心苦しうなん。

と、ここは『栄花物語』の作者が敦康の気持ちをよくとらえているところであって、今回こそはと、東宮に立てるのではないかと期待していたのに、「御宿世をば知らせ給はずとも」と言いつつ、敦康は、やはり「不思議なこと、をかしいこと」と思われないことがあろうかと、「宿世」は御存知なくとも、やはり疑問を懐いていただろうという。何度も機会を逸した敦康の心持ちに、しみじみと同情した書き方である。

そして敦康は、寛仁二年（一〇一八）十二月十七日亡くなる。

返く〱「いかなりつる日頃の御有様にか」と、おぼし宣はすれどかひなし。「あさましう心憂かりける御宿世かな」と、よろづをかぞへつゝ、いみじく恥しげにのみよの人おもへり。

と、道長は二十歳で敦康が薨じたことなど、あれこれ指折り数え数えして思ったり言ったりしたが、どうにもならなかった。「あさましう心優かりける御宿世かな」と、ここにも「宿世」という語が出る。

関白殿ぞ上の御方のゆかりに、よろづあつかひきこえ給ふ。若くおはしつれど、御心のいと有難くめでたくおはしつる有様に、かく上の御方のゆかりとはいひながらも、ゆゝしきまでおぼし扱はせ給になん。

と、関白頼通は、北の方の縁故から諸事敦康を世話する。親王は若かったがたいそう気質が立派であったので、北の方の縁故から大変よく世話をされたと、ここでもまた頼通の敦康に対する献身的な気持ちが明瞭になるところである。

次いで、一品宮（敦康の姉、脩子内親王）、南院の上（敦康北の方）、姫宮（敦康娘、嫄子女王、頼通の養子）、後一条天皇等々の歎きのさまが書かれ、「大宮はたゝいみじうあはれにおぼし歎かせ給」と彰子の歎きが続く。

かうおはしますにつけても、大宮は「この度の東宮の事あらましかば」と、かついと心苦しう思ひきこえさせ給て歎かせ給も、ことごとならず故院の御事をおろかならず思ひきこえさせ給により、この宮〳〵の御事をもかくおぼさる、なるべし。「故院の私物に思ひきこえさせ給へりしものを、あはれ」と思ひ出できこえさせ給も、なを有がたき御心の奥の深さをのみ。

と彰子は、一条天皇が敦康をとくに思っていたこと、一条天皇の気持ちをかけて、ひとしお歎くさまを描いている。

結局、『栄花物語』の敦康の見方は「後見」「宿世」「あはれ」につきる。敦康は一条天皇の第一皇子でありながら機会を失なっているのは後見が弱いからであるというところは、一貫した『栄花物語』の思想であり、史観のようなものであると私は前に述べた（拙著『歴史物語成立序説』参照）。一条天皇譲位のとき、彰子がさかんに敦康を皇太子にと主張したにもかかわらず、一条天皇が敦成にした背景には、やはり道長の孫可愛いさの心と、ある程度の強引さが指摘されるのも当然だろう。ここで『栄花物語』は、「後見の弱い親王」が東宮に立てないのは道理であると説く。これは『栄花物語』の作者が真実をついているのである。摂関政治全盛期は後見が弱い皇子は、皇太子・天皇に立つのは無理であり、たとい、天皇がそれを皇太子に立てたとしても、天皇崩御後は後見のない太子は廃太子の憂き目にあっていることも今までの歴史の語るところである。一条天皇は行成との対話を通して、天皇としても敦康を皇太子にしたいことは十分気持ちがありながらも、今の社会の情勢というものをよく判断して涙をのみ、また一方、道長の孫可愛さの心と相俟って敦康ではなく敦成を選んだその気持ちが察せられるところである。ここの部分は結局、単純に後見の弱い親王は、皇太子・天皇となるのは無理であるという摂関政治の世の中の原理を、そのまま叙述しているのであると、私は解釈したい。道長が孫の敦成を早く皇太子にしたいという気持ちを、どこまで通そうとしたか、また行成が一条天皇に詳細に語っていることは、道長の孫可愛いさの気持ちをただ何とか通させたいというだけで天皇と対談したということだけではない。もっと当時の天皇と摂関政治の本質（あるいは原理とでもいうべきか）を考えるべきである。これらをいろいろ考えると、『栄花物語』は、後見が弱い皇子は皇太子・天皇に立つことが無理であるという、当時の貴族社会の本質と心理をよく語ったものであるということを、そのままとっておくのが一番よいと思う（これらについて拙著『平安時代の古記録と貴族文化』および『藤原道長』［人物叢書］などを参照していただければ幸甚である）。

書評　福長進著『歴史物語の創造』

『栄花物語』は歴史である。本書はかなりそのような見方の部分が多い。もちろん物語・文学であることはいうまでもないが、編纂・編年・原史料ということに大きな問題が置かれている。編年体が、これほどまでにとりあげられているということは、それだけでも歴史的意義の大きいことを感じる。六国史の編年のかたちにならって、かなでこれほどまで編年を重視した書は、『栄花物語』のこれがはじめてであることに注目する。これらの点を最も重視したのが本書である。

また、『源氏物語』の影響を大きくかたちの上で受けていることは、編年体等の考察と同時に極めて重要である。これは、もう古くからいわれていることであって、今さらいうこともないが、本書は、これについても少なからず新しいことにふれている。この二つの事実をよくわきまえ、後者（『源氏物語』との関係）については、本書では第十二章の「『栄花物語』から『源氏物語』を読む」のみであるが、この論がまた、当時の歴史的背景を基礎に置き、源氏三代の立后（藤壺・秋好・明石中宮）という実態を、『栄花物語』と比較してまことによく説かれている。

この二つの基礎的な時代背景を中心として論が進められていくということをまず重視しよう（『栄花物語』は、安子・定子・彰子・妍子・威子）。

さらに本書の重要なところは、全体にわたって藤原氏の九条家（流）の発展という問題を常に考慮して論を進めているところである。それについてはのちに述べるが、まず本書として最も重要である編年についての考え方をみていこう。

原史料としての『紫式部日記』との、非常にこまかな検討が始まる。「第一章『栄花物語』の対象化の方法・原資料を想定して読むことについて」。現在、明確な原史料は『紫式部日記』に始まる。そこで『紫式部日記』との詳しい考証が行われる。『紫式部日記』に立ち入りながら、ここではまず原史料に立ち向う意義も述べる。その方法論を詳細に提示する。その検討については、福長氏独特の見方があり、なかなかそこに立ち入ること自体がむつかしいが、原史料をどのように考え、どのように扱うかについての説明が詳細である。

具体的に少し述べていこう。今小路覚瑞氏の『紫式部日記の研究』(有精堂、昭和四十五年、最初の出版は戦前にあり)の成果を吟味し、具体的に入っていく。即ち、『栄花物語』巻八初花の敦成親王(後一条天皇)誕生の場面を『紫式部日記』との比較で行っていく。この部分は、まことに詳細である。そこでは『紫式部日記』の文を『栄花物語』が、そのまま採り入れているところが多いことから検討に入る。

次に、日記にはなく、『栄花物語』の加筆付加の部分を探究していく。しかし、『栄花物語』が『紫式部日記』を切り捨てているところも多い。それは私的な面を排し、公的な面を主として採用しているということだけではないところが重要であるという。この部分は、まことによく行き届いて行われており、採り入れていないところは、その理由についても今後、研究が発展していくことであろう。そのような箇所について、ある程度、福長氏自身が、その理由について自身の意見を述べているところもあり、原史料の『紫式部日記』の採りあげ方は、原史料との関係を述べる方法論としてまことに卓見である。

以上の部分は、一条天皇と道長を中心に具体的にとりあげて行われているが、原史料の利用という問題について、まことによく整理されているといえよう。

次いで「第三章　今の表現性」に入る。「今」は事象の現在を表し、事象の現場に作者が寄り添っていることを前提とする表現であると言い、作者の事象への没入の徴表が「今」という表現であるという。そして、「今」という時間が時間軸に刻み込まれ、個々一回的に諸事象の叙述がされていく。そういう歴史叙述の在り様が想定されるというところに、『栄花物語』の「今」の意味が深く掘り下げられていることが明らかになるという。

ここで敦康親王の誕生と、巻五「浦々のわかれ」についての意味と九条流の発展としての歴史を捉えようとする史観が顕在化しているということを出されているが、この九条流発展については本書全体にわたる大きな主題であって、これより後の章で大きく説かれていく。

続いて「第四章　編年的年次構造」に入ろう。ここは村上天皇を主とする論であり、再び編年的年次構造の意味と本質が大きく論ぜられる。そして、『栄花物語』巻一のはじめの、

世始りて後、この国の帝六十余代にならせたまひにけれど、

の「六十余代」を従来は六十八代一条天皇との説であったが、これは六十二代村上天皇を指すという。この例からも『栄花物語』の歴史叙述の始発が村上朝であることを明確にするといわれ、この部分は大事なところである。同時に村上天皇を「今の上」と言い、「ただ今の太政大臣」に基経を指す意味の深さが分かる。同時にそれより村上天皇を基軸に据えた後宮史への志向が認められるといわれるところなど、『栄花物語』は村上天皇から始まるという意味が深く充分に説かれており重要である。

以上のことから、大きくは九条流の発展をこのかたちで述べていき、巻十五疑の巻が異質であることをいうと

ころも重要である。

次に「第五章　『栄花物語』の内容」から、明暗対比的な構成のあることに入り、とくに一条天皇時代をとりあげ、明暗対比的に歴史を構成するという展開から後見の重要性という認識がよくわかり、作（編者）の歴史認識の根幹にある史観ともいうべきものがみえる。それは作品世界とは無関係に一条天皇に付託されるのだと考えるなど、とくにここにこそ、九条家流発展の史書ともいうべき意味の説明に大きなものがあり、『栄花物語』の特徴が語られているといえよう。この辺りは一条天皇と道長を中心に定子・彰子等の後宮女性の人物像から明暗を対比していく。

そして巻六「かゞやく藤壺」は道長の栄華として位置づけられる。と同時に後宮の主要人物がことごとく明暗の中に整理されていくという。そして敦成親王と敦康親王が見事な明暗の対照の中に叙述されていく。

「第六章　歴史叙述と系譜」は七章とともに『栄花物語』の系譜をたどって論を進めていく。まず中心人物があり、第六章は師輔と安子である。師輔は道長の祖父。摂関にはならずに病死するが、道長の繁栄の基礎は師輔にあるといっても過言ではない。師輔から道長にいたるまでの系譜をよくたどりながら、『栄花物語』の史書としての内容が藤原氏（九条流）発展の中に説かれていく。この章では九条流の発展と深い関係のある源高明・為平親王が詳述され、小野宮・小一条流も系譜的に詳細にたどられる。さらに藤原氏と源氏の関係も安和の変とともに問題とされていく。著者は系譜が『栄花物語』の世界を支えているといわれるのも、全くその通りの叙述である。即ち著者は、『栄花物語』は宇多天皇・基経の時代から書きおこされ、宇多・醍醐・朱雀三代の御代の歴史は、ほとんど系譜記述であると指摘し、本格的な歴史叙述が開始される村上帝の前史としての役割を担わされているという。これは前述したように六国史・新国史に続くかなの史書であるということを述べたところと関係が深いが、村上朝前史は、Ⓐ皇室の系譜（宇多・醍醐）、Ⓑ藤原北家の系譜（基経およびその子弟）、Ⓒ基経女の穏子が生んだ醍醐天皇の皇子である寛明（朱雀）と成明（村上天皇）の即位のことが順に記される。と同時に穏子（基経女）を主に村上朝の後宮が概括的に照らし出される。さらに忠平・実頼・師輔以下、藤原氏公卿の系譜が的確に記されていく。かように系譜的に人物が整理されて論を進めていく。がしかし、師輔は摂関にならず薨じ、師輔の死によって為平親王立太子の可能性が閉ざされたことを語り、師輔女安子が皇子憲平親王の誕生を喜び、憲平を東宮に据えることを決断するという。村上天皇の中宮は安子、安子はその皇子の憲平親王（冷泉天皇）と師輔を大いに愛し、ここに外戚関係を築こうと考えていたことはいうまでもなく、従って師輔の死が村上天皇にとって、いかに切ないものであったかが明瞭になっていく。村上天皇はいずれ憲平を天皇（冷泉）とし、安子中宮のもとで安子・師輔を中心に安楽に過すつもりでいたのである。そして、村上天皇の第三皇子（為平親王）を東宮とし、憲平の次に為平を即位させるつもりでいた村上・安子は師輔の死によってすべてが消滅し、村上天皇の晩年はあわれであったことが、悉く叙述されている。

また、村上天皇は師輔・高明の源氏との合同政治を目指し、藤原北家（九条流）と源氏の協力による合同政治をとりあげる。これは、いかに師輔の存在が大きく、また師輔の人柄が、藤原氏のなかで、いかに信頼の大きかったかを語る重要な箇所である。師輔は高明と親しく、系譜的にも、また儀式の運営の上でも師輔は高明の『西宮記』の儀式を採り入れるなどしていたことが明らかであり、村上天皇の下で、藤原と源氏の合同政治を企画していたことは明確であるという。しかし師輔の死によって、これは実現できなかったが、ここには師輔の弟、師尹の考え方、もう少しいえば陰謀もあったようで安和の変の真相を考える上に重要なところであり、道長時代の藤原・源氏の関係を考えるにも重要なところと思う。それらについての記述は詳細であり、また巻五「浦々の別」

で敦康親王誕生を九条流の発展として位置づけることによって師輔の存在の大きさが再確認されているという指摘は尊い。

ついで、師輔・実頼・師尹の系譜が対比的に記され、九条流の系譜と対比させることによって小野宮・小一条流の系譜の意味づけが深くなるといわれ、藤原氏の三つの流（九条・小野宮・小一条）がより詳細に叙述されていく。ここに、巻一月宴の前栽合の歴史的意味の深さ、姿勢をみることができるのであるという。そして、巻一の永平親王暗愚譚が小一条流の歴史の一駒として読まれるとあるが、この逸話は、なおいろいろ吟味すべき点があろう。

しかし、『栄花物語』がえがく九条流と小一条流の対立についての歴史認識の構図は的確な見方で、とくに小一条流については、『栄花物語』固有のまなざしが見えるといわれるのも興味深い。

第八章は「花山たづぬる中納言の巻について」であるが、この巻は兼家・道隆・道長をとりあげ、とくに兼家が詳しい。兼家・道隆は、自身の日記がない。道長の『御堂関白記』、実資の『小右記』などは詳細な自身の日記が存するから、この時代は非常に詳しく分かるが、兼家・道隆は日記がない上に、その他にも、それほど詳しく書かれている文献が少ないため、『栄花物語』『大鏡』が大変重要な史料となる。本書は、その兼家についてこまかく注意深く論を進めている。

花山朝の叙述はその後宮に詳しく、わずか二年間であったためか政治的な面は、ほとんど見えない。そのため、懐仁親王（一条天皇）の即位によって兼家一族発展の様子を描くことから始まる。つづく道隆・道長にいたるまでの九条家の発展の流れをこまかに叙述していく。兼家女詮子の入内記事、詮子の出産（懐仁親王）、立后の詮子の状況、頼忠女遵子との対立等々が兼家と九条流の発展の流れを語りつつ詳しく記るされていく。同じく九条流の発展を担う師輔・道長の描かれ方との違い、および共通性など詳しく検討していく。道隆の強引なやり方に対しての道長の不満が詳しく語られ、定子立后に対する道隆のやり方に対する道長の批判など、『栄花物語』によって詳しく分かる部分を、九条流発展の歴史のなかにこまかに検討されるところなどはなはだ詳細である。結局、定子立后記事は、その後の外戚中関白家の発展を予示するものであったが、逆に外戚政治の政治的資質の欠如を示し、『栄花物語』は中関白家の発展に疑問を投げかけているのであると説かれるところなど、文献の少ない兼家・道隆時代の実態をよく分析しているといえよう。

兼家は不遇な状況に反発するのではなく、それに耐え、事態が好転するのを待ったという。このあたりの叙述は、『栄花物語』独特である。その点がまことにこまかによくまとめられている。

それにしても安子が国母的役割を果たしたことが、九条流の発展の礎石になったことを再確認させ、九条流の繁栄が兼家によって受けつがれていることが詳しく述べられ、末弟でありながら「やんごとなきもの」として衆望をあつめ、九条流の発展の継承者としての道長が位置づけられる。ここに、師輔・兼家・道長の九条流の発展史が語られるというところなど『栄花物語』の本質を、まったくよく見極めているといえる。

結局、『栄花物語』の本質を九条家流発展のなかによく見極められたと感心する。

そして、以上の章を終るにあたり、『栄花物語』の兼家の見方は、かなり善人としての前提のなかにあるということを一言、述べているのも貴重である。

さて、『栄花物語』の結論として、是非述べておきたいことがある。それは、書かれている内容の史実を安易に虚講といわないでほしいということである（福長氏は虚講という語は使っていない）。

現在（昭和・平成）の歴史小説の内容は虚講が多い。それ故に平安朝の歴史物語の先駆である『栄花物語』も内容に虚構が多いと思うことは当然であろう。しかし、以上、述べてきたように、『栄花物語』は史実を大切にして可能な限り、史実を正確に作者・編者が書こうとしていることは明らかであろう。このことは和田英松氏の『栄華物語詳解』、松村博司氏の『栄花物語の研究』によって明らかにされているところである。

内容が、史実（古記録類である『御堂関白記』『小右記』『権記』『左経記』その他）と異る部分が存することは、それは当然である。勿論、文学的な脚色もあろう。作者（編者）が、よく調べても分からなかった史実との誤りが少なくないということも当然である。その他、いろいろの理由によって、古記録類をはじめとして多くの文献の内容と異なる記述のあることも、これまた当然である。それを直ちに、思い付きのように虚構であるということだけは避けてほしい。勿論、しかし、歴史物語には虚構や意図的な改変というものがあることも当然であろう。だが、先ほどより述べてきたように、作者・編者は、できるだけ史実を正確に書こうと努力していることは、福長氏の本書によってもより一層明らかになってきたところである。

現在の歴史小説には、読者が、この部分はなるほど虚構であるということが、ありありと気付き読者に分かる部分が多い。それは、いわゆる文学作品、物語としての主題が明らかになっていること、物語としての内部論理の発展が明解に分かること等があり、作者は史実を改変してまでも文学作品として興味深くするための努力をしていることが明らかに見られることである。

『栄花物語』でも、虚構という部分を、内部論理の発展や主題等から明確に説明できるようなところが存在すれば、ここは、どう見ても虚構であるといわざるを得ない。しかし、『栄花物語』では史実と異なるところに、そのような結論があまり明確に出てこないのである。

結局、『栄花物語』の内容が他の文献と異なるところ、また『栄花物語』のみにしか書かれていないところの史実は現代の歴史小説のように作者の意図的な創作であると簡単にはいえないということをよく認識してほしい。現代の歴史小説のように史実を改変しているということの証拠がなんとか見い出されない限りは、安易に虚講ということは謹しんでほしい。結局、それは、『栄花物語』の文献としての価値を下げてしまうことであり、文献の内容の事実を無視してしまうことにもなりかねない。それやこれやから、今回の福長氏の著書は、『栄花物語』の文献としての価値を充分に評価し、今後、このような研究がさらに進展していくのを希望するところである。

『大鏡』の部分も大変多く、また重要な記述に満ちている。元来ならば、『大鏡』について、『栄花物語』と同じように述べるべきところであるが、ここでは『栄花物語』のみにして、『大鏡』は、また改めて詳述することにしたい。福長氏のこの書は、和田英松氏の『栄華物語詳解』を基礎に松村博司氏の『栄花物語の研究』の論をよく理解し、さらに私の書もよく読解されていることの結果、この著書が完成したことを心から喜びたい。

※福長進著『歴史物語の創造』（笠間書院、二〇一一年）

〔関係系図〕

(1)

(2)

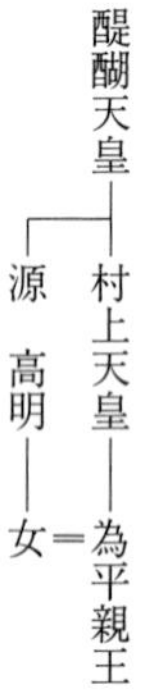

(3)

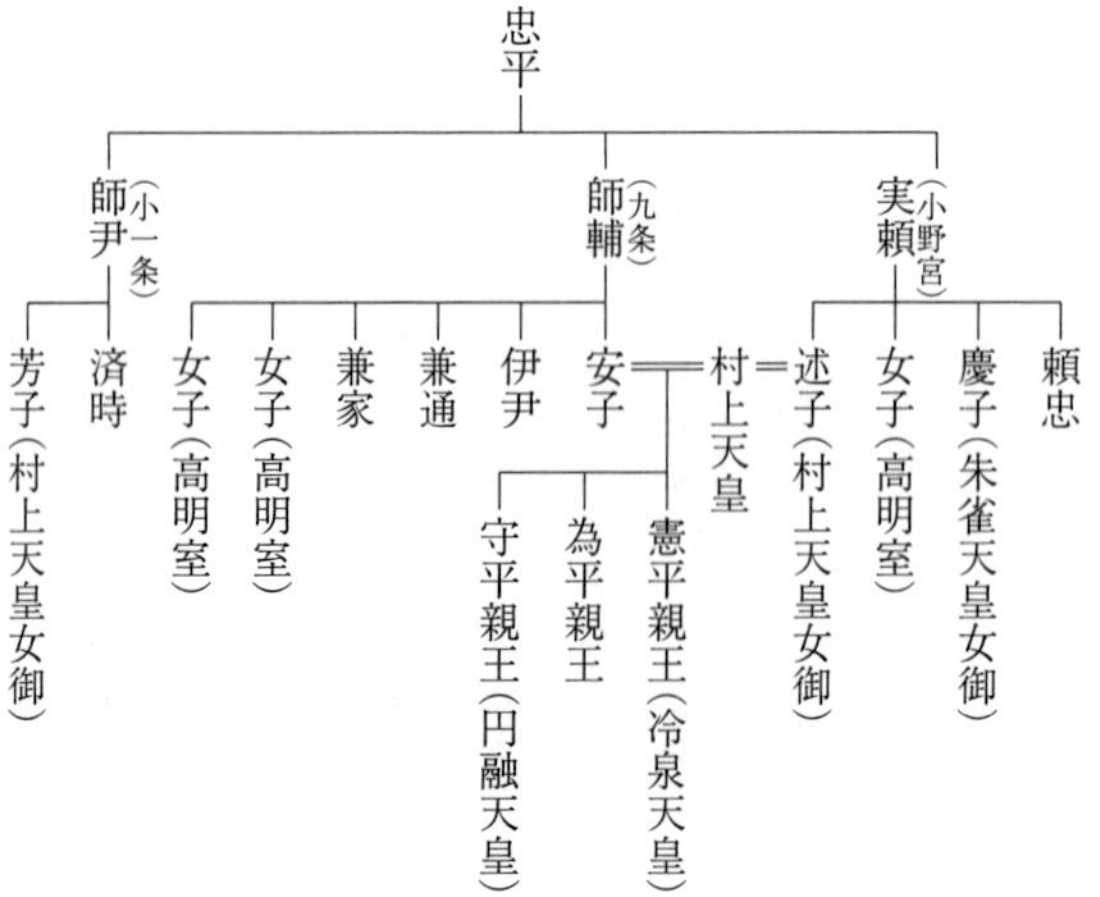

(4)

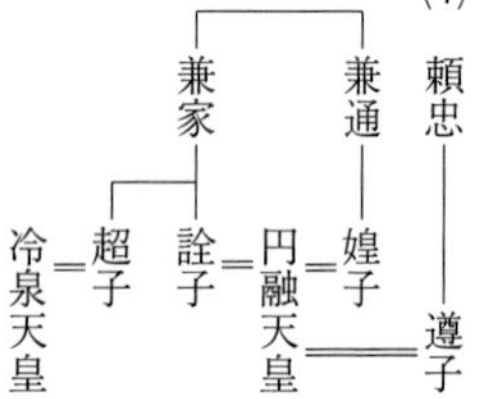

(5)

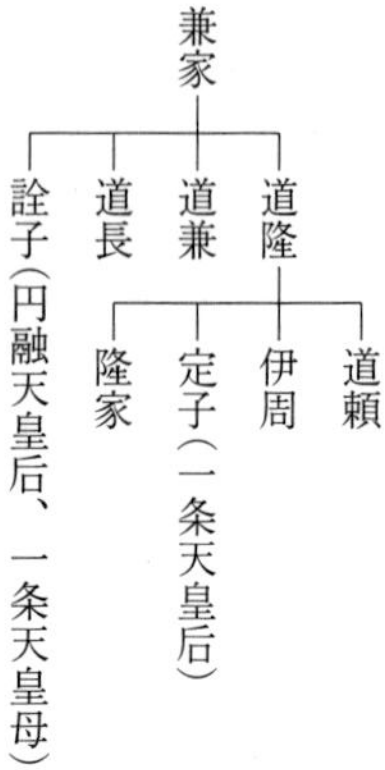

(6)

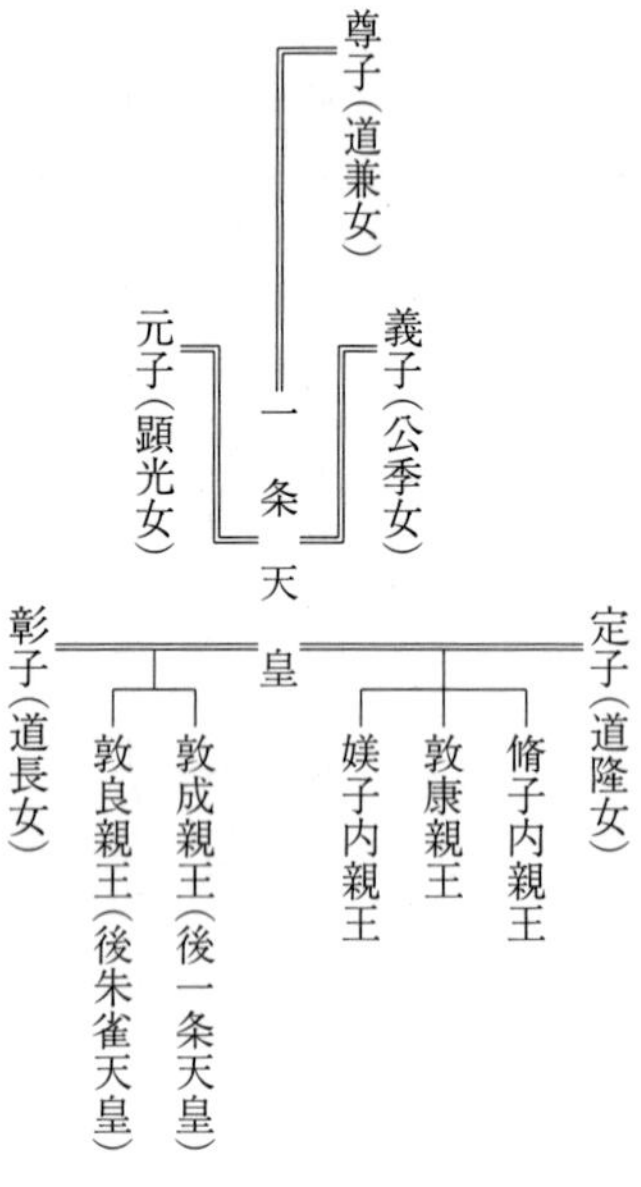

(7)

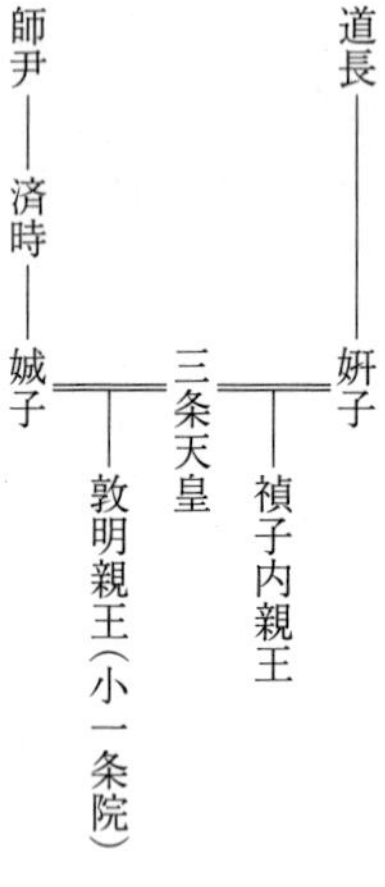

■主要参考文献■

赤木志津子『紫式部とその時代』（輝く御代と偉人叢書、積善館、平成六年）
秋山謙蔵『歴史物語の環境』（創元社、昭和十五年）
安西廸夫「歴史物語と安和の変」（『歴史物語の史実と虚構――円融院の周辺――』、桜楓社、昭和六十二年）
安西廸夫「大鏡構造論」（同右）
家永三郎『上代仏教思想史研究』（畝傍書房、昭和十七年）
池田尚隆「栄花物語試論――原資料から作品に向かう方法――」（山中裕編『平安時代の歴史と文学』文学編、吉川弘文館、昭和五十六年）
池田尚隆「栄花物語の方法――その〈編年体〉を中心として――」（『国語と国文学』昭和六十一年三月号）
池谷秀樹「古事談と栄花物語――『栄花物語史料集』想定にむけて」（二松学舎大学『人文論叢』四十二号、平成元年）
石川徹校注『大鏡』（『新潮日本古典集成』平成元年）
今井源衛『花山院の生涯』（桜楓社、昭和四十三年）
大津透『道長と宮廷社会』（講談社学術文庫、平成二十一年）
朧谷寿「源満仲について」（古代学協会編『摂関時代史の研究』、吉川弘文館、昭和四十年）
加藤静子『王朝歴史物語の生成と方法』（風間書房、平成十五年）
加藤静子「『栄花物語』と『後拾遺集』――共有歌の考察から――」（『国語と国文学』平成二十三年十一月号）
加納重文『歴史物語の思想』（京都女子大学研究叢書、平成四年）
河北騰『栄花物語研究』（桜楓社、昭和四十三年）
河北騰『栄花物語論攷』（桜楓社、昭和四十八年）
木村由美子「藤原義孝の往生歌――後拾遺集を中心に――」（『国文』第六十九号、お茶の水女子大学国語国文学会、昭和六十三年）

木村由美子「栄花物語の人物呼称――伊周夫妻の贈答歌によせて――」（犬養廉編『古典和歌論叢』、明治書院、昭和六十三年）
木村由美子「比較叙述が示す『栄花物語』の人間関係」（山中裕編『栄花物語研究』第三輯、高科書店、平成三年）
木村由美子「『栄花物語』の『よそ人』」（山中裕編『新栄花物語研究』、風間書房、平成十四年）
木村由美子「栄花物語巻二十『御賀』を読む」（山中裕・久下裕利編『栄花物語の新研究　歴史と物語を考える』、新典社、平成十九年）
倉本一宏『一条天皇』（人物叢書、吉川弘文館、平成十五年）
倉本一宏『三条天皇』（ミネルヴァ書房、平成二十二年）
斎藤（真鍋）熙子「栄花物語作者についての試論――中の関白家に関する記事をめぐって――」（東京女子大学『日本文学』十二号、昭和三十四年）
坂本太郎『日本の修史と史学』（至文堂、日本歴史新書、昭和三十三年）
杉崎重遠「婉子女王」（『国文学研究』四十二号、昭和三十五年）
杉本一樹「栄花物語正篇の構造について」（山中裕編『平安時代の歴史と文学』歴史編、吉川弘文館、昭和五十六年）
杉本一樹「栄花物語の編年体」（『歴史物語講座・第二巻　栄花物語』、風間書房、平成九年）
曽根正人『古代仏教界と王朝政治』（吉川弘文館、平成十二年）
高橋由記「堀河中宮媓子の文化圏――歴史に消えた文化圏のひとつとして――」（『国語と国文学』平成二十一年十月号）
時枝誠記「栄花物語を読む――その文面から系図を読みとるための国語学的方法――」（『時枝誠記博士論文集　二　文法・文章論』、岩波書店、昭和五十年）
中村成里「『栄花物語』続編における白河院の肖像」（『日本文学』平成二十一年二月号）
中村成里「歌人たちの『栄花物語』享受」（『文藝と批評』平成二十一年五月号）
中村成里「『栄花物語』続編と藤原忠実」（『中古文学』平成二十一年六月号）
中村成里「『栄花物語』続編における後朱雀院」（『日本文学』平成二十一年十二月号）
中村成里「注という異言語――書き込まれた学習院本『栄花物語』嫄子女王逸話――」（『日本文学』平成二十三年五月号）
中村成里『平安後期文学の研究　御堂流藤原氏と歴史物語・仮名日記』（早稲田大学出版部、平成二十三年）

中村康夫「栄花物語正篇における〈みかど〉造型上の問題㈠」(『国文学研究ノート』二号、昭和四十八年)
中村康夫『栄花物語の基層』(風間書房、平成十四年)
西岡虎之助『日本文学における生活史の研究』(東京大学出版会、昭和二十九年)
西岡虎之助「物語風史学の展開――大鏡栄華物語を中心として――」(史学会編『本邦史学史論叢』上巻、富山房、昭和十四年)
新田孝子『栄花物語の乳母の系譜』(風間書房、平成十五年)
芳賀矢一『歴史物語』(冨山房、昭和三年)
福長進『歴史物語の創造』(笠間書院、平成二十三年)
益田勝実「歴史の道程の追跡――栄花物語」(『国文学』三十四巻十号、平成元年)
松村博司『栄花物語の研究』(刀江書院、昭和三十一年)
松村博司『栄花物語全註釈』全九冊(角川書店、昭和四十四〜五十七年)
松村博司「栄花物語・大鏡の原型をめぐって」(『文学・語学』一〇二号、昭和五十九年)
松村博司「栄花物語と説話」(『歴史物語研究余滴』、和泉選書、昭和五十七年)
松村博司「栄花物語　総説」(鑑賞日本古典文学11『栄花物語・紫式部日記』、角川書店、昭和五十一年)
山岸徳平『大鏡概説』(『岩波講座　日本文学』七巻、昭和八年)
山中裕『歴史物語成立序説』(東京大学出版会、昭和三十七年)
山中裕『平安朝の年中行事』(塙書房、昭和四十七年)
山中裕『平安人物志』(東京大学出版会、昭和四十九年)
山中裕『平安朝文学の史的研究』(吉川弘文館、昭和四十九年)
山中裕『平安時代の古記録と貴族文化』(思文閣出版、昭和六十三年)
山中裕『藤原道長』(教育社歴史新書、昭和六十三年)
山中裕『藤原道長』(人物叢書、吉川弘文館、平成二十年)
山中裕「栄花物語・大鏡に現われた安和の変」(『日本歴史』一六八号、昭和三十七年、のち『平安朝文学の史的研究』所収)
山中裕「栄花物語の歴史的特徴」(鑑賞日本古典文学11『栄花物語・紫式部日記』、角川書店、昭和五十一年)

山中裕・久下裕利編『栄花物語の新研究――歴史と物語を考える』（新典社、平成十九年）
和田英松・佐藤球『栄華物語詳解』全七冊（明治書院、明治三十二～四十年）
黒板勝美『新訂増補国史大系　栄花物語』（吉川弘文館、昭和十七年）
村松博司・山中裕『日本古典文学大系　栄花物語（上・下）』（岩波書店、昭和三十九・四十一年）
秋山虔・池田尚隆・福長進・山中裕『新編日本古典文学全集　栄花物語（一～三）』（小学館、平成七・八・十年）
橘健二・加藤静子『同右　大鏡』（同右、平成八年）

初出一覧

序　章　『栄花物語』概観
『日本歴史』昭和三十九年七月号（吉川弘文館）

第一章　世継および世継物語
山中裕編『新栄花物語の研究』（風間書房、平成十四年）

第二章　『栄花物語』の編纂（原題：栄花物語研究の意義）
『歴史物語講座・第二巻　栄花物語』（風間書房、平成九年）

第三章　『栄花物語』の歴史と文学

第一節　『栄花物語』の説話性
『説話文学研究』十五号（昭和五十五年）

第二節　『栄花物語』の本質――巻六かゞやく藤壺を主として――
（原題：栄花物語の本質――巻六「かゞやく藤壺」を主として、その歴史意識について）
蛭沼寿雄編『地域と文化　本位田重美先生定年記念論文集』（昭和五十二年）

第三節　平安時代の結婚制度――『栄花物語』を中心として――
『関東学院大学文学部紀要』第八十五号（平成十一年）

第四章　『栄花物語』と王朝政治

第一節　村上天皇親政と九条家発展の真相（原題：栄花物語巻一再検討――村上天皇親政と九条家発展の真相をみる――）
山中裕編『栄花物語研究』第二輯（高科書店、昭和六十三年）

第二節　『栄花物語』と摂関政治――特に後宮を中心として――
『日本学士院紀要』第三十四巻第三号（昭和五十二年）

第三節　『栄花物語』と中関白家
山中裕編『栄花物語研究』第三輯（高科書店、平成三年）

第四節　『栄花物語』と藤原道長　山中裕・久下裕利編『栄花物語の新研究――歴史と物語を考える』（新典社、平成十九年）

第五章　『大鏡』の歴史的意義

第一節　『大鏡』の歴史観と批評精神
『古文研究シリーズ』十四号（昭和五十九年）

第二節　『大鏡』と藤原道長
（新稿）

第六章　『栄花物語』の歴史叙述――年紀表現の方法――

第一節　歴史叙述の方法（原題：栄花物語の編纂と年紀表現について）

山中裕編『栄花物語研究』第一集（国書刊行会、昭和六十年）

第二節　原史料との問題（原題：栄花物語の歴史叙述をめぐって）　『文学・語学』一〇二号（昭和五十九年）

第七章　『栄花物語』にみる藤原道長の周辺

第一節　藤原道長と倫子　『日本古典文学会会報』一二〇号（平成元年）

第二節　敦康親王と『栄花物語』

『日本古典文学会会報』一一四号（昭和六十三年）・一一六号（平成元年）・一一八号（平成二年）

書評　福長進著『歴史物語の創造』　（新稿）

あとがき

思えば古いこと、私の『栄花物語』の研究は、『歴史物語成立序説』（東大出版会、昭和三十七年）をはじめとする。『栄花物語』は『源氏物語』と関係の深いことは今更いうまでもない。そこで、私は『源氏物語』と『栄花物語』との関係から進んでいった。

さて、本書は『栄花物語・大鏡の研究』と題して、歴史物語の本質について探究する一書である。『栄花物語』は国文学の世界でとりあげられ、史学界としての研究は、今まで少なかった。今回は、歴史の面から、『栄花物語』をみようとすることが大きな目的である。

まず、それには最初にとりあげねばならぬのは、和田英松氏と佐藤球氏の共著である『栄華物語詳解』（十七冊）である。本書は、本文のほかに、まことに詳しい注釈があり、史実・官職等はもちろんのこと、人物考証・年中行事、儀式等についても行きとどいた考証がつけ加えられている。その考証は確実であり、『御堂関白記』『小右記』をはじめ、当時の文献史料との対比も事こまかに行われている。研究書としては絶体の書である。

次いであげねばならぬのは、松村博司氏の『栄花物語の研究』である。松村氏は国文学の方《かた》であるが、研究には史書を多く用いられ、古記録類その他の基本的な文献を多く使用し進められていることは賞讃したい。

さて、『栄花物語』は歴史であるか、文学であるかは、古くからいわれているところであるが、文学であることは再びいうまでもなく、そこで、私は今回、とくに歴史としての『栄花物語』の特徴を見ていったのである。

なお、文学として新たに少し希望したいことは、内部論理の発展とでもいうか、簡単にいえば、主題といってもよかろう。

もちろん藤原氏の発展と言い、摂関政治の論理が詳細に説かれている。これは今まですでにいわれているところであるが、長編物語としての第一主題・第二主題とでもいうべき物語としての内部論理の発展が、なお一層明らかになれば、大いに有り難いところであるが、それを導き出すのは困難なことであろう。それらに比して、歴史という面から特に強調されたものは和田・松村両氏以降、まだ発見できないその歴史としての特徴を本書で探究を試みた。

本書の刊行にあたっては、校正その他で池田尚隆と木村由美子の両氏にご協力をいただきました。とりわけ池田氏には全体にわたって多くの助言をいただきました。あらためてお礼申しあげます。

平成二十四年八月

著　者

◎著者略歴◎

山中　裕（やまなか・ゆたか）

1921年東京生．1943年東京大学文学部国史学科卒業．東京大学史料編纂所教授，関東学院大学教授等を歴任．文学博士．
主要編著書：『歴史物語成立序説』（東京大学出版会，1962年）日本古典文学大系『栄花物語』上・下（共著，岩波書店，1964・65年）『平安朝の年中行事』（塙書房，1972年）『平安朝文学の史的研究』（吉川弘文館，1974年）『平安人物志』（東京大学出版会，1974年）『平安時代の歴史と文学　歴史編・文学編（全２冊）』（編，吉川弘文館，1981年）『御堂関白記全註釈（全16冊）』（編，国書刊行会・髙科書店・思文閣出版，1985～2012年）『和泉式部』（人物叢書，吉川弘文館，1984年）『平安時代の古記録と貴族文化』（思文閣出版，1988年）『古記録と日記』上・下（編，思文閣出版，1993年）新編日本古典文学全集『栄花物語』１～３（小学館，1995～98年）『源氏物語の史的研究』（思文閣出版，1997年）『藤原道長』（人物叢書，吉川弘文館，2008年）『歴史のなかの源氏物語』（編，思文閣出版，2011年）など

栄花物語《えいがものがたり》・大鏡《おおかがみ》の研究《けんきゅう》

2012（平成24）年10月10日発行

定価：本体7,200円（税別）

著　者　山中　裕

発行者　田中　大

発行所　株式会社　思文閣出版

〒605-0089 京都市東山区元町355

電話 075-751-1781（代表）

印　刷
製　本　株式会社　図書印刷　同朋舎

ISBN978-4-7842-1640-6　C3021